Natalie Mae est une ancienne programmeuse et éditrice indépendante, et une dévoreuse de desserts. Elle tient également à préciser qu'un de ses précédents métiers consistait, entre autres, à nourrir des araignées. À présent elle écrit à temps plein des romans *young adult*, avec du chocolat noir à portée de main et un gros chat sur les genoux. Elle n'est absolument pas en train de rêvasser sur Instagram en cet instant précis.

De la même autrice :

Le plus doux des poisons :
1. *Le plus doux des poisons*
2. *Le plus cruel des pardons*

CE LIVRE EST ÉGALEMENT DISPONIBLE
AU FORMAT NUMÉRIQUE

www.castelmore.fr

NATALIE MAE

LE PLUS DOUX DES POISONS

Traduit de l'anglais (États-Unis) par Laurence Boischot

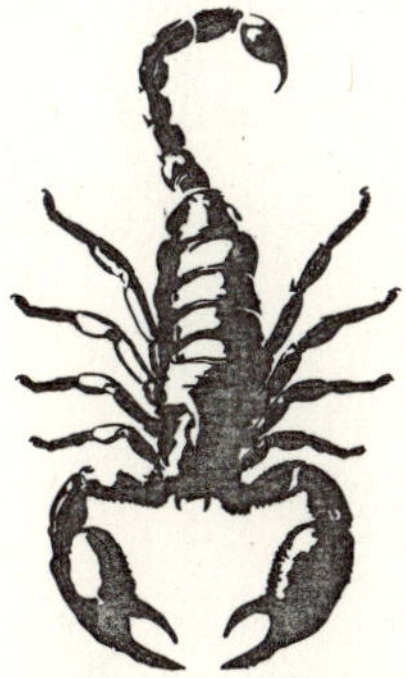

BIGBANG

Big Bang est une collection des éditions Castelmore

Titre original : *The Kinder Poison*

Originellement publié par Razorbill, une division de Penguin Random House LLC.

Map illustration by Marisa Hopkins

ISBN : 978-2-36231-444-5

Bragelonne – Castelmore
60-62, rue d'Hauteville – 75010 Paris

E-mail : info@castelmore.fr
Site Internet : www.castelmore.fr

Pour Eve,
Sache qu'aucun rêve n'est trop fou
Pour être réalisé.

CONSTANTA
GREKA
AMIAN
N
E
PEM
W
JUVEL
LES
GROTTES
DE VERRE
DEUXIÈME
ÉTAPE
LES LANDES
ARIDES

NADESSA
ORKENA
ATERA
PREMIÈRE
ÉTAPE
WYRIM
EIOM

Chapitre premier

Toutes les meilleures histoires commencent par les pires décisions.

Tel est le mantra douteux que je me répète tandis que nous regardons le bateau arriver. C'est un navire magnifique, sans commune mesure avec les bêtes canots de bois qui encombrent d'habitude les quais du fleuve à Atera. Il a une coque de verre, à travers laquelle je vois l'aube et les sables ocre du désert ; l'eau et la rive emmêlée de roseaux. Lorsqu'il s'approche, les rayons du soleil embrasent ses contours comme des flammes, et l'auvent d'un bleu profond semble tressaillir dans la chaleur. Des gardes au masque de léopard en or patrouillent, cimeterre au côté, et la magie qui propulse le bateau luit doucement dans son sillage, comme des étoiles mourant dans le fleuve.

C'est le genre de navire où naissent les légendes.

C'est aussi un navire où de grosses bêtises vont être commises, mais Hen m'a dit que je devais arrêter de me focaliser là-dessus. J'ai passé un millier de matinées allongée sur ce toit, à m'imaginer en partance pour tous ces endroits incroyables dont parlent les voyageurs du désert, et jouer la prudence ne m'a encore jamais permis de suivre leurs traces. Leurs récits ne commencent jamais par : « Eh bien, je suis resté tranquillement chez moi jusqu'à ce qu'il se passe quelque chose, et ça a fini par arriver ! » Non, les aventures dignes de ce nom commencent toujours par une prise de risque – emprunter une identité, boire une potion mystérieuse, faire confiance à des inconnus… mentir à un prêtre. Enfin, je n'en connais pas qui ait commencé comme ça, précisément, mais bon… je ne veux pas me concentrer là-dessus.

— Là, c'est lui, dit Hen en désignant le prêtre en question.

C'est un homme chauve et torse nu qui se tient à l'avant du navire. Nous sommes à plat ventre sur le toit de la maison de Hen, une des nombreuses constructions qui longent la rive du fleuve. De là nous avons une vue imprenable sur le bateau sans nous faire remarquer. Le prêtre garde les yeux baissés vers les enfants qui galopent en criant de joie le long de la rive boueuse, leurs tuniques colorées comme autant de drapeaux. Les prières tatouées tout autour de ses bras pâles et la blancheur éclatante de son *tergus*, son kilt, auraient suffi à l'identifier même si Hen ne m'avait rien dit.

C'est lui qui détient le registre dont nous avons besoin. Les seules personnes autorisées à embarquer sont celles dont le nom figure sur cette liste, et si je rate cette chance d'aller voir le palais…

Eh bien, il n'y en aura pas d'autre, tout simplement. C'est la première fois qu'un navire royal fait escale à Atera depuis six cents ans.

— Mais c'est elle que nous allons devoir surveiller, ajoute Hen en montrant du doigt une femme vêtue d'une magnifique *jole* bleue – une robe drapée comme en portent les nobles dames.

La sienne est rehaussée de perles et de fleurs de lys fraîches. Je plisse les yeux pour essayer de voir ce qui pousse mon amie à dire ça. Je ne trouve absolument rien de menaçant à cette femme. Au contraire, comparée aux gardes armés et au prêtre à la mine taciturne, elle est simplement ravissante.

— Qui est-ce ? dis-je dans un murmure.

— Galena de Juvel, grommelle Hen. Matérialiste royale, et épine dans mon pied. C'est elle qui a lancé la mode des bottines lotus.

J'observe les pieds de la jeune femme. Ses sandales ne sont pas très différentes de celles qu'Hen porte souvent mais, au lieu de s'arrêter à ses talons, des fleurs de lotus noires enlacent ses jambes brunes jusqu'au genou.

— Moi, je les trouve jolies.

— Évidemment, qu'elles sont jolies ! s'écrie Hen. C'était mon idée !

Un des gardes lève les yeux, et on s'aplatit sur le toit.

— On en a déjà parlé, Hen. Ce n'est pas parce que tu reçois régulièrement des nouvelles de tout ce que font les gens célèbres que, eux, ils savent qui tu es. Je suis sûre que ce n'est qu'une coïncidence.

— Ah, tu crois ? lance Hen en fusillant du regard la femme sur le bateau. Ou alors, c'était un complot.

— Écoute, une fois que tu seras matérialiste royale à sa place, tu pourras lui demander.

— Oh, ne t'inquiète pas, rétorque-t-elle sans desserrer les mâchoires. Je ne me gênerai pas.

Sa repartie me fait glousser. C'est l'une des qualités que j'adore chez Hen, cette absolue confiance en soi. Ça ne fait aucun doute à ses yeux que, de simple matérialiste, certes talentueuse, dans la petite ville d'Atera, elle sera un jour chargée de créer les tenues de la reine – que ce n'est qu'une question de temps. À vrai dire, elle est déjà sur la bonne voie. Nous avons seize ans, alors cet été sera notre dernier en tant qu'apprenties, et Hen a déjà reçu des lettres de la part de dizaines de nobles, qui s'empressent de complimenter sa créativité et de solliciter ses services dès qu'elle sera passée maître. Bientôt elle pourra parcourir le pays, user de son talent rare pour combiner des matériaux inhabituels – feu, lumière, filet d'eau fraîche où se reflètent les étoiles – et en fabriquer des vêtements pour l'élite du pays. Elle sait faire des robes tissées de rayons de lune et des capes infusées de rosée qui restent fraîches même par de torrides après-midi. Pendant ce temps-là, le nombre de personnes attendant avec impatience que je passe maître s'élève exactement à un : mon père. J'apprécie beaucoup, mais ce n'est quand même pas pareil.

Le nom de Hen figure déjà sur le registre du prêtre. J'essaie de ne pas trop penser à la raison pour laquelle le mien n'y est pas, preuve parmi tant d'autres que nos vies vont bientôt diverger.

— S'il te plaît, Hen, abstiens-toi de lui parler de ses bottines aujourd'hui. C'est tout ce que je te demande.

J'ai reconnu la lueur dans les yeux de mon amie.

Ses cheveux noirs balaient ses épaules quand elle se retourne vers moi.

— En mode comme à la guerre, il n'y a pas de promesse qui tienne.

— Et je me ferai un plaisir de t'aider à comploter contre elle plus tard. Mais, pour le moment, est-ce qu'on pourrait se concentrer sur la tâche qui nous attend – et que je vais sans doute regretter ? Ils sont presque arrivés au quai.

Hen plisse les paupières tout en gardant ses yeux marron rivés sur sa proie. Elle se tapote les lèvres du bout de l'index avant de se remettre debout.

— Viens.

Elle dégringole de l'échelle qui mène au toit. Je m'empresse de la suivre et, dans ma hâte, je récolte une écharde avant d'atterrir sur le carrelage du couloir. Les murs de brique diffusent de l'air frais, grâce à un enchantement caché sous la couche de plâtre couleur crème. D'ici une heure, la différence sera flagrante avec la température extérieure de ce jour d'été brûlant. J'essaie d'absorber autant de fraîcheur que possible à travers le fin tissu de ma robe de travail. La chaleur n'est jamais insupportable dans nos écuries, mais il n'y fait pas aussi bon que chez Hen.

Des tapis couleur d'arc-en-ciel recouvrent le sol, et je souris en passant devant des pièces que je connais comme ma poche. La chambre de Hen avec ses tours de tissus sombres et moirés, et celle de sa mère presque aussi encombrée, les étagères et commodes recouvertes de tous les rares objets qu'elle accepte en échange de ses potions. Une tapisserie bariolée venue des contrées fluviales scintille au soleil ; une girafe sculptée dans du bois de santal et d'ébène occupe la table de chevet. Avant que ma mère tombe malade, elle et la mère de Hen parcouraient le monde pour vendre leurs potions et s'abreuver de toutes sortes de merveilles. Je lui disais souvent que, un jour, ce serait Hen et moi, et puis j'ai compris que je n'étais pas née avec le genre de magie qui me permettrait de quitter Atera. Apparemment l'aptitude à parler aux animaux n'impressionne pas grand monde – et pas beaucoup d'animaux non plus – et c'est pour ça que mon nom ne figure pas sur ce registre.

Pourtant nos mères elles-mêmes ne sont jamais allées au palais. Certes, la fête de ce soir ne durera que le temps d'une nuit magnifique et peuplée de merveilles, mais c'est l'occasion pour moi de goûter à cette vie que j'espérais pouvoir partager avec Hen.

Il est hors de question que je rate ce bateau.

— On va user de la tactique que j'appelle « diversion et domination », lance Hen. (La jupe de sa robe verte se gonfle, ondoyante, lorsqu'elle s'engage dans l'escalier en bois de rose.) Tu t'occupes de faire diversion pendant que moi, j'attrape le registre dans la sacoche du prêtre. Puis je vais me mettre à l'écart pour ajouter ton nom d'emprunt à la liste avant de tout remettre à sa place. Quand ils feront embarquer tout le monde : *tada* ! Tu feras partie du voyage.

— Tu vas bien écrire que je suis maîtresse en potions, hein ?

On a décidé que j'avais intérêt à adopter une fausse identité pour m'introduire sur le bateau, parce qu'une souffleuse, n'ayant rien à faire là, se ferait remarquer tout de suite. Ça m'a paru tout naturel d'emprunter le nom de ma défunte mère, ainsi que le talent qu'elle partageait avec celle de Hen. J'en sais suffisamment sur les potions pour répondre à quelques questions et, contrairement aux magies élémentaires où il s'agit de créer à partir de rien, l'art des potions serait difficile à démontrer à bord d'un bateau.

— Oui, confirme Hen.

— Et tu es certaine qu'ils ne vont pas me demander de prouver mes talents ?

Elle balaie ma question d'un geste.

— Ne t'en fais pas, je m'occupe des détails. Pense plutôt à la fabuleuse soirée qui nous attend. Jardins de pierres précieuses, troupeau de paons, piste de danse aussi vaste qu'une ville…

— Hen, si je finis en sacrifice humain parce que tu pensais à la piste de danse au lieu de vérifier les règles de la compétition…

Hen s'arrête et s'adosse au mur, l'air solennel.

— Ce n'est pas ma première fois, Zahru.

Ce qu'elle veut dire, c'est que ce n'est pas la première fois qu'elle enfreint la loi, et je me force à lui sourire. Je donne peut-être l'impression de suivre son plan le cœur léger, mais je suis du genre à faire une crise de conscience quand un marchand me rend trop de monnaie, alors ce mensonge risque de me ronger jusqu'à la fin de mes jours.

— Mon associé a vérifié, poursuit Hen. Les commissaires ont tellement de pain sur la planche que, même si on se fait attraper, tout ce qu'on risque, c'est de se faire expulser du palais. Et puis, tu es au courant que le sacrifice est un privilège divin. Pas vrai ?

— Ouais, dis-je, mal à l'aise, tandis que Hen se remet en marche.

Pourtant je dois avouer que mon bel enthousiasme retombe un peu quand je pense à ce que représente cette soirée. Il règne un tel climat d'excitation sur Atera depuis que Sa Majesté, le mestrah, a annoncé qu'il y aurait une

Traversée… Il serait facile d'oublier que, une fois passées les festivités, de vraies personnes vont risquer leur vie pour assurer l'avenir d'Orkena. Aujourd'hui les navires royaux vont rassembler au palais l'essentiel des classes supérieures de la nation – un individu par foyer –, notamment un groupe de maîtres magiciens triés sur le volet, qui prendront part à la compétition. Pendant que ces prétendants se disputeront une place dans l'équipe d'un des princes ou de la princesse, les autres, dont Hen (et, avec un peu de chance, moi), pourront profiter du palais, et notamment d'une galerie d'où nous pourrons observer la sélection des magiciens.

Puis, demain, une fois qu'ils auront constitué leur équipe, les héritiers du mestrah se lanceront dans une course d'une semaine à travers le désert, où ils devront s'affronter – en plus des éléments et les dieux seuls savent quoi d'autre – pour atteindre les grottes de verre. C'est dans ce lieu sacré que le vainqueur, destiné à devenir notre nouveau mestrah, devra sceller son triomphe en sacrifiant une vie humaine.

Les dieux n'avaient pas réclamé de Traversée depuis plusieurs siècles. Je sais que je dois faire confiance au mestrah, et que je devrais être fière de pouvoir assister à cette compétition. Pourtant je ne peux oublier que, si elle n'a pas eu lieu pendant tout ce temps, c'est parce qu'une mestrah passée trouvait la course trop brutale. Je me demande ce qui a poussé les dieux à changer d'avis.

— Vous sortez ? lance la mère de Hen lorsqu'on arrive au bas des marches.

Comme tous les matins, la *mora* de Hen est assise en tailleur sur le tapis jaune vif de la pièce principale, les yeux soulignés par de longs traits de khôl, occupée à préparer ce qu'elle ira vendre sur le marché. Des ingrédients de toutes sortes sont disposés devant ses jambes potelées, tel un arc-en-ciel : fioles d'huile de palme dorée, pinces de scorpions bleus et ailes de scarabées orange, pétales de lotus roses et sauge du désert vert tendre. Une ligne de points discrets encercle ses poignets bruns, gouttes d'or liquide qui empêchent ses mains de trembler et qui concentrent la magie dont elle infuse ses potions.

— Oui, on va juste mentir à un prêtre et me faire participer incognito au banquet de ce soir au palais, dis-je pour faire la maligne.

Je tiens à assumer pleinement cette nouvelle vie intrépide et je me dis que c'est une bonne idée de commencer par la mère de Hen, parce qu'elle ne risque pas de me prendre au sérieux.

— Ah, tant mieux ! lance-t-elle en me prenant très au sérieux, au contraire. Je ne pense qu'à ça depuis que ce messager grincheux m'a dit qu'une seule d'entre nous trois pouvait y aller.

— Elle lui a raconté qu'elle avait deux filles, ajoute Hen en me jetant un coup d'œil.

Sa *mora* fronce les sourcils.

— Et tu sais ce qu'il m'a répondu ? « Envoie la plus jolie de tes deux filles. Toi, tu es trop vieille. » L'insolent ! J'espère pour lui qu'il n'aura pas besoin de mes services dans un avenir proche.

Elle sourit tout en versant un liquide vert dans une fiole ronde de façon à recouvrir la tarentule séchée qui repose au fond. Je dois admettre que c'est la seule personne au monde qui arrive à me faire plus peur que Hen. Lorsque ma mère est décédée et que le père de Hen a déclaré qu'il se sentait « enfermé » avant de quitter le pays, les bords déchirés de nos deux familles se sont recousus en une seule, et j'en suis bien contente. D'ailleurs je l'appelle même *mora* pour faire honneur à la place qu'elle a prise dans ma vie. Je suis à peu près sûre que cette femme n'hésiterait pas à empoisonner quelqu'un pour moi.

— Faites bien attention à vous, mes cœurs, dit *mora* en saupoudrant de copeaux d'or la potion qui s'est mise à bouillonner doucement. N'hésitez pas à me prévenir si vous avez besoin d'aide.

— D'accord, promettons-nous avant de l'embrasser sur les deux joues.

Nous écartons le rideau bleu saphir qui empêche le soleil matinal de franchir le pas de la porte et sortons dans la rue – où une foule dense nous bloque le passage.

— Pardon, souffle Hen en se glissant entre deux garçons.

Je la suis parmi les robes chatoyantes et les coiffures ornées de bijoux des architectes et des marcheurs de rêves, et les kilts poussiéreux et les tuniques terreuses des tisserands et des jardiniers – des magiciens de rang modeste, comme moi. Il semblerait que la ville entière se dirige vers la rive du fleuve pour y apercevoir le prêtre et son navire enchanté. Je sens des briques toutes lisses sous mes pieds nus lorsque Hen m'entraîne dans une ruelle étroite.

Ce n'est pas mieux. Là aussi, les gens se pressent de toute part et se penchent aux balcons pour demander si le bateau est arrivé, ou pour parier sur les candidats qui ont des chances d'être sélectionnés. Notre petite ville envoie six représentants, je crois. Le mestrah a déclaré que tout maître de haut rang de seize à dix-neuf ans devait se présenter, puisque c'est l'âge où la magie est au sommet de sa puissance. Hen a encore deux lunes d'entraînement devant elle ; elle aurait presque pu participer.

Des bribes de conversation m'effleurent.

— … pensais que le mestrah léguerait le trône au prince Kasta, marmonne sur un ton pensif un homme à la peau brune et aux doigts ornés de bagues. C'est quand même bizarre que les dieux exigent une Traversée après tout ce temps. Et si ça cachait quelque chose ?

— … sacrifice humain, quand même ! Je pensais qu'on avait dépassé ce genre de…

— … faudrait débarrasser les rues de tous ces gueux poussiéreux, s'indigne une femme au teint de porcelaine et à la coiffe d'or alambiquée. Qu'est-ce qu'ils font là, d'abord ? Ça ne les concerne pas.

— Ne t'inquiète pas, me souffle Hen lorsque la râleuse me jette un regard méprisant. J'ai de sérieuses munitions contre elle. Si tu veux, je pourrais révéler à son mari le nom de son amant, ou expliquer à ses clients qu'elle n'efface que la moitié de leurs rides, histoire qu'ils reviennent la consulter.

Je dévisage Hen, bouche bée.

— Comment est-ce que tu sais tout ça ?

— Ça fait partie de mon métier.

— Ton métier, c'est de fabriquer des vêtements.

Elle hausse les épaules.

— Les gens aiment répandre des potins. Moi, j'aime les récolter. (Elle sourit de toutes ses dents.) Allez, viens. Il faut qu'on l'intercepte avant qu'il arrive au temple de Numet. Après ça, le registre sera surveillé de plus près.

Le temple de Numet : le plus grand des trois lieux de culte que compte Atera. Je pourrais trouver ça suspect que Hen connaisse l'itinéraire du prêtre aussi précisément, mais après tout c'est logique qu'un religieux veuille rendre hommage à la déesse du ciel – la divinité dont descendent nos mestrahs – avant de repartir pour Juvel.

Nous contournons la fille du boulanger, qui tire une carriole de pain frais, puis nous passons devant la boutique de la joaillière. Cette dernière n'est pas là, cependant ; c'est sa femme qui nous salue derrière son étalage de chaînes d'or et de libellules en pierres précieuses. Nous nous faufilons dans une ruelle encombrée de tonneaux, où flotte un parfum alléchant d'oignons épicés et de poisson frit. Enfin nous débouchons sur une rue déserte, à l'endroit où le haut et le bas quartier se rencontrent, et où la terre battue remplace les pavés. Des enfants jouent devant les maisons qui font le coin, mais à part eux, tout le monde doit être près de la rive.

Nous pressons le pas pour voir la procession qui s'approche.

Le prêtre et la matérialiste royale avancent en tête, flanqués de leurs gardes à masque de léopard et suivis par la moitié de la ville. Peut-être qu'on devrait effectivement se méfier de cette femme. Tandis que les soldats regardent droit devant eux (quoique, qui sait ce qu'ils observent à l'abri de leur masque ?), elle dévore des yeux les rues bondées et les guirlandes de fleurs tendues entre les maisons. Comme si elle avait senti l'hostilité de Hen, elle arrête son regard sur nous.

— Elle a compris, gronde mon amie en croisant les bras. Rappelle-toi ce visage, Galena. Ce sera le dernier que tu verras quand la reine découvrira que tu n'es qu'une sale copieuse.

— Ne parle pas si fort, dis-je. Et puis, mets ta petite guerre imaginaire entre parenthèses. C'est quoi, la suite du plan ?

— Qu'est-ce que j'en sais, moi ? Mon rôle, c'est d'attraper le registre, c'est tout.

— D'accord, mais c'est nouveau pour moi, cette vie de hors-la-loi. Est-ce que je leur fonce dessus comme une fanatique ? Est-ce que je fais semblant de me tordre la cheville ?

— Bonne idée, dans les deux cas. Allez, à toute.

Elle tourne les talons et repart en courant.

— Attends ! dis-je dans un souffle. Où est-ce que tu vas ?

Trop tard. Elle a disparu, et le sort de notre soirée repose sur mes épaules.

Concentre-toi, Zahru. S'ils avançaient à cheval, j'aurais facilement pu me présenter comme étant la souffleuse de la ville et passer un temps infini à m'occuper de leurs montures. Je pourrais demander au prêtre qu'il m'offre sa bénédiction, mais je doute que les gardes me laissent approcher assez. Ils sont presque devant moi. Peut-être que je devrais effectivement me mettre à hurler que je me suis tordu la cheville.

Je m'engage dans la rue en imaginant la tête que fera mon père quand les gardes du prêtre me raccompagneront chez moi. *Qu'est-ce que je me tue à te répéter, Zahru ?* dira-t-il tandis que les gardes déferont les liens à mes poignets. *Tu t'es encore lancée avant d'avoir un plan d'attaque, pas vrai ?*

Oui, *fara*. Je me suis lancée sans avoir de plan.

— Oh, mes dieux ! Des bottines lotus ! je m'écrie à pleins poumons en espérant que la matérialiste royale soit aussi bavarde qu'une certaine jeune fille de ma connaissance quand il s'agit d'expliquer les moindres détails de ses œuvres. Attendez, vous… (Je porte une main à ma poitrine.) Vous êtes Galena de Juvel !

La femme sourit.

— Oui, c'est moi.

— Hors de notre chemin, gronde un garde en pointant sa lance dans ma direction.

— Laissez-la, voyons, rétorque la femme en le contournant, le visage radieux. Comment t'appelles-tu ?

Le ton sur lequel elle me parle est un peu condescendant, mais j'avoue que je suis impressionnée par sa gentillesse.

— Zahru. J'admire beaucoup votre travail.

— Je suis ravie de faire ta connaissance, Zahru. Je…

— Galena, grommelle le prêtre.

— Une petite minute, Mai. Ce n'est qu'une jeune fille.

Elle se retourne vers moi, et ses beaux yeux violets – poudrés d'or et soulignés de volutes de khôl – se posent sur ma robe de lin toute simple puis sur mes pieds nus.

— Tu t'intéresses à la mode, Zahru ?

— Oui, *adel*. Je sais tout ce qu'il y a à savoir sur les boutonnières de bronze et sur les châles-à-chance.

Ce n'est pas un mensonge. J'en sais même beaucoup trop à mon goût.

— Une de mes inventions les plus inspirées. C'est grâce à mon châle-à-chance que j'ai obtenu ce poste.

Elle m'adresse un clin d'œil, et par-dessus son épaule j'aperçois un éclat de tissu vert émeraude.

— Comment avez-vous eu l'idée de créer les bottines lotus ?

J'avoue que j'espère obtenir une réponse pour Hen, et il me semble bien que le tissu vert s'immobilise un instant.

— Un soir d'été où je me promenais sous les étoiles. Les jardins du palais comptent plusieurs bassins magnifiques où flottent des fleurs de lotus. C'est en allant m'y rafraîchir que j'ai eu cette idée.

Un chuchotement qui ressemble beaucoup à « foutaises » s'élève de quelque part dans la foule.

— C'est une explication parfaitement rationnelle, dis-je bien fort.

— Savais-tu que je viens d'une ville encore plus petite qu'Atera ? reprend la matérialiste royale.

Là, pour le coup, je suis captivée.

— C'est vrai ?

— Oui. Ma mère était matérialiste, mais elle est morte à ma naissance. Mon père était jardinier. Sans elle, nous ne pouvions compter que sur son métier à lui, alors j'ai passé de nombreuses années sans chaussures.

Je déglutis et enfouis mes orteils dans le sable. Cette conversation est soudain beaucoup plus personnelle que je ne m'y attendais. Je sais bien que j'ai promis de toujours prendre le parti de Hen, mais elle ne m'avait pas précisé que Galena aussi a grandi sans sa mère.

— Tiens, souffle-t-elle en délaçant ses bottines.

Un murmure parcourt la foule, et quand je comprends ce qu'elle compte faire, mon cœur s'affole. Oh, mes dieux ! J'espère que Hen a fini de…

— Prends-les, dit-elle en me donnant les bottines, qui doivent coûter mille fois plus que tout ce que je possède.

Et n'oublie pas : peu importe où tu es née, tu peux t'élever au-dessus de ton rang.

Elle me sourit avant de se remettre en marche, et je la suis bêtement du regard, le cœur battant comme une libellule affolée. Je devrais sans doute tirer de cet échange une importante leçon sur l'honnêteté et le sens du travail bien fait, mais tout ce que je vois, ce sont les similarités entre nos deux histoires, et le fait qu'elle voyage à présent à bord d'un navire de verre en compagnie d'un prêtre. C'est un signe ; c'est obligé. Le sort m'appelle à tenter le coup. Tout va bien se passer, et ce sera peut-être même encore plus fabuleux que ce que j'ai pu imaginer.

Ce n'est qu'une fois le dernier garde passé, alors que la foule s'approche pour reluquer mes bottines lotus en chuchotant, que je me souviens de ma mission. Quelqu'un me demande la permission de toucher les chaussures, et en temps normal je serais sûrement restée pour les partager un peu, mais pas aujourd'hui. Je les serre contre ma poitrine et file dans la direction où j'ai vu Hen disparaître. Mon sang coule dans mes veines à toute vitesse et me fait vibrer. Je remonte la ruelle pour regagner le haut quartier, tourne au coin d'une rue... et me cogne presque à mon amie, qui m'attend là les bras croisés.

— Oh, mes dieux ! (Je rattrape mes bottines de justesse.) Hen ! Tu as réussi.

Elle plisse ses yeux sombres.

— Oui, le tour est joué.

Je crie de joie et passe un bras autour d'elle. Je sais déjà ce qu'elle va me dire, mais je suis trop surexcitée pour m'en préoccuper. On va sortir d'ici. On va quitter Atera et visiter le palais, où il y a des arbres sur lesquels fleurissent des pierres précieuses, et dont les salles dorées sont aussi vastes que des villes. On va pouvoir manger autant de chocolat qu'on voudra. On va suivre les traces de mystérieux inconnus, découvrir des passages secrets et assister à au moins un sauvetage spectaculaire, parce que dans toutes les bonnes histoires que racontent les voyageurs, il y a toujours quelqu'un qui sauve quelqu'un d'autre.

Puis, en revenant, on rapportera un merveilleux souvenir, comme nos deux mères. Ce sera peut-être le dernier qu'on partagera avant la moisson, lorsque Hen s'en ira. *Ou peut-être que ce sera le premier d'une longue série*, je pense en serrant les bottines contre moi.

— Tu me touches avec les chaussures de l'autre, là, râle Hen.

— Pardon, dis-je en me reculant, mais sans pouvoir effacer mon grand sourire. J'ai fait ce que la mission exigeait.

Elle soupire.

— Tu as été géniale.

— Convaincante ?

— Il faut croire… (Pourtant, même si je tiens entre mes mains la contrebande de sa rivale, elle ne peut s'empêcher de sourire. Puis elle me secoue par les épaules.) On va assister aux banquets !

Je pousse un nouveau cri de joie, et cette fois elle se joint à moi.

— Il ne nous reste plus qu'une chose à faire, reprend-elle avec une lueur nouvelle dans le regard.

— Ne me dis pas que tu comptes te venger de Galena là, tout de suite.

— Oh, elle aura ce qu'elle mérite, mais il y a plus urgent pour le moment. (Son sourire se fait malicieux.) Il est temps de passer à la deuxième phase du plan.

Je cille.

— Il y a une deuxième phase ?

— Oui, et ta petite conscience délicate ne s'en remettrait pas, lance-t-elle avec un clin d'œil. Va dire au revoir à ton père, et je te retrouve dès que je peux. Ils embarquent dans une heure.

Chapitre 2

Je me glisse sans un bruit dans l'écurie de mon père. Je suis pressée d'avouer à l'homme qui m'a élevée que je suis devenue une petite crapule, mais mon *fara* n'est pas là. Les animaux remuent dans leurs stalles. Un chameau rumine bruyamment. Mon père doit être dans le pré.

Mes dieux, faites qu'il puisse me donner sa bénédiction.

Je serre le poing autour du sac que j'apporte et m'avance dans l'allée centrale.

La clinique vétérinaire de *fara* est la plus grande de la ville – pas parce que nous sommes riches, mais parce que nous avons besoin de toute cette place. Le mestrah nous fait cadeau du loyer tant que nous donnons la priorité aux montures de ses soldats dans les rares occasions où ils passent en ville. La moitié des stalles est réservée aux animaux de grande taille – bétail, gazelles et chameaux. On a converti l'autre moitié en compartiments plus petits pour accueillir chats, chiens, faucons, et parfois même des singes quand il le faut. Certains des animaux ont simplement besoin d'un logement temporaire pendant que leurs propriétaires sont en voyage, et d'autres ont besoin de soins médicaux. La vaste majorité a un avis bien arrêté sur le fait d'être abandonné là comme… – eh bien, comme des bêtes. Mais *fara* est gentil et patient, et j'aimerais croire que je partage ces qualités, alors en général les animaux cessent de se plaindre au bout d'une journée.

Toi, la brindille, là, ronchonne une vache dans la deuxième stalle. *Ce repas. Pas bon.*

Sauf les vaches. Elles ont l'air de croire qu'elles méritent un traitement royal et trouvent toujours à redire à ces écuries ou à leur personnel.

—Je n'ai pas le temps de m'occuper de toi tout de suite, réponds-je. Mange ce que je t'ai donné. C'est frais.

Brindille susceptible, pense sa voisine en me jetant un regard en coin.

Mange mal aussi, commente la première. *Sait rien faire, ni grain, ni rien.*

Je crispe les mâchoires.

—Je te l'ai déjà dit : tu es au régime. Tes maîtres m'ont bien recommandé de ne pas mettre de miel dans ton grain.

La deuxième vache renifle.

Toujours au régime ici. Mauvais comme herbe ruminée.

—Vous n'êtes qu'une paire d'ingrates…

—Tu sais très bien que ça ne sert à rien de discuter, dit *fara* en entrant.

Je sursaute. Mon père est habillé de sa tunique habituelle, dont le tissu couleur sable est presque identique au teint de sa peau en hiver, mais beaucoup plus clair que son bronzage depuis le début de l'été. Il porte une chienne de berger qui gigote dans ses bras, un pansement de feuilles de palmier à une patte, là où un scorpion l'a piquée. Elle remue les trois autres en me voyant.

Humaine ! Humaine, humaine, humaine. Je peux la voir ? S'il te plaît, s'il te plaît, s'il te plaît ! Repose-moi ! Repose-moi !

Elle lèche le visage de *fara* avec cette dernière requête, et il lui caresse le flanc en souriant.

— Oui, tu as été très courageuse. On va bientôt retourner se promener.

Non, repose-moi ! Humaine ! Jouer ! Oh… un chat ? Un chat ! Un chat ! Un chat !

Mon cœur se serre tandis que *fara* dépose la chienne dans une petite stalle modifiée. Comme cela arrive à presque toute la magie de notre monde, son talent s'est usé au fil du temps, comme un muscle qui s'affaiblit avec l'âge. *Fara* a eu de la chance d'en profiter pendant vingt-neuf ans. C'est le seul avantage des magies mineures comme la nôtre : elles n'épuisent pas le corps aussi vite, alors on peut s'en servir plus longtemps. Pourtant, de l'avis général, il vaut mieux être le meilleur fileur de feu d'Orkena pendant dix ans que le meilleur souffleur pendant trente.

Il y a deux lunes de ça, *fara* est devenu complètement sourd aux animaux, et ils ne le comprennent plus non plus. Ça n'affecte en rien son expertise médicale, mais il ne peut plus demander à ses patients où ils ont mal ou de quoi ils ont peur. Aussi la responsabilité de l'écurie s'est-elle peu à peu reposée sur mes épaules.

— Tu es partie un long moment, commente *fara* en s'essuyant les mains sur un vieux tissu. Il y avait beaucoup de monde au marché ?

— Euh… oui, dis-je en m'empressant de lui tendre mon sac. Mais j'ai trouvé tout ce qu'il nous fallait. J'ai même de l'acacia et de l'aloès. Ah, et notre pommade préférée contre les piqûres de serpent.

Fara me dévisage.

— Zahru, elle est chère, cette pommade. On se débrouille très bien avec le cataplasme à base de miel.

— Ne t'en fais pas. C'est Hen qui a payé.

Ce n'est qu'un petit mensonge. Ce sont les bottines lotus qui m'ont payé tout ça. Hen voulait que je m'en débarrasse, alors je m'en suis débarrassée.

Fara fait claquer sa langue.

— Elle n'aurait pas dû. Sa mère et elle en ont déjà beaucoup trop fait pour nous aider.

Ce serait sans doute le moment de lui avouer pourquoi j'ai acheté tous ces remèdes luxueux, mais j'ai trop honte et je suis gênée, alors je reste plantée là tandis que *fara* va poser le sac sur la commode poussiéreuse. Je ne sais toujours pas comment m'y prendre pour lui avouer ce que j'ai fait. Bizarrement, ce n'est pas tant le fait d'avoir embobiné un prêtre qui m'inquiète. C'est surtout de voir que mon père a continué à travailler tranquillement malgré le brouhaha joyeux qui flotte sur la ville. Il reste concentré sur sa tâche alors que tout Atera est sorti dans les rues pour fêter ce jour fabuleux. Il ne s'en agace même pas ; il a accepté la chose, tout simplement. Pour lui, notre place est ici, et l'idée que je puisse côtoyer des marcheurs de rêves et des tisseurs d'air est au minimum absurde. Je ne supporterais pas de l'entendre me dire que je n'ai rien à faire avec eux au palais.

Mais, surtout, je ne veux pas qu'il voie à quel point je meurs d'envie de partir.

— Zahru ! lance mon père.

Au ton de sa voix je devine qu'il cherche à attirer mon attention depuis un moment. Il a sorti du sac un pot de crème anesthésiante – encore une petite folie que j'ai pu me permettre.

— Oui ?

— Est-ce que tu es triste que Hen ait reçu une invitation ?

Mon estomac se noue. Je ne savais même pas s'il était au courant.

— Non. Enfin, un peu au début, mais…

— Moi aussi, je suis désolé, reprend-il en faisant tourner le pot de crème. J'ai l'impression que… c'est ma faute. Si tu avais hérité de la magie de ta mère, peut-être que…

— *Fara* !

Je cours me réfugier dans ses bras, le cœur serré qu'il puisse croire que c'est pour ça que je suis triste. Il a toujours tiré une grande fierté de nos facultés, même si notre métier n'est pas aussi valorisé que d'autres. Et puis, il n'est pas responsable de mon sort – je tiens mes dons magiques de lui de la même manière que je tiens de ma mère mes yeux ambrés et mon teint pâle.

— Ne dis pas ça. (Je pose le front contre son large torse.) Ce qu'on fait est important aussi.

Il garde le silence pendant un long moment, sa grande main chaude dans mon dos. Puis il m'écarte doucement en me montrant le pot de crème.

— Tu vas essayer de t'introduire au palais ce soir. Je me trompe ?

Je me sens rougir jusqu'au cou.

— Euh…

— Tu viens de me faire un gros câlin, et de rapporter beaucoup de produits très coûteux.

Comment est-ce qu'il fait ?

— J'étais presque sur le point de te le dire. Promis.

— Et si tu te fais surprendre, Zahru ?

— Hen s'est renseignée. Ils nous mettront à la porte, c'est tout. Ce n'est pas grave tant qu'on n'essaie pas de s'incruster parmi les candidats.

— Et si tu es déjà à Juvel ? Est-ce qu'ils te raccompagneront jusqu'ici ?

— Hen sera là, *fara*. Elle nous paiera le trajet du retour s'il le faut. (Je joins les mains devant moi.) S'il te plaît, *fara* ? Ce n'est que pour une nuit. Je serai de retour pour le dîner demain et, après, je resterai ici. Pour toujours.

Je n'avais pas l'intention d'ajouter ça, surtout pas sur le ton lugubre d'un prêtre révélant un mauvais augure, mais *fara* me comprend. Il dépose un baiser dans mes cheveux et soupire.

— Tu es tout ce que j'ai au monde, *kar-a*. Je ne veux pas qu'il t'arrive malheur. (Son sourire est un peu triste.) Mais je veux aussi que tu sois heureuse. C'est seulement pour une nuit. Tu seras en sécurité ?

— Il y aura des gardes partout. Et puis, tous les meilleurs magiciens du pays seront rassemblés dans un rayon d'un kilomètre. Si on n'est pas en sécurité avec tout ça…

Il pousse un grognement. C'est tout lui, de considérer que, même ça, ce n'est peut-être pas suffisant.

— Bon, d'accord. Tu as ma bénédiction.

Je glousse de joie et le serre dans mes bras de plus belle.

— Merci, *fara* ! Je te rapporterai un souvenir de la cité royale.

Il secoue la tête.

— Contente-toi de te rapporter, toi. (Il réfléchit un instant.) Quoique je ne dirais pas non à un morceau de chocolat, si tu en trouves.

Je souris.

— Bien sûr !

J'aide *fara* à ranger le reste des remèdes, folle de joie. Mon nom d'emprunt figure dans le registre. J'ai la bénédiction de *fara*. Il ne me reste plus qu'à attendre des nouvelles de Hen. Je commence justement à redouter que la deuxième phase ne consiste à aller négocier sa sortie de prison lorsque des pas légers s'approchent de l'écurie et qu'elle entre en sautillant.

— Zahru ! lance-t-elle, tout essoufflée.

Elle porte une *jole* verte qui dévoile ses bras, et sa peau brune est rehaussée de poudre de perles. Des spirales dorées – le symbole de Numet – décorent ses biceps, et des gouttelettes d'émeraude et d'or tintent dans ses cheveux. Elle porte sous son bras un paquet enveloppé de tissu rouge, qui carillonne quand elle bouge.

— Tu es magnifique, Hen.

— À la réserve, vite !

Elle me passe devant sans même me jeter un coup d'œil.

— Tout va bien ?

— On n'a pas le temps de discuter. La deuxième phase s'est bien passée, mais ils ont commencé à faire embarquer les invités.

Elle disparaît derrière le rideau beige de la réserve, et je la suis en évitant de justesse de renverser une grosse carafe d'eau.

— Tu veux dire qu'ils font monter tout le monde sur le bateau ? Là, maintenant ?

— Déshabille-toi !

— Il s'est déjà écoulé une heure ? (Je rentre les bras dans ma tunique pour la retirer, pendant que Hen déplie le tissu rouge sur un sac de grain.) Attends, là. Comment se fait-il que la deuxième phase t'ait pris tout ce temps ?

— Tais-toi et enfile-moi ça !

Elle soulève la robe rouge et me fait signe de lever les bras avant de la faire passer par-dessus ma tête. Le tissu moiré épouse mon corps en chatoyant du rouge à l'or sous les rayons du soleil. C'est une *jole* sans manches, comme celle de Hen, mais elle se noue devant au lieu de fermer sur le côté, et retombe en plis soyeux qui effleurent le sol.

— Hen… c'est magnifique ! dis-je en regardant par-dessus mon épaule.

Un décolleté dénude presque entièrement mon dos, et seules de fines chaînes d'or retiennent le tissu. Hen s'affaire autour de moi et répare l'une des chaînes en la pinçant doucement.

— C'est banal, surtout, grommelle-t-elle. Mais *mora* a refusé que je t'habille entièrement en roseaux, alors j'ai dû me contenter de ça.

— C'est de la soie de feu ?

— Regarde devant toi.

J'obéis. Hen attrape un des objets qu'elle avait enroulés dans la robe – un pinceau long et fin et un petit pot de pigment noir – et me saisit la mâchoire de sa main libre.

— Ferme les yeux.

— Je me suis déjà maquillée, dis-je en sentant le pinceau glisser sur ma paupière.

— Oui, oui.

Le pinceau termine sa ligne par une petite arabesque.

— J'espère que tu ne me dessines pas un truc cochon.

Hen ricane.

— Hen !

— Mais non ! T'inquiète.

Le pinceau disparaît avant d'aller effleurer la paupière de mon œil gauche.

— Rassure-moi : il n'y a pas de troisième phase. Hein ? Parce que, quand je t'ai demandé si je devais démontrer mes talents en potion, tu ne m'as pas répondu…

L'arabesque qu'elle dessine de ce côté-ci est différente de la première. Puis elle s'attaque à la paupière inférieure.

— Les autres ont dû prouver leur identité au temple, souffle-t-elle. Mais nous, on n'en a pas besoin.

— Comment ça ? (Le pinceau s'écarte, et je regarde Hen.) Tu… as passé un accord avec quelqu'un ?

Hen réfléchit un instant avec un petit sourire aux lèvres.

— Oui ?

— Quand tu me donnes une réponse qui ressemble à une question, comme ça, j'ai toujours l'impression que tu me mens.

— Quand tu me poses une question dont tu connais déjà la réponse, comme ça, j'ai toujours envie de te mentir.

— Tu as fait du chantage à quelqu'un.

Hen me décoche un grand sourire et détache mes cheveux. Elle fixe de petits cristaux aux mèches brunes qui ondulent autour de mon visage puis se retourne vers le sac de grain pour y attraper un délicat filet de chaînes en or. Elle démêle le tout pour en faire trois boucles qui se rencontrent en un point où est fixé un pendentif en grenat. Une rune de protection est gravée dans la pierre. Je comprends ce que c'est au moment où Hen s'apprête à le poser dans mes cheveux, et je la retiens par les poignets.

—Je ne peux pas accepter, Hen.

—Pourtant ça t'appartient.

—Non, c'était à ma mère et, maintenant, c'est à la tienne. Ma mère lui en a fait cadeau juste avant de mourir.

—*Mora* tient à ce que tu le portes.

Elle fixe une dernière épingle de façon à ce que le pendentif caresse ma tempe gauche, puis elle entreprend de dompter quelques mèches folles. Je suis submergée de gratitude pour tout ce qu'elle a fait pour moi.

—J'en prendrai bien soin, dis-je.

—Je sais.

Puis elle me saisit par la main et ressort de la réserve. *Fara* se retourne de la petite table, où il était occupé à préparer un cataplasme, et sourit en nous regardant.

—Vous êtes d'une beauté royale, les filles, commente-t-il. Mais vous devriez vous dépêcher. J'ai cru entendre que les invités avaient déjà commencé à embarquer.

—Oui, *fara*. Désolée. (Je vais l'embrasser sur la joue en vitesse.) Je t'aime très fort. À demain !

—Moi aussi, je t'aime, Zahru, lance-t-il dans mon dos.

Je crois l'entendre ajouter quelque chose sur les bonnes décisions, mais nous sommes déjà dehors. Je retiens ma coiffure d'une main, tandis que Hen rassemble ses jupes. Le soleil du désert nous brûle les épaules.

J'étouffe un juron.

— Par Rie ! Je n'arrive pas à le croire. On va vraiment y aller ! (J'éclate de rire tandis qu'on tourne au coin d'une rue, vives comme des antilopes.) Tu imagines ce que les candidats doivent se dire en ce moment même ? J'ai les nerfs en pelote rien qu'à l'idée d'être spectatrice. Je parie que tout le monde va juger leurs moindres faits et gestes. Un sourire de travers, et c'est fini. Envolés les rêves de gloire éternelle.

Hen hausse les épaules.

— Et envolé le risque d'une mort imminente.

— Un risque de mort ? (On contourne une jeune femme avec un bébé dans les bras.) Les enfants du mestrah ne sont pas censés s'entre-tuer, quand même ?

— Oh, non. Mais j'ai lu tout ce que je trouvais sur les Traversées du passé, et… il y a parfois des candidats qui meurent. Entre assassins mercenaires, hyènes affamées et tempêtes de sable…

Mon estomac se noue sous le coup de la pitié. Je pensais tout naturellement que la famille royale bénéficiait d'une sorte de protection divine, d'autant plusque les candidats sont traités comme des célébrités depuis une semaine. Tout le monde semble se concentrer sur les avantages qu'il y a à être sélectionné : voir son nom entrer dans l'Histoire, vivre au palais. Je n'avais pas réfléchi à la raison pour laquelle la récompense est telle.

— Oh, mes dieux. Et ils passent au moins une semaine dans le désert. Pas vrai ?

— Oui. Enfin, sauf s'ils se perdent.

— Ce serait horrible, dis-je tandis que nous arrivons dans le haut quartier. (La rue est bondée de monde, alors Hen m'entraîne vers le côté, où il y a un peu de place.) Tu imagines ? Se soumettre à tout ce cirque, subir toute cette pression, tout ça pour finir enterré par une tempête de sable ?

— Oh, ils peuvent se servir de leur magie, mais bon… (Hen me jette un regard malicieux tandis qu'on se faufile entre un homme en tunique marron et une fillette avec des couettes.) Si Gallus est élu, on pourra l'imaginer se faire courser par toutes sortes de bestioles enragées.

Je ricane à l'idée de mon ex occupé à repousser les attaques d'un serpent à sonnette tout en s'efforçant de ne surtout pas se décoiffer.

— J'espère que quelque chose viendra lui mordre le derrière dans son sommeil.

— Moi, j'espère que quelque chose viendra lui mordre le…

— Chut ! dis-je en riant tout en plaquant une main sur sa bouche. (Sous nos pieds les briques chaudes ont cédé la place au bois frais.) Tu ne peux pas dire ça ici. Attends au moins qu'on soit à bord.

La foule est de plus en plus dense, et nous nous faufilons à grand renfort d'excuses lorsque, soudain, nous débouchons sur le quai – une longue structure de bois insubmersible et de piliers de fer, auxquels sont amarrés des bateaux de toutes tailles. Les soldats forment un demi-cercle autour du prêtre et de ses assistants, pour maintenir les badauds à distance. L'un d'eux nous voit approcher, avec nos tenues élaborées, et nous laisse passer sans un mot. La foule grommelle, envieuse.

J'avoue que toute cette attention me donne un petit frisson délicieux. D'habitude, c'est moi qui regarde les autres partir.

Galena se tient au bout d'une large passerelle, et il me faut un moment pour me rendre compte qu'elle ne mène pas au vaisseau de verre. Elle conduit à une embarcation taillée dans un bois étonnant, dont les motifs noirs et dorés évoquent une version surdimensionnée de la girafe de *mora*. Le pont en est surmonté d'un auvent rouge sombre, sous lequel des dizaines d'invités se protègent du soleil, vêtus de leurs plus beaux tissus, parés de fines couronnes ou de bagues dont les gemmes étincellent de toutes les couleurs. Je reconnais le jeune homme qui donnait autrefois des cours d'écriture à Hen, ainsi que la joaillière – pas étonnant que sa femme tienne la boutique toute seule. La passerelle qui conduit au vaisseau de verre se trouve du côté du prêtre. Un garde particulièrement trapu en surveille l'accès.

Le mestrah a dû envoyer un bateau pour les spectateurs et un autre pour les candidats. Je suis un peu déçue qu'on ne fasse pas le voyage sur le vaisseau de verre, Hen et moi, mais à ce stade je me contenterais d'un vieux canot qui prend l'eau.

— Il y a juste un truc auquel on n'avait pas pensé, dis-je à voix basse en passant le bras sous celui de Hen. La ville entière a les yeux rivés sur nous, y compris l'apothicaire à qui je viens d'acheter des pommades et ta némésis, qui va peut-être se rappeler qu'elle m'a donné ses propres chaussures ce matin. La punition, si on se fait prendre, c'est bien d'être simplement interdites de banquet ?

— Ne t'inquiète pas. Personne ne va te reconnaître. Tu es maquillée correctement, pour une fois.

Je m'esclaffe.

— Je sais très bien me maquiller toute seule !

— Oui, oui. (Elle se recoiffe puis ajuste un pli de ma robe.) Je te l'ai déjà dit : ils se fichent pas mal des spectateurs. Ils ne te destituent de ton nom et n'attirent la honte sur ta famille que si tu essaies de te faire passer pour une candidate. Alors détends-toi, tu es en train de froisser la soie.

Je souffle lentement en m'efforçant d'adopter une miette de l'assurance de Hen. Ça ne sert à rien de m'angoisser comme ça. Soit notre plan va fonctionner, soit il va échouer, mais au moins j'aurai essayé. Je récolterai peut-être même une réputation sulfureuse. Je crois que ça me plairait que les gens me regardent de travers, par peur que je fasse soudain quelque chose de téméraire.

— On prend son temps, à ce que je vois, gronde le prêtre sans se départir de sa mine renfrognée. (Les mots tatoués sur ses épaules scintillent d'or incrusté.) Vous avez de la chance qu'on aime attendre en plein soleil que vous décidiez de vous montrer.

— Toutes nos excuses, *adel*, dit Hen en s'inclinant, le bras replié devant la poitrine. (Je l'imite.) Nous n'avions pas vu l'heure.

— Laquelle d'entre vous est Hen, et laquelle est Lia ?

— Je suis Hen, répond-elle en s'avançant d'un pas.

Galena s'approche d'elle en souriant. Elle me salue également, mais Hen n'a pas menti au sujet de mon maquillage : le regard de Galena ne trahit qu'une curiosité bienveillante, dieux merci. Elle est toujours pieds nus, et j'éprouve l'envie subite de lui faire un câlin.

— Enchantée, Hen. Je suis Galena, déclare-t-elle.

— Oui, je sais qui vous êtes, rétorque mon amie en croisant les bras.

Je me racle la gorge, et heureusement Hen n'ajoute rien.

Galena hausse un sourcil mais se contente de désigner la passerelle.

— Si vous voulez bien me suivre.

Je me mords la joue pour m'empêcher de hurler de joie. J'ai du mal à y croire. On a réussi ! Après une semaine d'incertitudes, après toutes nos petites frayeurs, on peut enfin se détendre. On y est arrivées. On y est, et maintenant que Hen a fait… ce qu'il fallait… pour établir notre identité, plus rien ne se dresse en travers de notre chemin. On va passer la nuit au palais, une soirée mémorable rien que pour nous deux, un trésor que personne ne pourra jamais nous enlever.

Un souvenir que je pourrai déplier chaque fois qu'elle me manquera.

On se dirige vers la passerelle, mais le prêtre me retient par le bras.

— Où allez-vous comme ça ?

Mon cœur se serre. Il est au courant. Il a tout compris et, naturellement, il a attendu le pire moment pour révéler la…

— Ça, c'est le bateau des spectateurs, ajoute-t-il. Pour les candidats, c'est par là.

Chapitre 3

L'espace d'un instant le monde se vide de tout bruit. J'ai dû mal comprendre. Ou alors, sous le coup de la panique, je suis entrée dans un état de transe où je comprends le contraire de ce qu'on me dit.

— Je vous demande pardon, dis-je. Mais vous devez faire erreur.

Le prêtre plisse les yeux. De près je remarque qu'ils sont orange, avec des pupilles verticales, comme ceux d'un chat.

— Vous êtes Lia, fille de Rai ?

Je déglutis.

— Oui.

— Dans ce cas je vous suggère d'apprendre à lire, jeune fille. Tous les maîtres magiciens de votre âge sont désignés candidats, pourvu qu'ils soient de rang supérieur. C'est écrit sur la première ligne de l'invitation que vous avez reçue.

Une chaleur subite me prend à la gorge. Il croit que je suis maîtresse. J'ignore ce qui lui fait penser ça mais je soupçonne, avec un frisson d'horreur, que Hen a oublié un détail quand elle a ajouté mon nom à liste.

— Il y a un problème ? demande Hen en revenant près de moi.

— Il se trouve que je fais partie des candidats ! dis-je beaucoup trop joyeusement. Parce que je suis déjà passée maîtresse. C'est génial, pas vrai ?

Hen pâlit, sa belle assurance envolée. Je crois bien que c'est la première fois que je vois de la peur sur son visage, et ça me terrifie encore plus que ce qu'affirme le prêtre.

— Oh, souffle-t-elle. Parce que Lia était… (Elle toussote.) En êtes-vous sûr ? Je suis certaine que son invitation disait qu'elle était spectatrice.

Parce que Lia (ma mère) *était maîtresse en magie.* La chaleur se fraie un chemin jusqu'à mon ventre. Hen m'a juré qu'ils ne relisaient pas la liste de noms à la dernière minute, pourtant il semblerait que quelqu'un s'en soit donné la peine. Des gouttes de sueur perlent sur ma nuque tandis que le prêtre rouvre le registre.

— Ah, oui, marmonne-t-il en fronçant les sourcils. Il y avait quelque chose d'irrégulier concernant votre nom. Il a dû être ajouté avec un peu de retard, mais mon contact au palais m'a assuré que vous étiez bien candidate. Vous avez dû recevoir une invitation erronée. Surprise ! (Il fait semblant de lancer une poignée de confettis en l'air.) Toutes mes excuses – et toutes mes félicitations. Maintenant faites vos adieux. Nous devons y aller.

— Euh, c'est-à-dire que…

— Juste un instant ! intervient Hen avant que le prêtre se retourne vers la passerelle.

— Qu'est-ce que tu fabriques ? dis-je tout bas tandis qu'elle m'entraîne à l'écart. Il faut qu'on avoue la vérité, sur-le-champ. Je ne peux quand même pas faire partie de la sélection !

— Tu te souviens de ce que j'ai dit sur la honte éternelle qui affligerait ta famille et te dépouillerait de ton nom si tu essayais de te faire passer pour une candidate ?

— Oui.

— Eh bien, c'est exactement ce qui t'arriverait.

— Ce n'était pas prévu, ça !

— Je le sais bien ! (Elle tire sur une mèche de ses cheveux, les yeux brillants de larmes. Si elle se met à pleurer, je vais craquer.) Je suis désolée. Oh, mes dieux, je suis vraiment désolée. Je ne comprends pas ce qui a pu se passer. Même s'il a regardé le registre, je pensais que… La personne qui a vérifié les noms aurait dû se rendre compte que tu étais beaucoup trop jeune pour être ta mère. Tu serais restée sur la liste des spectateurs. Ils sont tellement débordés ; ils n'ont pas dû faire attention à sa date de naissance…

— Qu'est-ce que je vais faire ?

Les gens nous regardent de travers en grommelant. On fait traîner les choses, et les curieux ne sont plus seulement impatients de voir les navires s'en aller. Ils veulent savoir pourquoi cette jeune fille qu'ils ne reconnaissent pas fait attendre le vaisseau de verre. Si j'essayais de m'enfuir, est-ce qu'ils me laisseraient passer ?

— N'essaie même pas de t'enfuir, chuchote Hen comme si elle avait lu dans mes pensées. Je suis désolée, mais c'est impossible. Les gardes te rattraperaient en un clin d'œil, et les familles des autres candidats prennent la chose très au sérieux. S'ils croient que tu essaies de saboter leurs chances, ils vont t'en vouloir à mort, Zahru. Ils pourraient s'en prendre à *fara*.

— Bizarrement, ça ne m'aide pas du tout !

— Je sais ! Écoute, ça peut encore bien se terminer. (Elle pose les mains sur mes épaules, et je me laisserais peut-être convaincre par le calme qui s'inscrit sur son visage si je n'étais pas occupée à imaginer une foule furieuse prenant d'assaut l'écurie de mon père.) Ce n'est pas idéal mais ce n'est pas si grave. Tu n'as plus besoin de prouver quoi que ce soit. La prochaine étape, c'est le banquet. Tu t'y connais suffisamment en potions pour faire bonne impression. Tant que tu ne te vantes pas, ça devrait aller. Au pire, tu n'as qu'à t'évanouir. Les héritiers ne vont pas s'amuser à choisir quelqu'un qui ne supporte même pas la pression d'un banquet au palais.

Je souffle doucement en m'efforçant de me calmer. Hen a raison. Personne n'a lieu de soupçonner que je ne suis pas celle que je prétends. Le seul danger, à présent, ce serait que je sois sélectionnée pour faire partie d'une des équipes, mais les chances seraient très faibles même si j'étais vraiment ma mère. Je peux tenir des conversations passionnantes. Après, il ne me reste plus qu'à ne surtout pas attirer l'attention des héritiers royaux, et tout devrait bien se passer.

— Bon, d'accord. (J'avale ma salive.) Mentir à tout le monde, m'évanouir si besoin. Je devrais pouvoir y arriver.

Je sursaute quand on me tapote l'épaule.

— Voulez-vous que je vous présente au mestrah comme étant la cause de notre retard ? gronde le prêtre. Ou préférez-vous le lui avouer en personne ?

Je fais volte-face.

— Pardon ! J'arrive !

Je jette un dernier regard paniqué à Hen, qui m'observe d'un air à la fois coupable et démuni. Elle ne tressaille même pas quand Galena la prend par le bras pour la guider vers la passerelle. La distance qui nous sépare se creuse comme un gouffre. Je sais que ce n'est que pour quelques heures mais je ne peux m'empêcher d'y voir un avertissement des dieux – comme s'ils me tapaient sur les doigts pour avoir osé vouloir quelque chose de plus que ce à quoi je suis destinée.

En m'engageant sur la passerelle j'ai l'impression de passer du mauvais côté d'un rêve.

Hen me regarde par-dessus l'eau, les mains sur le bastingage, l'air rassurant. Les serviteurs soufflent dans de longues cornes de buffle recourbées. Le son fait vibrer la coque de verre en une complainte dangereuse, et la foule pousse des cris tandis que les autres candidats se pressent autour de moi. Le bateau s'écarte de la rive. Mon foyer recule petit à petit, de plus en plus vite. J'arrive même à sourire et à saluer les badauds… jusqu'à ce qu'on passe devant la colline où sont juchées les écuries de *fara*, et où deux silhouettes familières nous font de grands gestes d'adieu.

En regardant la rive du fleuve filer devant moi, je repense à *mora*.

La mère de Hen a plusieurs stratégies pour gérer les moments de stress. Certaines se résument à de simples exercices de respiration, d'autres consistent à tramer une froide revanche contre tel client coupable, au point de lui faire regretter d'avoir vu le jour. J'ai décidé d'établir ma propre stratégie et de considérer que cet incident fait tout simplement partie de mon récit. Après tout, c'est exactement le genre de mésaventure qui lance les meilleures histoires. Et puis, alors que tout semble perdu pour le héros ou l'héroïne, il ou elle est sauvé par un coup de génie du destin ou par un magnifique inconnu. Je me contenterais largement d'être sauvée par Hen, quoique l'idée d'un magnifique inconnu ne me déplaise pas du tout. Mais, d'abord, il faut que je laisse le conte se dérouler devant moi.

J'ai donc trouvé un endroit où m'accouder au bastingage, sous l'auvent bleu dont le tissu diffuse de la brume, loin des autres candidats. De là je peux savourer tout ce que je pensais ne jamais voir qu'en rêve. Le vaisseau qui tangue doucement sous mes pieds, la brise du fleuve dans mes cheveux. Le verre poli sous mes doigts, parcouru d'éclats colorés quand les rayons du soleil s'y posent. Des poissons nagent sous la coque tels des joyaux chatoyants, et les crocodiles dessinent des fissures noires dans l'eau, merveilleusement vivants sous mes pieds. Même le désert me paraît plus mystérieux et plus infini que jamais, avec ses plateaux qui frôlent l'horizon dans toutes les directions. À chaque ville que nous traversons, les gens se pressent sur la rive pour nous souhaiter bonne chance. J'arrive presque à croire que j'ai le droit d'être ici.

Il y a seulement un petit problème auquel ni Hen ni moi n'avions pensé. Une fois au palais, je pourrai me mêler aux centaines d'autres candidats et me perdre dans la foule. Mais sur ce bateau nous ne sommes que sept, ce qui m'inquiéterait beaucoup moins si Gallus ne faisait pas partie du groupe.

— Voulez-vous boire quelque chose, *adel*? demande une serveuse.

Elle porte un plateau sur lequel se trouve un unique calice de bronze.

— Avec plaisir, merci.

J'admire les minuscules fleurs blanches à la surface de la boisson, qui sent la vanille. Je viens d'y goûter quand la serveuse reprend la parole.

— C'est le jeune homme en vert qui vous l'offre.

Et c'est ainsi que s'achève ma paisible solitude. Je n'espérais pas non plus pouvoir passer la soirée entière sans parler à qui que ce soit, et j'ai sans doute intérêt à m'entraîner un peu avant de me présenter aux héritiers royaux sous mon identité d'emprunt. Je survole le pont du regard à la recherche du jeune homme en vert. Je vois une jeune fille menue à la peau couleur de bronze et un garçon au teint très pâle et aux joues roses, puis une autre fille aux cheveux d'argent qui se tient à l'avant du bateau, avant de risquer un coup d'œil aux deux garçons assis sur un banc en compagnie de Gallus. Je glousse d'avance à l'idée qu'un de ses amis ait décidé de m'offrir un verre quand, brusquement, je me rends compte que c'est Gallus, le jeune homme en vert. Je recrache mon jus sur le bastingage. Je n'en reviens pas qu'il use toujours de la même technique – ou que j'en fasse l'expérience pour la deuxième fois. Je repose la coupe sur le plateau.

— Toutes mes excuses. Pouvez-vous lui dire que ça ne m'intéresse pas ? Et que je souffre d'une maladie contagieuse ?

Elle écarquille les yeux.

— Une maladie contagieuse ?

— Oui, comme la brûlotite par exemple, ou la magerole. Oh, ou la moisite des dents !

Elle reporte son regard sur la coupe que je viens de reposer.

— Euh… oui, bien sûr.

Mais c'est trop tard. Gallus s'est levé, visiblement interloqué que quelqu'un ose lui résister, et il s'approche déjà. Je prie tous les dieux que je connais pour que ses amis le rappellent en riant, ou pour que le vaisseau chavire, mais les dieux ont dû décider qu'ils ne voulaient plus m'entendre, parce que Gallus s'avance vers moi.

Ce n'était pas censé se passer comme ça. J'ai tenu cinq lunes à faire comme si Gallus n'existait pas, et je comptais bien passer le restant de mes jours sans plus jamais lui adresser la parole. Bon, peut-être pas plus jamais du tout, mais pas avant d'avoir accompli quelque chose de grandiose et mémorable, comme le défi qui nous attend ce soir – après quoi je serais allée frapper à sa porte pour lui jeter un verre de vin à la figure, parce que c'est ce que font les gens importants à ceux qui ont osé leur dire qu'ils ne valaient rien.

Certes, Gallus n'a peut-être pas dit ça mot pour mot, mais il m'a expliqué qu'il était temps pour lui de « prendre les choses au sérieux ». Il voulait s'investir dans des relations qui puissent mener à un mariage potentiel, c'est-à-dire avec des filles douées de « vraie » magie et promises à un avenir intéressant. Pas avec des filles qui se croyaient dotées de tout ça jusqu'à ce qu'il leur dise le contraire.

— J'ignore ce que tu as entendu dire sur moi, lance Gallus en s'approchant du bastingage d'une démarche arrogante. Mais je t'assure que je voudrais simplement t'inviter à venir t'ass…

Je m'éloigne en direction de la proue. Les deux autres garçons m'observent d'un air amusé.

— Hé, plaide Gallus.

Je ne me retourne pas. Clairement il ne m'a pas reconnue avec tout ce maquillage – il aurait trouvé autre chose à me dire, sinon –, et si je m'approche de la fille aux cheveux argentés, peut-être qu'on pourra former une alliance immédiate et intimidante, histoire de dissuader Gallus. Étant donné ce qui risquerait de m'arriver si je me faisais attraper, je ne pense pas que Gallus s'abaisse à révéler mon identité au prêtre, mais je me suis déjà trompée sur son compte.

— Attends ! Est-ce que tu étais chez Kay hier soir ? insiste-t-il en me courant après. Je pense que je m'en souviendrais, mais si j'ai été un peu mufle ou…

Il parle sans doute d'une soirée des hauts quartiers, et je brûle de lui répondre que, oui, il a été très mufle. Est-ce que ça se remarquerait si je sautais par-dessus bord ? Je me mordille l'ongle du pouce en me disant que, même si ça dévoilait mon identité, ça m'épargnerait cette conversation, mais Gallus me prend la main pour l'écarter de mon visage.

— Zahru ?! chuchote-t-il.

Il a l'air consterné, et pas parce qu'il a honte de m'avoir fait servir ce verre. Mais il faut croire que je réfléchis mieux sous le coup de la panique, parce que je décide sur-le-champ qu'il ne me gâchera pas mon plaisir. Après tout, il ne sait pas que je ne suis pas encore passée maîtresse ou que je n'ai pas reçu d'invitation par quelque hasard miraculeux. C'est même la revanche parfaite pour la façon dont il a rompu avec moi. Je suis la dernière personne qu'il s'attendrait à voir ici.

— Oh, dis-je en lui jetant à peine un coup d'œil. Bonjour à vous, quel que soit votre nom.

—Zahru, tu sais très bien comment je m'appelle. Qu'est-ce que tu fabriques ici ?

Il m'entraîne à l'écart, où personne ne nous entendra. Ça me rassure. Il ne s'est pas complètement transformé en gros snob moralisateur.

—Oh, pas grand-chose. J'observe mes futurs adversaires.

—Quoi ? Mais comment est-ce possible ? (Je pourrais me vexer, mais son air ahuri m'amuse beaucoup trop.) Non, ce doit être une erreur. Est-ce que le prêtre est au courant que tu n'es que souffleuse ?

—Ne sois pas grossier, dis-je tranquillement, comme si mon cœur ne tambourinait pas sous mes côtes. Évidemment, qu'il est au courant.

—Et tu es venue malgré tout ? Est-ce que tu as bien réfléchi ?

—Malgré quoi ? Qu'est-ce que tu essaies de me dire ?

—On n'est pas dans un de tes rêves farfelus, Zahru. Le désert, c'est dangereux. Il y a des tempêtes de sable, des brigands, des bêtes sauvages…

Si seulement j'arrivais à croire qu'il s'inquiète pour moi, et pas pour ce qui me fait défaut.

—Et je n'ai pas la moindre chance face à de « vrais » magiciens comme toi. C'est ça ?

—Je suis très sérieux. Ce n'est pas parce qu'on n'est plus… (Il regarde par-dessus mon épaule, et mon cœur s'emballe à l'idée que, peut-être, ça n'a pas été facile pour lui non plus. Puis il baisse la voix, et je me rends compte qu'il voulait seulement s'assurer que personne ne nous écoute.) Ce n'est pas parce qu'on n'est plus ensemble que je ne me fais pas du souci pour toi.

J'éprouve un pincement au cœur.

—Ne parle pas trop fort. Tes amis risqueraient de t'entendre.

—Zahru…

—Enfin, bref. Ça me flatte que tu puisses croire que j'ai été sélectionnée, mais tu n'as vraiment aucun souci à te faire. Je sais pertinemment que je n'ai aucune chance. Je veux simplement voir le palais.

—Ah.

Ça le démange de me dire qu'il n'y croyait pas vraiment, je le vois bien. Gallus adorait me faire la leçon, m'expliquer que mes rêves étaient terriblement naïfs, mais il doit trouver que cette fois ça n'en vaut pas la peine parce qu'il ne dit rien. Je n'ai qu'une envie, c'est laisser cette conversation mourir dans un silence gêné, mais je me rends brusquement compte qu'il ne doit surtout pas aller raconter à ses petits camarades qui je suis. Si mon vrai nom s'ébruite, le prêtre risque de s'agacer suffisamment pour y regarder de plus près.

—Et puis, arrête de m'appeler Zahru, dis-je dans un souffle en jetant un coup d'œil au prêtre, assis dans la cabine de verre en compagnie des serviteurs. Mon nouveau nom, c'est Lia.

—Ah! (Son regard s'éclaire soudain, et il se passe une main sur le visage en soupirant.) C'est encore une combine de Hen.

—Oui, et il ne faut surtout pas que tu en parles, Gallus. Je suis très sérieuse. Je risquerais de me faire flageller sur la place publique, ou alors on se retrouverait en prison, *fara* et moi, ou… ou pire encore!

— Donc ça t'arrive de réfléchir aux conséquences de tes actes, parfois.

— Évidemment, que ça m'arrive ! Ce n'était pas censé se passer comme ça. Hen voulait m'ajouter à la liste des invités, mais comme on a utilisé le nom de ma mère et qu'ils n'ont pas vérifié sa date de naissance…

Gallus soupire de plus belle. J'aimerais croire qu'il est soulagé parce qu'il sait comment m'aider mais, au fond, je sais qu'il est seulement content de comprendre comment une bête souffleuse comme moi a pu arriver au même niveau que lui. Il s'accoude au bastingage d'un air nonchalant. Il a recouvré le contrôle de la situation, et avec, toute son arrogance.

— Ne t'inquiète pas, je ne dirai rien, reprend-il, sincère. Ça me fait plaisir de te rendre service. Détends-toi, donne des réponses évasives aux héritiers s'ils te posent des questions, et tu devrais passer une merveilleuse soirée.

— Merci.

Je ne vois pas quoi ajouter face à un conseil pareil. Cependant je suis soulagée qu'il garde mon secret, alors je m'interdis toute repartie bien sentie.

L'eau clapote doucement contre la coque du navire. Un couple d'oies mouchetées glousse dans les roseaux, et pour une raison que je ne m'explique pas, Gallus reste près de moi.

— Tu es très jolie, au fait, dit-il.

Je me force à sourire puis m'absorbe dans la contemplation de mes ongles. J'espère qu'il n'attend pas de compliment équivalent, parce que c'est trop m'en demander.

— Désolé, j'ai paniqué, poursuit-il en se décalant légèrement. Il faut dire que… la concurrence est rude. Les chances d'être sélectionné…

— Je ne m'inquiète pas pour toi, Gallus. (Je soupire. Ça m'agace de l'admettre, mais je le connais assez pour deviner qu'il est fébrile, et je ne supporte pas de le voir dans cet état – ce qui m'agace encore plus.) Tu es intelligent et doué. Si les héritiers cherchent un fileur de feu, tu seras leur premier choix.

Il tourne la tête vers moi. Je garde les yeux rivés sur les oies, mais son sourire ne m'échappe pas.

— Merci, dit-il. Tu sais, je n'ai jamais eu l'intention de te blesser. Seulement… il fallait bien qu'on grandisse un jour. Pas vrai ?

Je m'écarte du bastingage.

— Il faut que j'y aille.

Gallus hoche la tête lentement.

— Bon. Ça m'a fait plaisir de te voir.

Je lui tourne le dos, et un gros soupir m'échappe. J'ai survécu à ça, alors le reste de la soirée ne devrait pas me poser de problème. Je me dirige vers la proue et la fille aux cheveux d'argent lorsque Gallus me rappelle.

— Euh… Lia ?

Je me raidis mais lui jette un regard par-dessus mon épaule. Il est paré de ses plus beaux atours, et je le revois presque sur le seuil de l'écurie, nimbé des rayons du soleil et tout essoufflé d'avoir couru dans sa hâte de me retrouver.

— Il vaudrait peut-être mieux que tu ne parles à personne ce soir, dit-il.

— C'est très encourageant, merci.

— Non, je voulais dire… Pas trop franchement. Évite d'annoncer à la princesse que tu l'imaginais plus mystique – ce genre de chose.

Il n'a peut-être pas tort, mais ça rappelle à mon pauvre cœur endolori tous les défauts qu'il me trouvait, et j'ai mal à l'idée qu'il puisse avoir raison. *Quelle machination aberrante,* semble dire son regard. *C'est quand même triste qu'elle refuse de rester à sa place.* Non. J'ai assez perdu de temps comme ça à m'inquiéter de ce que Gallus pensait de moi. Je ravale ma douleur et m'efforce de faire comme s'il n'y avait jamais rien eu entre nous. Aujourd'hui je suis maîtresse en potions, je fais partie de l'élite d'Orkena, et ce n'est pas un fileur de feu prétentieux qui va me gâcher ma soirée.

Je redresse les épaules et m'éloigne.

Très vite Gallus est chassé de mon esprit. Je remarque que les autres se sont rassemblés à l'avant du bateau et désignent quelque chose que je ne vois pas. Nous sommes entrés dans la cité royale, où les rives du fleuve sont encombrées de curieux habillés des plus beaux vêtements que j'aie jamais vus : des châles de brume et des couronnes de lierre rouge ; des bracelets d'or et des soies chatoyantes rehaussées de cristaux. Même les chats et les chiens portent des colliers étincelants, et derrière la foule se dressent des demeures en pierre de sable blanc, tels des nuages d'orage avec des balcons de fer forgé où poussent des plantes vertes et des arbres à fleurs. Puis le navire s'engage dans un coude du fleuve, et je ne suis pas la seule à étouffer un cri.

C'est un peu comme apercevoir, après une vie passée à la lumière des bougies, son premier feu de brousse. Le palais royal est un géant dont le soleil couchant dessine les contours immenses. Il est surmonté de nombreuses flèches de pierre pâle où sont sculptés les corps des dieux : le flambeau de Numet domine le centre du palais tandis qu'elle regarde vers l'est ; son frère Rie, le dieu de la mort, surveille l'ouest, ses ailes majestueuses repliées dans son dos. Les neuf dieux mineurs les entourent, sertis de joyaux. Apos, dieu de la tromperie ; Rachella, déesse de l'amour. Oka, Valen et Sabil, dieux du jugement, du destin et de la magie. Talqo, Aquila et Tyda, déesses de la guérison, de la connaissance et de la patience. Cybil l'intrépide, déesse de la guerre, avec, juché sur son poing, son fidèle faucon aux ailes déployées – dont les plumes de métal sont reproduites sur l'armure que portent nos soldats.

L'or fait briller le mur d'enceinte, et tandis que notre navire approche, les sorts de protection qui y sont gravés vibrent et luisent doucement. Un tunnel carré s'ouvre devant nous dans un grondement. Nous flottons le long d'un passage étroit qui finit par déboucher sur un vaste port intérieur éclairé par des flambeaux. Nous avançons sous une voûte carrelée de porcelaine et d'or, entre des arbres aux petites feuilles rouges comme des rubis et aux fleurs d'un blanc pur, jusqu'à un ponton en bois de séquoia flanqué de gardes. Il y a plus de plantes dans cet embarcadère que je n'en ai jamais vu dehors.

Complètement fascinée, je n'ai pas remarqué que la paroi se refermait derrière nous, jusqu'à ce qu'un « boum » retentissant me tire de ma rêverie.

Le bateau de bois ne nous a pas suivis. Les spectateurs vont débarquer ailleurs.

Respire, Zahru, me dis-je lorsque notre navire s'immobilise enfin. *Il te suffit de passer inaperçue.*

— Bienvenue à Juvel, lance le prêtre tandis que les concurrents se précipitent vers la passerelle. (Je les laisse passer devant, mais même Gallus est trop préoccupé pour faire attention à moi.) Par ici, je vous prie, et ne traînez pas. Une certaine personne nous a mis en retard.

Ses yeux orange s'arrêtent sur moi, et je m'empresse d'observer quelque chose au loin alors que les autres regardent par-dessus leur épaule. Moi qui voulais passer inaperçue… Heureusement tout le monde se remet en mouvement, et les candidats s'entraînent à jeter des sorts discrets mais compliqués, dans l'espoir de prouver leur habileté et de prendre l'avantage. Un garçon fait tourner une boule de vent au-dessus de sa paume ; la fille aux cheveux argentés taille son propre souffle en une lame de buée gelée. J'évite de les admirer trop ouvertement mais, à part Gallus, je n'ai pas souvent eu l'occasion de voir les hautes magies à l'œuvre. Tous ceux et celles qui en sont doués quittent Atera dès qu'ils passent maîtres. Ce sont eux qui deviennent nos soldats et nos architectes, qui amusent et protègent le palais. Je ne peux m'empêcher de trouver magnifique ce qu'ils font.

Puis je me surprends à regarder Gallus, qui transforme une flamme blanche en bleue, et je reporte mon attention sur le jardin.

—Voici comment la soirée va se dérouler, déclare le prêtre lorsque nous passons entre deux des arbres étranges pour nous engager dans un haut couloir de section triangulaire. Vous allez assister à trois banquets, un pour chacun des héritiers. Le prince Kasta, étant l'aîné, a le droit de choisir en premier. C'est donc lui que vous rencontrerez d'abord. Une fois qu'il aura sélectionné son éclaireur parmi vous, les autres seront conduits devant le prince Jet, puis devant la princesse Sakira.

— Un seul éclaireur ? dis-je dans un souffle – et avec un peu trop d'espoir.

Je croyais que chaque héritier était accompagné de deux personnes, mais si les règles ont changé, tant mieux. Ça augmente mes chances de survie.

— Le deuxième accompagnateur est toujours un guérisseur, chuchote la fille aux cheveux d'argent avec un gentil sourire. (Je regrette de ne pas lui avoir adressé la parole plus tôt.) C'est une cérémonie à part.

— Merci.

— Si vous êtes sélectionné, votre nom sera annoncé aux spectateurs, et vous irez vous préparer pour la Traversée, reprend le prêtre en me jetant un regard courroucé. Vous rencontrerez d'abord le mestrah, qui accordera peut-être à votre équipe le privilège de commencer avec le sacrifice s'il estime que vous êtes les plus forts. Ceux et celles d'entre vous qui ne seront pas sélectionnés pourront rejoindre les spectateurs pour profiter de la soirée. N'oubliez pas que les navires repartiront exactement une heure après la fin des festivités demain. Si vous ne vous trouvez pas à bord, vous devrez vous débrouiller pour rentrer chez vous.

Évidemment, c'est moi qu'il regarde en disant ça.

— Est-ce que ce sont les héritiers qui choisissent le sacrifice ? demande la jeune fille menue.

Tous les chuchotements se taisent. Le visage du prêtre est agité d'un tic.

— Ça, c'est du ressort des dieux, pas de nos estimables héritiers. Lors des Traversées précédentes, le sacrifice était toujours tiré de la classe des occultés. Vous n'avez donc aucune raison de vous inquiéter.

Un murmure parcourt notre groupe, et mon cœur se serre. Les occultés sont les sujets d'Orkena à n'être pas doués de magie – une condamnation des dieux. Ça n'arrive que très rarement dans un pays qui regorge de lignées magiques, mais les enfants qui ne développent pas d'aptitudes passé l'âge de onze ans doivent se rendre à un orphelinat dédié, où ils séjournent jusqu'à leur seizième été. Après ça, ils doivent choisir : risquer la traversée du désert pour aller faire leur vie ailleurs, ou rester en Orkena et chercher du travail. Certains trouvent un accueil bienveillant dans les villes provinciales, où les gens comme *fara* et moi savent très bien qu'ils sont aussi capables que d'autres. Mais de nombreux Orkeniens croient que les occultés sont incompétents ou malpropres, et il y a même des villes – dont la capitale – qui refusent de les employer. J'ai beau savoir que c'est la volonté des dieux, je trouve ça injuste qu'une personne qui a déjà tant perdu se voie privée de sa vie aussi.

Le prêtre nous toise comme s'il attendait d'autres questions, mais une sorte de gêne diffuse vibre parmi nous à présent. Il finit par reprendre la parole.

— Je vais vous conduire à une pièce où vous disposerez de quelques minutes afin de vous concentrer avant votre présentation au prince Kasta. Il se peut qu'il décide de vous poser une question ou deux. Puis soit il vous renverra vers le buffet, où vous pourrez vous restaurer, soit il vous invitera à la table royale. Vous n'ignorez pas laquelle des deux options est préférable.

— S'il nous renvoie, est-ce que ça veut dire que c'en est fini de nos chances ? demande l'un des amis de Gallus.

— Pas forcément. Le prince peut vous convoquer à tout moment, et il se peut qu'il interroge plusieurs candidats avant de prendre sa décision.

Gallus se racle la gorge.

— Mais il peut choisir son éclaireur à tout moment, n'est-ce pas ?

Nous comprenons tous très bien ce que veut dire le prêtre : si personne ne nous choisit, nous avons fait tout ce chemin uniquement pour le banquet.

— Oui, répond le prêtre sans excès de gentillesse. Le but de cette cérémonie, c'est de permettre aux héritiers de sélectionner les meilleurs magiciens d'Orkena. Les plus puissants seront choisis. Les autres rentreront chez eux. Je vous encourage à faire bonne impression. (Il élève la voix.) D'autres questions ?

Je défie quiconque a en son cœur la peur des dieux d'oser demander quelque chose d'autre. Le prêtre esquisse un petit rictus satisfait, et notre groupe se remet en marche dans le couloir où le seul bruit qui résonne est le claquement de nos sandales.

On arrive à une salle plus petite – c'est-à-dire qu'elle doit faire la même surface que les écuries de *fara*. Il n'y a pas de fenêtres, seulement une plante en pot à chaque coin, identique aux arbres du quai. J'imagine qu'on y aurait trouvé une foule bruyante si on n'était pas en retard. Il doit y avoir quelques centaines de candidats dans la pièce suivante si notre petite ville en a envoyé sept. Pourtant il n'en reste plus que deux, postés près de la porte : une jeune fille qui tient une rose à la main, et un garçon qui dépasse tout le monde d'une tête. Une vieille femme arrange la coiffure de la jeune fille tandis qu'un garde fait passer le garçon dans la pièce suivante. Son nom est proclamé – Marcus, fils de Bernab –, et un frisson nerveux court sous ma peau. Je viens seulement de me rendre compte que je vais parler aux enfants du mestrah, dont le sang porte des traces de celui de Numet. Ce sont presque des dieux eux-mêmes. Le prince Kasta n'accédera au statut divin que s'il remporte la Traversée, naturellement, mais je suis soudain prise de panique à l'idée qu'il soit déjà capable de débusquer les menteurs.

Cependant je n'ai pas le temps de trop y réfléchir. Dix servantes entrent dans la pièce et s'affairent parmi nous – l'une d'elles époussette la tunique de Gallus, une autre place une fleur de lys dans les cheveux d'une fille. Une troisième s'attaque à mon visage à l'aide d'un coton et d'une espèce de poudre. Pendant qu'elle me distrait, une autre encore dépose des paillettes dorées sur mes épaules et ma poitrine. Avant que j'aie pu demander si c'est vraiment de l'or, la servante qui se tient devant moi attrape le filet que Hen a fixé dans mes cheveux.

— Non ! dis-je alors qu'elle s'apprête à en recentrer le pendentif. C'est fait exprès.

Elle me dévisage, s'attendant sans doute à ce que j'admette que je plaisante, puis elle hausse les épaules et va s'occuper de quelqu'un d'autre.

— Lui, c'est le prochain, coasse la vieille femme en tirant Gallus vers la porte.

Au milieu de tout ce chaos, la fille qu'elle aidait a dû être appelée. Gallus tripote nerveusement sa tunique mais, avec ses épaules carrées et son menton décidé, il paraît destiné à côtoyer la famille royale. S'il ne m'avait pas conseillé de tenir ma langue, je serais peut-être allée le rassurer. La vieille femme l'envoie franchir le seuil doré d'un geste impatient du poignet.

— Gallus, fils de Bomani, lance l'annonceur dans l'autre pièce.

La vieille femme se tourne vers moi.

— Toi, va te mettre au bout.

Bon.

Je vais me placer derrière les autres. Je dois me hisser sur la pointe des pieds pour apercevoir le rideau blanc qui nous sépare du banquet. Peu de temps après Gallus, c'est la jeune fille toute menue qui est appelée. Quelques minutes plus tard, c'est la fille aux cheveux d'argent. Puis un garçon qui fait jouer des étincelles entre ses doigts. Vient ensuite le premier des amis de Gallus, suivi du deuxième. Alors je me retrouve devant la vieille femme, qui rajuste le haut de ma robe et me frotte le menton du bout du doigt avant de lever la main vers la chaîne d'or dans mes cheveux.

— Non, dis-je en me reculant. C'est fait exprès.

— Tu as l'air bête, rétorque-t-elle. Je vais arranger ça.

— Non ! Je veux que ça reste comme ça !

Elle tend la main de plus belle.

— Je vais te l'arranger !

— C'est la mode ! dis-je en m'éloignant, exaspérée.

— Tu crois que je ne connais pas la mode ? (Son visage s'empourpre, et elle serre les poings.) Ça fait des décennies que j'habille les nobles, ma fille. Je faisais ce métier quand ta mère était encore gamine…

— Panya ! appelle un homme en écartant le rideau blanc. Envoie la candidate suivante, s'il te plaît.

La vieille femme s'esclaffe et balaie sa requête d'un geste – comme la gifle qu'elle aimerait sans doute me flanquer. Elle ne peut s'empêcher de tendre la main vers mon pendentif quand je passe devant elle, mais je me méfiais et je l'esquive avant de franchir le rideau.

Je suis dans la salle du banquet.

Tout le monde me regarde : les candidats occupés à tremper des fruits dans du chocolat fondu, le harpiste qui joue près de la fontaine, l'élite d'Orkena rassemblée sur les balcons au-dessus de nous.

Et le prince Kasta, qui se tient à peine à quelques pas de moi, l'air courroucé.

Chapitre 4

C'est la première fois que je rencontre un membre de la famille royale. Je m'attendais à ce que le prince Kasta brille comme un soleil, qu'il lévite au-dessus du sol ou que son pouvoir vibre autour de lui, comme les princes des histoires que racontent les voyageurs. Je suis soulagée de constater que ses yeux sont normaux, d'un bleu sombre – pas des miroirs capables de sonder mon âme –, et un peu déçue que sa peau brune ne luise pas. Cependant, s'il n'a rien de surnaturel, il est d'une beauté prodigieuse. Hen ne m'avait pas prévenue. Elle m'a dit qu'il était très difficile d'obtenir des informations sur le prince Kasta, qu'il passait beaucoup de temps seul et qu'il était très studieux. Même sa magie de porteur de mort, aussi redoutée soit-elle, ne lui demande pas d'autre effort que de toucher l'organisme qu'il souhaite affaiblir. Alors, chaque fois que Hen me parlait de lui, j'imaginais quelqu'un qui passe beaucoup de temps assis.

Or ce n'est clairement pas le cas. Le prince Kasta est grand et musclé, avec des bras forts et des cheveux noirs qui bouclent derrière ses oreilles, comme c'est la mode parmi les soldats. D'épais traits de khôl soulignent le bleu de ses yeux. Il porte une tunique blanche avec, à l'épaule, une étole rouge grenat et, à la taille, une ceinture en or faite de serpents à sonnette, dont les yeux sont de minuscules gemmes noires. Ce sont les serpents de Valen, dieu du destin et de la fortune. Ils forment aussi la couronne qui orne le front du prince.

J'ai peur de ne pouvoir m'empêcher de répondre « oui » à toutes ses questions, et je dois me rappeler que je serais bien incapable de survivre à une semaine dans le désert, même s'il était à mes côtés, à me protéger de ses bras si forts et… à partager ma tente.

Oh, mes dieux! Faites que j'arrive à lui répondre normalement.

— Lia, fille de Rai, annonce le héraut.

Les murmures reprennent dans la salle. J'ai au moins le bon sens de faire la révérence, même si le prince incline à peine le menton en retour.

— Vous êtes congédiée, dit-il en regardant derrière moi. C'était la dernière ?

Et voilà. Quand je raconterai mon histoire et que les curieux me demanderont quelle perle de sagesse le prince m'a offerte, ma réponse tiendra en trois mots. Certes j'ai eu ce que je voulais, pourtant je me sens insultée.

— Oui, *aera*, souffle le héraut.

Sans un mot de plus, le prince se dirige vers la table en bois de rose où, naturellement, Gallus est déjà assis en compagnie de trois autres candidats. J'ai presque envie d'expliquer haut et fort que ce n'est pas grave puisque, de toute façon, c'était le résultat que j'espérais, et que je suis venue uniquement pour le chocolat, mais le garde qui se tient près du rideau a dû repérer ma mine orageuse. Il me saisit le bras.

— Il ne m'a même pas posé de question, dis-je.

— Le prince a ses façons de faire, et tu as tout intérêt à l'accepter, chuchote-t-il en m'entraînant vers la fontaine.

J'écarte ma frange d'un vif soupir mais je le suis sans rechigner. Après tout, peu importe ce que pense le prince Kasta. Et puis, je m'en suis bien sortie. Je n'ai même pas couru le risque de révéler mon identité. Je lève les yeux vers les balcons dans l'espoir d'y apercevoir le visage rayonnant de Hen, mais les spectateurs se pressent contre les balustrades de marbre, bousculant les gardes sans s'inquiéter de leur allure menaçante. C'est un fouillis de tissus chatoyants et de coiffes scintillantes. Il y a beaucoup trop de monde. Tant pis. Je vais partir du principe qu'elle est là et aller m'occuper ailleurs avant que quelqu'un vienne me demander pourquoi je regarde en l'air comme une touriste.

Heureusement il y a largement de quoi me distraire. Maintenant que j'ai survécu à la rencontre du premier prince, je commence à me détendre. J'admire les murs incrustés de pierres précieuses et les immenses colonnes blanches sculptées en forme de palmiers. Il y a tellement de couleurs partout ! Dans les robes et tuniques du public, chamarrées de rouge, d'orange et de vert, mais aussi dans les énormes saphirs qui ornent la fontaine et dans le paon gracieusement lové autour du jet d'eau, dont les plumes déploient un dégradé éblouissant de bleu et de violet. Le sol est pailleté de cristaux, et des flambeaux pendent du plafond comme autant d'étoiles, baignant la scène d'une lumière vive et chaleureuse.

Oh, oui. J'ai encore de quoi faire de cette soirée une belle histoire, et tant pis pour les princes méprisants.

Rien que le buffet ! Je ne sais pas ce qui m'impressionne le plus : la quantité de plats, ou le fait que je n'en reconnaisse même pas la moitié. Deux longues tables dorées sont encombrées d'assiettes de viande fumante, de chaudrons blancs pleins de soupe, de plateaux de petits pains moelleux, de coupelles débordant de bonbons, et de gâteaux au chocolat surmontés de fruits frais. Il faut que je trouve quelqu'un pour m'expliquer tout ça. Hen va sûrement me réclamer des détails.

Je m'approche d'un garçon occupé à tremper une tranche de melon dans une coupelle de crème.

— Est-ce qu'il t'a posé une question à toi ?

Il me regarde comme si je venais de lui demander s'il aimerait contracter une démangeaison mal placée et s'éclipse sans un mot.

Je comprends pourquoi il n'a pas été invité à la table en bois de rose.

Une jeune fille brune vêtue d'une *jole* couleur pêche s'approche des gâteaux tout en faisant tourner le bracelet d'or à son biceps. Si j'en juge par la couleur rare de sa robe et par les saphirs dans ses cheveux, elle doit s'y connaître en mets royaux.

— Est-ce que tu sais à quoi ils sont, ceux-là ?

— Fraise, framboise, citron, énonce-t-elle en montrant les gâteaux du doigt. Puis elle prend une part de framboise et tourne les talons.

— Attends ! Et le reste ?

— Le reste de quoi ?

Soudain je me rends compte que ma requête est légèrement extravagante.

— Euh… de tout, en fait.

— Demande à un serviteur. Ils sont là pour ça.

Elle se dirige vers les canapés disposés à l'autre bout de la salle. Partout de petits groupes se sont formés, les candidats rient et bavardent avec la familiarité des gens qui se connaissent bien. Une fille à la robe violette lève un verre face à ses amis près de la fontaine ; sur un sofa une petite troupe ponctue de grands éclats de rire l'histoire que raconte un immense jeune homme. Gallus est toujours attablé en compagnie du prince. Il tient une flamme blanche au creux de sa paume, et l'espace d'un instant, je me prends à regretter qu'il soit aussi condescendant, parce qu'il saurait sans doute me renseigner, lui. Mais le prince Kasta lui consacre sa royale attention, et je me rends à l'évidence qu'il serait quand même plus simple de demander à un professionnel. J'attrape un gâteau au chocolat surmonté d'une fraise et me mets en quête d'un serviteur.

Ce n'est que la deuxième fois que je mange du chocolat. La première, c'était quand un riche client de *fara* s'en était servi pour payer le séjour de son étalon dans notre écurie. Là, ça n'a rien à voir. J'ai l'impression de flotter parmi de délicieux nuages doux-amers pendant qu'un dieu m'embrasse de ses lèvres sucrées à la fraise et que quelqu'un d'autre me masse les épaules tout en me murmurant à l'oreille que je suis absolument parfaite. Si je mourais sur-le-champ, ce serait sans regret.

Je dévore mon gâteau en trois bouchées et en souriant de bonheur, puis je m'approche d'un garde.

— Excusez-moi. Est-ce que vous pourriez m'expliquer ce que sont toutes ces victuailles ?

Le garde me toise d'un air condescendant. Pourtant, le temps de cette soirée où je suis l'invitée des héritiers, mon rang dépasse le sien. Ses cheveux noirs sont très courts, presque rasés, et son armure reflète par endroits la lumière des flambeaux sur sa peau brune. Il garde une main sur le pommeau du cimeterre à son côté. Le fourreau en ivoire me paraît un peu extravagant pour un soldat qui semble avoir mon âge. Je pensais que seuls les officiers portaient ce genre d'armes, mais il a peut-être simplement l'air plus jeune qu'il n'est.

— Vous ne devriez pas plutôt essayer de faire au moins semblant de vous intéresser au prince ? lance-t-il.

— Oh, je ne cherche pas à devenir éclaireuse.

Il s'esclaffe.

— Vous êtes venue pour les gâteaux, c'est ça ?

Dit comme ça, ce n'est pas très reluisant, en effet. Je me mords la lèvre en cherchant un moyen de formuler la chose autrement.

— Je plaisantais, poursuit-il. Mais maintenant je me demande si ce n'est pas la vérité.

— C'est la moitié de la vérité. Je suis aussi venue voir le palais.

— Mais pas le prince.

— Voilà.

Un sourire s'invite sur son visage. D'habitude je préfère les garçons taillés comme Kasta à ceux qui sont plus trapus, comme ce garde, mais il émane de lui une chaleur magnétique.

— Vous voulez que je vous explique tout ce qui se trouve sur ce buffet.

— S'il vous plaît, oui.

Il me dévisage, ouvre la bouche pour prononcer ce que je redoute être un refus, puis hausse les épaules et se dirige vers les tables.

— D'accord.

Je jette un dernier coup d'œil en direction de Gallus. Ils ne sont plus que deux en compagnie du prince, mais il ne sourit plus, et la vaste salle semble s'être vidée. J'avais compté six candidats qui jouaient aux cartes et aux cristaux sur un des canapés, mais maintenant ils ne sont plus que trois. Les deux filles qui étaient assises au bord de la fontaine quand je suis entrée ont disparu, elles aussi. Il reste quelques personnes devant le buffet, et un garçon qui se balance doucement au rythme de la harpe.

— Je croyais qu'on pouvait rester jusqu'à ce qu'il ait choisi quelqu'un, dis-je. Il nous congédie déjà ?

Le garde esquisse un sourire amer.

— Eh bien, puisque vous avez déjà admis ne pas être venue pour lui… sachez que Son Illustre Majesté déteste les foules et n'aime pas non plus devoir se souvenir du nom des gens ou les traiter avec un minimum de respect. La gentillesse ne lui vient pas facilement. Alors effectivement, il y a cinq minutes de ça, il a commencé à renvoyer les candidats qu'il jugeait inutiles.

J'en reste bouche bée. Nous passons devant un serviteur en tunique blanche, et je m'inquiète presque à l'idée que le prince puisse m'estimer utile malgré tout. Non, après notre premier échange, j'ai toute confiance en ma capacité à me faire congédier.

— Vous avez le droit de parler comme ça ? Vous n'avez pas peur que quelqu'un vous entende ?

— Au contraire, rétorque-t-il en m'adressant ce sourire qui me plaît de plus en plus. J'espère bien qu'on m'entend.

Hen va être au paradis quand je vais lui raconter que la rébellion gronde entre l'aîné des princes et sa garde. À la table, une nouvelle jeune fille a pris place près de Gallus. Je reconnais sa tenue jaune soleil : elle fait partie du petit groupe qui jouait aux cartes il y a un instant. Le prince regarde par-dessus l'épaule de la nouvelle venue.

Il me dévisage.

Je me sens rougir furieusement, comme si c'était moi qui venais de le critiquer.

— Bref, le buffet, dis-je en me détournant.

— Le buffet. (Le garde s'arrête devant la première table.) Nous avons donc : soupe de *kryderi*, soupe de rune, soupe de lentilles et de *manne*.

Je connais déjà les deux dernières pour les avoir préparées avec *fara*.

— De la soupe de rune ?

— C'est une recette originaire de Nadessa, notre contrée sœur. C'est à base d'un légume qu'ils appellent le « concombre ». Le mestrah en importe exprès.

— J'ai entendu parler de Nadessa, dis-je en prenant un petit bol, que je remplis de liquide vert. Il paraît qu'ils ont des palais de glace et des oiseaux qui exaucent les vœux.

Le garde glousse.

— Vous n'avez jamais vu de soupe de rune, mais vous savez tout ce qu'il y a à savoir sur un autre pays ?

Il est franchement culotté, pour un garde. C'est sans doute sa langue bien pendue qui lui a valu de surveiller une soirée au lieu de repousser de potentiels dangers dans le désert du nord.

— Je ne sais pas *tout* ce qu'il y a à savoir sur Nadessa, non plus. Je connais seulement quelques détails.

— Comment ça se fait ? Vous y êtes déjà allée ?

Son expression ressemble méchamment à la tête que je dois faire quand un voyageur revient de quelque contrée lointaine. Avide d'entendre des histoires, d'apprendre des détails nouveaux sur un monde qui n'est pas le mien.

— Non, mais j'entends ce qu'en disent les voyageurs qui passent par les écuries de mon… euh, de mon ami.

— Qu'est-ce qu'ils racontent ? Donnez-moi un exemple.

J'imagine que les gardes du palais non plus n'ont pas l'occasion de parcourir le monde. J'approche la cuillère de mes lèvres en me demandant quelle histoire je vais pouvoir lui raconter, et je suis brutalement surprise par le liquide glacé et sucré.

— Beurk ! C'est normal, que ce soit froid ?

Il éclate de rire.

— Oui.

— C'est dégoûtant !

J'ai sans doute parlé un peu fort, surtout dans cette salle qui se vide rapidement. Évidemment, quand je jette un coup d'œil en direction du prince Kasta, je vois qu'il m'observe toujours. J'affiche un sourire forcé et je m'oblige à reprendre une cuillerée de soupe gluante et glaciale. Avec un peu de chance, il va croire que c'est autre chose qui m'a inspiré cette réaction. Bizarrement je n'ai pas envie de me faire renvoyer tout de suite. J'ai encore une cinquantaine de plats à découvrir, et j'aimerais beaucoup comprendre pourquoi ce garde en veut tellement à celui qui deviendra peut-être son roi.

Le garde remarque aussi que le prince me regarde, et son sourire s'efface.

—Pardon, je me suis laissé distraire, dit-il. Derrière les soupes, nous avons de l'agru de mer... (Il désigne un poisson recouvert de rondelles de citron.) ... du pain de *freya*... (Une boule parsemée de toutes petites graines.) ... et de l'*osta-fel*. C'est un fromage à base de lait de bufflonne, qui se mange étalé sur du pain ou sur des galettes salées.

—Du « fromage » ?

Je n'ai jamais entendu parler de bufflonnes, non plus, et après la soupe froide, je suis moins tentée de goûter quelque chose de nouveau.

—Vous n'avez jamais mangé de fromage ? (Son regard se pose sur le pendentif qui effleure ma tempe puis – sans se gêner – plonge le long de ma robe rouge.) Vous avez dit que votre ami possédait une écurie. J'imagine que la vente de lait et de fromage fait partie de ses revenus. Non ?

Il croit que mon « ami » possède du bétail, comme les vrais nobles. Je me demande comment je vais me tirer de ce mauvais pas lorsque, soudain, un hurlement retentit à la table en bois de rose. Les spectateurs se taisent. Le garde porte la main à son épée, mais deux de ses collègues, plus grands et torse nu, se sont déjà saisis de la jeune fille en jaune. Tout se met à trembler autour d'elle ; les assiettes et les coupes lévitent au-dessus de la table.

—Non ! crie-t-elle. Je suis faite pour ça ! J'ai étudié l'art de la guerre ; je sais comment survivre dans le désert ! Vous n'allez quand même pas choisir un minable sorti d'Atera ! (D'un furieux coup de menton, elle désigne Gallus, qui arque un sourcil. Je dois avouer ressentir une certaine satisfaction de voir quelqu'un le prendre de haut, lui.) Il vous faut un éclaireur qui ait un véritable pouvoir, qui sache faire mieux que créer ce que les occultés arrivent à faire avec deux bouts de bois sec !

Les gardes l'entraînent vers la pièce par où nous sommes entrés. Elle se débat de toutes ses forces. Des coupes se fendent et éclatent, répandant du vin partout.

— Je suis née pour la gloire ! Je suis née pour vous servir, mon prince !

Les gardes la font sortir. Le rideau s'écrase au sol derrière eux, et le mur se fissure, mais les secousses s'atténuent en même temps que les sanglots furieux de la fille. Les conversations reprennent aussitôt parmi les spectateurs, et cette fois j'aperçois l'éclat d'une *jole* verte. *Hen !* Elle décale un plateau pour s'avancer dans le halo d'un chandelier et, en me voyant, elle serre le poing d'un geste victorieux. Puis elle tire un trait en travers de sa gorge et désigne la porte. Je hoche la tête. Il est grand temps de me faire renvoyer, avant que le prince n'élimine tout le monde et qu'il ne reste plus que moi.

— Eh bien, dis-je en reposant mon bol. On peut dire qu'il a évité la catastrophe.

Le garde pousse un petit grognement.

— À moins que ce ne soit lui, la catastrophe. (Il me jette un coup d'œil.) Est-ce que vous allez me trouver cruel si je vous dis que ceux qu'il renvoie sont les véritables vainqueurs ?

Je m'immobilise, et un frisson me remonte l'échine quand je comprends que le garde ne fait pas simplement référence à la Traversée et à tous ses dangers. Dans les contes des voyageurs, le mystérieux prince n'est pas toujours discret par timidité. Parfois, s'il parle peu, c'est pour cacher une facette de sa personnalité.

— Il est vraiment si terrible que ça ? dis-je en regardant le prince se retourner vers Gallus. Certes, il est un peu brusque, mais je ne ferais peut-être pas mieux si mon sort dépendait de l'individu que je vais choisir ce soir. Je trouve qu'il s'est montré bienveillant face à la colère de cette fille.

— Bienveillant ? (Le garde glousse.) Ce serait bien la première fois que mon frère…

Il se plaque une main sur la bouche et ferme les yeux. Je sens mon cœur sauter en travers de la gorge. Son frère ?

Son frère ?

Je survole la pièce du regard à la recherche d'autres gardes. Aucun d'entre eux n'est aussi richement habillé. Ils portent le traditionnel kilt blanc, assorti d'une tunique ou non, mais certainement sans armure. De toutes les personnes à qui j'aurais pu demander de l'aide, il a fallu que j'aborde le type au fourreau d'ivoire… Médusée, je lève les yeux vers le balcon, où Hen secoue tristement la tête. Elle ne me signalait pas de me faire renvoyer. Elle me disait d'arrêter de flirter avec le prince cadet.

Le prince Jet, deuxième héritier du mestrah, ployeur de son et maître escrimeur d'Orkena.

— Oh, mes dieux, dis-je. Je suis navrée de vous avoir fait perdre votre temps, *aera*.

— Non, je vous en prie, proteste Jet. Réservez ce titre à mon frère. J'aurais préféré éviter de participer à cette compétition, mais…

Brusquement tout le monde se tait. Le prince Kasta s'est levé, le regard rivé à celui de son frère. J'ignore si c'est à cause des avertissements de Jet ou du silence tendu qui crépite entre eux deux, mais je trouve soudain quelque chose de menaçant au sourire de Kasta.

Ses yeux bleus rencontrent les miens, et il se dirige vers nous.

— Je vous présente mes excuses, reprend Jet. J'aurais dû vous révéler qui j'étais depuis le début. J'aurais dû vous conduire à un vrai serviteur. Maintenant il va vous disqualifier pour avoir osé me parler.

C'est au prix d'un immense effort que je réprime un soupir de soulagement. Dieux, merci. Je vais pouvoir aller rejoindre Hen. Une fois qu'on aura bien ri du danger auquel j'ai échappé de justesse, on pourra profiter du reste de la soirée sans l'ombre d'un souci.

Pourtant j'avoue que je suis partagée. J'aimerais que cette conversation puisse continuer encore un peu – une idée carrément dangereuse.

— Ce n'est pas grave, dis-je avec un sourire forcé. Je n'étais pas venue pour ça, de toute façon. Je vous remercie pour votre aide.

— Tout le plaisir fut pour moi… Pardon, mais… vous ne m'avez pas dit comment vous vous appelez.

— Je m'appelle… Lia, dis-je en m'inclinant.

— Lia. Peut-être que je vous reverrai demain, avant votre départ. Vous pourrez me raconter tout ce que vous savez sur Nadessa.

Il s'incline à son tour, ce que je trouve tellement étrange et flatteur que je fais une deuxième révérence, le cœur tout léger. J'ai peut-être mal choisi à qui je m'adressais, n'empêche que j'ai parlé avec un prince, qui m'a dit plus de trois mots et qui aimerait me revoir. Et la soirée ne fait que commencer.

— Tiens, tiens, lance une voix très calme dans mon dos. En voilà, une surprise. (Je sens la chaleur du prince Kasta derrière mon épaule avant même de me retourner.) Rafraîchis-moi la mémoire, Jet. Ne m'as-tu pas dit que cette cérémonie n'était – je cite – « qu'un rassemblement de rats des rues venus piailler à nos pieds pour une miette de pouvoir », et que tu n'avais pas l'intention d'y participer ?

Jet redresse les épaules, et un muscle tressaille dans sa mâchoire.

— J'exagérais, pour m'épargner cette corvée.

— Et pourtant, te voici. Tu as dû rencontrer quelqu'un qui t'a fait changer d'avis. (Kasta pose sur moi son regard d'une beauté et d'un calme troublants.) Comme c'est intéressant.

— Je t'interdis de t'en prendre à elle, intervient Jet. Choisis ton éclaireur, et qu'on n'en parle plus. Garde tes désirs de vengeance pour la Traversée.

Kasta soupire.

— Tu as raison. J'ai déjà trop traîné.

Il me tend la main, et je lui offre la mienne. Une fois de plus je me demande si, parce qu'il est de sang royal, sa peau sera douce et chaude comme la soie, mais… elle est froide. Froide et rugueuse. J'aurai sans doute intérêt à exagérer certains détails quand je raconterai mon histoire. Kasta serre doucement mes doigts comme pour me congédier, et je baisse la tête pour le remercier d'une révérence quand il vient se poster à côté de moi, lève nos mains jointes et annonce :

— J'ai choisi mon éclaireuse.

Chapitre 5

La foule nous observe dans un silence fasciné. Le plateau que Hen tenait à la main heurte le sol avec fracas. Son expression est un mélange de choc et d'incompréhension – un peu comme celle de Jet, sauf que je vois aussi dans les yeux du prince quelque chose de sinistre. Le héraut annonce le nom et le titre de ma mère. Les spectateurs applaudissent comme il se doit, puis ils redeviennent un nuage de bruit, bavardant de plus belle tout en sortant se rafraîchir avant la prochaine sélection.

Kasta se tourne vers Jet avec un sourire froid.

— Voyons, mon cher frère ! lance-t-il de sa voix douce et calme. Tu ne félicites pas mon éclaireuse ?

Jet secoue lentement la tête, et j'ai la gorge nouée face à son silence. Il me croit maîtresse en magie et estime sans doute que je saurai survivre au désert, mais je n'ai pas oublié ses avertissements. Il va sûrement dire quelque chose, ne serait-ce que pour m'avouer qu'il a jugé son frère un peu trop durement.

Mais il me fait face en repliant un bras devant sa poitrine. Son sourire est indéchiffrable.

— Toutes mes félicitations, Lia, souffle-t-il. Vous êtes plus que digne de votre nouvelle mission.

Puis il s'incline et s'en va sans même se retourner. Je regarde Kasta, bouche bée. Lui aussi doit penser que, quelle que soit ma magie, je suis largement qualifiée pour l'assister dans sa quête, mais il n'empêche qu'il m'a choisie à l'aveugle. Je doute même qu'il se rappelle quel type de talent je prétends posséder.

Je devrais sûrement le remercier par quelque remarque raffinée, mais je suis trop occupée à paniquer à l'idée de ce qui va m'arriver quand il découvrira la supercherie.

— Sauf votre respect, dis-je. Vous ne me prendriez pas pour quelqu'un d'autre, par hasard ? Parce que cette phrase est la quatrième que je vous adresse en tout.

— Je l'ai su dès que je t'ai vue, déclare-t-il.

J'aurais peut-être trouvé cette réponse acceptable, voire légèrement romantique, s'il n'avait pas dit ça en suivant Jet du regard. Puis il fait signe à deux servantes vêtues de blanc et d'or.

— Allez la préparer.

— Je devrais sans doute vous avertir que je ne suis pas du tout au point quant à survivre dans le désert, dis-je tandis que les deux filles m'empoignent les bras. Je ne savais même pas ce qu'était le fromage avant de venir !

— Prévenez mon père de notre arrivée, lance le prince en direction de la table, où un serviteur est apparu.

Il s'emploie à faire sortir un Gallus tout désemparé. S'il savait combien j'aimerais pouvoir échanger ma place avec lui ! Je tenais à lui prouver qu'il m'avait sous-estimée, mais là…

— Par ici, chuchote la fille à ma droite.

Elle est très jolie et toute petite. Elle ne doit pas avoir plus de douze ans mais elle est d'une force surprenante. L'autre semble avoir le même âge que moi – et une angoisse comparable face à ce qui nous attend.

— Je m'appelle Elin, reprend la plus jeune des deux. Je suis chargée de m'occuper de toi jusqu'à ton départ.

Mon départ. En tant qu'éclaireuse royale. Pour la traversée de ce désert où des voyageurs ont dû combattre des atrocités inimaginables avec une magie infiniment plus puissante que la mienne – des voyageurs dont certains ont à peine survécu, tandis que d'autres ne sont jamais revenus.

— C'est une erreur, dis-je aux jeunes filles qui m'entraînent derrière les canapés et le long d'un couloir aux fresques étincelantes représentant des vaisseaux de verre. Je suis très flattée, sincèrement, mais je ne suis pas celle que croit le prince. Je ne peux pas le guider dans le désert. Je ne sais même pas lire !

Elin grommelle quelque chose qui ressemble à « mais bien sûr. »

— Tu as dit quelque chose ? reprends-je.

— Non, rien, lance-t-elle avec un sourire lumineux, qui doit souvent la tirer de situations délicates. Le prince Kasta se chargera des détails de la Traversée.

Le prince Kasta. Quand je pense que je m'amusais à imaginer partager une tente avec lui ! Je ne vais pas rentrer à la maison demain. Je ne vais pas former de merveilleux souvenirs avec Hen ce soir. Et puis, une fois que nous serons partis, le prince va exiger que je l'aide à assurer notre survie. Quand il va apprendre ce que je suis…

Il faut que je mette fin à cette mascarade et que j'avoue ne pas avoir ma place au palais. Je préfère vivre dans la honte éternelle que mourir dans le désert. Dès qu'on croisera un adulte responsable, j'expliquerai la situation, et tout sera réglé.

Je prépare ce que je vais dire tandis que les deux filles me font dévaler un escalier, puis entrer dans une vaste pièce à ciel ouvert, au centre de laquelle un bassin carré scintille sous les étoiles. L'air nocturne fait courir des frissons le long de mes bras tandis que nous nous faufilons entre des colonnes pour gagner une pièce plus petite. Un des murs est percé d'une arche qui s'ouvre sur un grand balcon et surplombe un jardin éclairé par les rayons de lune. Des pierres de sablefeu incandescentes sont fichées dans le mur au-dessus d'un lit à baldaquin, et de la vapeur s'élève d'un petit bassin d'eau chaude creusé dans le carrelage à ma gauche.

C'est une chambre.

Une chambre où je ne vois pas le moindre adulte susceptible de me renvoyer chez moi.

— Il devrait y avoir des gardes ici, dis-je. Vous étiez censées me conduire à une personne responsable.

— Non, je suis chargée de te préparer, rétorque Elin en me traînant vers le bain.

— Ce n'est pas nécessaire. Je ne vais pas rester longtemps. (Je me dégage de leur poigne.) Écoutez, je ne devrais même pas être ici. Le prince Kasta l'ignore encore, mais je ne viens pas des classes supérieures. Je ne m'appelle pas Lia. Mon vrai nom, c'est… Hé !

Elin passe dans mon dos et détache ma ceinture. L'autre fille retire les épingles qui retiennent le filet d'or dans mes cheveux, et je m'écarte en me plaquant les deux mains sur la tête.

— J'ai l'impression que tu ne m'écoutes pas !

— Et moi, j'ai l'impression que tu aurais dû mieux réfléchir avant de venir, lance Elin, les poings sur les hanches.

— J'ai réfléchi, crois-moi, mais tout ça, ce n'était même pas du domaine du possible. Je suis une simple souffleuse ! Je suis venue avec mon amie, histoire de voir le palais... Aide-moi à tout arranger.

Elin réfléchit un instant, puis porte deux doigts à sa bouche pour siffler. Je soupire et tourne un regard plein d'espoir en direction de la porte, en me promettant de ne pas me dégonfler lorsque les gardes arriveront. Je vois entrer trois autres servantes.

C'est donc comme ça qu'elle le prend.

Ma robe tombe au sol en une seconde. Plusieurs mains me font asseoir dans le bassin, et alors que je décide d'en terminer au plus vite, Elin passe les doigts dans mes cheveux et démêle le filet d'or de ma mère.

— Attends ! (Quatre paires de mains me poussent dans le bain lorsque je tente de rattraper le bijou.) Prenez tout ce que vous voulez, sauf ça.

— Détends-toi. On va simplement ajouter des améthystes aux chaînes, m'explique Elin. On va te le rendre. En attendant, donne-moi ton bras.

— Pour quoi faire ?

On me verse une jarre d'eau chaude sur la tête. Je tousse et m'essuie les yeux, pendant que quelqu'un d'autre entreprend de me frictionner le dos. Au milieu du chaos ambiant, Elin me saisit le poignet si fort que ses ongles mordent ma peau.

Je glapis.

— Qu'est-ce que tu fais ?

— C'est un sortilège de soin du corps, répond-elle en raffermissant sa prise. Ça prend environ trois minutes. Concentre-toi sur ton bain.

Elle dessine le sort à l'aide d'un pinceau très fin. L'encre violette brille tandis qu'elle écrit l'enchantement à l'intérieur de mon poignet, puis disparaît à mesure que ma peau absorbe la magie. Un léger picotement me remonte le bras.

— Tu es *trielle* ? dis-je.

Le sort grimpe jusqu'à mon cou, comme une poussée de fièvre. Les *trielles* sont très prisées – leur capacité à manipuler différents types de magie au lieu d'un seul est un avantage inestimable. C'est également la seule magie qui peut survenir dans n'importe quelle famille et qui ne se transmet pas d'une génération à l'autre. Quand j'étais petite je rêvais de faire partie de ces exceptions. J'espérais que, quand mon pouvoir se révélerait, ce ne serait pas celui d'un de mes parents, mais ce talent incroyable de créer de la magie à partir de simples mots. Ce serait la preuve que j'étais destinée à de grandes choses.

Si ça se trouve, Elin vient d'une petite ville, comme moi, mais elle va passer sa vie à servir au palais royal. En temps normal je serais super admirative, mais j'ai l'impression qu'il y a un problème avec sa magie. Les sorts ne sont pas censés faire mal comme ça. *Mora* a toujours quelques sortilèges de guérison tout préparés, écrits sur des feuilles de papier de riz. Il suffit de les poser sur le bras et de les mouiller légèrement pour que l'encre imprègne la peau et que le sort se répande comme un rayon de soleil tout chaud. Là, c'est plutôt une rangée de crocs acérés qui me mordent les jambes là où la magie brûle mes poils pendant que du papier de verre me décape la figure. J'ai mal jusqu'au bout des ongles, qui s'arrondissent joliment.

— Je suis encore en apprentissage, déclare-t-elle.

— Tu veux dire que c'est ton premier jour ?

— Si tu ne gigotais pas autant, mon tracé aurait été beaucoup plus net.

Elle n'a pas tort, mais c'est quand même décourageant d'apprendre que ma tolérance à la douleur ne dépasse pas de beaucoup un sortilège de soin du corps. Les filles me frictionnent et s'affairent autour de moi puis, une fois que se sont écoulées les trois interminables minutes du sort, deux d'entre elles m'aident à sortir du bain tandis qu'une troisième m'enroule dans une serviette de coton moelleux. La quatrième me coiffe à l'aide d'une brosse enchantée et achève le tout en replaçant le filet en or de ma mère. La serviette disparaît. On me fait enfiler une robe en deux parties, rouge sombre comme un vin épicé, qui dévoile mon ventre. Puis vient un collier d'or travaillé, suivi de lourdes boucles d'oreilles. Un rouge à lèvres grenat. Des traits d'or autour des yeux.

Je suis épuisée alors que j'ai à peine bougé. Raison de plus pour mettre un terme à ce désastre.

— Et voilà, conclut Elin en ajustant le filet d'or de ma mère de façon à laisser le pendentif sur ma gauche. J'aime beaucoup, comme ça. Où est-ce que tu as trouvé cette idée ?

— Dans une écurie d'Atera. Maintenant est-ce que tu pourrais aller chercher une figure d'autorité, s'il te plaît ?

— Je suis désolée, je ne peux pas. Si je sors de cette pièce sans avoir été congédiée, je…

— Tu es congédiée, lance une voix qui m'est familière.

Je fais volte-face, soulagée, et ma coiffure tinte doucement. Le prince Jet toise Elin.

— Et si tu allais chercher quelque chose à manger pour Lia ? suggère-t-il. Une longue soirée l'attend, elle va avoir besoin de toutes ses forces.

— Elle a goûté à la moitié du buffet, commente Elin avant de poursuivre à mi-voix. Et puis, le prince Kasta ne serait pas content de vous voir ici.

— Pourquoi ? Tu vas me dénoncer ?

— Peut-être.

— Et peut-être que je vais te procurer ce papyrus que tu aimerais tant lire mais que le prêtre garde dans ses coffres.

Elin réfléchit tout en mâchonnant le bout de son pinceau, puis elle agite les mains comme une jeune mère exaspérée.

— Bon, d'accord, mais elle est attendue en salle du trône dans une heure.

Elle fait signe aux autres filles, qui gardent la tête basse et passent devant Jet comme des plumes poussées par le vent.

Arrivée sur le seuil, Elin se retourne.

— Dans une heure. Pas deux, pas dix, pas demain matin.

— Ne suis-je pas toujours très ponctuel quand j'ai envie de faire quelque chose ? rétorque Jet avec un sourire malicieux.

— N'êtes-vous pas censé présider à votre propre sélection ?

— Je finirai bien par y aller. Est-ce que ce papyrus t'intéresse, oui ou non ?

Elin plisse les yeux mais finit par sortir. Jet attend que ses pas s'éloignent pour se frotter le visage d'une main, étalant son khôl d'un côté.

— Je suis désolé, dit-il. Je ne sais même pas par où commencer.

— Vous pourriez commencer par m'expliquer pourquoi vous m'avez affirmé que les candidats qui se faisaient renvoyer avaient de la chance mais, quand votre frère m'a choisie, vous vous êtes bien gardé d'intervenir.

Oups. J'ai peut-être parlé un peu sèchement. J'aurais dû le remercier d'être venu, ou m'excuser une fois de plus de l'avoir pris pour un serviteur. Mais plus je suis sous pression, moins je contrôle ce que je dis. C'est peut-être à ça que pensait Gallus quand il m'a conseillé de ne parler à personne.

Jet rit doucement.

— Et moi qui craignais que vos manières ne deviennent respectueuses maintenant que vous savez qui je suis.

— Pourquoi n'avez-vous rien dit ?

— Parce que ça n'aurait fait qu'aggraver les choses pour nous deux si j'avais causé une scène.

— Mais… on a simplement parlé, rien de plus. Il ne sait même pas de quoi je suis capable !

Enfin, de quoi j'ai prétendu être capable.

Jet effleure du pouce les plumes métalliques de son armure.

— Voilà une objection tout à fait rationnelle, sauf qu'on ne parle pas de quelqu'un de rationnel ici. Kasta n'hésiterait pas à assécher les rivières s'il croyait qu'elles me plaisaient. (Il soupire, et son regard se pose sur le jardin.) Enfin, je ne pensais pas qu'il irait jusque-là, quand même.

Je m'esclaffe.

— Pourtant, c'est évident. Vous êtes le principal obstacle entre lui et le trône.

Jet me dévisage, puis part d'un rire tonitruant, si bien qu'il se plaque une main sur la bouche. Il va se poster sur le balcon, où la lumière des flambeaux l'entoure d'ombres.

— Si je le voulais, peut-être. Mais, franchement, j'aimerais autant me faire dévorer vivant par des serpents à sonnette.

Je cille, certaine d'avoir mal entendu.

— C'est donc pour ça que vous allez vous lancer dans une course jalonnée de dangers mortels à travers le désert ? Pour… quoi ? L'encourager ?

Jet pousse un grognement, et il s'écoule quelques secondes avant qu'il se retourne vers moi.

— Le mestrah est très malade, dit-il d'une voix soudain enrouée qui me fait regretter ma question. C'est son vœu le plus cher que je participe, même si je ne fais pas le moindre effort pour gagner. (Son regard se durcit.) Tout ça reste entre nous, naturellement.

Mon cœur se serre.

— Je suis désolée.

— Oui… Les guérisseurs aussi sont navrés. Ils savent rattacher des membres tranchés mais se trouvent incapables de vaincre une simple toux. (Il détaille ma tenue.) Est-ce que vous pensez pouvoir courir, habillée comme ça ?

— Je devrais, oui, mais… Attendez, là. Si vous ne cherchez pas à empêcher votre frère de régner, alors pourquoi est-ce que vous vous détestez ?

— C'est mon demi-frère, et je n'ai jamais dit que je le détestais. En revanche, c'est vrai qu'il me hait. (Jet se met à arpenter le balcon tout en observant la pièce.) Il est convaincu que je complote avec le mestrah pour l'évincer du trône. Il croit que, si j'évite d'assister au conseil de guerre, c'est pour mieux m'entretenir avec mon père en privé. C'est vrai qu'on se parle en privé, mais c'est surtout pour qu'il me répète à quel point je le déçois. À une époque, le mestrah m'a demandé de lui succéder à la place de Kasta, mais j'ai refusé. (De nouveau il se frotte le visage avec une grimace.) Kasta n'aurait jamais dû être au courant de cette conversation, mais il paie la moitié des serviteurs pour en faire ses espions. Il en sait beaucoup trop sur ce qui se passe dans ce palais.

— Si je comprends bien, il vous déteste parce que, si vous n'aviez pas refusé de régner, vous seriez déjà l'héritier.

— S'il n'était pas aussi borné et emporté, il serait déjà roi.

— Donc, dès qu'il a l'occasion de vous supplanter, il s'offre ce plaisir.

Je baisse les yeux sur les bracelets qui enserrent mes poignets comme une paire de menottes.

— C'est pour cette raison que vous devez absolument partir, reprend Jet. Le balcon n'est pas trop haut. Je peux vous aider à sauter dans le jardin.

Certes, une échappée belle digne d'un conte, c'est exactement ce que j'espérais, surtout que cette solution m'évite d'admettre que j'ai menti, mais je me rends compte que, même si Jet a l'air sincère, je ne le connais pas du tout. Il ne m'a pas révélé qui il était quand on s'est rencontrés. Pourtant, maintenant, il voudrait que je lui parle comme à un prince. Il brûle de voir d'autres contrées mais il reste ici, auprès de son père. Il a été élevé pour régner mais il ne veut pas être roi. Tellement de contradictions ! D'après Hen, tous les notables voient la vie comme une sorte de jeu et passent leur temps à se mentir, ou à faire semblant d'aimer quelqu'un qu'ils méprisent, tout ça pour obtenir ce qu'ils veulent.

— Qu'est-ce qui me prouve que vous ne faites pas pareil que lui ?

Jet, qui était penché sur la balustrade du balcon pour évaluer la distance, se redresse.

— Comment ça, pareil ?

— Eh bien, que vous ne vous servez pas de moi pour vous venger de lui, en le privant de son éclaireuse.

Bien sûr, je ne pense toujours pas avoir ma place dans cette course, hein, mais peut-être que les deux princes jouent à ce petit jeu tout le temps. Si Jet me ment, je risque de me retrouver dans une situation encore pire.

Il prend une longue inspiration puis s'écarte du balcon et vient me rejoindre en quelques enjambées. Il s'arrête à un mètre de moi, les doigts repliés.

— Lia, souffle-t-il doucement. Je sais qu'on ne se connaît pas encore et que je vous ai donné toutes les raisons de vous méfier de moi. Tout ce que je vous demande, c'est de m'écouter et de faire confiance à votre instinct. Il y a quelque chose qui ne tourne pas rond chez Kasta. Il y a en lui une noirceur, qui le suit depuis qu'on est tout petits. Elle n'est pas toujours là – il y a des jours où il me demande mon avis, d'autres où il semble même se rendre compte que je ne suis pas une menace pour lui. Je ne doute pas que, quel que soit votre talent, il l'apprécierait beaucoup, au début. Et puis, cette noirceur va commencer à lui chuchoter à l'oreille. Elle va lui rappeler que vous m'avez adressé la parole, lui suggérer que, vous et moi, on est de mèche contre lui et que vous ne lui montrez pas toute l'étendue de vos pouvoirs parce que vous voulez le voir échouer. Peu importe qu'il n'ait pas la moindre preuve de tout ça. Il va se retourner contre vous, comme il l'a fait avec moi. Sauf que, contrairement à moi qui suis protégé par mon statut, vous serez au milieu du désert, qui ne se préoccupe pas de vous laisser la vie sauve.

Il a l'air sincère. Anxieux, même. S'il joue la comédie, il est très bon acteur.

— Et vous ? Vous voulez que j'aie la vie sauve ? dis-je dans un chuchotement.

— De préférence, oui.

— Vous croyez vraiment qu'il se retournerait contre moi ?

Je guette sa réaction pour voir s'il détourne le regard ou fait le moindre geste indiquant qu'il me ment. Je ne vois rien de tel.

— Oui, répond-il.

Je m'écarte de lui pour sortir sur le balcon, où le chant des criquets résonne. C'est un peu haut à mon goût, mais je décide que, même si Jet me ment, c'est ma seule issue. Je veux laisser derrière moi ces petits jeux de nobles, ces sortilèges étonnamment douloureux, et le risque de devoir affronter le désert et les mille façons dont il pourrait me tuer.

— Comment est-ce qu'on s'y prend ? dis-je en me penchant par-dessus la balustrade.

Jet vient me rejoindre et me tend la main.

— Je vais vous faire descendre autant que possible et, dès que vous vous sentez prête, je vous lâche. Ça vous fera quand même une belle chute, mais rien de mortel. (Il sourit.) Je l'ai déjà fait plusieurs fois.

— Ça vous arrive souvent, de faire sortir des jeunes filles par le balcon ?

Je le tire par la main et recule contre la balustrade. Ma longue robe s'amuse à se glisser sous mes pieds, alors je me déplace lentement.

— Oh, non ! lance-t-il en riant, surpris. Mais ça m'arrive souvent de sauter par la fenêtre. Pour qui me prenez-vous ?

— Ma meilleure amie dit que les nobles comme vous passent leur temps à batifoler là où il ne faut pas.

— Je vous arrête tout de suite : je ne batifole qu'en tout bien, tout honneur, et je suis très vexé.

— Peut-être, mais…

Je me fige. Jet regarde par-dessus son épaule pour voir ce qui m'a fait taire. Si je n'étais pas dans les ennuis jusqu'au cou, maintenant, c'est fait.

Le prince Kasta se tient sur le seuil. À ses côtés, Elin affecte un air désolé.

Chapitre 6

J'imagine que la scène n'a rien d'innocent à leurs yeux : Jet et moi, main dans la main sur un balcon au clair de lune. J'ai bien envie de sauter du balcon malgré tout, au risque de me casser les deux chevilles si Jet ne suit pas le mouvement. Même un prince paranoïaque prendrait pitié d'une fille aux chevilles cassées. Non ?

Jet me relâche et s'écarte. Il pose un regard furieux sur Elin, qui garde soigneusement la tête basse, mais ne lui adresse pas la parole.

— Kasta, lance-t-il. Cette fois, tu vas trop loin. Tu dois bien t'en rendre compte. Choisis quelqu'un d'autre.

Je m'attends à ce que Kasta se mette dans une rage folle et qu'il me jette en prison – en compagnie d'Elin, peut-être, pour la punir de nous avoir laissés seuls.

Mais Kasta a l'air… ravi.

— Non, dit-il en s'avançant d'un pas lent. Au contraire, c'est la première fois que je vais assez loin. Tu dois trouver ça difficile, j'imagine, de perdre contre moi.

Kasta fait un signe à Elin, qui le contourne d'un souffle et va saisir la main de Jet sans même le regarder.

— Ne t'avise pas de t'en prendre à elle pour ça, gronde Jet.

— J'en ai tout à fait le droit. Tu n'aurais pas dû t'introduire dans sa chambre.

— Le mestrah ne permettra jamais une chose pareille !

— Occupe-toi de ton propre sort. On verra bien à qui le mestrah donnera raison quand il apprendra que tu cherches déjà à saboter mes chances avec tes mensonges. (Kasta s'adresse à Elin.) Emmène-le.

— Suivez-moi, s'il vous plaît, dit-elle.

Elle tient son pinceau entre deux doigts, prête à tracer un sort d'obéissance sur Jet.

— Ne dépasse pas cette limite. (Jet implore son frère du regard tandis qu'Elin l'entraîne vers la porte.) Tu vaux mieux que ça. Réfléchis à ce que tu fais. Pense à elle !

— Fais-le taire, ordonne Kasta.

Il se tient entre Jet et moi, alors je ne vois pas ce qui se passe, mais Elin a dû le marquer d'un sort de silence, parce que je n'entends plus que le bruit de leurs pas qui s'éloignent.

Alors je me retrouve toute seule avec Kasta, le garçon qui vient de déclarer avoir le droit de me faire du mal.

Normalement, dans les récits des voyageurs, le brave sauveur n'échoue pas.

Kasta pousse un long soupir et, les mains jointes dans le dos, fait lentement le tour de la chambre. Il s'est changé depuis la cérémonie. Au lieu d'une tunique, il porte un *tergus* blanc retenu par une ceinture de cuir, et la peau brune de son torse est ornée de symboles divins dessinés à l'or liquide. Sur sa nuque un scorpion tatoué dresse sa queue mortelle, symbole d'Oka, le dieu du jugement.

J'ai comme l'impression que ça ne m'aiderait pas beaucoup d'admettre ma vraie identité.

— Détends-toi, lance Kasta. Mes menaces s'adressaient à lui mais ne te concernent pas vraiment. Parfois la promesse d'un acte est plus puissante que l'acte en soi.

Il me fait face, et les flambeaux dessinent des ombres sur son torse musclé. Je ne peux m'empêcher de lire une menace voilée dans ses paroles rassurantes. C'est trop généreux de sa part de me pardonner pour ce qu'on envisageait de faire, Jet et moi – pour ce qu'on était visiblement sur le point de faire.

— Jet se croit supérieur à moi, depuis toujours, reprend Kasta. (Il passe devant le balcon, puis devant le lit, en surveillant son territoire.) Depuis notre enfance, sa seule motivation a toujours été de me supplanter. Dès que je me passionnais pour quelque chose, il s'employait à devenir meilleur que moi, que ce soit en mathématiques, à la chasse ou au maniement de l'épée. Il a consacré sa vie à gâcher la mienne par tous les moyens. (Il s'interrompt et détaille ma robe, s'attardant sur mon ventre dénudé. Je résiste à l'envie de le couvrir de mes mains.) Voilà pourquoi je ne suis ni surpris ni contrarié de le trouver dans ta chambre, ce qui devait t'étonner.

À croire qu'il a lu dans mes pensées. J'aurais sans doute trouvé son explication raisonnable s'il n'avait pas tant jubilé de nous surprendre. *Fara* dit toujours que les gens foncièrement bons n'aiment pas faire de la peine, même à leurs ennemis.

— Il craint que vous ne m'ayez choisie pour de mauvaises raisons, dis-je en contournant la table pour la mettre entre Kasta et moi.

— C'est ça, son excuse ? (Il s'arrête près du bain. Ses yeux sont aussi bleus que les saphirs qui ornent le tour du bassin.) S'il m'humilie et me calomnie, c'est pour mon propre bien ?

Je déglutis sans rien dire. L'arche qui ouvre sur le balcon est toute proche. Je jette un coup d'œil dans cette direction, pour évaluer la distance qui me sépare de ma liberté.

— Non ! lance Kasta en se ruant vers moi.

Je recule dans un sursaut, mais il me prend par les épaules, et j'ignore ce qui me surprend le plus : la tendresse de son geste ou la douleur sur son visage.

— Il ne faut pas croire ce qu'il t'a dit, poursuit-il. Tu n'as aucune raison de me craindre. Il a monté contre moi toutes les personnes qui m'étaient chères. (Il a l'air sincère, éperdu. Il émane de son corps une chaleur de fournaise.) J'ai enfin la chance de prendre un nouveau départ. Je vais te prouver, ainsi qu'à mon père, que je ne suis pas le monstre que Jet s'amuse à décrire. À partir de maintenant, nous sommes partenaires, toi et moi. Nous sommes égaux. S'il y a quoi que ce soit que tu désires avant qu'on parte, dis-le-moi, et tu l'obtiendras.

J'en ai le souffle coupé. Ce n'est vraiment pas à ça que je m'attendais. Il devrait être furieux, me mettre à la porte et appeler ses gardes. Il devrait prendre un million de mesures afin de me renvoyer chez moi ou de me flanquer en prison. En tout cas, il n'est pas censé déclarer que nous sommes partenaires – comme si je pouvais devenir l'égale d'un prince !

Il n'est pas non plus censé me regarder comme ça, avec une telle confiance, une telle conviction… J'ai presque l'impression que personne ne m'avait encore réellement vue avant ce soir et, pour m'arracher à ce charme, je dois me rappeler qu'il me croit digne de tous ces compliments. Or je ne suis pas celle qu'il imagine, et ces paroles ne me sont pas destinées.

— Tout ce que je désire ? dis-je dans un souffle.

Je n'ai plus autant peur de lui mais je dois quand même trouver une issue. Je pourrais peut-être le pousser à admettre qu'il a choisi sur un coup de tête et qu'il vaudrait mieux pour nous deux qu'il me laisse repartir.

— Oui, m'assure-t-il.

— Je veux savoir pourquoi vous m'avez choisie, moi.

Le prince crispe les mâchoires. Il baisse les yeux sur ses mains, toujours posées sur mes épaules, et s'écarte pour se diriger vers la porte. Les flambeaux tracent les ombres d'une cicatrice entre ses côtes. On dirait un coup de lame.

— Parce que je savais que ça le blesserait, avoue-t-il.

Encore une réponse qui me prend au dépourvu.

— Ça contredit tout ce que vous venez de m'expliquer.

— J'essaie ! lance-t-il en se retournant. J'essaie vraiment de m'améliorer. J'ai passé toute ma vie à réagir aux succès de mon frère, à vouloir prouver ma valeur à un père qui préfère le fils d'une vulgaire pute à celui de sa propre reine ! (Il pousse la chaise la plus proche, dans un violent crissement qui me fait sursauter.) Je savais que… (Il se force à inspirer lentement et à desserrer les poings.) Je savais que, si tu avais attiré son attention, c'était que tu devais être extraordinaire. J'ai beau mépriser mon frère, ses intuitions sont presque toujours justes.

Mon cœur se serre, et la culpabilité me noue la gorge comme une corde autour de mon cou. Il est tellement sûr de lui, tellement certain que je suis la réponse à ses prières ! Je sais déjà que je vais regretter cet instant longtemps après mon retour à Atera – le moment où j'ai réduit à néant les espoirs d'une personne parce que je tenais à passer une soirée dans un univers fabuleux.

—Je ne suis pas celle que vous croyez, dis-je toute piteuse. Je suis une simple souffleuse. Je me suis introduite au palais sous un faux nom. En vrai je m'appelle Zahru et je travaille dans une écurie.

Je me prépare à voir son visage se crisper, à essuyer sa colère, à ce qu'il appelle ses gardes.

Il se contente de me regarder comme si c'était moi qui ne comprenais rien.

—Je sais. Elin me l'a dit. (Il me tend la main, et je suis tellement bouleversée par cette réponse, par le fait que ses paroles s'adressaient réellement à moi, que je la saisis.) C'est justement la raison pour laquelle ça va fonctionner. Tu es un choix inattendu, un talent trop sous-estimé. C'est pour ça que Jet s'est senti menacé. (Un tic agite ses lèvres.) Tu vas voir. Mon père va m'octroyer l'avantage précisément parce que je t'ai choisie. Ensemble nous allons remporter la couronne. Tu es la clé de cette épreuve.

Un choix inattendu, un talent trop sous-estimé. Des partenaires égaux… L'esprit en ébullition, j'essaie de comprendre ce qu'il implique. Il sait qui je suis. Il connaît la vérité, et pourtant il persiste à me dire que je suis extraordinaire, que je pourrais viser plus haut. Là où la tradition me souffle que je ne suis pas qualifiée, là où la noblesse m'écarterait sans même un regard, il voit quelque chose d'autre en moi.

Je ne peux pas nier que, avec ses doigts qui enserrent les miens et ses beaux yeux dans lequel brûle mon reflet, je sens quelque chose s'éveiller en moi. Peut-être que je me suis trompée de frère. Peut-être que Jet avait effectivement l'intention de me sélectionner mais qu'il me considère désormais comme une menace. Je trouve ça absurde, mais la foi de Kasta a quelque chose d'irrésistible. Soudain mon vœu le plus cher est de l'impressionner, de lui donner raison.

Dans un recoin de ma tête une petite voix rationnelle m'implore de me réveiller.

Rappelle-toi ce qu'a dit Jet. N'oublie pas les obligations qui t'attendent à la maison !

Sauf que cette voix ressemble à celle de Gallus, alors je la fais taire.

Je déglutis et ose soutenir le regard de Kasta, comme si nous étions égaux.

— D'accord, dis-je.

Son sourire me donne des frissons.

Nous sortons de la chambre, et peu à peu toute chaleur déserte ma peau. Nous descendons des escaliers de marbre, passons entre d'immenses statues des dieux puis devant plusieurs bassins intérieurs et traversons une vaste salle toute dorée. À mon côté le prince avance d'un pas vif, sans un mot. Les serviteurs s'empressent de s'écarter de notre route, et j'essaie de me convaincre que l'émotion tumultueuse qui bouillonne dans ma poitrine n'est pas de la panique mais de l'excitation face à ce que je vais accomplir. Si un prince est convaincu que je peux survivre au désert, alors j'en suis sûrement capable. Peut-être que c'est le sort que me réservent les dieux depuis toujours : une chance de prouver que, même si je ne suis pas née avec une magie noble, je ne vaux pas moins que Gallus.

Lorsqu'on arrive dans la salle du trône, je tremble comme une feuille. Si Kasta le remarque, il n'en laisse rien paraître.

La salle du trône aurait dû me couper le souffle. Enfin, c'est bien le cas, mais j'ignore si ma réaction est due à l'émerveillement ou à l'angoisse. Le plafond s'élance jusqu'au ciel, soutenu par une bonne vingtaine d'immenses colonnes aux couleurs vives, rouge et or, bleu et vert. Le sol de marbre blanc luit doucement, comme une flaque de lait, interrompu seulement par les feuilles de palmier fraîchement coupées qui mènent aux deux trônes.

Le mestrah et sa reine attendent tout au bout, comme deux statues. La reine porte une ample robe blanche qui fait ressortir son teint d'ivoire. Ses cheveux châtains lustrés sont rehaussés d'une couronne de lierre et de perles. Quant au mestrah, il a revêtu l'armure de cuir cérémoniale, et des sorts de *trielle* brillent sur sa peau brune. Une cape bleue est fixée autour de son cou. Une lourde couronne d'or contraste avec ses cheveux noirs, surmontée de queues de scorpions recourbées. Il a au poing un sceptre dont les ailes de faucon étincellent à la lueur des innombrables flambeaux.

Je remarque qu'il crispe les mâchoires en nous voyant approcher, et je me recroqueville un peu plus à chaque pas.

C'est quand même intimidant de se trouver en présence d'un véritable dieu. Le mestrah accède au statut divin lors de son couronnement. Après sa mort il ne sera pas vénéré tout à fait au même titre que les onze dieux primordiaux auxquels nos temples sont dédiés, mais tant qu'il est vivant il représente un pont entre leur monde et celui de nous autres mortels. C'est par leur volonté qu'il agit, et ce sont leurs lois qu'il applique. C'est pourquoi sa famille, et surtout ses enfants, sont dotés des pouvoirs magiques les plus rares. Sa capacité à lire dans les esprits prouve qu'il jouit de la faveur des dieux, et sa grande sagesse le confirme. *Fara* parle toujours de lui avec beaucoup de respect. C'est à lui que nous devons notre nourriture, notre maison et notre protection. Son peuple l'adore, et ses ennemis le craignent.

Je ne peux qu'espérer que, en me présentant sous un faux nom, je ne me sois pas rangée dans la deuxième catégorie.

— *Valeed*, souffle Kasta.

C'est le titre honorifique pour « père », et mon cœur se serre de l'entendre. La distance entre le mestrah et son fils n'est pas que symbolique : quelques marches de marbre nous séparent des trônes.

— Ma décision est prise, poursuit Kasta.

Il lève nos mains jointes en s'inclinant, et je m'empresse de l'imiter.

Le mestrah garde le silence. Les doigts crispés sur les accoudoirs dorés, les sourcils froncés, il m'observe avec des yeux du même bleu froid que ceux de Kasta.

— Je t'avais dit de venir seul, déclare-t-il enfin.

La faiblesse de sa voix me prend au dépourvu. Jet m'a dit qu'il était malade, mais je m'imaginais que grâce à son statut divin, il parlerait avec une autorité surnaturelle. Sa peau semble briller plus que celle de simples mortels, mais c'est sans doute le reflet du trône en or massif.

— Mais puisque tu t'obstines à faire les choses à ta manière…

— Vous deviez absolument la voir, dit Kasta.

— Moi seul décide ce que je dois faire, rétorque le mestrah sèchement. (Il tousse à deux reprises, avale sa salive puis pose son regard sur moi.) Elin nous a mis au courant. Elle nous a appris que, non content de pardonner à cette fille, tu avais fait d'elle ton éclaireuse. (Les jointures de ses doigts blanchissent.) Tes décisions ne cessent de me consterner.

Mon estomac se retourne. Maintenant que le regard troublant de Kasta n'est plus rivé sur moi, j'ai de plus en plus de mal à comprendre pourquoi j'ai accepté. Les paroles du mestrah me ramènent à la réalité. Évidemment, que je suis une mauvaise décision. Je me suis dit la même chose avant de venir, et j'ai la triste impression que je vais bientôt l'entendre m'expliquer à quel point c'est vrai.

Kasta baisse nos mains jointes en serrant la mienne encore plus fort.

— Je ne comprends pas.

— C'est tout le problème, rétorque le mestrah en se levant. Tu ne prends jamais le temps de comprendre. De tous les talentueux magiciens que j'ai fait venir, tu choisis une souffleuse qui ne sait même pas lire ? En quoi pourrait-elle t'être utile ? Que feras-tu si une tempête de sable menace à l'horizon ? Ou si tu n'as pas mangé depuis des jours ? Ou si tu te fais attaquer par des bandits qui préféreraient te prendre en otage plutôt que de te voir couronné ? Comment veux-tu qu'elle te sauve si tout ce qu'elle sait faire, c'est insulter leurs chevaux ?

Je me mords la joue mais garde les yeux baissés et me souviens que ça vaut mieux comme ça. Le prince est obligé de suivre les conseils de son père. Il va devoir me libérer.

— Ce sont vos prêtres qui l'ont laissée entrer, objecte Kasta. C'est ridicule ! Comment voulez-vous que j'arrive à vous satisfaire quand…

— En te servant de ta cervelle, par exemple ! intervient le mestrah. Quand on te demande de choisir un éclaireur, tu pourrais peut-être choisir une magie capable de calmer les orages et de construire des abris, ou une personne qui excelle dans l'art du combat, au lieu de celle que tu aimerais déshabiller en premier !

C'est donc ce qu'imagine le roi… Mon sang bouillonne à cette idée. Je m'y attendais un peu, pourtant je n'arrive pas à croire que j'en sois réduite à ça. Je veux bien admettre que ma magie ne fait pas de moi un choix évident, mais c'est complètement injuste d'en conclure que c'est tout ce que j'ai à offrir. Je pourrais très bien être une excellente chasseuse ou un as de la navigation. Ou avoir connaissance d'une oasis secrète sur le chemin de la Traversée.

Heureusement la reine semble se rendre compte que le mestrah dépasse les bornes. Elle pose sur son bras une main aux ongles décorés.

— J'ai vu les autres candidates, souffle-t-elle. Je doute qu'il l'ait choisie pour ça.

Aïe.

— Non, dit Kasta en relâchant enfin ma main. Vous ne pouvez pas critiquer mon choix. Elle a attiré l'attention de Jet lors du banquet. Il s'est déjà introduit dans sa chambre pour me l'enlever. Si c'était lui qui se tenait devant vous, vous vous seriez empressé de venir nous embrasser !

— Vous êtes très différents, Jet et toi, souffle le mestrah avec une expression de profond regret plus cruelle que tous ses mots. Il s'est donné la peine d'acquérir des connaissances qui l'aideront dans cette Traversée. Et puis, ses besoins ne sont pas les tiens. Combien de fois t'ai-je répété de l'oublier ? Concentre-toi sur ce que tu veux, toi !

— Mais ce que je veux est impossible ! Quoi que je fasse, vous êtes déçu. Je pourrais changer la poussière en fruit, et vous trouveriez quand même quelque chose à redire. Vous m'expliqueriez que Jet aurait su mieux faire !

Kasta ne parle plus seulement du trône, et mon cœur se brise un peu plus.

— C'est parce que tu n'écoutes rien ! lance le mestrah en se frappant la paume du bout de l'index pour appuyer chaque mot, le front luisant de sueur malgré la fraîcheur de la pièce. Tu ne poses jamais de questions. Tu ne demandes jamais conseil. Tu n'en fais qu'à ta tête.

— C'est parce que…

— Kasta, souffle la reine.

— Je n'accorde pas l'avantage à cette alliance, déclare le mestrah.

Il est interrompu par une quinte de toux si violente qu'il doit s'appuyer contre le dossier de son trône. La reine lui touche doucement le bras, et un serviteur apporte un verre de tonifiant, que le mestrah porte à ses lèvres d'une main tremblante. Lorsqu'il reprend la parole, c'est à peine plus qu'un murmure.

— Et je ne te nommerai pas *dōmmel* ce soir.

Je me plaque les mains sur la bouche pour réprimer un cri. C'est le titre qui fait d'un prince ou d'une princesse l'héritier officiel de la couronne. Ça n'aiderait pas beaucoup Kasta maintenant que la Traversée a été invoquée, mais ça serait un symbole d'approbation grâce auquel, si aucun des trois enfants ne terminait la course, il serait couronné par défaut. Il peut toujours gagner, certes, mais j'imagine que ce que Kasta recherche – la chose qu'il désire plus que tout – c'est d'entendre ces mots de reconnaissance dans la bouche de son père.

Le prince a changé. La colère a déserté son visage, y laissant une expression indéchiffrable, d'un calme inquiétant.

— *Valeed*, dit-il en s'inclinant avant de me saisir le bras.

La violence de sa poigne me fait sursauter, mais je n'ose pas protester, trop impatiente de repartir. La quinte de toux du mestrah comble le silence dans notre dos.

— Je suis désolée, dis-je, même si je suis soulagée que le roi soit intervenu.

Certes j'aurais aimé croire ce que me promettait Kasta, mais il vaut mieux pour nous deux reconnaître la réalité. Une fois qu'il sera remis de sa déception, je lui rappellerai que je n'étais pas un choix adéquat, de toute façon. Il devrait pouvoir donner un autre banquet, choisir un nouvel éclaireur, plaider sa cause auprès du roi et obtenir, sinon son approbation, du moins une deuxième chance.

Kasta se contente de m'entraîner en silence, tel un orage sur le point d'éclater. Ce n'est qu'une fois que nous sommes sortis de la salle du trône, alors qu'il tourne dans un corridor où chantent de petites fontaines, que je me rends compte que nous ne retournons pas vers ma chambre.

— Pitié ! (J'ai peur qu'il me conduise au pilori.) Ne me livrez pas aux exécuteurs. J'ai été honnête avec vous. Je vous ai avoué que je n'étais que souffleuse.

Ça ne me paraît plus très avisé de mentionner que je suis l'unique héritière de mon père, ou qu'il aimerait beaucoup me revoir.

— Tu crois que je vais te laisser partir ? (Kasta ricane en secouant la tête.) Oh, non, Zahru. Notre aventure ne fait que commencer.

Alors il me pousse dans une pièce, referme une porte dorée derrière nous et la bloque à l'aide d'une grosse barre de bois.

Chapitre 7

Emportée par mon élan, je me rattrape à une commode en bois d'ébène. Nous sommes dans une pièce immense, dont les coins sont plongés dans l'obscurité, hors de portée des flammes bleutées des flambeaux. La faible lumière argentée nimbe les canapés aux pieds délicats, les hautes bibliothèques et le lit gigantesque – avec ses lourds rideaux de velours – d'une sorte de brume glaciale, inquiétante.

C'est un lit royal.

C'est la chambre de Kasta.

Oh, mes dieux. J'aurais dû plonger du balcon en compagnie de Jet. J'aurais dû supplier Kasta de se montrer raisonnable au lieu de me présenter au mestrah. J'aurais dû rester à la maison avec *fara*, parce que je suis de plus en plus convaincue que je ne le reverrai jamais. J'ignore ce que Kasta me réserve mais j'ai la désagréable impression que le moment est venu où il va se retourner contre moi, comme l'avait prédit Jet.

Il ne mentait pas. Kasta aimerait peut-être devenir quelqu'un de meilleur, mais Jet le voit pour ce qu'il est. D'ailleurs le prince aîné l'a admis lui-même, si je me souviens bien. *Les intuitions de Jet sont presque toujours justes.*

À part la porte, les fenêtres à l'autre bout de la pièce représentent la seule issue.

— Bravo, lance Kasta en applaudissant lentement.

Je me tourne vers lui et recule en le voyant approcher.

— Mon frère s'est vraiment surpassé, cette fois, poursuit-il. Au point de me faire croire que j'avais une longueur d'avance sur lui… (La lumière se reflète sur les motifs dorés de son torse.) Qu'est-ce qu'il t'a promis en échange ? Une place à la cour ? Une maison ? (Il plisse les yeux.) Ou quelque chose d'encore mieux ?

— Je ne vois pas de quoi vous parlez, dis-je.

Il sourit d'un air entendu.

— Non, évidemment.

Je contourne un canapé de cuir blanc. Il me suit sans se presser.

— Il a prétendu se moquer complètement de savoir qui je choisirais, dit-il. Il nous répétait qu'on aurait de la chance s'il venait à son propre banquet, mais c'était uniquement pour que je remarque sa présence et que j'observe à qui il parlerait. C'est pour ça que tu es venue sous un faux nom : c'est lui qui a tout organisé. Il savait que je te choisirais pour le contrarier, et j'ai mordu à l'hameçon. Quand je vous ai surpris dans cette chambre… (Il réfléchit un instant avant de hocher la tête.) Vous étiez en train de consolider votre plan, de répéter ce que tu allais me dire pour gagner ma confiance. Tu as joué l'honnêteté, mais ça faisait partie de votre mise en scène.

— Quoi ? Il n'y a pas de mise en scène, dis-je. J'habite la ville d'Atera. C'est la première fois que je viens au palais. Jet est venu me prévenir que…

— Non. Il savait pertinemment que notre père n'approuverait pas une candidate telle que toi. Il a fait tout ça pour s'assurer l'avantage. (Un muscle tressaute à sa mâchoire.) Tu aurais dû me l'avouer. J'aurais doublé son prix.

— Il ne m'a pas payée !

Ça ne sert à rien. Kasta ne m'écoute pas. Il m'observe comme j'ai dévisagé Jet moi-même, à l'affût d'un indice, d'une preuve que je mens. Mais son regard est enfiévré.

Je me déplace lentement de façon à mettre la table basse entre nous, en plus du canapé.

Il se laisse tomber sur les coussins.

— J'imagine que ça ne lui suffisait pas que le mestrah ressuscite une course ancestrale pour exprimer le peu de confiance qu'il a en moi. Savais-tu que, au cours des siècles qui se sont écoulés depuis la dernière Traversée, le trône n'est jamais passé au deuxième ou au troisième enfant du roi ? Les mestrahs ont toujours été des premiers-nés. Sans exception.

Sa voix est alourdie d'une douleur poignante, et je jette un coup d'œil vers les fenêtres.

— Je croyais que c'étaient les dieux qui avaient ordonné au mestrah d'organiser la Traversée.

— Vraiment ? (Kasta ricane, et une ombre se glisse sous sa peau lorsqu'il se lève, comme le visage d'un autre sous la surface.) N'est-ce pas plutôt lui qui a soumis leur volonté dans son propre intérêt ? J'ai lu tout ce que je pouvais sur l'histoire de la Traversée depuis que mon père l'a invoquée. J'ai appris que le sacrifice, prétendument choisi par la déesse Numet en personne, est en fait marqué par un grand prêtre. Curieusement, certains occultés qui s'étaient opposés au pouvoir des grands prêtres ou qui avaient causé des soulèvements dans les villes se sont vus appelés à remplir cette fonction sacrée. (Un sourire fin comme une lame.) Peut-être que les dieux sont à notre merci, et non l'inverse.

— Mais c'est un sacrilège ! dis-je presque malgré moi.

— C'est un progrès, rétorque-t-il, le regard dur. Une fois que je serai mestrah, ce sera prouvé.

Je frémis d'imaginer ce qu'il entend par là. Est-ce qu'il compte se servir des dieux, comme il croit que son père l'a fait, pour justifier des actes qui vont à l'encontre de nos lois ? De nouveau il s'avance vers moi, et je file derrière un fauteuil en bois sculpté.

— Si tu n'es pas l'agent de mon frère, alors pourquoi me fuis-tu ? gronde-t-il.

— Parce que vous êtes en colère, dis-je. Et parce que je viens de passer les dix plus longues minutes de ma vie à entendre le roi vous expliquer que je suis un choix déplorable. Qu'est-ce qui me dit que vous n'allez pas me jeter par une fenêtre ?

— Je t'ai déjà assuré que tu n'avais rien à craindre de moi.

— Peut-être, mais vous ne voyez pas votre visage en ce moment même.

Il se jette sur moi. Je m'écarte d'un bond, mais il parvient à me saisir le poignet et m'attire contre son torse en plaquant son autre main à ma taille, sur ma peau nue. Il baisse les yeux sur moi, la mâchoire crispée, et je grimace de sentir tous les endroits où nos deux corps se touchent. Tous les endroits d'où il pourrait tirer ma vie, comme une flamme d'un peu de bois sec. Les avertissements de Jet résonnent dans ma tête. *Il y a quelque chose qui ne tourne pas rond chez Kasta. Il y a en lui une noirceur, qui le suit depuis qu'on est tout petits…*

Cette noirceur, je la sens éclore autour de nous, comme si les ombres tombaient des murs pour ramper vers nous.

—*Aera*, je vous en prie.

—J'ai failli te croire, tu sais, souffle-t-il en frottant son pouce à l'intérieur de mon poignet, une caresse qui me hérisse comme des scorpions sous ma peau. Une jeune fille toute simple venue d'une petite ville toute simple, une alliée qui ne serait pas prédisposée à me détester. (Son regard s'arrête sur le pendentif qui repose contre ma tempe.) J'ai failli croire que j'avais enfin quelque chose qui n'appartenait qu'à moi.

Je repousse son épaule de ma main libre, mais il me garde plaquée contre lui.

—Vous auriez pu, dis-je en ravalant la panique qui gronde dans ma poitrine.

La seule chose qui me rassure, c'est la certitude que, s'il voulait me tuer, il l'aurait sans doute déjà fait. J'ai peut-être encore une chance de m'en sortir.

—Vous le pourriez encore, poursuis-je. Mais pour ça vous devez me croire quand je vous dis que j'ignorais tout de votre histoire avant de venir au palais. Je ne suis pas le pantin de Jet. Je ne suis pas là pour vous causer du tort. (J'essaie de dégager mon bras.) S'il vous plaît. Vous me faites mal.

Il baisse les yeux sur mon poignet et, soit par un effet de la faible lumière, soit parce que j'ai enfin réussi à percer son armure, son visage semble s'adoucir. Il desserre le poing, sans pour autant me relâcher.

— Je le pourrais encore ? murmure-t-il. Tu veux dire que… tu arriverais à me pardonner de t'avoir traitée comme ça ?

Soudain quelqu'un tambourine à la porte. On sursaute, tous les deux.

— Kasta !

C'est Jet. Mes nerfs s'enflamment avant même que Kasta crispe les doigts autour de mon bras.

— Menteuse, gronde-t-il.

— Non ! Je n'ai rien à voir avec…

— Il faut qu'on parle ! lance Jet. Ouvre cette porte.

Kasta ne lui répond pas, ne me quitte pas des yeux. Les ombres envahissent son visage et tordent ses lèvres en un rictus amer.

— J'en ai assez qu'on se joue de moi, dit-il. Je ne vais pas tolérer que tu me mènes par le bout du nez au milieu du désert pendant que Jet file vers la victoire. Les prêtres n'ont pas encore choisi leur sacrifice. Je vais leur épargner la tâche de trouver un traître à condamner. (Il porte la main au couteau fixé à sa ceinture, et la lame grince contre le fourreau lorsqu'il la dégaine.) Je me demande si ton cher Jet va voler à ton secours… ou si c'est sa main à lui qui va te trancher la gorge.

Il me tire sur le bras, et je me fais la réflexion que c'est sans doute sacrilège, aussi, de frapper le fils d'un dieu – avant de planter mes doigts dans ses yeux. Kasta me relâche en jurant.

Je m'écarte d'un bond, mais il me rattrape par les cheveux. Un tintement musical retentit lorsque mon filet d'or se casse et que le pendentif de ma mère roule au sol. Kasta me jette contre le canapé. Jet tambourine de plus belle. Je roule sur le côté en hurlant son nom, mais Kasta me saute dessus et plaque mon bras contre le dossier, la lame chaude contre mon poignet.

Je me tords pour lui donner un coup de genou dans les côtes. J'ai l'habitude de manipuler des chevaux terrifiés mais je n'en ai jamais rencontré d'aussi agile ou déterminé que le prince. Il pousse un grognement, raffermit sa prise sur mon poignet et me retourne de façon à me plaquer sur le ventre, le bras tordu dans le dos…

Je vois des étincelles, et la panique embrase ma peau. La morsure du couteau me brûle. Je serre les dents et renverse la tête en arrière. Un craquement sinistre retentit quand mon crâne heurte le visage de Kasta. Il me relâche en grondant. Je rampe derrière la table basse, à bout de souffle, le bras replié contre ma poitrine, et tente de gagner le recoin le plus sombre de la pièce.

J'ai frappé un prince. J'ai frappé un prince et je ne connais pas un monde où ça se terminera bien pour moi.

Kasta contemple sa main, où son sang coule depuis son nez.

— Tu oses lever la main sur moi, souffle-t-il en faisant tourner le manche de son couteau. (La lame se met à luire et s'allonge. Je me recroqueville contre le mur en me déplaçant vers les fenêtres.) Tu vas le payer très cher.

Je fonce vers la fenêtre la plus proche. Kasta renverse une table qui se trouvait entre nous et gagne du terrain sur moi.

Les rideaux s'ouvrent en coup de vent, et je crains qu'il n'ait fait appel au côté obscur de son pouvoir – à des cadavres prêts à me déchirer, me dévorer et…

C'est Jet qui entre par la fenêtre, hors d'haleine. Je sanglote presque de soulagement en allant me réfugier derrière lui. Il dégaine sa lame, tandis que la lumière des flambeaux danse sur les ailes de son armure. Il aperçoit mon poignet couvert de sang et rive sur son frère un regard peiné.

— Kasta, dit-il d'une voix presque douce. Qu'est-ce que tu fais ?

Son frère nous tourne autour comme un chacal, les traits déformés par la rage.

— Tout ça, c'est ta faute ! crache-t-il. Tu l'as fait venir exprès. Tu savais que notre père me reprocherait ce choix. C'est la dernière fois que tu m'humilies comme ça !

Il se jette sur Jet, qui pare le coup. Leurs lames lancent des étincelles. Kasta se fend, et son épée fait chanter le métal de l'armure de Jet, qui recule avec un grognement. Mais Kasta avance sans relâche. Jet l'esquive d'un bond ; Kasta, emporté par son élan, perd l'équilibre et expose son flanc. J'anticipe avec horreur le coup d'épée de Jet…

Mais au lieu de ça, il recule. Kasta, fou de rage, attaque de plus belle. Le métal hurle. Kasta est sans merci ; ses frappes précises, impitoyables. Une ouverture se présente à Jet, puis une autre, mais il ne porte pas de coup fatal.

Il refuse de toucher son frère. J'ignore si c'est parce qu'il se sent responsable ou pour une question d'honneur, mais j'ai peur que ça se termine mal pour lui.

Il faut que je trouve un moyen de maîtriser Kasta.

Je survole la pièce du regard. Les fauteuils sont beaucoup trop lourds pour moi. J'essaie de soulever une statuette de faucon, mais elle est fixée à la table. Les bouteilles de parfum sont trop petites pour faire des dégâts, mais si j'arrive à détourner son attention…

Les fines chaînes d'or brisées du filet à cheveux de ma mère effleurent ma tempe, et je me souviens brusquement qu'une rune de protection est gravée dans la gemme du pendentif. Je cours m'agenouiller près du canapé pour le chercher autour des pieds griffus, tâtonnant sous la soie violette d'un petit guéridon. Je commence à craindre que la pierre ne soit perdue à jamais lorsqu'une flamme se reflète dans quelque chose de rouge près de la table basse. Je me jette dessus et referme le poing sur le grenat.

Sauf que j'ignore comment m'en servir pour protéger quelqu'un d'autre. Faut-il que Jet l'ait dans sa main ? Tout ce que je sais, c'est que la rune se déclenche automatiquement…

Le crissement aigu du métal déchire l'air, et je fais volte-face juste à temps pour voir l'épée de Jet glisser sur le carrelage et disparaître sous le lit. Il recule, les deux mains tendues devant lui.

J'appuie le pouce sur la gemme en priant pour qu'elle s'anime.

— Tu ne vas pas me tuer, dit Jet à son frère. Tu vas te rendre compte que ce complot dont tu me crois coupable est complètement absurde, que tu accuses à tort une innocente jeune fille et que tu as encore le temps de choisir un autre éclaireur demain. Notre père en sera satisfait. Tu gagneras l'avantage, et ta victoire sera quasiment garantie.

Kasta s'avance vers lui, le visage dur comme la pierre.

—Je vais déclarer forfait, poursuit Jet en s'approchant des fenêtres. Je comptais abandonner la course le deuxième jour de toute façon, mais je peux l'annoncer officiellement.

Il n'a plus beaucoup de place. Je ne supporterais pas qu'il lui arrive quelque chose à cause de moi, qu'il risque de mourir pour moi… Je n'ai pas de plan d'attaque, naturellement, mais si je leur fonçais dessus…

—Ça ne me fait pas plaisir, parce que je sais que ça fera de la peine à notre père, mais pour toi je n'hésiterai pas, si ça peut te convaincre une bonne fois pour toutes que je ne veux rien de tout ça.

—Arrête ! gronde Kasta. Je sais pertinemment que la fille est de mèche avec toi et que, à la première occasion, elle va me tuer.

—Quoi ? (Jet se cogne au mur dans son dos.) Non ! Je ne ferais jamais une…

Kasta frappe.

Je me suis élancée, mais je suis trop loin. Je hurle.

—Non !

J'aimerais pouvoir rembobiner le temps, remonter jusqu'à l'instant où j'ai abordé Jet au banquet. Alors je remarquerais sa tenue et j'irais trouver quelqu'un d'autre, n'importe qui d'autre, pour me renseigner sur le buffet. Alors Kasta lèverait le poing de Gallus, le mestrah leur sourirait dans la salle du trône, j'irais retrouver Hen, et Jet serait dans sa chambre, à rêver de mondes lointains…

Un éclat de lumière jaillit de la rune, aveuglant dans la pièce obscure. Ma paume me brûle comme de la glace.

L'un des princes crie, quelque chose de lourd heurte le sol, et au bout de quelques secondes je vois Kasta étendu sur le dos. La lumière danse dans ses yeux, sur sa bouche, et scintille en gouttelettes sur sa peau brune.

Puis le halo s'estompe, et je remarque Jet plaqué contre le mur. Il me jette un coup d'œil avant de s'agenouiller auprès de son frère.

— Kasta, souffle-t-il. (Il fait glisser l'épée du prince loin de lui avant de le secouer par les épaules.) Kasta ?

Je lâche le pendentif et tressaille en l'entendant tomber par terre. Personne ne m'avait prévenue que la vraie magie ressemblait à ça – que c'était l'effet qu'elle faisait. C'est quelque chose de complètement sauvage, d'instable ; comme si le monde se repliait autour de moi en craquelant, en se gavant de ma terreur pour en faire quelque chose d'autre. Je voulais seulement empêcher Kasta de faire du mal à Jet, et maintenant…

— Zahru, chuchote Jet. (Je n'oublierai jamais le regard qu'il me jette, mélange de peur et de regret.) Il ne respire plus.

Chapitre 8

Il ne respire plus.

J'ai tué un homme. J'ai tué un prince ! Moi qui croyais avoir besoin qu'on vole à mon secours…

—Je ne savais pas que ça ferait ça, dis-je, la gorge nouée. C'est juste une rune de protection. Je ne voulais pas… Je ne savais pas !

—Allez chercher de l'eau, ordonne Jet.

Il tire de sa tunique un sortilège papier, et je cours vers un bassin de marbre, trébuchant au passage sur une statue brisée d'Apos. C'est d'une main tremblante que je plonge une coupe d'or dans l'eau. J'en renverse la moitié en retournant vers les princes, mais Jet me la prend des mains sans un regard.

—Je ne voulais pas, dis-je une fois de plus tandis qu'il applique le sort sur le torse de Kasta. Enfin, si : je voulais l'empêcher de vous tuer, mais pas…

—Ça fonctionne, lance Jet.

Il s'assied sur ses talons en poussant un long soupir, les yeux rivés sur l'encre qui imprègne la peau de Kasta. Je ne respire que quand le prince aîné sursaute, ce qui nous fait tressaillir, Jet et moi. Mais il se calme aussitôt, le souffle lent, les yeux fermés.

J'étouffe un sanglot. C'est à la fois le soulagement de savoir que je ne suis pas une meurtrière… et l'angoisse qu'un homme qui veut ma mort, à moi, soit toujours vivant.

— Le sortilège devrait le faire dormir un bon moment, dit Jet en se relevant. Mais il ne faut pas que vous restiez ici. Il n'est pas impossible que la lumière, ou notre duel, ait attiré l'attention. Si quelqu'un arrive et s'imagine que vous êtes mêlée à tout ça, ça risque de tout compliquer.

Un brusque malaise m'engourdit.

— Il n'y a rien à s'imaginer : je suis mêlée à tout ça.

— Non, Zahru. C'est moi qui l'ai assommé. C'était une simple bagarre entre frères, rien de plus. Vous m'entendez ?

Son regard s'est durci, et mon cœur se serre. Je hoche la tête.

— Je suis désolée, dis-je.

Mais il se détourne, sans doute dégoûté par l'excès de force dont j'ai usé. Je ne peux pas lui en vouloir.

— Il allait me tuer, répond-il simplement.

Il va récupérer son épée sous le lit, et je me baisse à contrecœur pour ramasser le grenat que j'ai laissé tomber. Je frotte du pouce la rune brûlée. Je n'aurais jamais imaginé regarder cette pierre avec autre chose que de l'affection. Maintenant je ne verrai plus que cet éclat de lumière et Kasta allongé sur le dos, les yeux vitreux comme ceux d'un mort. Pourtant je ne peux pas abandonner le pendentif. J'ai promis à Hen que je le rapporterais et je compte bien tenir parole.

— Je vais m'assurer qu'on vous laisse partir, reprend Jet en rengainant son épée. (Il parle d'une voix ferme, mais sa main tremble.) Je pourrais vous faire sortir du palais, mais le mestrah sait qui vous êtes désormais. Il faut que Kasta vous congédie officiellement, ou vous risqueriez d'être poursuivie pour l'avoir déserté. (Il soupire.) Même s'il vous renvoie, vous et votre famille aurez sans doute intérêt à aller vivre chez des amis pour la durée de la Traversée. Mon frère… n'apprécie guère que les choses ne se passent pas comme il le voulait. En revanche je peux vous assurer que, une fois couronné, il sera trop occupé à s'enorgueillir de sa victoire pour se souvenir de votre existence.

Je grimace en imaginant la tête que va faire *fara* quand je vais lui annoncer que je me suis très bien débrouillée au palais… mais qu'on doit vivre dans la clandestinité pendant quelque temps.

— Et s'il revient me chercher ce soir ?

Jet secoue la tête.

— Il n'osera pas. Votre chambre est trop bien gardée, et même les princes n'ont pas le droit d'aller faire du mal à n'importe qui sans raison. (Il soupire une fois de plus.) Ce n'est pas vraiment contre vous qu'il est en colère, de toute façon.

— Et ça ne vous gêne pas… que je m'en aille, comme ça ?

Jet observe Kasta, les mâchoires crispées.

— Cette querelle n'a rien à voir avec vous.

Pourtant il refuse de me regarder.

Il m'aide à sauter dans le jardin, comme il me l'avait promis plus tôt, et on se faufile parmi les ombres en se cachant des invités qui rient aux éclats et des gardes du palais qui bâillent. Enfin il me hisse sur ses épaules sous le balcon de ma chambre et manque me faire tomber dans sa hâte de me relâcher.

Je me demande alors si c'est pour ça que les contes des voyageurs sont toujours si spectaculaires. Peut-être que, derrière chaque histoire de tigre féroce ou de dragon, se cache une vraie personne, quelqu'un que la conteuse s'efforce d'oublier par le seul moyen qu'elle connaît : en répétant son aventure à tous ceux qui veulent bien l'entendre, jusqu'à se persuader elle-même que c'était un dragon, et pas un garçon, qui lui a infligé toutes ces cicatrices.

Ce n'est qu'à l'aube que je me rappelle l'entaille faite à mon poignet.

Je l'aperçois alors que les premiers rayons de Numet s'invitent par le balcon et viennent souligner les traces rouge brique qui tachent mes draps. Je sursaute et me cogne à la tête de lit dorée, affolée par ce spectacle. J'espère que ce n'est pas aussi grave que ça en a l'air. J'ai du sang séché tout le long de l'avant-bras, plus quelques traces sur le ventre et sur ma jupe. Pourtant je n'éprouve qu'une douleur lancinante au niveau du poignet, là où mon sang forme une croûte épaisse.

Les paroles de Kasta résonnent dans ma tête. « *Les prêtres n'ont pas encore choisi de sacrifice. Je vais leur épargner cette tâche…* »

La terreur me prend à la gorge. Je frotte la blessure de mon pouce. Je veux m'assurer que ça ne signifie rien du tout – je doute que Kasta ait eu le temps de finir ce qu'il voulait dessiner – mais j'ai la soudaine conviction qu'il ne faut surtout pas que ça se voie.

Je réfléchis au meilleur moyen de cacher mon poignet et de me débarrasser des draps quand un fracas près de la porte me fait sursauter. Des tranches de pain et de melon roulent par terre. La servante qui venait m'apporter mon petit déjeuner écarquille les yeux en remarquant l'état de mon bras, puis du lit. Elle marmonne quelques mots d'excuse et repart en courant.

Je ravale ma salive et la tentation de jeter les draps par-dessus le balcon – et, éventuellement, de les suivre.

Tout va bien, détends-toi. Tu l'as empêché de terminer. Je respire profondément en essayant d'y croire. Ça ne veut pas dire que je vais être sacrifiée, et une fois qu'un guérisseur s'en sera occupé, ce sera comme s'il ne s'était rien passé.

Tout va bien. Ça va aller.

J'ai beau me le répéter, je sursaute quand la guérisseuse entre.

—Apos ! Que s'est-il passé ? demande-t-elle en s'approchant de moi.

Comme tous les guérisseurs, elle a environ mon âge et porte au bras le symbole de Talqo, deux mains jointes en geste de prière. Contrairement à la plupart des guérisseurs, elle a aussi l'air capable de terrasser les deux princes à mains nues – et en même temps. De ses doigts pâles elle soulève délicatement mon bras blessé et tourne ma paume vers le haut. Sa magie me chatouille déjà, demandant à mon corps où ses soins sont requis.

—Je… euh…

J'espérais vraiment qu'elle ne me poserait pas de question. J'aurais sans doute dû préparer une explication plausible, mais autant me rendre à l'évidence : je n'aurai jamais de plan pour rien.

— Je suis tombée ? dis-je dans un couinement étranglé, pour lequel je me maudis aussitôt.

— Ce n'est pas grave, souffle-t-elle en appuyant sur ma peau des deux pouces. Tu n'es pas obligée de me le dire, si tu ne préfères pas. (Elle sourit, un regard entendu dans ses yeux gris.) Tu as trop fait la fête hier soir ?

Un éclat de rire, mêlé d'un sanglot, m'échappe à cette question tant elle est loin de la vérité.

— Non. Enfin, je ne bois pas. Pas encore. Enfin, je ne compte pas commencer, hein. Enfin, je n'ai rien contre, mais… Bref, je ferais mieux de me taire.

Elle glousse.

— Il n'y a pas de quoi avoir honte. Ça nous arrive à tous, des soirées qu'on aimerait pouvoir annuler.

Je réprime un nouveau sanglot tellement je voudrais que ce soit possible. Pourtant je commence aussi à me détendre. La guérisseuse semble gentille et raisonnable. Si Kasta avait achevé son motif, elle aurait sans doute dit quelque chose. Il ne me reste plus qu'à attendre Jet, et toute cette histoire sera terminée.

Tout va bien, je me répète. *Tout va bien. Tout va bien.*

La guérisseuse me tapote le bras et s'essuie les mains sur une serviette.

— Et voilà. Tu es comme neuve. La cicatrice devrait s'effacer au bout d'une lune ou deux.

— C'est tout ? dis-je, émerveillée.

Je n'ai rien senti du tout.

— Je suis très douée, lance-t-elle avec un clin d'œil.

Elle détache une petite gourde de sa ceinture et verse un liquide scintillant sur un tissu, qu'elle enroule autour de mon bras. L'eau enchantée me picote, mais ce n'est pas désagréable, alors je me détends encore.

Elle sourit.

— Ça ne prend qu'un instant.

— Est-ce que tu fais des épilations, aussi ? Parce qu'ils auraient vraiment intérêt à remplacer la fille qui s'en occupe ici.

Elle rit.

— Elin sera excellente un jour. On a tous besoin de passer par une phase d'apprentissage. Quand j'étais débutante…

Elle fronce les sourcils en soulevant le tissu imprégné de mon sang. La peau de mon bras est propre et lisse, à part au niveau du poignet, où elle reste rouge et un peu enflée.

— Quand tu étais débutante… ?

— Mmm ?

Elle inspecte la marque, et un frisson glacial m'enveloppe, aussi noir que la nuit. Je suis sur le point de paniquer à l'idée qu'elle appelle les gardes quand elle se redresse en me souriant.

— Quand j'étais débutante, j'ai soudé la rotule d'un homme à son tibia, sans le faire exprès. Je cherchais simplement à résorber un bleu. (Elle replie la serviette et se lève du lit.) Ce fut un plaisir de te rencontrer.

— Tout le plaisir était pour moi, dis-je.

Mais elle a déjà franchi le seuil orné de nacre, laissant sa gourde d'eau enchantée sur la table de chevet.

Je ravale l'angoisse qui me noue la gorge tout en tendant le bras vers un rayon de soleil. Mon cœur tombe au fond de mon ventre. Kasta a bien terminé ce qu'il voulait dessiner. Il s'agit de trois petites lignes toutes simples, mais ce qu'elles représentent est limpide maintenant que le sang a disparu. Une ligne incurvée, comme le ventre d'un carrosse ; une ligne droite pour le toit. Un demi-cercle pour le soleil qui se couche derrière.

C'est l'emblème de Rie, le dieu de la mort.

J'ai un mauvais pressentiment.

Je sais bien que, techniquement, je ne devrais pas trop m'inquiéter avant le milieu de la matinée, mais je suis toujours sans nouvelles de Jet, et dès que la guérisseuse est ressortie, les soldats qui gardaient ma porte sont venus se poster à l'intérieur. Ça ne fait aucun doute qu'elle a reconnu le symbole. En revanche je ne sais pas si elle va répandre cette information, ou si c'est une procédure normale que les gardes soient entrés dans la chambre. J'ai beau essayer de me convaincre que ça n'a aucune importance – Jet aurait dû me libérer depuis longtemps –, le silence commence à me peser.

Jet a peut-être décidé que je n'en valais pas la peine.

Cette idée fait bourdonner mon sang à mes oreilles, alors je m'empresse de la repousser. Jet a passé la soirée à essayer de me sauver. Ça n'aurait aucun sens qu'il abandonne ce plan maintenant, surtout si ça lui donne une dernière chance de contrarier les efforts de Kasta.

Il va venir.

Pitié, pourvu qu'il vienne.

— Non, je doute que ce soit authentique, lance quelqu'un dans le couloir. À moins que… Tu crois que Lana aurait agi sans m'attendre ?

Je frémis. C'est le prêtre qui est venu à Atera. Je ne connais personne d'autre qui parle d'une voix aussi grave et agacée. Je jette un regard affolé en direction du balcon, mais la garde qui s'est postée là croise les bras en me toisant, comme si elle avait lu dans mes pensées. Il ne me reste plus qu'à prier pour que le prêtre passe son chemin.

— Non, elle n'oserait pas, répond une jeune fille. Elle est beaucoup trop timorée pour infliger la marque elle-même.

La guérisseuse a parlé. Je me tords les mains en regardant autour de moi, comme si j'espérais qu'une porte secrète s'ouvre soudain, mais je ne vois que les murs lisses et dorés et le buste de Tyda, la déesse de la patience, qui me juge de ses yeux argentés. *Du calme, Zahru.* Je me fais peut-être du souci pour rien. Si ça se trouve, le prêtre va tout de suite comprendre que Kasta a triché, il va le disqualifier de la Traversée, et je serai renvoyée chez moi sans autre forme de procès.

Je pousse un long soupir et lisse ma robe, comme si j'attendais leur visite.

Le prêtre franchit le seuil de nacre, les sourcils déjà froncés, suivi par une jeune fille en robe d'apprentie, avec des tatouages sacrés tout autour du visage. Sa disciple. Elle ne doit pas avoir plus de quinze ans, pourtant je la trouve encore plus intimidante. Elle a la peau claire mais le teint cireux, et ses cheveux blonds graisseux sont plaqués en arrière, comme un casque. La froideur de son expression m'évoque un masque funéraire.

— Tendez le bras, jeune fille, lance le prêtre.

— Je voudrais parler à Jet, d'abord, dis-je en me couvrant le poignet.

— Cette requête devra recevoir l'approbation du prince Kasta, puisque *le prince* Jet est votre rival à présent. (Ses pupilles se réduisent à deux fentes menaçantes.) La guérisseuse m'a indiqué que vous vous étiez coupée hier soir. Je suis là pour m'assurer que vous n'avez rien dissimulé dans la plaie.

Il ne croit pas qu'il s'agisse d'une marque sacrificielle mais, plutôt, d'une ruse pour mieux tricher. Il me considère donc toujours comme l'éclaireuse de Kasta.

Jet n'a pas encore négocié ma libération.

Je ne bouge pas.

— Que les choses soient claires, reprend le prêtre. Si vous ne me montrez pas votre bras, Alise va vous paralyser, et je l'inspecterai quand même. Je vous avertis : ses poisons persistent en général quelques heures.

L'apprentie sourit, révélant des dents toutes tachées. J'ai la désagréable impression qu'elle teste ses poisons sur elle-même et, avec un frisson, je tends le bras.

Tout va bien se passer. Kasta ne va pas s'en tirer comme ça.

— Les deux, je vous prie, insiste le prêtre.

Je déglutis et joins les deux poignets, paumes vers le sol. Le prêtre m'ordonne de les retourner… et je prie les dieux pour que la cicatrice ne soit pas identifiable.

— Par le sang de Talqo ! jure le prêtre.

Il échange un regard éberlué avec sa disciple, qui se plaque une main sur la bouche.

La cicatrice n'a pas disparu. Maintenant que la peau n'est plus enflée, l'emblème de Rie est encore plus net.

Je m'attends à voir le prêtre froncer les sourcils de plus belle, à entendre son apprentie crier au sacrilège et à ce qu'une foule de notables débarque dans l'affolement le plus complet, mais le prêtre se contente d'agripper son pendentif représentant le cercle de Numet, tandis que l'apprentie tombe à genoux en implorant le pardon de Valen. Je me rends compte avec horreur que c'est exactement ce que voulait dire Kasta quand il prétendait tenir les dieux à sa merci.

— Va annoncer au mestrah que la victime sacrificielle a été révélée, lance le prêtre. Le prince Kasta va devoir choisir un nouvel éclaireur.

— Quoi ? dis-je lorsqu'ils tournent les talons. Non, non, non ! Ce n'est pas Numet qui a fait ça ; c'est le prince Kasta !

Ils s'immobilisent. Le prêtre me jette un coup d'œil pardessus son épaule, et son regard me brûle la peau.

— Ingrate vermine, gronde l'apprentie. La marque du sacrifice est un honneur inestimable. Ça signifie que les dieux eux-mêmes considèrent que tu es sacrée. Les occultés vont pleurer de jalousie en apprenant la nouvelle.

— Oh, non, ce n'est pas ce que je voulais dire. (Pourtant je suis presque sûre que les occultés vont pleurer de joie, pas de jalousie.) Je n'hésiterais pas à accepter la volonté des dieux, si c'était le sort qu'ils me réservaient. Sauf que ce n'était pas eux ; c'était le prince ! C'est lui qui m'a fait cette entaille. Il croyait que je m'étais liguée avec Jet contre lui, alors il m'a fait ça.

— C'est son désespoir qui parle, marmonne l'apprentie. Je vais dire aux servantes de la préparer.

— Non, je vous en prie, je… Jet ! dis-je, incapable de faire taire mon désespoir. Le prince Jet peut confirmer ma version des faits.

La fille se remet en marche, mais le prêtre pose une main sur son épaule.

Je n'en reviens pas que ce soit lui qui vole à mon secours.

— Non, articule-t-il lentement. Va chercher les deux princes. Voyons ce qu'ils ont à nous dire.

— *Adel*, sauf votre respect… êtes-vous sûr que c'est bienséant ? souffle la disciple. Remettre en question l'intégrité d'un prince royal sur la parole d'une vulgaire…

Le prêtre la fait taire d'un regard, et elle crispe les mâchoires.

— Entendu, souffle-t-elle.

Ses longues jupes noires ondulent dans son sillage.

Le prêtre pousse un soupir une fois que l'écho de ses pas s'estompe, mais son attention m'effleure à peine lorsqu'il se retourne vers la chambre. Je n'arrive pas à savoir s'il me croit – si les rides profondes qui lui barrent le front se sont formées à l'idée que l'emblème marqué dans ma peau soit réel, ou que Kasta en soit responsable. D'après le regard qu'il a échangé avec son apprentie, ils semblent l'en croire capable. Le prince a peut-être déjà commis un acte de ce genre par le passé. Ils s'attendaient peut-être à ce que cet instant arrive un jour, et maintenant, grâce à la parole de Jet et d'une simple paysanne, la vraie nature de Kasta va enfin être dévoilée.

À moins que Jet n'ait menti, chuchote une vilaine petite voix à l'arrière de ma tête. *Pourquoi n'est-il pas venu ? Pourquoi n'es-tu toujours pas libre ?*

Je repousse mes doutes. *Fara* me conseillerait d'être patiente, de ne pas monter un bête nuage en orage, comme il dit. Une fois que Kasta sera arrêté, Jet pourra tout m'expliquer.

Il me donnera sûrement une excellente raison pour ne pas être venu plus tôt, et je m'en voudrai d'avoir douté de lui. Ce soir, je raconterai tout ça à Hen, et on se moquera des ridicules manigances de palais, et de la naïveté avec laquelle on admirait tout ça, avant.

Je fais les cent pas dans la chambre en imaginant ce que je dirai quand on va me demander comment je me suis fait cette blessure, ou si je me suis débattue face au couteau du prince. Mais les minutes passent trop vite. J'en suis encore à chercher une stratégie valable lorsque des pas résonnent sur le carrelage et que l'apprentie revient.

Suivie des deux princes.

Chose incroyable, comme s'il ne s'était rien passé de complètement cataclysmique, ils ont tous les deux pris un bain et changé de tenue depuis hier soir. Kasta, torse nu, porte un *tergus* blanc d'apparat, et Jet, une tunique bleue sous son armure légère, au métal si rutilant que des bribes de la pièce se reflètent dans les plumes de ses épaules. Kasta rive son regard sur moi comme un archer visant sa cible. Mais c'est l'indifférence de Jet qui m'engourdit le bout des doigts. Ses yeux ne semblent pas me voir, comme si je n'étais qu'une décoration de plus plantée au milieu de la chambre.

—*Aeras*, dit le prêtre en se levant. Je suis navré de vous déranger en ce jour si important. Je ne vais pas vous retenir longtemps, mais mon attention a été attirée sur quelque chose qui vous intéressera sûrement beaucoup. (Il me désigne d'un grand geste, et j'aimerais me fondre dans le tapis.) Notre invitée distinguée s'est réveillée ce matin avec, au bras, une marque étonnante. (Il s'interrompt un instant et regarde les deux princes tour à tour.) Il semblerait que les dieux aient nommé votre sacrifice.

Un muscle tressaute dans la mâchoire de Jet… et c'est tout. Je ne vois pas d'autre réaction de la part des deux princes. Kasta a dû lui avouer qu'il m'avait marquée lui-même, mais ce n'est ni le sourire entendu ni le signe de tête solennel que j'espérais. Je voudrais tellement que Jet me regarde, qu'il me rassure que tout ça fait partie de notre plan.

Le prêtre croise les mains.

— Vous êtes peu loquace, prince Kasta. Ça ne vous ressemble pas. N'est-ce pas une déception pour vous d'avoir perdu votre éclaireuse ?

— C'est la volonté des dieux, lance Kasta. Je n'ai pas d'objection à faire.

— La volonté des dieux ? demande le prêtre en l'observant. Ou la vôtre ?

Kasta arrache son regard à mon visage pour changer brusquement de cible.

— Voilà une accusation dangereuse, noble prêtre.

— En effet. C'est pourquoi j'espère que votre frère va pouvoir nous éclairer.

Toute l'attention se tourne sur Jet, qui semble avoir avalé un serpent à sonnette.

— Cette jeune fille dit avoir été marquée au couteau, reprend le prêtre. Elle m'a assuré que vous pourriez le confirmer.

Kasta se fige, comme une statue. Seuls ses poings se serrent lentement. Je respire à peine tant j'ai hâte que cette histoire soit terminée. *Un peu de patience, Zahru. On y est presque.*

Jet pousse un soupir, et une calme détermination s'inscrit sur son visage.

— J'ai bien peur de ne pas savoir à quoi elle fait allusion, dit-il. Elle doit encore être sous le choc.

Chapitre 9

Je n'étais pas sous le choc avant, mais maintenant, si. Un cri m'échappe.

—Jet!

Il nous salue et tourne les talons.

—Non, attendez! Jet!

—Ça suffit, jeune fille, lance sèchement le prêtre. Vous vous êtes assez déshonorée comme ça.

Il adresse un signe de tête à son apprentie, qui s'efface pour laisser passer Jet, un bras replié devant sa poitrine. Kasta paraît aussi abasourdi que moi. Il regarde son frère s'éloigner puis reporte son attention sur moi.

Peut-être que les dieux sont à notre merci, à nous, a-t-il dit. Comme s'il entendait mes pensées, il sourit.

Ce n'est plus Elin qui s'occupe de moi.

Elle se charge désormais du nouvel éclaireur de Kasta, au sujet de qui mes nouvelles servantes refusent de dire le moindre mot, comme si ça risquait de souiller leur réputation. Je les écoute bavarder et échanger des potins, mais leurs paroles me parviennent toutes glissantes et brouillées, tandis que leurs doigts effleurent ma peau engourdie. Ce n'est pas possible. Je ne suis pas vraiment ici. Ce ne sont pas vraiment mes bras qu'elles décorent de lanternes blanches et d'anciennes prières, ni mon corps qu'elles drapent de soie dorée avant de passer à mon cou un collier serti de gemmes presque aussi beau que celui de la reine. C'est impossible qu'elles discutent des festivités de la saison à venir et de tous les bébés à naître alors que mon univers va s'arrêter dans une semaine.

— S'il vous plaît, dis-je à la jeune fille qui applique sur mes tempes de la poudre d'argent. Est-ce que je pourrais au moins envoyer un message à ma famille ? (Je déglutis en repensant à *fara*, occupé à ses tâches matinales, à *mora* devant ses potions et à Hen, qui doit se faire un sang d'encre et qui est peut-être en train de commettre une variété de crimes en ce moment même pour essayer de me libérer.) J'aimerais simplement pouvoir leur dire au revoir.

— J'ai bien peur qu'il n'y ait plus assez de temps pour ça, *adel*.

— Est-ce que quelqu'un pourrait leur dire que je voulais leur envoyer un message ?

— Est-ce que des perles vous siéraient, *adel* ?

Je la regarde en cillant, et en me demandant si ma langue aussi est devenue tout engourdie. Je n'ai peut-être pas articulé ce que je croyais.

— Ce qui me siérait, c'est du parchemin, s'il vous plaît – et un scribe.

— Je vous en prie, *adel*. Je serais honorée que vous exprimiez votre préférence.

— Ma préférence, ce serait de rentrer chez moi et de vous échapper, à vous et à votre bande de fous sadiques !

Elle pince les lèvres.

— Oui, des perles, ce sera ravissant.

Clairement, ce n'est pas une conversation. Je ne dis rien de plus tandis qu'elle ajoute des perles à ma nouvelle coiffure – plus courte sur la nuque pour s'accommoder de la chaleur du désert, et plus longue devant, où des gouttes de grenat brillent parmi mes mèches brunes. Le filet d'or de ma mère a été démantelé, les chaînes démontées. Je serre dans mon poing la gemme du pendentif. La servante a accueilli d'un claquement de langue agacé ma décision de la garder, parce que la rune est inutile maintenant qu'elle a été activée. Pourtant, alors qu'hier soir elle me paraissait dangereuse, ce matin elle me rappelle la main de ma mère dans la mienne. Tant que je l'ai sur moi, ça veut dire que j'ai l'intention de la rapporter.

Cette idée est la seule chose qui me retient de m'effondrer comme une enfant inconsolable. J'imagine que c'est Hen qui estompe la poudre sur mes joues, l'air très sérieux. Elle me demande comment je compte m'échapper, aussi calmement que si elle me demandait quand j'aurai fini de m'occuper des animaux de l'écurie. Elle s'attendrait à ce que je me tire de ce mauvais pas et lèverait les yeux au ciel si j'osais objecter que c'est impossible. Hen trouve toujours un moyen.

— Elle est prête ? lance une femme aux cheveux cuivrés et vêtue d'une *jole* rose en passant la tête dans la chambre. (Elle me détaille comme si j'étais une œuvre d'art.) La cérémonie ne va pas tarder à commencer.

Je ne suis pas prête. Je ne le serai jamais. Quel genre de personne demande si une fille qu'on envoie à sa mort est prête ?

— Oui, *adel*, souffle ma suivante en repliant ma robe d'hier en un soigneux carré. N'est-elle pas magnifique ?

La femme sourit.

— Cette couleur lui va à ravir. On dirait qu'elle a les yeux dorés.

— Je vais bientôt me faire poignarder, dis-je pour leur rappeler la situation, parce qu'elles semblent l'avoir perdue de vue.

— Oui ! s'écrie la servante avec un sourire lumineux. Comme dans toutes les légendes !

Touché.

Je m'efforce de me convaincre que je vais trouver une issue tandis que la femme en rose m'entraîne dans le couloir, le long du grand bassin où se reflètent les nuages, puis d'une série de couloirs dont les fresques représentent des fleuves, des champs ou des armées. Un garde nous suit dans un silence vigilant. Les serviteurs qu'on croise me dévisagent. Le mot « sacrifice » bourdonne dans mon sillage comme une mouche insupportable, et j'ai envie de me plaquer les mains sur les oreilles en hurlant. « C'est elle », chuchotent tous les curieux. « C'est la fille. »

— Vous avez dit qu'une cérémonie allait commencer, c'est bien ça ? dis-je bien fort pour noyer toutes ces voix.

— Oui, répond ma guide. Les trois équipes vont être présentées à la cité, puis vous allez prendre le départ.

Mes entrailles se nouent de plus belle. Vu l'empressement de mes servantes, j'avais compris que nous allions partir bientôt, mais je pensais avoir quand même un peu plus de temps au palais – et peut-être une chance de créer une diversion ou de m'esquiver discrètement. Or il semble à présent que la première chance que j'aurai sera de m'enfuir dans le désert, ce qui n'augure vraiment rien de bon.

— Nous y sommes, déclare ma guide.

Les murmures de la foule et la voix stridente d'un annonceur font trembler le silence du corridor. Une vague de chaleur venue du désert nous rattrape dès que nous franchissons un coude, et mon souffle s'étrangle.

Le monde entier attend dehors. Du moins, c'est tout comme. Les gens sont agglutinés sur les marches qui mènent à l'entrée du palais, autour de la fontaine qui décore l'esplanade, sur le pont qui enjambe le fleuve et dans les moindres rues, jusqu'à perte de vue. Un dais a été construit en haut des marches pour le mestrah et la reine, assis face à la foule. Les héritiers se tiennent à côté des deux trônes, flanqués de deux équipiers chacun – l'éclaireur et le guérisseur. À côté de moi plusieurs hérauts soufflent dans des cornes, produisant un son grave qui me secoue jusqu'à l'âme et qui saurait sans doute faire taire les dieux.

Une femme à la peau brun clair, vêtue d'une *jole* violette, lève les deux bras, à un coin du dais. Les gemmes en forme de fruits serties dans sa couronne de lierre captent les rayons du soleil.

— C'est avec grand plaisir que je m'apprête à vous présenter… (Sa voix est amplifiée par un sort pour porter sur toute la ville.) … les héritiers royaux et leurs équipes !

Les cris et les applaudissements secouent les fondations du palais et font vibrer mes tripes comme une méchante nausée. J'aimerais pouvoir trouver le visage de Hen parmi la foule. J'espère qu'elle ne s'est pas fait arrêter en cherchant à me libérer !

— Tout d'abord permettez-moi d'appeler le premier-né du mestrah, porteur de mort et prince d'Orkena, Sa Majesté royale Kasta, fils d'Isa.

Kasta ne réagit même pas. Il reste immobile, les mains croisées dans le dos, les épaules carrées, tandis que la foule rugit son admiration. Un groupe de filles toutes proches s'extasient sur sa beauté. J'éprouve une pointe de gêne d'y avoir été sensible, moi aussi. Si elles savaient comment il se sert de sa force, elles seraient sans doute moins charmées.

— Comme guérisseur, le prince a choisi Christos, fils de Peroi. (La foule murmure son approbation, alors que le guérisseur, un garçon tout pâle, tout petit et tout maigre dont la tunique pend tristement sur ses épaules, se trémousse d'un air mal à l'aise.) Et comme éclaireuse... Maia, fille de personne.

Cette nouvelle est accueillie par un chœur de cris étouffés – dont le mien. Ça ne m'étonne plus que les servantes aient refusé de parler d'elle. Maia est une métamorphe, une des créatures les plus puissantes d'Orkena, sauf que c'est un talent sauvage, horrible, qu'elle n'a pas reçu de naissance mais qu'elle a mal acquis en tuant un autre métamorphe. Si elle est privée du nom de sa mère, c'est pour symboliser l'âme qu'elle a perdue en échange de ce pouvoir. C'est un double crime, car en plus de prouver qu'elle est prête à tuer pour obtenir ce qu'elle veut, elle a défié les dieux de la pire façon qui soit en rejetant la magie et la vie qu'ils lui avaient attribuées. J'ai du mal à croire que le mestrah ait approuvé un tel choix, d'autant que les métamorphes sont en général reclus au fin fond du désert ou maintenus au service de l'armée par de puissants enchantements. Mais peut-être qu'il a fini par entièrement se laver les mains de Kasta.

C'est une ombre dans le silence, dissimulée de la tête aux pieds par une armure noire, le visage masqué. Elle survole la foule du regard comme un faucon survole un pré.

La femme en *jole* violette désigne Jet à présent.

— Le deuxième né du mestrah, ployeur de son, maître escrimeur et prince d'Orkena, Sa Majesté royale Jet, fils de Nadia.

Jet est salué par un tonnerre d'applaudissements qui dépasse de loin tout ce que j'ai entendu jusqu'ici. Dans son dos, Kasta serre les poings. Mais comme son frère, Jet ne réagit pas à l'énumération de ses titres. Le vacarme le fait grimacer, et il se tourne vers son équipe d'un air gêné. Il en profite pour ne pas me remarquer du tout, alors qu'il me voit forcément, debout en haut des marches, à l'écart de tout le monde, occupée à le fusiller du regard.

— Comme guérisseuse, le prince a choisi Melia, fille de Luladel. (Les spectateurs élèvent la voix de nouveau tandis qu'une fille toute mince à la peau d'un brun sombre les salue d'un geste élégant.) Et comme éclaireur, il a choisi Marcus, fils de Bernab, maître enchanteur.

Un immense jeune homme à la peau beige lève les deux mains, et la foule l'applaudit presque aussi fort que Jet lui-même. Un groupe de soldats tout proche se met à scander son nom.

— Marcus ! Marcus ! Marcus !

Son armure inhabituelle et son occupation doivent signifier qu'il est originaire de Greka. En effet les Grekans sont rarement doués de pouvoirs magiques, mais tous ceux qui le sont deviennent enchanteurs. Il est capable de créer des armes et des armures dont les facultés ne s'estompent jamais, contrairement aux sorts classiques. Les enchanteurs sont souvent aussi habiles à manier ces armes qu'à les forger, et je dois avouer que Jet a bien choisi, surtout si on considère qu'il n'a eu que quelques minutes hier soir pour prendre sa décision.

— Et enfin, troisième et dernière-née du mestrah, *trielle* et princesse d'Orkena, Sa Majesté royale Sakira, fille d'Isa !

Les cris de joie qui accueillent cette annonce sont les plus tonitruants de tous, ce qui m'étonne. Pas tant parce que c'est la plus jeune des trois, mais parce que je croyais que Jet était le favori. Hen m'a dit que Sakira accumulait les ennuis depuis qu'elle savait marcher. Les serviteurs du palais ont toujours quelque chose à raconter au sujet de la princesse, qu'il s'agisse d'une de ses nombreuses soirées où des invités improbables terminent mariés ou poignardés, ou quelque chose de plus sérieux, comme la fois où elle a causé la rupture du prince d'Amian et de l'héritière de Constanta, déclenchant au passage une guerre entre les deux pays.

Mais c'est peut-être précisément cette réputation sulfureuse qui la rend si attachante, parce que les marches grondent sous le tonnerre d'applaudissements. Je dois me dresser sur la pointe des pieds pour voir l'autre bout du dais, où une grande jeune fille s'avance, son pinceau de scribe levé, pour savourer l'adoration de la foule. Une armure de bronze rutilant décrit un X sur sa poitrine et dans son dos, renvoyant sur sa peau claire des lames de soleil. Son ventre est dénudé. Une bande de tissu rouge foncé forme une jupe courte qui dévoile de longues jambes musclées, et sur sa ceinture de cuir luisent des enchantements qui protègent sa peau d'une armure invisible.

— Comme guérisseuse, la princesse a choisi Kita, fille de Hanim. (La jeune femme musclée qui s'est occupée de moi ce matin – *par les dieux, c'était seulement ce matin ?* – salue la foule d'un signe de tête.) Et comme éclaireuse, la prêtresse Alette, fille de Nicola.

La foule s'emballe de plus belle tandis qu'une magnifique jeune femme aux longs cheveux noirs s'avance à côté de Sakira. Ses épaules dorées luisent sous le soleil lorsqu'elle souffle des baisers à ses admirateurs. Je ne comprends pas bien le choix de Sakira. Les prêtres et prêtresses ont un pouvoir indéniable – ils ont la faculté de voir l'avenir en rêve et de prier pour appeler des faveurs ou des catastrophes naturelles – mais ils ne rêvent pas toujours, et les dieux mettent parfois du temps à répondre à leurs prières – quand ils daignent répondre. Alette n'est sans doute pas entraînée au combat, non plus. Enfin, je suppose que, étant *trielle*, Sakira dispose d'un vaste arsenal de sorts, alors ce n'est peut-être pas un problème.

— Les héritiers peuvent emprunter l'itinéraire qu'ils veulent pour se rendre aux grottes de verre, reprend la femme en *jole* rose une fois les applaudissements calmés. La seule condition, c'est qu'ils franchissent deux étapes prédéterminées, qui forcent les trois équipes à se côtoyer par moments. Ces étapes représenteront pour eux plusieurs défis, selon que l'équipe est en possession du sacrifice ou qu'elle cherche à se le procurer. Je rappelle également qu'il est permis de faire appel à de l'aide extérieure lors de ces étapes – et seulement lors de ces étapes –, mais toute action qui mettrait en péril la sécurité d'une équipe est passible d'une peine de prison à perpétuité. C'est aux dieux qu'il appartient de mettre nos héritiers à l'épreuve, pas au peuple.

Un murmure approbateur parcourt la foule, parsemé de louanges adressées à Numet et à Rie. Plusieurs personnes signalent leur obéissance en baissant la tête humblement et en effleurant divers charmes et amulettes.

— L'équipe qui démarrera en possession du sacrifice aura quatre jours pour atteindre le premier poste de contrôle, puis quatre jours supplémentaires pour atteindre le deuxième, et enfin deux jours pour arriver aux grottes de verre. Passé ces délais, elle devra déclarer forfait, et la course recommencera. Cette règle évite que la compétition ne se prolonge indéfiniment. Il n'est pas essentiel d'être le premier arrivé aux grottes pour gagner, en revanche il faut exécuter un rite bien particulier.

— Le sacrifice ! lance la foule en chœur, avec un enthousiasme croissant.

Les têtes richement coiffées se tournent de gauche à droite dans l'espoir d'apercevoir la victime occultée à qui l'annonceuse fait allusion. De nombreuses paires d'yeux s'arrêtent sur moi, et je les sens peser comme la promesse d'une averse.

— Les dieux ont réveillé le couteau de Sabil, signalant leur désir de voir une nouvelle Traversée. Ils promettent ainsi un pouvoir inégalé au vainqueur, comme aux mestrahs d'antan. Ce couteau offre en effet à celui ou celle qui le possède une magie additionnelle : le don d'influence, qui permet d'asservir la volonté d'autrui, ami ou ennemi. Cela dit, le mestrah tient à rappeler à quiconque convoiterait cette magie que le couteau, s'il a été replacé sur son autel, demeure sous bonne garde. Par ailleurs le sort qui l'anime réagit strictement aux personnes de sang royal. (Elle promène un regard lourd de sens sur la foule, qui ricane et chuchote.) Mais ce pouvoir n'est pas gratuit ! (Elle attend que la rumeur retombe.) Symbole des nombreuses décisions épineuses qui incombent à un mestrah, le fait de prendre une vie humaine est un pacte entre les dieux et notre dirigeant. C'est la promesse d'obéir aux commandements des dieux et de ne jamais oublier que tout gain a un coût.

Alors elle se tourne vers moi avec un geste théâtral.

— Notre victime sacrificielle.

Un silence révérencieux descend sur la foule. Je ne suis même pas nommée. Je ne suis qu'un symbole. Ils croient tous que j'ai été choisie par les dieux, je le sais bien, mais c'est profondément déroutant de voir la conviction aveugle avec laquelle ils me contemplent. C'est beaucoup trop facile de les berner.

— Allez, avance, me souffle la femme en rose.

Il faut croire que je ne suis pas assez pressée de marcher vers ma propre mort. Tout le monde m'observe. Dois-je me présenter devant eux comme si j'acceptais mon sort ? Et si je tentais de m'enfuir ? Je n'irais pas bien loin avec une foule pareille. Les nobles ne prendraient pas le risque de désobéir au mestrah pour m'aider – personne d'autre non plus, d'ailleurs. Je ne peux pas rebrousser chemin. Si j'essayais, mon garde me ramènerait de force sur les marches ou m'infligerait un sort pour asservir ma volonté. Je ne supporte pas ces deux idées.

Et je n'arrive pas non plus à croire que, hier à peine, j'admirais un navire de verre en rêvant de venir ici.

Respire, Zahru. Tout n'est pas encore perdu. Jet a lamentablement échoué s'il voulait voler à mon secours, et la situation est peut-être trop épineuse pour que même Hen me vienne en aide, mais ça signifie peut-être simplement que, dans cette histoire, je vais devoir me sauver moi-même. J'ai au moins une semaine devant moi avant d'arriver aux grottes de verre. Ça me laisse largement le temps de m'habituer au désert et à l'équipe à laquelle je serai confiée, et de faire honneur à *fara* en échafaudant un plan de sauvetage.

J'en suis capable. Ça ne fait aucun doute.

Je fais un pas tremblant en avant. Un millier de paires d'yeux se concentre sur moi et alourdit l'atmosphère, mais je me force à garder la tête haute et les épaules bien droites. Les spectateurs baissent les yeux et replient un bras devant la poitrine lorsque je passe devant eux. Je m'étouffe presque de l'ironie qui veut que je sois entourée d'une multitude pareille alors qu'il n'y a que trois personnes au monde que j'aimerais voir.

— Le mestrah a accordé l'avantage à la princesse Sakira, annonce la femme en rose. Elle sera donc la première à s'élancer, en possession du sacrifice. Viendra ensuite le prince Jet, à un sablier d'écart. Puis, après un deuxième sablier, ce sera le tour du prince Kasta.

J'ai atteint le dais. J'ai autant envie de passer devant Kasta et sa monstrueuse éclaireuse que de traverser un brasier, mais je serre les dents et continue d'avancer sans détourner la tête, même si je sens le regard du prince sur moi. Jet refuse toujours de m'accorder son attention – à peine un bref coup d'œil avant de se concentrer sur la foule –, et je dois me retenir de lui dire tout le bien que je pense de lui. Enfin je prends place à côté de Sakira, qui observe ma robe et qui a au moins la gentillesse d'avoir l'air désolée pour moi. Ça me redonne un peu d'espoir. Mes chances de m'échapper sont peut-être meilleures que je ne croyais. Si ça se trouve, quand je lui dirai ce qui s'est passé, elle sera horrifiée et me relâchera. Des trois enfants, ce serait quand même étonnant qu'il n'y en ait pas un seul de raisonnable.

Sa guérisseuse a l'air aussi mal à l'aise que moi. Elle semble aussi vouloir me dire quelque chose, mais je dois avouer que je lui en veux un peu, alors je me détourne avant qu'elle ait pu ouvrir la bouche.

L'annonceuse reprend la parole.

—Par la volonté de Numet, de Rie et de Sabil, ainsi que de tous les dieux qui ont invoqué cette Traversée, nous souhaitons bonne chance aux trois héritiers et vie éternelle à notre futur mestrah!

Les cornes retentissent de nouveau, et les spectateurs applaudissent de plus belle en criant le nom de l'héritier qu'ils préfèrent. Leur piétinement fait vibrer le dais, l'air crépite d'étincelles, de lumière et d'eau, et je sursaute lorsque des feux enchantés éclatent au-dessus de nos têtes. Les flammes nous fouettent d'un souffle brûlant avant de former des têtes de chacals grimaçants et des chevaux lancés au galop. Puis plus rien de tout ça n'a d'importance, parce que Sakira m'agrippe le poignet et me tire vers l'avant du dais.

—Saute! crie-t-elle.

—Oh, mes dieux! je hurle.

Nous plongeons parmi les spectateurs, qui s'écartent au dernier moment pour nous laisser passer. Je me tords méchamment la cheville en atterrissant. Sakira m'entraîne en bas des marches et fend la foule en liesse pour rejoindre une fontaine, où trois chevaux du désert secouent impatiemment la tête : deux hongres bais et une jument isabelle à la robe couleur de blé, qui essaie de disloquer l'épaule de l'homme qui la retient. Je dis ça parce que c'est précisément ce à quoi elle pense en se cabrant.

La jument nous voit approcher et tourne la tête, les oreilles plaquées en arrière.

Toi ! pense-t-elle en rivant son œil noir sur Sakira.

Elle est plus difficile à lire que les vaches qui logent chez *fara* – ses mouvements ne me sont pas aussi familiers – mais sa colère est si vive que ma magie n'a aucune peine à la traduire.

Ne monte pas, pense-t-elle. *Je vais ruer. Je vais ruer et blesser !*

Je plante mes talons dans le sable et m'arrache à la poigne de Sakira.

— En selle ! me crie-t-elle en désignant la jument.

— Vous êtes saoule ? Elle meurt d'envie de nous faire du mal !

— Je sais. C'est ça, qui est marrant.

— Vous vous rendez compte qu'il ne faut pas que je meure avant les grottes de verre ?

Sakira se retourne vers moi et me prend par les épaules. C'est le portrait exact de sa mère, à ceci près qu'elle a les cheveux noirs et les yeux bleus du mestrah.

— Il ne te reste plus qu'une semaine à vivre, lance-t-elle. Tu tiens vraiment à la passer sur un vieux canasson tout mou ?

— Ce serait idéal, oui.

— Désolée. (Elle me pousse vers la jument.) Tu es avec moi, alors tu vas t'amuser.

Deux serviteurs retiennent la bête, un de chaque côté de sa bride. Ils s'efforcent d'afficher une mine enjouée, mais je sens qu'ils aimeraient que je me dépêche et que j'abrège leur supplice.

— Tout va bien, dis-je à la jument en rassemblant tout le calme dont je suis capable pour apaiser sa colère. Je sais que ça ne te plaît pas beaucoup, mais…

Souffleuse ! crache la jument. *Libère-moi. Lâche-moi !*

— Écoute, je lui ai dit que je ne voulais pas te monter, mais c'est la princesse. C'est notre alpha, en quelque sorte. Elle insiste pour que…

— Tu parles à un cheval ? s'étonne Sakira.

— Oui, je suis souffleuse, lui dis-je avant de me retourner vers la jument. Évite de nous tuer pendant les trois premières minutes, et tu seras vite sortie d'ici, loin de la ville et de la foule.

Mmm, ronchonne-t-elle. *Pas de foule ?*

— Pas de foule, pas de bruit. Seulement le désert, les grands espaces.

La jument regarde tout autour d'elle en tremblant, puis elle finit par baisser la tête.

Vite. Fais vite.

— Tu as de la magie ? (Sakira étudie mon profil, mais je n'ose pas détourner mon attention de la monture.) Tu lui parles orkenien ? C'est tout ? Sérieusement ?

— On communique par le biais de nos émotions. (Je réprime une grimace en saisissant le pommeau de la selle.)

Ma magie transforme mes paroles en quelque chose qu'elle comprend, et vice versa.

La jument ne bouge pas, mais à présent que je la touche, je sens son impatience et sa peur se déverser sur moi comme si on m'avait balancé un seau d'eau sur la tête. Ça ne fait qu'amplifier mon angoisse, et je tente de calmer le tremblement de mes doigts tout en me hissant sur la selle. Le cuir soigneusement huilé brille sous mes mains. Des motifs de lys et d'épées décorent le pommeau, et mon espoir d'avoir ma propre monture s'évanouit lorsque je vois que le siège est assez long pour deux.

— C'est le talent le plus inutile dont j'aie jamais entendu parler, déclare Sakira en montant derrière moi. Pas étonnant que les dieux aient décidé de te sacrifier. Hue !

Alors on s'élance. La jument nous maudit, Sakira hurle de joie à mon oreille, et moi, je me cramponne à la selle, la gemme de ma mère dans le creux de ma paume. Les gens s'écartent à la hâte, ainsi que de petites bêtes effrayées pour leur vie, et j'essaie de voir dans ce chemin qui nous attend la première partie de ma fuite – loin de la cité royale, loin de Kasta. Le désert se dresse devant nous comme le dos d'un fauve endormi. La foule est de moins en moins dense. Les boutiques cèdent la place aux maisons, puis aux cabanes, et le martèlement des sabots distance les cris des badauds. Un coup d'œil en arrière m'apprend qu'Alette et la guérisseuse nous talonnent. Les longs cheveux de la prêtresse fouettent l'air derrière son bandeau de tissu, et la guérisseuse a le visage luisant de sueur. Sakira pousse un nouveau cri de joie, et la jument lui répond d'un hennissement aigu.

Libre ! pense-t-elle. *Libre, libre.*

Les dernières constructions filent derrière nous, et la terre battue remplace les pavés de la ville.

Libre, je renchéris tandis que la cité royale disparaît dans la brume.

Chapitre 10

Le désert ondule autour de nous comme un vaste océan ocre.

Campements et villages dérivent parmi les dunes comme des îles, modestes cabanes au toit de feuilles de palmiers ou bâtisses rectangulaires dont les murs blancs luisent au soleil. Des routes de terre battue dessinent des courants tout autour, encombrées de voyageurs aux vêtements de couleurs vives et de marchands qui guident des bœufs attelés à des carrioles. Ils doivent être déçus s'ils sont venus dans l'espoir de voir passer les héritiers, mais Sakira m'a expliqué que les routes étaient plus dangereuses que le désert. Non seulement il n'y en a pas une seule qui mène directement à la première étape, mais la princesse préfère éviter que des spectateurs ne se mêlent de la Traversée – en se mettant sur le chemin des chevaux ou en leur volant leurs sacoches. Certes, le mestrah a promis la prison à perpétuité pour quiconque oserait faire obstacle à l'une des équipes, mais Sakira sait d'expérience que la menace d'un châtiment n'a d'effet que sur ceux et celles qui craignent de se faire attraper.

Ça ne me rassure pas beaucoup, vu que je partage une selle avec elle.

Soucieuse de ménager les chevaux, Sakira a ralenti à quelques kilomètres de la cité royale, et on avance au petit trot. Mais Numet monte inexorablement dans le ciel, et la chaleur brûle toute parcelle de peau qui n'est pas protégée par nos capes rafraîchissantes. Les chevaux commencent à se fatiguer au bout de quelques heures. Sakira et le reste de l'équipe ne les entendent pas, mais les deux hongres ont remarqué que le sable se faisait plus profond, et la jument pense à de l'eau fraîche. C'est l'occasion pour moi de demander qu'on s'arrête un peu… et de voir à qui j'ai affaire en la personne de l'héritière.

— Est-ce qu'on va continuer encore longtemps comme ça ? dis-je. Je crois que les chevaux ont besoin d'une pause.

Je m'attends à rencontrer une résistance. J'imagine que Sakira veut prendre autant d'avance que possible sur ses deux frères au cours de ces quelques premières heures. Pourtant, à ma grande surprise, elle arrête notre monture et m'aide à descendre d'une main. Les chevaux ont les flancs luisants de sueur, et le sort de glace dessiné sur leurs épaules s'est déjà presque effacé, asséché par leurs efforts.

Sakira lève vers le ciel un petit carré de verre – une boussole qui révèle la position des étoiles même en plein jour – et l'oriente jusqu'à trouver la constellation qu'elle suit. Je défais la boucle de la sacoche, et j'ai à peine mis la main dedans que la guérisseuse – Kita, si je me souviens bien – surgit à mon côté.

— Puis-je t'aider, *adel* ? demande-t-elle. Que cherches-tu ?

Le fait qu'elle use du titre honorifique me donne mal au ventre. Elle doit se sentir coupable de m'avoir dénoncée.

J'aimerais refuser poliment son aide, mais elle a déjà entrepris de fouiller dans la sacoche, et ce n'est pas le genre de personne avec qui on peut aisément partager un espace exigu.

—Euh… (Je recule lorsqu'elle m'écarte encore un peu d'un coup d'épaule.) Des sorts pour appeler de l'eau. Les chevaux ont soif.

—Je m'en occupe.

Elle attrape une gourde à l'embout allongé, toute plate et toute vide, mais avec un enchantement bleu dessiné sur un côté. Elle se met à gonfler dès que Kita la touche. Lorsqu'elle l'approche de la jument, il en tombe quelques gouttes.

—Elle arrive à parler aux chevaux, déclare Sakira en s'appuyant à la monture d'Alette. Par exemple, elle pourrait demander à ma jument qui a le plus sale caractère de toute l'écurie.

—Non! Sérieux? s'écrie Alette en ajustant le bandeau dans ses cheveux. C'est qui?

—Ce n'est pas vraiment comme ça que ça marche, dis-je.

—Je parie que c'est Santu, poursuit Alette. Chaque fois que je le vois, il essaie de botter quelqu'un.

—C'est vrai qu'il a un sale caractère, mais il file plus vite que le vent, renchérit Sakira. J'avais demandé à le monter, mais forcément, Kasta étant le premier-né, il a eu le droit de choisir en premier, râle-t-elle en se rongeant un ongle laqué de noir. En même temps, si la journée se déroule comme prévu, il devrait vite être jaloux de nous.

Elle échange un regard entendu avec Alette. J'ignore à quoi elle fait allusion mais j'espère vraiment que ça ne me concerne pas.

— Est-ce qu'il te fallait autre chose ? me demande Kita alors que je me rapproche de la sacoche.

Je ne comprends pas comment elle a fait pour me voir ; elle était occupée à abreuver un des deux hongres.

— J'ai un peu chaud. J'allais simplement…

— Je vais te chercher une gourde et un nouveau châle de givre. Un instant.

— C'est pour vous faire pardonner de m'avoir dénoncée, que vous faites tout ça ? Parce que ça ne risque pas de suffire.

— Quoi ? Oh… (Elle me refait face, un châle saphir dans une main et, sur le visage, une culpabilité si vive qu'elle semble en souffrir physiquement.) Ce n'est pas pour ça, non. Tu es notre sacrifice, l'élue sacrée des dieux. Tes désirs sont des ordres.

Je regarde les trois jeunes femmes tour à tour. Même Sakira hoche la tête.

— Mais…

La chaleur qui me monte au visage n'a rien à voir avec le désert. Je sais bien que c'est ridicule de refuser de se faire chouchouter, mais en acceptant leur aide, j'ai l'impression d'accepter mon sort. Cette idée m'envoie des décharges de panique sous la peau. Cependant Kita vient de m'offrir l'occasion parfaite de leur révéler ce qui s'est réellement passé. Pitié, mes dieux, faites qu'elles soient normalement constituées et qu'elles me croient !

— Vous ne me devez rien du tout. Ce ne sont pas les dieux qui m'ont choisie.

— Quoi ? Tu as perdu à la courte paille ? demande Sakira.

— Non, c'est votre frère qui m'a entaillé le poignet.

Kita étouffe un cri. Sakira et Alette échangent un regard lourd de sens. Elles ne sont pas surprises.

— C'est pour ça que tu ne viens pas de chez les occultés, reprend Sakira en fronçant les sourcils. Oh, je suis vraiment désolée.

— Vous voulez dire que vous allez me déposer à la première ville qu'on croisera, c'est ça ?

Sakira m'adresse un sourire empreint de pitié et s'approche de moi en sautillant. Elle passe un bras autour de mes épaules et m'entraîne vers ses coéquipières.

— Raconte-nous tout. Et puis, arrête de nous vouvoyer. On est trop jeunes pour ça.

Je raconte donc tout ce qui s'est passé la veille (un peu trop en détail – les filles me rappellent à deux reprises que, oui, elles ont déjà vu le bassin intérieur, et qu'elles n'ont pas besoin d'une description limite perturbante des saveurs du chocolat), en passant seulement sous silence le fait que j'aie failli tuer un prince – à la place, je prétends que c'est Jet qui a assommé Kasta avec le pommeau de son épée. Sakira m'écoute d'un air complètement blasé. Elle hoche la tête et fronce les sourcils quand il faut, mais je devine une certaine impatience, comme si c'était une histoire qu'elle connaissait bien.

— C'est une histoire que tu connais bien. Je me trompe ? dis-je.

Je viens de lui expliquer que c'est entièrement la faute de Kasta si je suis là, et pour toute réponse, elle pousse un gros soupir.

— Non. Enfin, si, en quelque sorte. Ça ressemble tout à fait à mes frères. Kasta passe son temps à essayer de supplanter Jet, Jet cherche à jouer les héros, et notre père les trouve aussi décevants l'un que l'autre. Quant à moi, je suis transparente. Classique.

— Tu n'es pas surprise que ton frère ait commis un sacrilège dans le seul but de se venger ?

Sakira me sourit.

— Ma chérie, ce n'est pas parce que j'ai un joli minois que j'ignore ce dont sont capables les hommes déterminés. Ça ne me surprend pas qu'il t'ait marquée, non.

Je suis tellement soulagée qu'elle me croie ! Je lui ferais presque un câlin.

— Alors on peut retourner au palais, pas vrai ? Tu vas expliquer au mestrah tout ce qui s'est passé. Il va annuler la Traversée. Kasta va être envoyé en exil, Jet va confirmer qu'il n'a pas envie de régner, et tu vas devenir l'héritière officielle !

Sakira éclate de rire – un son mélodieux, amusé, qui prend vite une note amère.

— Tu es mignonne, Zahru. (Elle fait signe à ses équipières de remonter en selle et pose les mains sur mes épaules. J'ai la désagréable impression qu'elle n'a rien de très rassurant à me dire.) J'aimerais beaucoup que ça se passe comme ça, vraiment, mais je ne vois pas comment on pourrait prouver que tu racontes la vérité. Jet n'a pas l'intention de t'aider, c'est évident, et ma parole ne changerait rien du tout. Mon père s'imaginerait que je cherche un moyen d'éviter la compétition et me disqualifierait. Tu dois bien te rendre compte qu'il n'y a pas d'autre issue. Non ?

Je ravale un sanglot rageur.

— Non. Ça vous est vraiment aussi facile que ça de tuer quelqu'un de rang inférieur ?

Son visage s'adoucit, mais son regard demeure ferme. Je me voûte un peu. Sa décision est prise. Sakira n'est pas mon alliée, et ma première échappatoire a déjà échoué. Il va falloir que je trouve un autre moyen de me tirer de ce mauvais pas, seule contre le désert, alors que je ne sais même pas où je vais.

Sans moi, *fara* va avoir de plus en plus de mal à s'acquitter de ses tâches quotidiennes. Un de ses clients va finir par comprendre que sa magie s'est épuisée et que sa fille unique ne reviendra jamais. Mon père risque de perdre l'écurie. Il risque de perdre notre maison.

— Oh, ma douce. (Sakira serre doucement mes épaules.) Il ne faut pas être triste. Je ferai vite, je te le promets. Tu ne sentiras presque rien.

Je la fusille du regard.

— Tu veux dire que tu vas quand même me tuer, alors que tu sais pertinemment que je ne devrais pas être ici.

Elle secoue la tête.

— Je suis désolée que tu te sois retrouvée mêlée à tout ça, mais peu importe comment c'est arrivé. Tu es notre sacrifice, maintenant.

Alette s'approche en guidant la jument, dont elle tend les rênes à Sakira. Cette dernière rajuste les sacoches puis me jette un coup d'œil par-dessus son épaule.

— Et puis, je dois penser à l'avenir d'Orkena, Zahru. Kasta ferait un roi déplorable. Il est impulsif et colérique. Il déclencherait des guerres dans le seul but de prouver qu'il peut les remporter, parce qu'il confond règne et pouvoir.

(Elle incline la tête sur le côté.) Imagine : s'il a osé une chose pareille avant même d'être couronné, de quoi est-ce qu'il serait capable avec une armée sous ses ordres ? Il ferait saigner Orkena pour étouffer ses complexes. Il ne faut surtout pas qu'il gagne. Et je ne peux pas risquer de perdre à cause d'un bête détail technique.

— Il doit bien y avoir un autre moyen de le battre, dis-je.

Sakira se met en selle dans un éclat de jupe rouge, dont le tissu épouse sa cuisse une fois qu'elle est installée.

— Peut-être, si on n'était pas déjà lancées, mais le temps est un luxe dont on ne dispose plus.

Elle me tend la main, mais je ne bouge pas.

— Qu'est-ce que tu dois faire, d'ailleurs, pour prouver que tu m'as tuée ? Tu ne peux pas tremper le couteau dans du sang de mouton, ou quelque chose du genre ?

Quelque chose scintille dans ses yeux, comme un masque qui tombe l'espace d'une fraction de seconde.

— Je vais te raconter une histoire.

Elle me fait signe d'approcher. Je n'ai pas très envie de courir après des chevaux, alors je soupire et saisis la main qu'elle me tend. La jument secoue la tête lorsque je monte.

— Il était une fois un roi qui avait trois enfants, poursuit-elle en mettant notre monture au pas. Les deux premiers étaient des fils, mais la dernière était une fille, et c'était sa préférée. Il s'assurait qu'elle ait toujours tout ce qu'elle voulait, et il lui rappelait souvent qu'elle était sa petite chérie, si douce, si gentille et si délicate. Elle grandit et commença à s'entraîner, à verser de la sueur et du sang. Pourtant il lui disait toujours qu'elle était sa douce petite fille, surtout quand elle l'implorait de lui enseigner l'art de la guerre.

« Petite étoile, tu es trop jeune pour te préoccuper de ça », lui disait-il en secouant la tête. Puis, quand se posa la question de sa succession et qu'il invoqua une Traversée, il lui interdit d'y prendre part.

— Quoi ? dis-je en me retournant. Mais pourquoi ?

— Parce que je serai toujours sa petite chérie à ses yeux. (Elle sourit, mais c'est un rictus tordu, sans humour.) Je suis une artiste. Je peins une magie magnifique et raffinée, qui sert à créer et protéger. Que les dieux me gardent d'éprouver de la curiosité pour les malédictions ou pour les sorts qui mettent le feu aux cités. Ou pire – de briser de mes blanches mains les os de mes adversaires. Comment une délicate petite chose comme moi pourrait-elle ne serait-ce que penser à de telles horreurs ? Je suis bien mieux en sécurité à la maison, à organiser des fêtes et à gagner des cœurs, parce qu'il ne serait pas normal que je fasse les mêmes sacrifices que des hommes endurcis. Peu importe que j'aie envie d'essayer – ou que j'aie déjà réussi. (Elle crispe les mâchoires, le regard brûlant de souvenirs.) Tu sais, je crois que je n'aurais même pas le cœur de faire du mal à un mouton – pauvre petite chose innocente.

Génial. J'ai échangé le prince qui tuerait pour gagner l'affection de son père contre la princesse qui tuerait pour s'en affranchir. J'imagine que c'est pour ça qu'elle aime s'attirer des ennuis – pour prouver qu'elle n'est pas la douce petite fille que le mestrah souhaiterait. Et moi, une fois de plus, je suis le pion dont elle compte se servir.

— La compassion n'est pas une forme de faiblesse, je marmonne.

— Je suis désolée, rétorque-t-elle. Mais à la cour, si. C'en est une. (Elle lève sa boussole vers le ciel avant de mettre la jument au trot.) Et puis, même si j'osais défier les dieux, je ne peux pas me permettre de renoncer à la magie qui résulte du sacrifice. Le monde voit les *trielles* du même œil que mon père. Si je veux que nos alliés me prennent au sérieux, je vais avoir besoin de ce pouvoir.

Ça me fait horreur, mais je comprends son argument. Je doute que le monde verrait en moi autre chose qu'une pauvre souffleuse inutile, même si mes circonstances changeaient.

— C'est comme ça que tu as convaincu le mestrah de te laisser participer ? je demande, sans cacher mon amertume. Tu as poignardé quelqu'un devant lui ?

Elle éclate de rire et pose le menton sur mon épaule.

— Mais non. Je me suis faufilée dans la salle des archives et j'ai enchanté les rouleaux qui décrivent la Traversée pour y ajouter une règle : tout héritier de quinze ans ou plus est obligé de participer.

Je me retourne vers elle.

— Tu as réécrit les ordres des dieux ?!

Je comprends mieux pourquoi elle n'était pas choquée par les actions de Kasta.

— Ne dis pas de bêtises, réplique-t-elle avec un sourire malicieux. La petite fille chérie du mestrah n'userait jamais de ses pouvoirs pour faire une chose pareille.

Je n'ouvre plus la bouche de la journée. Non seulement je suis convaincue que rien ne saurait faire changer Sakira d'avis mais, surtout, je ne cesse de repenser à ce qu'elle m'a dit : *peu importe comment c'est arrivé, tu es notre sacrifice maintenant.* Je refuse de croire que ça puisse être vrai. Certes, je suis là, et tout le monde pense que j'ai été choisie par les dieux, mais ça ne fait pas de moi le sacrifice. Je me suis simplement trouvée au mauvais endroit au mauvais moment, et la personne qui aurait dû être à ma place a eu une chance infinie – et ne s'en rendra jamais compte. Mais, à entendre Sakira, il semblerait que les dieux aient accepté la situation. Peut-être que, avec ou sans la cruauté de Kasta, je n'étais bonne qu'à mourir après tout.

Puis je repense à *fara*, qui m'attend à la maison, et à Hen, qui a peut-être déjà lancé une mission pour tenter de me secourir. Je me secoue. Je refuse de croire que je suis destinée à mourir, et je vais le prouver en échafaudant un plan dont même *fara* serait fier.

Ma priorité : gérer le temps. Plus Sakira et son équipe s'éloignent de la ville, plus il me sera difficile de retrouver mon chemin. Si je veux agir, c'est ce soir ou jamais.

Deuxièmement : il me faut une stratégie. Je n'y connais… absolument rien en matière de survie dans le désert. Je ne sais pas chasser. Je ne sais pas comment trouver de l'eau à part dans les rivières. Je pourrais prendre un des chevaux une fois que tout le monde dort et filer vers l'une des silhouettes de ville qui se profilent à l'horizon, mais j'en ai déjà vu plus d'une disparaître au bout de quelques pas. Je ne sais pas ce que je ferais si je mettais le cap sur un mirage, mais ça ne m'aiderait pas beaucoup de me retrouver toute seule au milieu du désert. Ce que je découvre, en réfléchissant à tout ça, c'est que j'ai vraiment intérêt à y réfléchir un peu mieux.

J'y reviendrai.

Troisièmement : il me faut aussi un plan de secours. Je me rends bien compte que, techniquement, je n'ai même pas de plan de départ, mais je viens de me faire arracher à mon foyer et à tous ceux et celles que j'aime, alors je tiens à ne rien laisser au hasard. J'ai caché la gemme de ma mère sous la ceinture brodée de perles qui retient ma robe, contre la peau de mon ventre. La rune qui y est gravée a perdu son pouvoir, mais la plupart des villes comptent un maître-runes officiel, alors je pourrai la recharger lors de l'une des étapes. Il faudra simplement que je vole un objet de valeur à Sakira pour payer l'enchantement. Et que je m'éclipse discrètement le temps de régler la chose, sans que personne ne remarque mon absence. En espérant qu'on ne rencontre pas d'autre danger mortel susceptible de déclencher la magie de la rune avant d'arriver aux grottes de verre.

C'est un début de plan. Pourvu que je trouve un moyen d'augmenter mes chances de survie, ça pourrait fonctionner.

—Tu as soif? me demande Sakira en me tendant la gourde.

Je l'accepte avec un hochement de tête et prends une gorgée d'eau froide. C'est la troisième fois que nous nous arrêtons. Les sorts des *trielles* ne durent que quelques heures. Sakira a déjà retracé les sorts de glace sur les épaules des chevaux à plusieurs reprises, mais ça les protège seulement de la chaleur – pas de la fatigue. Elle profite également de cette pause pour écrire quelque chose sur un rouleau qu'elle garde contre sa cuisse, et pour chercher Kasta du regard.

Elle ne se préoccupe pas du tout de Jet, ce qui m'inquiète un peu, pour des raisons complètement futiles. J'avais envie de croire à ce qu'il m'a dit hier soir – plus que je ne me l'avouais, et surtout quand il parlait de vouloir me sauver la vie. Mais je dois peut-être accepter le fait que, si je me trouve dans un tel pétrin, c'est parce que j'ai l'air naïve ou prête à tout – ou les deux. Kasta avait raison. Jet ne se préoccupe que d'une chose, humilier son frère. Depuis le début je ne suis qu'un pion au milieu de leur jeu tordu.

— Qu'est-ce que tu écris ? je demande.

Si je continue à penser à Jet, je vais me mettre en colère. Or je n'ai pas le temps, je dois trouver un moyen de sauver ma peau.

— Je vérifie qu'on est sur la bonne route, répond Sakira en promenant une fine plume sur le parchemin.

C'est alors que je remarque la petite taille du rouleau, qui est fixé à une mince barre de bois en haut. Je ne sais pas lire, mais ce qu'elle écrit va occuper presque toute la page.

— Combien en as-tu apporté ?

Si elle en remplissait un à chaque étape, il lui en faudrait des dizaines.

— Hein ? (Sakira relève les yeux, et les rayons du soleil font scintiller son ombre à paupières bleue.) Oh. Non, c'est un rouleau-relais. Regarde.

Elle le tourne vers moi – comme si ça allait m'aider à le lire. Puis, un instant plus tard, je comprends ce qu'elle veut dire. Les premières lignes disparaissent, comme aspirées par le parchemin. L'encre des dernières phrases s'efface à son tour, et très vite la page redevient entièrement blanche.

— Les rouleaux-relais fonctionnent par paire, m'explique Sakira. Ça me permet d'échanger des idées avec quelqu'un qui n'est pas là.

— Oh ! (Je vois des lignes d'encre apparaître sur la page. L'écriture en est plus anguleuse, moins soignée que celle de la princesse.) Qui est à l'autre bout ?

Sakira ne répond pas. Elle lit le message, puis éclate de rire et trace un trait en travers de la page pour faire disparaître le texte. Alors elle roule le parchemin et le range dans une jolie boîte en séquoia, qu'elle glisse dans le harnais à sa cuisse, à côté de son pinceau de scribe.

—Quelqu'un qui serait un véritable rabat-joie s'il était parmi nous, dit-elle enfin en adressant un clin d'œil à Alette, mais son sourire s'évanouit presque aussitôt. Enfin, il va me manquer, à toujours essayer de me dissuader de prendre des risques. Il pourrait faire exprès de perdre et devenir mon conseiller. Je lui ai proposé, mais il m'a répondu qu'il préférait vivre parmi les chacals qu'à la cour du mestrah.

—Tu parles de Jet? je m'écrie, abasourdie. Qu'est-ce qu'il écrit?

Je maudis l'élan d'espoir qui vient d'éclore dans ma poitrine. Il y a une minute à peine, j'étais prête à le croire aussi pernicieux que son frère, et voilà que je l'imagine franchir les dunes au galop sur un beau cheval blanc, à la tête d'une armée, pour me sauver la vie. Bon, je sais bien que la scène ne serait pas aussi grandiose, mais toute variation sur ce thème serait la bienvenue. Aussitôt je ravale ce rêve en me grondant pour ma bêtise. Malgré mes plus beaux espoirs, Gallus n'a pas changé d'avis à mon sujet, alors je ne vois pas pourquoi ça fonctionnerait ici.

Sakira fronce les sourcils d'un air désolé.

—Il ne m'a pas parlé de toi, mais je suis sûre qu'il regrette ce qui s'est passé. Même quand Kasta et lui étaient vraiment à couteaux tirés, Jet n'était pas du genre à mêler de tierces personnes à leur querelle. (Elle me fait signe de me retourner, et j'obéis tandis qu'elle remet la jument au pas.) Il me rappelait simplement qu'on va passer près d'un campement de bandits demain. Il s'amuse aussi à chercher un emplacement où je pourrais construire mon sanctuaire près des temples ancestraux. D'après lui, ils auraient bien besoin d'une petite rénovation.

Les temples ancestraux, où sont enterrés les premiers mestrahs… à l'est du palais, et pas du tout au sud, vers où nous faisons route. Si Jet a effectivement abandonné la compétition, comme il l'a dit à Kasta, alors il se dirige tout droit vers Nadessa. Naturellement, s'il cherchait à me secourir, il donnerait de fausses informations à Sakira, mais la part logique de moi brûle de rancune à son écart. Il est sur le point de commencer une nouvelle vie alors que la mienne touche à sa fin, et c'est ce que je trouve le plus injuste dans tout ça.

— Et Kasta ? dis-je même si je ne suis pas sûre de vouloir savoir.

— Quoi, Kasta ?

— Est-ce qu'il t'a écrit ?

Je ne me souviens pas avoir vu de second rouleau, mais peut-être qu'elle l'a rangé dans une de ses sacoches.

Cette fois, même Kita éclate de rire.

— Sérieusement ? lance Sakira. Tu l'as rencontré. Tu crois vraiment que ça change quelque chose, que je sois sa sœur, quand il s'agit de gagner cette course ?

Je hausse les épaules.

— Il aurait fait de moi le sacrifice, s'il avait pu me marquer sans attirer trop de soupçons. Enfin, Jet aurait sûrement été son premier choix, mais j'aurais été le deuxième. (Elle secoue la tête.) Non, je ne risque pas d'échanger quoi que ce soit avec Kasta par rouleau-relais, ni dans cette vie, ni dans la suivante.

La rancune brûle de plus belle dans ma poitrine. J'aurais dû m'en douter. Jet et Sakira sont très proches, et c'est tout naturel qu'il se préoccupe de son avenir à elle plutôt que du mien. Je ferais la même chose pour Hen, même si je sais bien qu'elle ne tuerait jamais personne, quel que soit le poids des traditions.

— Si je comprends bien, Jet t'aide parce qu'il est déjà parti, dis-je. (En même temps je me souviens que, de toute façon, ça ne change rien. Je n'ai pas besoin de Jet pour voler un cheval et m'enfuir.) Est-ce comme ça que tu as remporté l'avantage, aussi ? Avec l'aide de Jet ?

— Hm, grommelle Sakira d'une voix amère. Je n'aurais pas dû en avoir besoin, parce que mon équipe est vraiment la meilleure des trois, quoi qu'en dise notre père. Mais, techniquement, oui, il m'a aidée en se comportant comme un gros sagouin envers Kasta.

Alette ricane.

— Leur bagarre d'hier soir ? reprend Sakira. Notre père était furieux. Je n'étais même pas là quand il m'a accordé l'avantage. C'est ma femme de chambre qui est venue me l'apprendre.

— Enfin, officiellement, c'est parce que j'incarne le plus grand pouvoir que Sakira puisse avoir de son côté, intervient Alette. Les dieux entendent mes cris. Nous sommes implicitement sous leur protection.

— Ce ne serait pas la première fois qu'ils entendraient ses cris, marmonne Sakira.

— Chut ! lance Alette, mais avec un sourire espiègle. Elle nous connaît à peine. Laisse-lui le temps de s'acclimater.

— Comme tu as laissé le duc d'Iman s'acclimater à nos bains ?

— Je ne savais pas qu'il était fiancé ! s'écrie Alette en levant un index rebelle. Grâce à moi, sa fiancée a échappé à un mariage désastreux. Et puis, je n'étais pas la seule à m'approcher d'un peu trop près d'un personnage défendu, ce soir-là.

— Il m'a raconté qu'il venait de Greka ! Comment aurais-je pu me douter que c'était un des serviteurs ? Il n'était pas habillé comme les autres.

— C'est arrivé lors de la cérémonie d'hier soir, tout ça ?! Je n'en reviens pas.

— Oh, non, répond Sakira. Quoique j'aie rencontré quelqu'un de très intéressant hier soir. (Elle échange un sourire coquin avec Alette.) On parlait de mon anniversaire.

— Plus précisément, de sa deuxième conquête d'anniversaire, corrige Alette avec un clin d'œil. Le premier candidat était plus beau, mais aussi beaucoup plus bizarre.

— Il n'arrêtait pas de me composer des poèmes. Quand je lui ai dessiné un sort pour l'en empêcher, il n'avait plus rien à dire. Il avait de beaux bras, quand même. Oh, mes dieux, ces bras !

Mon inquiétude de me trouver à la merci de cette équipe vient de se décupler.

— Donc, en fait… tu as choisi ta meilleure amie comme éclaireuse.

— Alette et moi sommes inséparables depuis nos toutes premières leçons, dit Sakira.

— Je préfère employer le terme de « sœurs », renchérit Alette.

— J'ai su que ce serait elle, mon éclaireuse, dès que notre père nous a dit qu'il y aurait une Traversée. S'il a organisé les banquets, c'est uniquement par pitié pour Kasta, parce qu'il n'a pas d'amis. Jet pensait déjà choisir Marcus.

— Mais tu n'étais pas censée sélectionner quelqu'un susceptible de t'aider ?

Je me rends compte trop tard que ma question est un peu brusque. Les autres ne disent rien, mais Alette paraît choquée, comme si je l'avais giflée.

— Enfin, je veux dire… ta magie prend du temps. Et puis, les dieux ne répondent pas toujours comme tu le voudrais. Pas vrai ? Tu pourrais prier pour nous si on n'a plus de provisions ou si on se perd, mais… si on se fait attaquer ?

— On ne va pas se faire attaquer, assure Sakira. Alette va prier pour que Kasta ne puisse pas s'approcher. Même s'il y arrive, je saurai me défendre contre cette sale métamorphe. Après, ça se joue entre son épée et moi, et je n'ai pas peur de me battre – à la sauvage s'il le faut.

Je cille.

— Je pensais à quelque chose comme des hyènes, des serpents à sonnette, ou des chacals enragés. Ou au repaire de bandits dont tu parlais tout à l'heure.

Leur silence total ne me rassure pas du tout. Certes je n'ai pas intérêt à ce qu'on arrive aux grottes trop vite, mais ma sécurité est liée à la leur pour l'instant.

— Tu t'inquiètes beaucoup trop, tu sais. (Alette met son cheval au trot.) Rien de tout ça n'a d'importance, parce que personne ne va nous rattraper. On voit les deux horizons, les chevaux nous alerteront s'il y a des bêtes sauvages, et la colère des dieux s'abattra sur quiconque tenterait de se mettre en travers de notre chemin.

— Quand tu parles de la colère des dieux… Tu es absolument sûre qu'ils interviendront directement ? C'est ça ? dis-je, pleine d'espoir.

— Alette a raison. Arrête de te faire autant de souci. (Sakira lance la jument au trot.) Je contrôle la situation.

C'est exactement ce que je dirais si je ne contrôlais pas réellement la situation. Je ne lui fais pas remarquer qu'il lui faut du temps pour peindre des sorts, et que, selon les dangers, le temps est un luxe qu'on ne peut pas toujours se permettre. Et puis, que compte-t-elle faire si elle perd son pinceau ? Ou si elle n'a plus d'encre ? J'ignore comment fonctionnent les sorts de *trielle* exactement mais je sais que ces deux éléments sont cruciaux.

Je commence à croire que je ne suis pas la seule à ne pas avoir de plan d'attaque.

Chapitre 11

La première mauvaise décision a lieu juste avant le crépuscule.

Sakira sort sa boussole de verre pour observer les étoiles et marmonne : « Ah, le voilà. » Elle désigne un avant-poste d'allure modeste au loin, et j'en conclus qu'elle tient à garder ses distances avec cet endroit. Puis je me souviens qu'on est restées à l'écart de toute habitation jusque-là, et qu'il n'y a ni ville ni route à l'horizon qui nous force à passer si près de ce lieu. Je n'aurais jamais imaginé que ça devienne le théâtre de décisions regrettables. C'est une petite base isolée qui, lorsqu'on s'approche, s'avère n'être composée que de deux bâtiments : une écurie haute de plafond flanquée d'un enclos aux murs de brique, et une vaste habitation ponctuée de dizaines de petites fenêtres sur toute sa longueur. Des toiles brunes sont tendues sur un bon tiers de l'enclos pour y faire de l'ombre, et la propriété appartient sûrement à quelqu'un de très riche, parce que l'écurie est presque aussi grande que la maison.

La jument lève le nez en humant l'odeur du foin. *Amis ?* pense-t-elle. *Repos ? Maison ?*

— On change de montures ? je demande, la gorge nouée.

Ce serait logique, puisque ça nous permettrait de poursuivre notre chemin de nuit, mais ça ne m'aide pas du tout à préparer ma fuite. Je disposerais de plus de temps si mes ravisseuses s'arrêtaient pour dormir.

— Peut-être, souffle Sakira en tirant son pinceau du harnais à sa cuisse. Approchez, lance-t-elle à ses amies.

— Peut-être ? Qu'est-ce que tu veux dire par là ?

Sakira ne répond pas à ma question. Elle sort du harnais le troisième objet qui y est fixé : un long flacon de verre contenant un liquide doré. Elle dessine un point surmonté d'un arc sur les épaules des deux hongres, puis y ajoute deux flèches croisées avant de peindre le même motif sur notre jument.

— C'est un sort de mirage, plus un de silence, explique-t-elle. Il ne faudrait quand même pas que les chevaux révèlent notre position. Pas vrai ?

Justement la jument lève la tête et lance un hennissement pour saluer ses congénères. Sauf que le sort l'empêche d'émettre le moindre son. Elle plaque les oreilles en arrière, vexée. *C'est grossier*, pense-t-elle. *Pourquoi ? Repos.*

Elle frappe le sol d'un sabot impatient, et Sakira met pied à terre.

— Pourquoi est-ce qu'ils n'ont pas l'air préparés à nous recevoir ? je demande tandis que Kita et Alette l'imitent.

— Parce qu'ils ne sont pas prévenus. (Sakira sourit.) Tiens.

Elle me prend la main pour m'aider à descendre – du moins, c'est ce que je crois – puis me retourne le poignet pour y dessiner une ligne brisée.

— Hé ! (Je ramène la main contre ma poitrine. Je n'ai pas oublié le sort dépilatoire d'Elin.) Je croyais que j'étais sacrée par la volonté des dieux. N'es-tu pas censée prévenir les gens sacrés des dieux avant de les marquer, comme ça ?

Sakira glousse.

— Du calme, c'est juste un sort-à-suivre. Comme ça, tu ne peux pas t'éloigner de plus d'une centaine de mètres. C'est un souci de moins pour l'instant.

Et une chance de moins de m'enfuir. Je me frotte le poignet, mais l'encre d'or a déjà pénétré ma peau, ne laissant heureusement qu'un picotement dans son sillage. Si j'en juge par la vitesse à laquelle les sorts de glace des chevaux s'effacent, celui-ci devrait disparaître avant la nuit. Par contre je vais devoir me méfier de Sakira et de son pinceau.

— Et qu'est-ce qu'on fait ici, d'abord ? je grommelle.

— On vient changer le cours de l'Histoire, rétorque Sakira.

Je n'aime pas du tout l'expression que je vois sur son visage. Elle me rappelle trop celle de Hen lorsqu'elle s'apprête à saboter un ennemi, et j'ai l'impression que je suis sur le point d'assister à l'un des fameux exploits de la princesse.

— Allez, en route, votre Sainteté, lance-t-elle avant de se tourner vers Kita. Si tu as besoin de nous, ou si tu vois Kasta, mets de l'eau là-dessus. (Elle tend à la guérisseuse un sort papier marqué d'une boucle double, puis elle dessine sur sa main le même symbole que sur les chevaux.) Ça imprimera un symbole sur ma peau. Mais n'oublie pas que, à moins de vraiment s'approcher, personne ne peut te voir. On devrait revenir vite.

— Oui, *aera*, souffle Kita en s'inclinant.

Sakira dessine un sort de mirage sur sa peau et celle d'Alette, et je mets pied à terre en soupirant pour qu'elle me marque à l'épaule. Puis on se dirige toutes les trois vers la bâtisse où personne ne se doute de rien, le visage caché par nos capuches comme des mécréantes, et on fait voler en éclats tout ce que je pensais savoir sur les menteurs et les voleurs. Ce sont peut-être de sinistres vagabonds qui peuplent les meilleures histoires, mais dans la mienne, les criminels sont des matérialistes et des princesses.

— Je suis obligée de venir ? dis-je. Je ne pourrais pas plutôt rester avec Kita ?

Sakira passe un bras sous le mien.

— Tu n'aurais pas posé une question pareille hier. Tu es toujours la fille qui s'est incrustée à un banquet au palais, pas vrai ?

Je pousse un grognement.

— Oui, et regarde où ça m'a menée.

— Ne pense pas à la fin de la semaine. Pour le moment, tu es avec nous, face à un désert entier plein de possibilités. J'ai prévu toutes sortes de choses pour nous occuper. Tu vas passer les meilleurs jours de toute ta vie !

Je hausse un sourcil et la toise.

— Sérieusement ? De toute ma vie ?

— Jusqu'à ta mort, qui sera honorable et sans douleur. (Elle a beau dire ça sur un ton cavalier, je perçois de la tristesse dans son regard.) Une reine se doit d'obéir aux dieux avant tout. Mais assez parlé de ça. Pensons plutôt… à des cadeaux.

— Des cadeaux ?

Nous sommes à portée de voix de l'écurie. La silhouette familière de son dôme, même avec les bâches au-dessus de l'enclos, serre ma poitrine si fort que je peine à respirer. À l'intérieur quelqu'un sifflote, et j'entends le froissement familier d'un balai sur de la paille. Le souffleur des lieux, sans doute. Je ne serais pas étonnée qu'il y en ait plusieurs, d'ailleurs, vu la taille de cet endroit.

C'est avec un pincement au cœur que je pense à *fara*, obligé de se débrouiller tout seul. Heureusement, même si quelqu'un découvre que sa magie s'est épuisée, il ne sera pas banni comme les occultés. Il faut quand même que je rentre vite, parce que tous les magiciens de classe inférieure se doivent de servir Orkena jusqu'à leur soixantième été, et si je ne suis pas là pour dire que j'ai besoin de l'aide de *fara* à l'écurie, il sera envoyé là où le mestrah a besoin de lui. Faire la moisson dans les champs d'une ville voisine, ou assister un riche remueur de terre à l'autre bout du pays. Il n'aurait pas le choix, et on perdrait notre écurie à jamais, mais au moins je n'aurais pas à me demander où il est.

— Je sais ce que tu penses, lance Sakira.

Je lui jette un regard en coin.

— Ça m'étonnerait.

— Tu te dis que c'est une erreur, une imprudence, que je devrais rester concentrée. Mais, tu vois, c'est là que vous vous trompez, mon père et toi. On peut diriger un pays efficacement sans devenir un rabat-joie qui ne sait que travailler tout le temps. (Elle me donne un petit coup d'épaule, comme si j'allais la contredire.) Mon père ne pense qu'à ses histoires d'impôts et d'accords d'échanges. Je ne dis pas qu'il se débrouille mal, hein, mais pour ce qui est de tenir une vraie conversation, il est complètement nul. Les gens se détournent de lui parce qu'il ne leur paraît pas réel. Tu comprends ? (Nouveau petit coup d'épaule.) Imagine. À côté de qui est-ce que tu préférerais t'asseoir le temps d'une réunion de palais ennuyeuse à mourir ? Le prince coincé qui passe ses journées enfermé, ou la princesse qui a volé un cheval magique d'une valeur inestimable ?

J'ai envie de répondre qu'elle ferait mieux d'écouter ce qui se dit au cours d'une « réunion de palais ennuyeuse à mourir », mais je reste bloquée sur la fin de sa phrase.

— Attends, là. On va voler quoi, au juste ?

Les traits d'or qui soulignent les yeux de Sakira se plissent lorsqu'elle sourit.

— Ça va être trop bien !

— Tu es au courant qu'il faut une autorisation spéciale pour les animaux doués de magie ? dis-je en m'immobilisant.

Ce n'est pas un problème courant – les animaux magiques sont aussi rares que les lunes de sang – mais je me souviens des avertissements de *fara*, même si je n'ai jamais eu à traiter avec des bêtes pareilles. Un animal qui a peur risque de mordre ou de botter, mais un animal *magique* qui a peur est capable d'inonder une ville.

— Et si ce cheval rase l'écurie ?

— J'ai l'impression d'entendre Jet. « Mais… et les lois ! Les conséquences ! »

Sakira me fait face et se met à marcher à reculons. Ses contours se fondent déjà au sable et à l'enduit du bâtiment. Encore deux pas, et je ne la vois plus du tout.

— Détends-toi. Un souffleur expérimenté s'occupe de cette jument depuis qu'elle n'était qu'une pouliche. Elle est bien dressée.

Ça, je veux bien le croire, étant donné les dimensions de cette propriété, mais je doute que ce dressage l'ait préparée à se faire voler par une inconnue aussi grande gueule que casse-cou. Mais j'imagine mal Sakira écouter ces arguments, puisqu'elle n'écoute rien du tout, alors je me remets en marche avec un soupir résigné, jusqu'à ce qu'Alette et elle réapparaissent devant moi.

— Attendez, lance Sakira alors qu'on approche de l'écurie aux portes grandes ouvertes.

La personne qui balayait en sifflotant est un jeune homme vêtu d'une simple tunique de travail. Il est tourné vers le fond de l'écurie. Les pensées des animaux murmurent à mes oreilles. C'est un peu comme une conversation distante, que je n'arrive pas à suivre mais dont je perçois des bribes – *chaud*, *manger*, *dehors*.

L'homme interrompt ce qu'il faisait en riant doucement.

— Oui, ça vient. Je vais vous apporter ça.

C'est bien un souffleur. Il pose son balai de roseaux contre la cloison d'une stalle et entre dans une pièce qui ouvre sur l'allée centrale.

— Je t'explique notre plan, me dit Sakira. Alette monte la garde. Si le siffloteur se doute de quelque chose, elle s'approchera suffisamment pour qu'il la voie et se laisse distraire.

Avec un sourire malicieux, Alette rajuste sa *jole* pour en accentuer le décolleté. Le résultat suffit à me distraire, moi.

— Nous, on va s'introduire dans l'écurie et trouver la jument, poursuit Sakira. Je vais lui dessiner un sort de mirage, et on va ressortir avec.

J'attends qu'elle entre dans les détails, mais elle n'en dit pas plus. Je cille.

— C'est tout ? Il n'y a pas de gardes ?

Sakira me sourit.

— Oui, c'est tout, parce que j'ai une amie souffleuse à mes côtés. (Elle passe un bras autour de moi.) Tu as réussi à charmer ma jument. Je suis sûre que tu n'auras aucun mal avec celle-là.

Je sais pertinemment qu'elle dit ça uniquement pour s'attirer mes bonnes grâces, pourtant je ne peux m'empêcher de ressentir une certaine fierté. C'est vrai que j'ai travaillé avec toutes sortes d'animaux, dans des situations beaucoup plus tendues que celle-ci. C'est peut-être l'occasion de montrer à Sakira qu'elle a tout intérêt à me garder en vie.

De toute façon, ça ne peut pas se terminer plus mal que les événements d'hier.

— Je n'arrive pas à croire que je vais dire ça, mais… d'accord.

Sakira me décoche un sourire radieux.

— Merci, copine. Viens, ne traînons pas. L'écurie est protégée par un enchantement qui alerte le baraquement si quelqu'un ouvre la stalle d'Ashra sans autorisation. Ça ne nous laisse pas beaucoup de temps.

Ainsi s'évanouit dans les airs mon bref élan de confiance.

— L'autre bâtisse, là, c'est un baraquement ?

Ce doit être une des réserves de la cavalerie. Je ne prétends pas connaître le fonctionnement de l'armée du mestrah, mais j'ai déjà entendu parler des écuries secrètes disséminées sur le territoire d'Orkena. Ce sont des garnisons où sont basés des soldats et leurs montures, au cas où la capitale serait prise d'assaut.

Je suis frappée par une autre révélation.

— Tu vas voler ton propre père ?

Sakira ne me répond pas. Elle ne semble pas non plus s'inquiéter de la possibilité qu'une petite armée nous tombe dessus. Elle s'est déjà avancée le long de l'allée centrale et a dépassé la pièce où le souffleur est en train de préparer le mash des chevaux. Elle disparaît au niveau de la première stalle. Après tout, elle n'a pas de raison de s'en faire. Si les soldats de son père la reconnaissent, ils l'empêcheront sans doute de nuire, mais sans lui faire le moindre mal. Moi, en revanche, ils ne me reconnaîtront pas.

Je marmonne un juron et m'élance à sa suite. Le cheval de la première stalle sursaute au moment où Sakira reparaît dans mon champ de vision – et où je surgis devant lui. Il hennit doucement, et je rentre la tête dans les épaules.

Dîner ? pense-t-il. *Tu apportes le dîner ?*

— Oui, une minute ! lance le souffleur depuis l'autre pièce.

Heureusement que les chevaux ne pensent qu'à manger.

— Ah, la voilà ! murmure Sakira en désignant une stalle de l'autre côté de l'allée.

L'écurie est déjà d'un luxe hallucinant si on considère que ce sont des animaux qui l'habitent, mais cette stalle en particulier ressemble à une chambre du palais. Les murs sont carrelés de pierre polie, et un filet d'eau fraîche coule d'une petite fontaine dans un abreuvoir de porcelaine. Les grilles de fer forgé qui ouvrent sur l'allée centrale et sur l'enclos au-dehors représentent toutes sortes de symboles divins.

Et pourtant, toute cette splendeur fait pâle figure à côté de la créature qui occupe les lieux.

C'est une jument à la robe bai cerise, presque rouge sang. Là où les rayons du soleil viennent mourir sur son dos, elle scintille comme des braises vives. Sa crinière et sa queue sont noires, de même que le bas de ses jambes, le long desquelles courent de minces flammèches. Mais ce sont ses yeux qui me captivent complètement. Ils sont traversés de flammes vertes, puis bleues, puis rouges, comme un coucher de soleil magique.

C'est une fileuse de feu. Je n'avais encore jamais vu de créature aussi merveilleuse et j'ai l'impression de me trouver face à quelque chose de bien plus ancien et de bien plus sacré que l'indique sa magie.

—Ashra, murmure Sakira en s'approchant de la jument.

Cette dernière redresse brusquement la tête lorsqu'on lui apparaît, avec un léger tintement de son licol doré. Je ne sais pas si je dois être impressionnée ou inquiète qu'elle reste immobile à part ça.

Des âmes cachées, pense-t-elle en passant le nez par-dessus la cloison carrelée. *Déviantes.*

Je ris doucement. Elle a déjà compris que nos motifs n'étaient pas vraiment licites. Puis je me souviens qu'il y a un autre souffleur dans les parages. Mais, en me retournant, j'aperçois le jeune homme adossé à un mur, une jarre de grain sous un bras, la tête inclinée vers quelqu'un que je ne vois pas. Alette semble accomplir sa mission à merveille. Mes nerfs se manifestent brusquement, mais je les fais taire et me retourne vers la sublime créature.

—Ashra, dis-je.

Les animaux sont toujours plus à l'aise face à quelqu'un qui connaît leur nom. La jument tend le nez vers moi, et après une brève hésitation, je caresse son chanfrein soyeux.

Son visage est doux et frais. Je m'attendais presque à ce qu'elle me brûle. Au lieu de ça, j'éprouve un immense soulagement, ainsi qu'une familiarité qui me réchauffe le sang, comme si je venais de retrouver une amie.

Souffleuse, gronde-t-elle doucement. (Elle a l'air jeune, mais la voix qui résonne dans ma tête est ancienne.) *Tu ne devrais pas être ici.*

Je déglutis.

— J'ai l'impression que toi, non plus, tu ne devrais pas être ici. Ils ne te laissent pas sortir ?

La jument tourne la tête vers la grille qui ferme l'enclos. Un frisson court sous sa peau – un désir de liberté, sans doute –, si bien que de petites flammes rouges s'embrasent le long de son épaule. La malheureuse mouche qui avait osé se poser sur elle tombe au sol dans un grésillement.

Je me rends compte qu'il ne va peut-être pas être aussi simple de monter cette créature que Sakira ne l'imaginait.

Les autres, pense-t-elle. *Ils ont peur.*

— Ils n'aiment pas ta magie.

J'ai soudain de la peine pour elle. Moi aussi, j'ai eu peur quand Sakira m'a parlé de cette jument, mais sa solitude me submerge, et j'essaie de comprendre ce que ça doit faire d'être aussi différente des autres. De toute sa vie, elle ne rencontrera jamais son pareil.

— Dépêchez-vous, Votre Sainteté, marmonne Sakira sans quitter le souffleur du regard.

— Veux-tu venir avec nous ? je demande à Ashra. Dehors, où tu pourras galoper. Loin des murs.

Dehors ? (Je n'aime pas son empressement. Ça fait trop longtemps qu'elle est enfermée ici.) *Oui,* pense-t-elle en raclant un peu de paille du bout du sabot. *Dehors. Après le repas.*

Fichus chevaux, qui ne pensent qu'à manger.

— Pourquoi est-ce que tu traînes, comme ça ? s'énerve Sakira.

— Elle veut son dîner.

— J'ai de quoi t'offrir à dîner, dit Sakira en se tournant vers la jument. Mais c'est dehors.

Ashra ne la regarde même pas. Elle appelle le jeune homme d'un hennissement discret, mais il est trop captivé par ce que lui raconte Alette.

Je secoue la tête.

— Elle ne te comprend pas.

Sakira fronce les sourcils.

— Pourquoi pas ? J'ai fait pareil que toi.

— Écoute, tu estimes peut-être que ma magie est inférieure, mais elle fonctionne comme la tienne. Je pourrais prendre ton pinceau et dessiner un sort, mais ça n'aurait aucun effet. Tu as besoin de moi pour traduire.

J'insiste lourdement sur « besoin de moi ».

— D'accord, lance Sakira. Dis-lui qu'on a de quoi manger et qu'on doit filer tout de suite.

— On a de quoi manger, Ashra, mais il faut qu'on sorte de cette écurie. Sinon ils ne vont pas te laisser venir avec nous.

Non, pense la jument. *Grain.*

Je me tourne vers Sakira.

— Tu as du grain ?

— Ça devient ridicule, cette histoire ! (Sakira tire son pinceau.) Changement de plan. Je vais sauter dans la stalle et dessiner un sort de mirage sur Ashra. Toi, tu vas m'ouvrir la grille, et je vais ressortir sur son dos.

— C'est une très mauvaise idée ! dis-je aussi fort que je l'ose. Premièrement, tu risques de te faire cramer comme cette pauvre mouche. Et, deuxièmement, comment est-ce que je ressors, moi ?

— Tu veux monter derrière moi ?

J'en reste bouche bée.

— Non ! Si tu voulais bien m'accorder deux minutes…

— Dans ce cas, tu vas devoir faire un compromis.

Elle passe une jambe par-dessus la cloison avant que j'aie pu protester. La jument relève la tête en reculant, surprise. Le souffleur se retourne. J'entends Alette lui poser une question au sujet d'un cheval tout proche, mais il la fait taire d'un geste et s'approche de nous. Clairement Ashra est trop précieuse, même face à Alette.

Dans quelques pas, il va nous voir.

— Sakira !

Je sens l'humeur de la jument changer lorsqu'elle se hisse sur son dos. Agacée qu'une inconnue ose entrer dans sa stalle, elle devient carrément furieuse que cette effrontée ose s'asseoir sur elle. Le souffleur trébuche lorsque Sakira peint le sort de mirage sur l'épaule d'Ashra et que cette dernière disparaît sous ses yeux. Un instant plus tard, la jarre de grain s'écrase au sol lorsqu'il nous aperçoit toutes les trois.

Il ne semble pas reconnaître la princesse.

— Aux voleurs ! hurle-t-il en se précipitant vers moi. Il y a des voleurs dans l'écurie !

Descends ! crie la jument en se cabrant.

J'essaie de ne pas penser à tous les remueurs de terre et tisseurs d'eau qui doivent jeter leurs cartes en ce moment même pour s'élancer à nos trousses. Il ne me reste plus qu'une chose à faire : j'ouvre la grille.

— Sauve-toi !

La jument bondit en avant. Le souffleur recule en jurant et trébuche dans sa hâte.

— Ashra ! hurle-t-il. Ashra, reviens !

Mais plus rien ne la retient, et elle fonce vers la porte ouverte sans même remarquer le grain qu'elle piétine en s'enfuyant. *Courir !* pense-t-elle. *Dehors. Ciel !* Je m'élance à mon tour, en espérant que le jeune homme ne soit pas aussi rapide qu'il en a l'air. Heureusement, s'il s'est remis debout, il ne cherche pas à me rattraper. Il se tourne vers les trois soldats armés qui sont entrés par l'autre côté.

— L'une d'elles est *trielle*, dit-il. Elles utilisent un mirage !

Des pas métalliques résonnent dans mon dos. Sakira a déjà disparu ; il ne reste que d'étranges tourbillons de sable là où les sabots de la jument frappent le sol. J'atteins la porte de l'écurie et hurle lorsque quelqu'un court vers moi, mais ce n'est qu'Alette, les cheveux fouettés par le vent malgré son bandeau.

— Par ici ! crie-t-elle en me prenant par la main.

On s'enfuit dans le désert. Un des soldats nous suit à pied, les yeux baissés vers nos empreintes, pendant que d'autres font sortir des chevaux de leur stalle. Le souffleur s'arrête sur le seuil en appelant Ashra à pleins poumons. Derrière l'écurie, un cor donne l'alarme d'un son grave et puissant.

J'aimerais revenir sur l'idée que cette petite aventure ne peut pas se terminer plus mal que ma soirée d'hier.

— On ne va pas y arriver ! je hurle en voyant que le soldat gagne du terrain sur nous.

— Mais si ! lance Alette sur un ton enjoué. (J'ai comme l'impression qu'elle a l'habitude de ce genre de situation, et qu'elle s'en sort beaucoup trop bien.) Par là !

Elle désigne un imposant tourbillon de sable, d'où Kita surgit soudain sur l'un des deux hongres, les rênes de l'autre et de la jument dans une main. Les chevaux s'arrêtent en glissade, et Alette saute sur le bai. Je me hisse tant bien que mal sur la jument. Lorsque le soldat s'approche et tente de m'attraper, un brusque élan de peur me traverse et se communique à ma monture, qui fait volte-face et, d'un coup de sabots, l'envoie bouler dans le sable. Puis elle s'élance derrière les autres. Je m'agrippe à la selle en maudissant Sakira. Les cavaliers se rapprochent à vue d'œil ; leurs montures sont reposées et bien entraînées.

— Où est Sakira ? je hurle.

Une explosion de sable me répond. L'un de nos poursuivants est un tisseur d'air, et j'imagine que, s'il nous voyait clairement, son tir nous aurait atteintes.

Là ! pense ma jument.

— Quoi ?

C'était la dernière personne – enfin, créature – dont j'attendais une réponse.

Je sens le feu, reprend-elle. *On suit ?*

Un fou rire me prend à la gorge. Elle sent l'odeur de l'autre jument !

— Oui ! Suivez le feu, tous les trois !

Les chevaux changent de cap, et si on n'était pas lancées au grand galop, je ferais un câlin à ma jument pour cette révélation. Ça signifie que les montures des soldats nous sentent aussi, mais leurs cavaliers ne sont pas souffleurs. Si on arrive à les semer, ils ne sauront pas nous retrouver.

—Ah ! Elle est géniale ! s'écrie Alette en pointant l'horizon du doigt.

J'imagine qu'elle parle de Sakira et de la direction qu'elle a choisie. Après ce qui vient de nous arriver, je ne suis pas certaine d'être d'accord, mais cette manœuvre me redonne espoir. Nous approchons d'une colline surmontée de hautes herbes et de buissons épineux. Ça va forcer les chevaux à ralentir, certes, mais ça va aussi dissimuler les mouvements du sable sous nos sabots invisibles. Les chevaux passent au trot en arrivant près des buissons, et on les encourage à les contourner pour avancer. Les soldats nous talonnent. Ce n'est guère rassurant de les voir atteindre les buissons qu'on vient de laisser derrière nous, mais eux aussi sont obligés de ralentir. Ils promènent des regards affolés sur la colline, sans jamais s'arrêter sur nous. Puis ils se dispersent à la recherche d'empreintes dans le sable.

Nous faisons avancer nos chevaux, jusqu'à ce que Sakira et sa jument de feu apparaissent devant nous.

Bien joué, articule Sakira en silence en souriant d'abord à Kita puis à Alette avant de croiser mon regard. Elle hoche la tête et remet Ashra au pas. Elle vient de peindre sur la croupe de la jument un sort que je ne reconnais pas. L'encre en est encore fraîche.

—Elles ne sont pas loin, grommelle l'un des soldats.

—Halte ! crie son voisin.

Sakira lève la main, et nous nous arrêtons aussi.

Les hommes guettent le bruit de nos pas, mais on n'entend que le souffle discret du vent parmi les broussailles sèches.

— On ne les aurait pas déjà perdues, ajoute le troisième soldat.

Sa jument noire ne tient pas en place.

Là-haut! pense-t-elle. *Feu!*

Mais il ne l'entend pas et, comme le souffleur est resté à l'écurie, ils ne risquent pas de la comprendre.

Allez! pense Ashra. *Il faut bouger. Allez!*

— Doucement, murmure Sakira tandis que la jument caracole en secouant la tête.

— Du calme, je lui souffle en posant une main prudente sur l'encolure d'Ashra.

Une décharge d'impatience furieuse me brûle les doigts, si forte que je me recule en étouffant un cri.

— Sakira, descends!

— Quoi? Non!

— Elle va s'emballer. Ça fait beaucoup trop longtemps qu'elle vit enfermée, et…

Boum. La colline tout entière explose en violents jets de sable. J'aperçois le remueur de terre, les bras levés sous le coup de l'effort. Ma monture se cabre, et je manque de perdre l'équilibre lorsqu'elle se plaque contre le cheval de Kita pour éviter une nouvelle éruption de terre. Une pluie de sable s'abat sur nous, révélant notre position…

Le hennissement furieux d'Ashra fend le silence. Sa colère émane d'elle par vagues, et des flammes s'élèvent de ses jarrets et de son dos, où Sakira tient bon. La jument fait face aux soldats, et la princesse a perdu son allure confiante et rieuse. Elle a l'air jeune et terrifiée.

Quand Ashra se cabre de nouveau, elle perd l'équilibre et tombe.

Brûlez, pense Ashra.

Sakira roule sur le côté alors que la jument frappe le sol de ses sabots. Toutes les plantes des environs s'enflamment en une forêt de rouges et de jaunes, et Alette pousse un hurlement lorsqu'un buisson tout proche met le feu à sa *jole*. Son cheval doit en ressentir la brûlure, lui aussi ; il hennit de douleur et s'élance vers le sommet de la colline.

— Alette ! crie Sakira. (Elle tente de saisir la bride de son amie, et au même moment Ashra fonce à travers les flammes. Sakira fait volte-face.) Non !

— Laisse-la ! dis-je en lui tendant la main.

Je repousse la tentation de l'abandonner ici, parce qu'elle a de réelles chances de devenir notre mestrah et que les dieux m'en voudraient sûrement, mais je dois avouer que le sort peint sur mon poignet influence largement mon désir de la sauver. Sakira agrippe mon bras et saute en selle derrière moi. Au même moment la peur et la douleur envahissent l'esprit de ma jument. Le monde entier s'est embrasé. Les soldats battent en retraite, et ma monture ne pense qu'à se libérer, se sortir de là, mais j'aperçois une flamme mouvante du coin de l'œil et nous lance à sa suite. Très vite Alette apparaît, un côté en feu de l'épaule jusqu'au pied. On presse l'allure pour la rattraper. La chaleur nous brûle les bras, le visage et nous lèche les jambes, jusqu'à ce que, enfin, la végétation cède la place au sable fin. Alette plonge à terre pour y éteindre sa *jole*. Son cheval, dont le flanc gauche est encore tout fumant, poursuit sa course avec un hennissement de douleur. Sakira se penche sur moi pour saisir les rênes et arrêter notre monture.

— Je vais le rattraper ! crie Kita en remettant son hongre au galop.

Sakira a déjà mis pied à terre et s'empresse de peindre des symboles sur les bras d'Alette. La *jole* de la prêtresse, autrefois si jolie, est toute brûlée sur le côté, mais le feu est éteint, et je ne vois pas de cloques sur sa peau rougie. Elle roule sur le dos, et l'espace d'un instant les deux amies se regardent. Sakira a l'air paniquée, et Alette a l'expression choquée de celle qui ne croit pas encore vraiment à ce qui vient de lui arriver. Ses iris roses se détournent de Sakira pour contempler le mur de fumée noire derrière nous.

Puis, incroyable mais vrai, elle éclate de rire.

— Alors ça, c'était le truc le plus dingue qu'on ait jamais fait !

Elle rit de plus belle en se tenant les côtes.

Sakira s'assied sur ses talons, et ses épaules se détendent tandis qu'un sourire se dessine sur ses lèvres. Elle ne tarde pas à glousser, et il n'en faut pas plus pour que les deux amies retrouvent la belle insouciance qui semble les garder du danger.

Pourtant je n'ai pas oublié la panique dans les yeux de Sakira quand son amie a pris feu. Elle aurait pu saisir le licol d'Ashra et gagner un avantage sans précédent pour le reste de la Traversée. Entre ses talents de *trielle* et un cheval doué de magie, elle aurait été pratiquement intouchable.

Mais elle a choisi Alette.

Chapitre 12

— Je le tenais par le bout du nez, ce pauvre garçon, déclare Alette en rejetant derrière son épaule ses cheveux à moitié brûlés. Je lui ai raconté que j'étais la fille d'un soldat, en visite pour la semaine, et que je m'ennuyais à mourir. Il m'a proposé de l'accompagner pour une chevauchée sous les étoiles… Vous l'auriez vu rougir quand j'ai accepté, puis que je lui ai demandé s'il parlait d'une promenade à cheval !

On vient de retrouver Kita qui, heureusement, a rattrapé et soigné le hongre d'Alette. Sakira et Alette se racontent déjà les meilleurs moments de leur aventure en riant, pour en faire le conte qui se chuchotera à leur retour parmi les serviteurs du palais.

— Tu as un vrai talent pour les sous-entendus coquins, commente Sakira en se décalant un peu sur la selle derrière moi. Tu devrais donner des leçons.

— J'aimerais bien. Tu crois que tu pourrais créer un poste à la cour quand tu seras mestrah ? « Alette : grande prêtresse, et maîtresse dans l'art de la séduction. »

— C’est obligé. Je priverais le monde d’un vrai joyau, sinon.

— Et toi, sur ta jument sauvage ! C’était comment, d’ailleurs ?

J’ai envie de leur rappeler qu’Ashra n’est pas vraiment sauvage et que c’est l’imprudence de Sakira qui l’a affolée comme ça, mais je tiens ma langue.

— C’était magique ! lance Sakira en s’étirant derrière moi. Son galop est beaucoup plus fluide que celui de ces rats des rues. Et puis, elle est tellement plus rapide ! Si je ne l’avais pas arrêtée pour vous attendre, on serait déjà aux grottes de verre.

Je lève les yeux au ciel. Je n’ai pas eu l’impression qu’Ashra galopait différemment des autres chevaux.

— C’est dommage que les soldats lui aient fait peur, dit Alette en fronçant les sourcils. Ç’aurait été tellement plus impressionnant de terminer la course avec elle.

— Oui, mais on ne pouvait pas savoir qu’on allait se retrouver prises dans une bataille aussi épique. (Je devine un sourire malicieux dans la voix de Sakira.) Nous quatre, seules contre un baraquement de soldats, parmi lesquels il y avait des tisseurs d’air et des remueurs de terre, des orageurs et des manipulateurs. Pourtant ils n’ont pas été de taille face à Ashra et à une reine.

— Ils étaient trois, je leur rappelle.

— Tu veux dire trente-trois, rétorque Sakira en me faisant un clin d’œil quand je me retourne.

— Et tu as perdu la jument.

— Arrête de jouer les rabat-joie, lance Alette en examinant son châle de givre tout brûlé. Sakira a très vite compris qu’une créature aussi magnifique et aussi puissante n'appartenait à personne et, après avoir vaincu les soldats, elle lui a rendu sa liberté.

— Oui, renchérit Sakira. On racontera que c'était une mission de sauvetage.

Est-ce ainsi que les voyageurs tissent leurs contes ? Si ça se trouve, rien de ce que je croyais savoir n'est vrai…

— Tu t'es très bien débrouillée aussi, ma chère, reprend Sakira en me donnant une petite tape sur l'épaule. Surtout pour ton baptême du feu. Les missions suivantes vont te paraître faciles.

Je me retourne sur la selle.

— Tu en as prévu d'autres, comme ça ?

Sakira éclate de rire.

— Je contrôlais la situation. Et puis, je te promets que, demain matin, tu te rappelleras la fois où tu as volé un animal légendaire à un baraquement plein de soldats. Bientôt, tu raconteras que tu as persuadé tous les chevaux de l'écurie de s'enfuir.

J'aimerais pouvoir lui montrer la tête qu'elle a faite quand Ashra s'est retournée face aux gardes. Elle n'avait pas l'air de contrôler grand-chose. Et puis, je me demande ce qu'elle dirait si des soldats avaient été blessés, ou si les brûlures d'Alette avaient été plus graves que ça. Peut-être que, ayant toujours accès à des guérisseurs, elle ne pense tout simplement pas à ce genre de détails. Mais je doute que son père – ou ses potentiels futurs soldats – s'amusent de son mépris pour leur sécurité.

Avec un soupir je me souviens que j'ai intérêt à jouer le jeu. Certes la « mission » a tourné au désastre, mais ç'aurait pu être encore pire, et Sakira estime que je m'en suis bien tirée. C'est exactement ce que j'espérais, même si je compte toujours m'enfuir à la première occasion. Comme ça, si je n'y parviens pas, elle sera peut-être moins disposée à me sacrifier.

Ce n'était peut-être pas son intention, mais elle m'a montré une autre facette de sa personnalité. J'ai vu son humanité, sa peur d'avoir dépassé les bornes.

J'ai vu que, si l'on se retrouvait seules avec cette lame sacrée, elle choisirait peut-être son amie plutôt que la promesse du pouvoir.

Le crépuscule tombe sur les dunes comme un drap argenté.

Mon inquiétude monte à mesure que le ciel s'assombrit. Ça fait bien une heure qu'on n'a pas traversé de route ou contourné de distantes bâtisses. Autour de nous, parmi les modestes buissons et les herbes sèches que les maigres pluies de printemps ont tirés de leur sommeil, il n'y a que des animaux. Des serpents à sonnette sourcilleux, des troupeaux de gazelles et de moutons dorés. Bientôt la chaleur sèche de l'été les forcera à retourner vers les rives du fleuve, mais en les voyant, je me fais une réflexion bienvenue. Les bêtes sauvages ont le bon sens de ne jamais trop s'éloigner d'une importante source d'eau, et les principales villes d'Orkena sont bâties sur les rives de nos deux fleuves. Si je peux atteindre l'un d'eux, je trouverai facilement des gens. Et, si je cache ma cicatrice, je rencontrerai peut-être quelqu'un d'assez gentil pour m'aider à rentrer chez moi.

Cette idée en appelle une autre, pour laquelle je dois remercier Sakira. Avant, je ne savais pas comment j'allais retrouver la direction du fleuve depuis les dunes. Mais, grâce à la jument de feu, j'ai compris que je n'avais pas besoin de m'orienter avec exactitude. Il suffit que je m'en approche assez pour que ma monture en sente l'odeur. De là, elle saura nous y conduire.

Il ne me reste plus qu'à trouver le bon moment pour fuir.

— Bon, ce joli petit corps a passé assez de temps en selle pour aujourd'hui, lance Sakira en mettant pied à terre avant même que la jument se soit arrêtée. On est encore à une journée de route de la première étape, et je veux être fraîche comme la pluie en y arrivant. Ce qui veut dire que, ce soir… (J'entends un tintement de verre et, en me retournant, je la vois sortir de la sacoche des flasques ornées de joyaux.) On se détend.

— Je ne sais même pas comment tu fais pour tenir encore debout, dis-je en m'étirant le dos. Tu ne dors jamais ?

— Ma chérie, tu n'as même pas vu la moitié de ce que je peux faire en une journée. (Elle me met une flasque dans la main.) Alette a rêvé que cette soirée se déroulerait sans encombre. Qu'est-ce que tu préfères : passer une nuit blanche à redouter ce que l'avenir te réserve, ou profiter de mon hospitalité aussi sulfureuse que légendaire ?

Elle m'adresse un clin d'œil et s'éloigne d'une pirouette qui fait voleter sa courte jupe. J'ai envie de lui rappeler qu'elle pourrait rendre mon avenir beaucoup moins redoutable mais je suis trop préoccupée par ma fuite imminente pour tenter de la raisonner.

—Je vais monter la tente, *aera*, dit Kita, même si Sakira lui donne une flasque, à elle aussi.

—À notre nouvelle mestrah ! lance Alette en levant sa bouteille vers le ciel.

Sakira trinque avec elle.

—Au changement, renchérit-elle.

Elles boivent une longue gorgée. Je me laisse glisser de la jument en lui présentant des excuses pour le feu, une fois de plus. Ce qu'il y a de merveilleux, avec les animaux, c'est qu'ils s'inquiètent presque exclusivement de ce qui se trouve juste devant eux. Elle me mordille gentiment l'épaule du bout des lèvres en me demandant à manger. Je souris et lui caresse l'encolure. Je me sens un peu coupable à l'idée de l'obliger à se remettre en route dans une heure ou deux. Il va falloir que j'emporte un peu de grain supplémentaire, si j'en trouve. Mais d'abord, je dois m'assurer que les sacoches sont assez bien remplies pour nous permettre de tenir deux jours.

Je jette un regard par-dessus la selle. La petite équipe s'installe. Sakira et Alette ne font pas du tout attention à moi, mais la guérisseuse, avec son œil de faucon, risque de me poser problème. J'attends que Kita applique un sort-papier de construction sur un grand carré de toile avant de passer derrière la sacoche et de glisser les doigts sous la boucle. J'ai à peine soulevé le rabat que Kita surgit à mon côté et me pousse d'un coup d'épaule.

—Que puis-je faire pour toi, *adel*?

—Comment as-tu fait pour me voir ? je lui demande.

—J'ai un fils de deux ans. Je vois tout, répond-elle avec un grand sourire. Tu as faim ? Je vais préparer le dîner dès que la tente sera dressée, mais on a de quoi grignoter, si tu veux.

— C'est les chevaux, dis-je en soupirant. Ils ont besoin de manger.

— Bien sûr. Je vais leur faire pousser de l'herbe.

Elle sort une potion bleue du sac mais, en remarquant que je ne bouge pas, elle me fait face en souriant, comme si elle avait deviné ce que je trame.

— Il te fallait autre chose, *adel* ?

Je hausse les épaules.

— Non, merci.

Elle ne s'en va toujours pas, alors je change de tactique.

— Tu as un fils ?

— Oui. (Elle sourit de plus belle, et son regard s'adoucit.) Il est super. C'est aussi une vraie terreur, mais au moins il dort mieux que sa sœur.

— Tu as *deux* enfants ? dis-je sans réussir à masquer ma surprise.

— Oui. Je sais que ça peut paraître tôt, mais je tenais à avoir une famille avant… tu sais quoi.

Oh. La honte me met le feu aux joues. J'avais complètement oublié que, si je suis furieuse que la magie de *fara* le déserte, le coût de son pouvoir est minimal comparé à d'autres. Les fileurs de feu à la retraite ont froid en permanence ; même la magie de *mora* s'affaiblira bientôt, emportant son odorat. Les guérisseurs qui donnent la vie le font aux dépens de la leur. Le résultat, c'est qu'ils atteignent rarement la vingtaine. J'en veux d'autant plus à Sakira d'avoir forcé Kita à user de sa magie pour une raison futile.

— Je suis désolée.

— Il ne faut pas. Je ne regrette rien, dit-elle avec un nouveau sourire.

— Tu n'as pas l'intention de bouger tant que je ne t'aurai pas dit ce que je veux, pas vrai ?

— Non, en effet.

— Mais tu sais que je ne suis pas le vrai sacrifice. Tu n'es pas obligée de me servir.

Son sourire se fane.

— Le sort qui t'attend est le même, alors c'est la moindre des choses.

Je soupire.

— Bon, d'accord. Je cherchais juste un peu d'eau.

Elle sort une gourde, qu'elle remplit avant de me la tendre. Je la remercie et m'éloigne, lui cédant la victoire. Pour cette fois.

— Ah, te voilà ! lance Sakira en courant vers moi pour me passer un bras autour des épaules. On pensait que tu allais tenter de t'enfuir. On prenait déjà les paris pour savoir jusqu'où tu irais avant que les hyènes ne te trouvent.

— Tu as déjà bu une flasque entière ?

— Moi, je te donnais six kilomètres. Alette t'en donnait seulement deux.

— Deux ?!

— Où est ta bouteille ?

Je lui montre ma gourde.

— Non, la vraie.

— Écoute, je suis déjà condamnée à mourir, dis-je en me dégageant de son bras. Je n'ai pas besoin que tu me forces à faire n'importe quoi, en plus.

— C'est du vin, euh… C'est quoi, ton nom, déjà ?

Il a l'air fort, son vin.

— Zahru.

— Zahru, répète-t-elle en souriant. C'est du vin, Zahru.

— Oui, tu me l'as déjà dit.

— Non, tu ne comprends pas. (Elle secoue la tête, et la poudre d'or à ses tempes scintille dans le crépuscule.) As-tu déjà goûté le vin du palais ? Ce n'est pas la pisse qu'ils puisent dans les fossés de ta ville natale.

Je trouve ça franchement insultant mais je ne relève pas.

— Je suis sûre qu'il est excellent.

— Vas-y, goûte. (Elle sort une nouvelle flasque de je ne sais où.) Juste une gorgée, mais essaie, au moins.

C'est vrai que ça sent divinement bon, comme une brise d'été parmi des arbres fruitiers, mais avec des notes robustes, comme du cèdre. Tandis que je contemple les émeraudes qui décorent le goulot de la flasque, il me vient une nouvelle idée. Si les filles sont saoules, elles auront beaucoup de mal à me courir après dans le noir. Il me suffit de jouer le jeu assez longtemps pour qu'elles oublient de me surveiller. Alors je pourrai prendre la fuite.

Je bois une gorgée et réprime une grimace face à Sakira, qui m'observe avec de grands yeux.

— Alors ? demande-t-elle.

C'est à la fois amer et sucré, et j'ai un peu l'impression d'avoir léché un tapis, mais en même temps ç'a quelque chose d'indéniablement agréable.

— C'est… pas mauvais, dis-je.

— Ah, tu vois !

— C'est fort ?

— Plus fort que certaines boissons, moins fort que d'autres. (Elle me prend la main en souriant.) Viens nous rejoindre, Zahru. Il est temps que je fasse connaissance avec la fille qui a mis mes frères dans un état pareil.

Elle me fait signe de m'asseoir à côté d'Alette. Le feu crépite devant nous, et Sakira relâche ma main mais s'installe tout près de moi. C'est évident qu'elle ne me fait pas encore confiance. Je prie pour qu'elle oublie combien de temps s'est écoulé depuis son sort-à-suivre. L'encre s'est presque entièrement effacée, et le reste de mon plan semble se mettre en place doucement.

— Je veux mieux te connaître, Zahru, reprend Sakira. Qu'est-ce qui te fait plaisir, qu'est-ce qui te rend triste… Quand on me posera des questions à ton sujet, je veux pouvoir te faire justice.

Je bois une minuscule gorgée de vin.

— Oh, je ne suis pas très intéressante, tu sais. J'ai simplement de mauvaises idées – et d'encore plus mauvais goûts en matière de garçons.

— Et pourtant, te voici parmi nous, en compétition avec les meilleurs magiciens d'Orkena, pour une position dont même les nobles rêvent.

Je hausse les épaules. Quand je leur ai raconté mon histoire de pauvre petite fille d'écurie devenue sacrifice humain, j'ai omis tout ce qui impliquait Hen ou le prêtre et j'ai commencé au moment où Kasta m'a choisie par pur désir de frustrer son frère. J'espérais sincèrement qu'elles ne réfléchiraient pas trop à la raison de ma présence – moi, une simple souffleuse – parmi les candidats. Jusque-là j'ai réussi à ne pas impliquer Hen et je compte bien continuer comme ça.

— Tu dois forcément connaître quelqu'un de haut placé, intervient Alette en retirant son bandeau pour se passer une main dans les cheveux. Un comte, peut-être ? Ou un capitaine ?

— Non, vraiment pas. J'ai eu de la chance, c'est tout.

— Quel genre de chance, exactement ? demande Sakira avec un grand sourire. J'ai l'impression que tu ne nous as pas tout dit. Qu'est-ce qui s'est passé après la sélection ?

J'ai soudain la chair de poule. Sa curiosité cache quelque chose de calculateur, et je me demande ce qu'elle veut réellement savoir. Jet lui aurait-il parlé de la rune de protection par exemple ? Cette idée m'emplit de panique. Oh, mes dieux ! J'espère que non. Si elle soupçonne que j'ai toujours la gemme sur moi, je vais perdre ma meilleure chance de rester en vie.

Je me racle la gorge.

— Je vous ai déjà raconté qu'on était passés devant un bassin intérieur qui…

— On s'en fiche, du bassin intérieur ! lance Kita, quelque part dans le noir.

— Ce qui nous intéresse, c'est ce qui s'est passé après le bassin. Après le bain ! (Sakira me dévisage d'un air étrange, avec un petit sourire pointu.) Tu ne trouves pas ça étrange que Jet ait volé à ton secours alors que vous veniez à peine de vous rencontrer ? Et qu'il ne m'en ait rien dit après ! Ça ne lui ressemble pas du tout.

— Il croyait que Kasta allait me tuer ! dis-je, sur la défensive. N'importe qui aurait fait pareil.

Sakira éclate de rire.

— N'importe qui ? Vraiment ? Reprends un peu de vin. Et réfléchis un instant. Tu viens de m'expliquer qu'un garçon qui était prêt à jouer les héros pour te sauver hier soir n'a même pas daigné te regarder en face ce matin…

Je comprends soudain qu'il y a un côté stratégique au charme de Sakira. Elle s'intéresse sincèrement aux autres, ça ne fait pas de doute – quand elle parle de vouloir connaître ses sujets, ou quand elle organise une semaine de folles aventures pour moi au lieu de me traîner dans le désert… Elle s'emballe facilement sans réfléchir aux conséquences, mais elle essaie de me faire plaisir. Cependant je ne pense pas que ce soit la seule raison derrière tous ses efforts. Je sens déjà que le vin me délie doucement la langue et que mes inquiétudes fondent à la chaleur de son sourire. Je me demande combien de victimes ont baissé la garde après quelques coupes pour lui révéler des informations précieuses au sujet d'eux ou de leur pays, sans même penser qu'elle risquerait de s'en servir. Combien de regrets, de frayeurs, de désirs…

Combien de secrets.

—Écoute, je ne connais pas assez Jet pour…

—Tu l'as embrassé. C'est ça ? demande Sakira.

—Quoi ? s'écrie Alette.

—Quoi ?! dis-je.

—J'ai raison, pas vrai ? (Sakira rit de plus belle.) C'est pour ça qu'il est super bizarre quand je parle de toi dans mes messages. Il est toujours bizarre quand il s'agit d'histoires de cœur, mais là… Il t'a trouvée irrésistible. C'est ça, qui s'est passé. Ça devenait sérieux entre Jet et toi, et c'est là que Kasta est entré…

—C'est… (J'ai envie de dire que c'est faux, que je ne suis pas aussi culottée, mais l'occasion est trop belle d'enterrer tout soupçon au sujet de ma gemme.) Oui, dis-je avec un petit grognement. C'est exactement ce qui s'est passé.

— Ça alors ! (Alette se redresse.) Je ne le savais pas aussi entreprenant. Je me souviens qu'il avait passé tout un été à courtiser une héritière de Pem mais je ne sais même pas si je les ai vus s'embrasser.

— Oh, non, ce n'est pas lui qui a commencé ! dis-je, prise de panique à l'idée qu'elles aient déjà déjoué mon mensonge. Je… C'était moi. Il m'arrive de m'emballer un peu.

Alette éclate de rire. Sakira se joint à elle, et même Kita, qui est toujours occupée à monter la tente, ricane doucement.

— Arrête, dit Sakira en ouvrant une nouvelle flasque. Je vais commencer à vraiment bien t'aimer, or je ne veux pas penser à ça une fois qu'on sera aux grottes de verre.

— Je n'y peux rien, c'est comme ça, dis-je en haussant les épaules. Sous mes airs de simple fille d'écurie, je suis une vraie lionne en chaleur.

Alette se roule dans le sable tellement elle rit fort. Je ne peux m'empêcher de sourire, parce que ceux et celles qui me connaissent trouveraient ça complètement ridicule, mais si je ne survis pas à cette aventure, au moins on se souviendra de moi. Ce n'est pas exactement ce que j'espérais, mais bon.

— Oh, mes dieux, glousse Sakira en s'essuyant les yeux, ce qui étale son maquillage d'un côté et laisse de la poudre d'or sur ses doigts. J'espère que je suis déjà assez saoule pour ne pas me souvenir de ça demain.

— Et vous deux, alors ? je demande, soucieuse de détourner la conversation. Est-ce que vous avez des secrets gênants que vous aimeriez partager, histoire que je ne sois pas la seule ?

— Oh, rien de ce genre, répond Alette en riant.

— Plein ! lance Sakira en tapotant ma flasque de vin. Allez, finis-moi ça. Tu auras l'impression d'être une innocente petite fille quand on t'aura tout raconté.

Chapitre 13

Avec le recul je me rends compte qu'il y avait une faille fondamentale à mon plan.

Je le comprends alors que je vacille face à la jument couleur de blé. Le monde tangue sous mes pieds, et je dois me retenir à l'épaule de la bête. Derrière moi, près du feu qui brûle doucement, Sakira dort dans le sable, la tête sur le ventre d'Alette. Kita chantonne une vieille berceuse, mais ça fait un moment qu'elle n'a pas ouvert les yeux. Elle n'a même pas bronché quand je me suis levée et, tandis que j'ordonne au monde de se tenir tranquille, elle se détend complètement, une main dans le sable, et les dernières notes de la chanson meurent sur ses lèvres.

À la réflexion, il y avait deux failles. La première : Sakira a passé la soirée à s'assurer que ma flasque était toujours pleine et que j'avais toujours à boire. La deuxième : c'est la première fois de ma vie que je bois de l'alcool, avec des conséquences tout à fait inattendues. Ce qui m'amène à la troisième : je n'entends pas ce que pensent les chevaux.

Je crois que j'ai oublié de compter la troisième, au début.

— Ressaisis-toi, je marmonne en agrippant la crinière de la jument pour rester debout.

Les visages de *fara* et de Hen passent dans mon esprit comme de petits poissons colorés qui disparaissent à peine on les remarque. J'ai les muscles lourds comme de l'argile. *Dors,* me murmure mon corps. *Ce serait tellement bien de s'allonger, de se reposer…*

Je souffle vers le haut pour écarter ma frange et me tourne vers les selles. Je suis encore assez lucide pour savoir que ça ne m'aiderait pas beaucoup de m'endormir là, tout de suite. Quoique, lorsque je m'affale dans le sable devant la première selle, je me demande si ça va beaucoup m'aider de rester éveillée… Je souffle doucement et me remets à genoux. Les étoiles glissent et se mélangent dans mon champ de vision. J'attrape la selle de Kita, avec son gros pommeau tissé de bandes rouges, et la place sur le dos de la jument. Enfin, pas du premier coup : je commence par la rater, mais la deuxième tentative est la bonne. La jument gronde doucement. Je n'ai pas besoin de traduire ce qu'elle pense ; elle trouve que c'est une mauvaise idée.

— Je sais, dis-je en espérant qu'elle me comprenne toujours. Mais je ne peux pas rester. Elle a l'air chouette, comme ça, mais elle va quand même me tuer.

La jument renifle. J'ajuste la sangle – enfin, je crois – et retourne vers la tente, où les brides sont suspendues à des crochets le long de la toile. Quelque chose me frappe : Kita s'est donné beaucoup de mal pour monter cette tente et, finalement, elles dorment à la belle étoile. J'ai l'impression que tout ça résume ce que serait le règne de Sakira : dangereuses missions ; excès de vin, de fêtes et de secrets ; constructions élaborées à force de dur labeur mais jamais utilisées. Et, pendant ce temps, les sujets les plus importants – moi, par exemple – sont complètement négligés.

En l'occurrence : dieux, merci.

Sakira roule sur le côté en marmonnant dans son sommeil, et je me dépêche d'attraper la bride et de retourner vers la jument. Je lui présente le mors en lui murmurant mes excuses et en promettant qu'on ira doucement. Pour toute réponse, elle donne un coup de queue agacé. Je me hisse sur la selle…

Et je me rends compte que je n'avais pas serré la sangle.

Tout me reste dans les mains. J'atterris sur le dos, et la douleur me vide les poumons sous le choc de la chute. Un cri m'échappe malgré moi…

Sauf qu'il est silencieux. Je me plaque les mains sur la bouche pour tousser tandis que mes poumons réclament de l'air, mais ça non plus, ça ne fait pas bruit. Pas plus que la selle lorsqu'elle glisse dans le sable, ou que mes gestes paniqués lorsque je me relève et que je regarde en direction du feu. Je trébuche sur le côté en respirant à grandes goulées, à la fois pour me remettre de ma chute et pour repousser la terreur qui se referme sur moi comme une tombe.

J'ai tellement bu que je suis sourde. Oh, mes dieux. *Je me suis assourdi la gueule !*

—Zahru ?

Ce n'est qu'un murmure à mon oreille. Je fais volte-face en hurlant (et toujours sans faire de bruit, heureusement) mais, quand je frappe la personne qui devrait se trouver derrière moi, je ne rencontre que du vide et je m'affale dans le sable. Un cheval dont le cavalier est vêtu d'une cape bleue se tient à quelques pas de moi – beaucoup trop loin pour que l'homme ait eu le temps de mettre pied à terre, de venir me chuchoter à l'oreille et de remonter en selle.

Je ne boirai plus jamais.

Je devrais peut-être aussi m'inquiéter de savoir qui est cette personne.

—Numet soit louée, souffle le garçon en sautant à terre.

Il jette un regard aux trois silhouettes endormies autour du feu avant de s'approcher de moi. Les flammes se reflètent dans des yeux inquiets – et familiers.

—Jet !

J'en pleurerais presque de soulagement. Évidemment, que c'est lui ! Les ployeurs de son contrôlent le bruit, et Jet est capable de détourner tout le boucan que je fais aussi facilement qu'une rame déplacerait de l'eau. Mais, surtout : il est venu ! C'est ce que j'espérais, ce à quoi j'avais tellement envie de croire, et le voici, preuve qu'il existe encore des gens bien en ce monde…

Puis je me souviens que c'est à moitié sa faute à lui si je me trouve dans cette galère. Il aurait eu une matinée entière pour m'expliquer ce qui se passait.

—Va-t'en, dis-je en sachant – enfin, en espérant – qu'il isole notre conversation. (Je soulève la selle, une fois de plus.) Tu es la dernière personne que j'aie envie de voir en ce moment. (Je repense à Kasta.) L'avant-dernière personne.

—Je peux tout expliquer.

—Tu veux dire : mentir de plus belle en me racontant que tu vas me sauver ? J'en ai assez entendu. Je me sauve toute seule maintenant.

Cette déclaration aurait été nettement plus crédible si la selle n'avait pas glissé de la jument pour s'écraser de l'autre côté.

Elle tombe dans le sable sans un bruit, et la jument, lasse de ma gaucherie, s'éloigne tranquillement.

— Zahru… tu es saoule ?

— Eh bien, oui, figure-toi. Tu veux savoir pourquoi ? Parce que, quand tu m'as abandonnée à mon triste sort de *sacrifice humain*, j'ai dû me montrer au pays tout entier habillée comme *ça*, puis on m'a fait monter sur le dos d'un animal complètement paniqué pour m'emmener à des heures de chez moi, jusqu'à un *baraquement* gardé par des *soldats*, où on a volé un cheval qui a failli me mettre le feu, tout ça pour me rendre compte qu'à la fin de la journée, est-ce que j'ai le droit de me reposer ? Même pas ! J'ai droit à une flasque de vin, Jet. Ta sœur, qui sait pertinemment que c'est Kasta qui m'a entaillé le poignet mais qui va quand même me tuer, m'a donné une flasque de vin.

Il se pince l'arête du nez.

— Oh, mes dieux. Je suis désolé, Zahru. Je sais que ça a dû être terrible…

— Non, « terrible », c'est beaucoup trop gentil. « Terrible », c'est quand tu te retrouves mêlée à une bagarre entre deux individus et que tu manques y laisser ta peau. Ça, par contre… (J'ouvre les bras face au désert, face aux chevaux et aux braises mourantes du feu, et j'éclate de rire. C'est un son à la fois triste et sauvage, et j'ignore si c'est trop fort pour qu'il l'isole des trois filles ou si ça ne lui plaît pas, mais il l'étouffe carrément.) Ça, c'est pire. C'est vraiment, méchamment pire.

— Je vais me racheter, je te le promets.

— En m'assurant une mort rapide et sans douleur ? J'aime autant rester avec Sakira.

Il tressaille.

— Non. Oh, non. Si tu ne dois croire qu'une chose à mon sujet, crois bien que, même si je souhaitais hériter de la couronne, ce que je ne souhaite pas, je ne ferais jamais de mal à personne pour l'obtenir.

— Alors qu'est-ce que tu veux, Jet ? Parce que, là, je suis très occupée.

Je me retourne vers la selle, mais il s'interpose.

— Je veux que tu me pardonnes, dit-il, l'air tourmenté. Même si ça prend du temps. La situation a dérapé, je m'en rends bien compte, mais j'ai un plan pour te tirer de là.

— Un plan aussi efficace que celui qui devait me faire sortir du palais indemne ?

Il grimace.

— Certes, celui-là a échoué, mais cette fois, ça va marcher. Il nous suffit de faire route vers l'est pendant une journée et d'atteindre le fleuve. Là, on te trouvera un bateau. Il faudra bien un jour ou deux pour que mon frère et ma sœur comprennent ce qui se passe, et alors il sera trop tard. La Traversée sera annulée, et ils devront recommencer – sans toi, cette fois.

Il a l'air sincère, comme s'il avait vraiment réfléchi à tout ça et qu'il se sentait coupable. J'ai envie de le croire, même si mon cœur se serre à l'idée que quelqu'un d'autre prenne ma place.

Mais son plan, aussi séduisant soit-il, m'est beaucoup trop familier.

— C'est bien beau, tout ça, mais j'ai déjà entendu ce refrain, dis-je en secouant la tête. Tu m'as menti, Jet ! Tu m'as promis que tu me ferais sortir du palais, que tu me protégerais, mais quand les prêtres t'ont demandé de corroborer mon histoire, tu as fait comme si tu ne m'avais jamais vue ! Qu'est-ce qui me dit que ce n'est pas encore un mensonge ? Hein ? Tout ça pour que je te suive bien gentiment, et que demain je me réveille aux grottes de verre ?

— Je ne… (Il crispe les mâchoires, le front marqué de rides peinées, et jette un regard vers le feu.) Je t'ai déjà expliqué que je ne voulais pas régner. Sinon, mon père m'aurait confié le trône sans organiser de Traversée.

— C'était peut-être un mensonge de plus.

— Je t'ai confié ça alors que je n'imaginais même pas que tu puisses devenir le sacrifice. (Il plonge ses yeux dans les miens.) Je n'avais rien à gagner en te libérant, et c'est toujours vrai. Tout ce que je veux, c'est avoir la conscience tranquille. Tu n'as qu'à choisir la ville où on te déposera. Tu auras ton propre cheval. Tu pourras prendre un bateau, ou suivre une caravane de marchands – comme tu préfères. J'ai largement de quoi couvrir tes dépenses. (Ses épaules s'affaissent. S'il ment, il est vraiment très fort.) Je n'ai jamais eu l'intention de t'induire en erreur. Si tu ne me crois pas, reste avec Sakira. Je te préviens simplement que, la prochaine fois que tu tenteras de fuir, ça ne se passera peut-être pas aussi paisiblement.

Je cille, ne sachant pas bien ce qu'il a voulu dire.

— En admettant que je reste avec ta sœur… Au lieu de partir vers Nadessa, tu continuerais à nous suivre, au cas où je changerais d'avis ?

Il hoche la tête, et j'ai envie de me méfier, parce que c'est évident qu'il continuerait à nous suivre s'il voulait me tuer dans les grottes, mais il y a sur son visage une expression beaucoup trop vulnérable pour être feinte. En même temps, j'ai eu la même impression d'honnêteté quand on a maîtrisé Kasta.

Plus j'essaie de trouver du sens à tout ça, plus j'ai mal au cerveau. Je me masse les tempes.

— Je ne te comprends pas du tout. Si tu ne mens pas, alors qu'est-ce qui s'est passé au palais ? Tu t'es rangé du côté de Kasta ! Pourquoi est-ce que tu n'as pas dit ce qu'il avait fait au mestrah ? Ou au prêtre ? Il t'a posé la question, devant moi.

— Je…

— Tu aurais pu éviter tout ça. Si tu avais dénoncé Kasta, il aurait été disqualifié. Alors ça se serait joué entre Sakira et toi, et tu n'aurais eu qu'à t'incliner devant elle. Il n'y aurait eu ni Traversée, ni sacrifice, et Sakira serait déjà reine.

Il crispe les mâchoires et baisse les yeux mais garde le silence.

— Qu'est-ce que tu ne me dis pas ? j'insiste. C'est toi qui m'as raconté que Kasta était une sorte de monstre. Sakira te fait tellement confiance qu'elle t'a sans doute dit exactement où on était, et voilà que tu sabotes ses chances de remporter la Traversée alors que tu aurais pu lui céder la couronne sans tout ce cirque. À moins que tu ne lui aies menti, à elle aussi ?

Je désigne du menton la silhouette de Sakira allongée dans le sable. Je sais bien que cette fille a failli me faire tuer aujourd'hui mais, en cet instant, j'éprouve pour elle un instinct protecteur. C'est peut-être parce que je ne sais que trop bien ce que ça fait d'être manipulée que je refuse de lui infliger la même chose.

Mais quand je me retourne vers Jet, m'attendant à ce qu'il soit fâché, il a seulement l'air… fatigué.

Il se passe une main sur le visage.

— Ce que je ne t'ai pas dit, c'est que, avant, je n'hésitais jamais à dénoncer mon frère, répond-il très doucement.

Je le regarde sans comprendre.

— Je ne vois pas ce que tu veux dire.

— À t'entendre, on pourrait croire que je lui ai évité une simple punition toute bête. Il a falsifié la marque des dieux, Zahru ! Si j'avais corroboré ton histoire, il n'aurait pas seulement été disqualifié. Mon père l'aurait renié et l'aurait chassé du palais.

— Et alors ?

— Alors, c'est ma faute ! lance-t-il. (Quand il me regarde, c'est de la honte, pas de la colère, qui assombrit ses yeux.) Tout ce que fait Kasta. Tous ceux et celles qu'il blesse… C'est moi qui l'ai rendu comme ça.

Mon cœur se serre d'entendre sa peine, et malgré le pétrin dans lequel je me trouve, je sens ma colère s'évaporer. Je la connais, cette culpabilité. Ce n'est pas tout à fait pareil, mais quand ma mère est morte d'une maladie incurable, j'ai passé plusieurs semaines horribles à croire que c'était ma faute. Que les dieux avaient eu un aperçu de mon avenir et qu'ils avaient décidé que je ne la méritais pas. Que, si j'avais été meilleure, plus digne d'elle, elle serait toujours en vie.

— Tu es injuste envers toi-même, dis-je. Kasta est seul responsable de ses décisions. Il aurait pu se servir de ton succès comme d'une motivation pour étudier de plus belle ou s'entraîner d'arrache-pied. Au lieu de ça, il traite tout le monde comme son ennemi et m'a condamnée à mort. Ce n'est pas une réaction normale.

— Tu ne comprends pas, reprend-il avec un sourire peiné. À une époque, j'étais réellement comme ça. Ça n'a pas duré longtemps, mais à un moment donné je pensais vouloir régner et je m'en croyais mieux capable que lui. Alors, oui – tout ce qu'il t'a raconté, je l'ai vraiment fait. Je l'ai humilié. Si je n'étais pas à sa hauteur dans un domaine, je trichais pour le battre quand même. Mais je ne referai plus jamais ça ! (Un souvenir passe dans ses yeux, visiblement douloureux, et je me demande ce qui a bien pu se passer pour inspirer un tel changement.) Il y a un an de ça, j'ai fait le serment de ne plus jamais faire passer mon intérêt avant celui d'autrui. C'est déjà à cause de moi que notre père ne l'a jamais nommé *dōmmel*. Par le sang de Numet, je refuse d'être la raison de son exil.

Sa voix se brise, et mes soupçons s'effritent. Il a l'air sincèrement désolé, et je repense à tout ce qu'il a fait depuis que nous nous sommes rencontrés. Il a tenté de dissuader Kasta quand ce dernier m'a sélectionnée, et il a refusé de blesser son frère lors de leur bagarre. L'expression douloureuse que j'ai vue sur son visage quand le prêtre lui a demandé de corroborer mon histoire, ce n'était pas seulement parce qu'il redoutait ce qui risquait d'arriver à son frère – mais aussi parce qu'il savait ce que ça impliquait pour moi.

Quelqu'un de cruel et manipulateur n'aurait aucun scrupule à me vouer – moi, ou son frère – à un sort terrible. Jet, en revanche, en a souffert. Et puis, même si je n'apprécie guère la situation dans laquelle je me trouve, je ne peux nier que j'aurais beaucoup de mal à envoyer quelqu'un en exil, moi aussi.

— Bon, d'accord, dis-je en soupirant. (Je ne suis toujours pas certaine de pouvoir lui faire confiance, mais s'il cherche à conquérir le trône, il a une drôle de façon de s'y prendre.) J'aurais préféré que tu m'expliques tout ça dès le début, mais je t'autorise à me secourir. Enfin, je crois.

Il sourit, et je me rends compte à quel point ça m'avait manqué.

— Tant mieux ! Je commençais à craindre d'échouer à ça aussi. Mon équipe nous attend de l'autre côté de cette colline, là. Je suggère qu'on y aille avant que je sois obligé d'avoir une conversation franchement inconfortable avec Sakira.

Je hoche la tête tout en jetant un regard vers le feu. Ça ne va pas me manquer de me demander en permanence quelle aventure épique et terrifiante Sakira nous réserve encore. La princesse, en revanche, va un peu me manquer. Je suis sûre que le vin est en partie responsable de ce sentiment mais, si on s'était rencontrées dans d'autres circonstances, je crois qu'elle m'aurait beaucoup plu. Certes, je m'inquiète toujours de ce que le pays deviendrait sous son règne, mais si elle tient autant à Orkena qu'à ses amis, on n'aura pas trop de souci à se faire.

Je renifle et trébuche – enfin, je crois, parce que Jet me rattrape aussitôt.

— Ça va ? me demande-t-il.

Les braises se reflètent dans ses iris et leur donnent une couleur ambrée.

—Oui, dis-je en m'essuyant les yeux. Mais j'aimerais beaucoup faire une sieste.

—Zahru…

—Juste une petite. Je te promets de me réveiller quand on arrivera à mon cheval.

Je m'appuie contre lui, mais il me redresse et se penche pour mieux me regarder.

—Je ne suis pas sûr qu'il soit très prudent de te laisser toute seule en selle.

—Ah, donc tu reviens déjà sur ta parole de me laisser mon propre cheval. Je vois… Tu ne fais que des promesses en l'air, Jet, et je…

Il me lâche, et le monde fait un virage à gauche. Le sable me saute à la figure, mais Jet me rattrape une fois de plus, et je ris de ma bêtise, et de cette situation ridicule.

—Il vaut peut-être mieux que je ne reste pas toute seule en selle, dis-je lorsqu'il me remet sur mes pieds.

—On échangera dès que tu te sentiras mieux. Melia montera avec moi, et tu pourras prendre sa jument.

—Melia ?

—Ma guérisseuse. Elle va te plaire. Elle trouve toujours quelque chose à redire à ce que je fais.

Je m'esclaffe.

—On va bien s'entendre.

—Allez, monte.

Il place mes mains sur la selle, et à la deuxième tentative, j'arrive à saisir le pommeau. Jet me soulève avant de s'installer derrière moi, solide et confortable dans mon dos. On s'élance dans la nuit, et je jette un dernier regard au feu.

—Tu ne seras plus son frère préféré, après ça.

Jet suit mon regard en soupirant.

— Elle finira par me pardonner. Elle aura toujours l'avantage quand la Traversée reprendra, et je serai toujours là pour l'aider. Et puis, je lui ai laissé un cadeau.

— Un cadeau ? Tu crois vraiment qu'une jolie babiole la consolera de devoir tout recommencer ?

— Tu ne connais pas ma sœur. (J'entends un sourire dans sa voix.) Ça fait longtemps qu'elle convoite l'Illesa.

— Tu lui as donné ton épée ?!

Je ne suis pas férue d'escrime comme *fara*, mais j'ai déjà entendu parler de cette épée enchantée, la seule au monde capable de maîtriser la lumière pour en faire une arme. Elle est tout simplement légendaire. Ceux et celles qui la manient se doivent de la céder à l'issue d'un combat perdu. Or ça fait des années que Jet l'a en sa possession.

— Je n'en ai plus besoin, après tout. Et puis, elle est beaucoup plus puissante que le sabre d'air de Sakira.

— Hm.

Jet lance le cheval au galop. Les étoiles se brouillent dans le ciel, et je m'accroche au pommeau, tout en rangeant cette information avec tout ce que je sais de lui.

— Jet ?

— Oui ?

— Je veux te croire. Je n'y arrive pas encore, mais je veux te croire.

Il glousse tristement.

— C'est ce qu'on écrira sur ma tombe.

Chapitre 14

L'équipe de Jet nous attend dans une petite cuvette à l'abri d'une dune, non loin du campement de Sakira. Et il avait raison : sa guérisseuse m'est aussitôt très sympathique. Melia est originaire d'Amian, un pays situé à l'ouest d'Orkena où les pouvoirs magiques sont aussi rares qu'ils sont courants à Orkena. Alors elle est venue finir son apprentissage parmi nous. Sa peau est de la couleur du bois d'ébène, et ses longues tresses noires balaient sa selle dans son dos. Je ne sais pas si c'est sa façon d'accentuer les mots, ou de se tenir parfaitement droite, mais je la trouve plus régalienne que les membres de la famille royale. Elle maîtrise également l'art de regarder les gens de sous ses longs cils, et il est évident que, même avec Jet dans les parages, c'est elle qui commande.

L'éclaireur de Jet, Marcus, c'est tout le contraire. Il a vraiment le physique d'un enchanteur de Greka, avec son teint pâle, ses yeux noisette et ses courtes boucles blondes. Il est aussi immense qu'il en avait l'air sur scène. Sa musculature n'est pas fine et ciselée, mais solide de la tête aux pieds. Il a l'air capable de déplacer une petite maison à mains nues.

Par conséquent il ne monte pas un cheval du désert mais un hongre de guerre, d'une race conçue pour porter de lourdes charges. Alors que je m'attendais à le voir sonder l'horizon d'un regard solennel, toujours prêt à livrer bataille, il a plutôt l'air prêt à acheter des bonbons pour les distribuer à des bambins, et je ne sais pas encore à quoi il ressemble quand il ne sourit pas.

—Ça n'a pas été trop difficile, à ce que je vois, dit-il une fois que nous sommes assez loin de la tente de Sakira.

—Au contraire, c'était trop facile. (Jet soupire.) Je lui ai pourtant recommandé d'avoir quelqu'un qui monte la garde, au moins. Tu es sûr qu'il n'y a aucun danger dans les parages ?

—Certain. (Marcus tapote le télescope en cuivre posé sur ses genoux, sur lequel des runes blanches luisent encore.) Il n'y a qu'une petite ville et une caravane à cinquante kilomètres à la ronde. Le campement de bandits est beaucoup trop loin pour qu'ils la remarquent, et même si Kasta la trouve après le détour qu'elle a fait, il lui faudra la majeure partie de la nuit pour la rattraper. D'ici là, elles devraient être réveillées.

Jet souffle par le nez, et je sens qu'il se retourne.

—Il n'a plus vraiment de raison de se préoccuper d'elle maintenant qu'elle n'a plus Zahru, ajoute Marcus.

—Je sais. J'aimerais seulement que…

—Ne t'en fais pas pour elle, intervient Melia en approchant sa jument blanche à côté de nous. Elle sait se débrouiller toute seule. Et puis, si elle n'est pas prête, ça lui servira de leçon.

—Je voudrais simplement éviter que ce soit une leçon trop… définitive.

— Si elle veut devenir mestrah, ça fait partie des choses qu'elle va devoir apprendre.

Jet garde le silence. Melia aussi, mais le regard noir qu'ils échangent fait pâlir quelques étoiles.

— Alette a rêvé que cette nuit se passerait bien, dis-je en me rappelant ce détail. Elles devraient être en sécurité. Les dieux veillent sur elles.

Jet s'esclaffe.

— Oui. Je suis sûr qu'en se réveillant, Sakira va trouver que la nuit s'est très bien passée.

Je me retourne vers lui.

— Tu ne crois pas que leurs prières fonctionnent ?

— Oh, si. Je crois qu'elles fonctionnent comme tout type de magie. Les prêtres demandent quelque chose et, s'ils sont assez puissants, la magie leur répond. Quant à savoir si les dieux eux-mêmes interviennent…

— Ne l'écoute pas, lance Melia, même si sa voix a perdu de sa dureté. Sa foi lui fait un peu défaut depuis que son père est malade.

— Si j'ai tort, alors tu dois admettre que toi aussi, rétorque Jet. Si j'étais censé hériter de la couronne, les dieux auraient dû intercéder pour me faire changer d'avis. Pas vrai ? Ou peut-être que je devrais leur poser la question directement, comme mon père prétend le faire. (Il lève les bras au ciel.) Grands dieux, si je suis destiné à gagner, rendez le ciel jaune !

— Ce n'est pas comme ça que ça marche ! s'agace Melia. *A-mah*, c'est un miracle qu'ils ne t'aient pas déjà puni.

— C'est parce qu'ils sont d'accord avec moi.

— Tu es vraiment…

— Je pourrais écouter cette conversation fascinante jusqu'à la fin des temps mais… Puis-je suggérer qu'on parle d'autre chose ? lance Marcus. Par exemple, où est-ce qu'on va dormir ce soir ou… est-ce qu'on va dormir ce soir ? On pourrait aussi parler de viande épicée.

— De viande épicée ? je demande.

— On m'a promis de la viande épicée.

— Je propose qu'on fasse route jusqu'à l'aube, répond Melia. Et encore, ça ne sera peut-être même pas assez loin.

— Tu crois que Sakira va chercher à nous suivre ? (Je réprime une grimace quand le monde vacille une fois de plus.) Si elle est aussi en forme que moi, elle ne risque pas de bouger de sitôt.

— Non, souffle Jet en se décalant un peu sur la selle. Ce n'est pas Sakira, qui nous inquiète.

Personne n'ajoute rien à ça, et mon estomac se serre quand je comprends les implications.

— On fera halte à l'aube, alors, reprend Marcus.

— À l'aube, confirme Melia.

J'ignore combien de temps on passe en selle. Je sais seulement que, à un moment, je m'endors, et quand je me réveille, le monde a cessé de tourner et de basculer. C'est dans mon corps que ça remue, maintenant. Ça cogne contre mes tempes et ça fait des vagues dans mon ventre. Le pas du cheval n'arrange rien. J'essaie de me concentrer sur la sensation des bras de Jet autour de moi, et de me convaincre que je suis enfin libre, mais mon esprit ne pense qu'à une chose : libérer le contenu de mon estomac.

— Elle n'a pas l'air bien, commente Melia à côté de nous.

— Zahru ? Ça va ? me demande Jet.

J'ouvre la bouche pour lui répondre mais, aussitôt, je dois me plaquer une main dessus. Jet arrête notre cheval et m'aide à descendre. Je tombe à genoux et vomis tout ce que j'avais dans le ventre jusqu'à ce que mon estomac se calme. L'air nocturne me caresse le visage. Je m'assieds sur mes talons et savoure la brise fraîche – cet instant de paix où plus rien ne bouge.

— L'aube approche, déclare Jet. Autant camper ici.

— Je m'occupe de la tente, dit Marcus.

— Et moi, des chevaux, ajoute Melia.

— Bois un peu d'eau. (Jet s'agenouille à côté de moi.) Ça va diluer le reste du vin.

Je lui jette un regard en coin pour lui rappeler le rôle qu'il a joué dans tout ça mais, malgré tout, je lui prends la gourde des mains et bois. Mon estomac n'est pas ravi que je le remplisse déjà, mais il finit par se calmer assez pour que j'ose bouger. Si seulement il existait une solution aussi rapide pour mon mal de tête… Je suis sûre que Melia pourrait m'aider, mais ça me rappelle la tristesse que j'ai vue dans les yeux de Kita quand elle parlait de sa famille. Alors je décide de prendre mon mal en patience.

— Je vais aider Marcus à monter la tente, reprend Jet. Sauf si tu as besoin d'autre chose.

— Un nouveau corps, ça serait chouette, dis-je en appuyant la gourde contre mon front. Celui-ci est fichu.

Jet rit doucement.

— Il est très bien, ce corps. (Au moment où ces mots franchissent ses lèvres, il semble se rendre compte que c'était peut-être un peu osé et se relève aussitôt.) Je vais aider Marcus.

Cette maladresse me réchauffe le sang, mais je ne peux m'empêcher de rire face à l'absurdité de la situation – chose que je regrette aussitôt parce que le bruit résonne sous mon crâne. Je serre les dents et réprime un dernier gloussement tout en appuyant la gourde de plus belle contre mon front. Si Jet arrive à dire ça après m'avoir vue vomir, alors je l'ai sous-estimé.

Je le regarde s'affairer à côté de Marcus. J'observe ses gestes sûrs et précis tandis qu'ils déplient un rectangle de tissu qui flotte au vent. Marcus n'a pas besoin de lui donner d'explications. Jet sait quoi faire, comme s'il n'avait pas une vingtaine de serviteurs qui préparent sa chambre chaque soir. Un peu plus loin Melia passe les mains le long des jambes de sa jument en les massant doucement pour délier ses muscles fatigués. *Mieux,* pense la bête en frottant son nez contre l'épaule de la jeune femme. *Beaucoup mieux.*

Au moins, j'ai recouvré l'usage de ma magie.

Je soupire et reprends une gorgée d'eau. Je n'ai pas fini de réfléchir à tout ce que m'a dit Jet et je me demande toujours si je n'aurais pas intérêt à voler un cheval, une fois de plus, mais personne ne s'est encore moqué de ma crédulité en se frottant les mains, et nous faisons bien route vers l'est. Je ne suis pas soudain devenue experte en orientation, mais je sais que Numet se lève à l'est, et l'éclat de sa lumière monte lentement à l'horizon devant nous. Si j'ai effectivement le droit de monter la jument de Melia à notre réveil, je commencerai peut-être à y croire.

Melia va s'occuper du cheval de guerre de Marcus en arquant un joli sourcil.

— Ça fait longtemps que Jet te fait la cour ?

J'avale de travers. Jet a dû l'entendre, lui aussi, mais il s'intéresse soudain de près à un piquet pourtant déjà très bien planté.

— Pardon, dis-je. J'ai cru que tu venais de me demander depuis quand Jet me faisait la cour.

Melia sourit, mais son regard reste froid.

— Au temps pour moi. Puisque nous risquons d'être accusés de trahison pour te libérer, je pensais qu'il avait une bonne raison.

Mon estomac se serre de plus belle, non seulement parce que l'éclaireuse de Jet croit aussi qu'ils cherchent à me sauver, mais aussi parce que je n'avais pas pensé à ça : la décision de Jet risque d'avoir de sérieuses conséquences, et pas seulement pour lui mais pour son équipe aussi.

— J'ai une excellente raison, intervient Jet. Zahru est une personne qui mérite de vivre sa vie. C'est mon frère qui l'a mise dans cette situation, et je compte bien l'en sortir.

— Et je compatis complètement, à ce détail près qu'on pourrait se faire exécuter, tous les trois, pour avoir transgressé la volonté des dieux. Il est trop tard pour expliquer que c'est ton frère qui l'a marquée.

— C'est justement pour ça qu'on doit s'y prendre autrement. On va faire attention. Une fois qu'elle sera à bord d'un…

— Pour trouver un bateau, elle va déjà devoir entrer dans une ville. Les gens vont nous reconnaître. S'ils te voient libérer le sacrifice, le mestrah en sera informé dans l'heure.

Jet baisse sa capuche devant ses yeux.

— Dans ce cas, on restera en retrait et on surveillera Zahru à distance. Personne ne la connaît, et tu peux lui prêter des vêtements.

— Et en admettant que ton frère ou ta sœur nous ait suivis ? Zahru sera une cible facile. (Melia croise les bras.) Il y a une autre façon de faire, *aera*. C'est beaucoup plus simple et ça ne met pas nos vies en danger.

Le visage de Jet se durcit.

— Pas question.

— Remporte la Traversée et refuse le sacrifice. Défends les valeurs qui te tiennent à cœur, pour une fois.

— C'est ça, qui me tient à cœur !

Sa voix résonne sous le ciel, beaucoup trop forte au milieu du désert qui nous entoure. Melia ne bouge pas, mais son regard reste furieux. Jet finit par soupirer et passe une main dans ses courts cheveux, repoussant sa capuche.

— On se cachera, reprend-il plus doucement. Si on se fait prendre, je dirai que c'est moi qui vous ai ordonné de me suivre. Marcus et toi serez pardonnés.

Il se tourne vers l'ouest obscur. Marcus repart lentement vers la tente, la tête haute, et me jette un regard comme si nous venions d'éviter de justesse un terrible orage.

Melia soupire et recommence à s'occuper du cheval de guerre, les lèvres pincées.

— C'est exactement ce que dirait un roi digne de son trône, grommelle-t-elle d'une voix rageuse.

Le temps que la tente soit montée, mon mal de tête s'est un peu calmé, et mon ivresse s'est dissipée. Melia disparaît à l'intérieur avec quelques tapis, et Marcus sifflote tout en démarrant un feu sans fumée à l'aide de brindilles métalliques enchantées. La scène offre un contraste saisissant avec le campement de Sakira. Même la tente est plus discrète, avec sa toile arrondie d'un ocre vif qui se fond avec le sable – tout le contraire de la monstruosité blanche que Sakira a emportée.

Marcus place dans le feu quatre pitas enveloppées dans des feuilles de palmier, et le métal rougit aussitôt.

— Enfin, ma viande épicée, déclare-t-il en souriant.

Je suis aussi impatiente d'y goûter que je le suis de dormir enfin, ce qui n'est pas peu dire. Mais, alors que le ciel s'éclaircit et qu'un chacal solitaire nous observe du haut d'un escarpement, je ne peux m'empêcher de regarder par-dessus mon épaule. Jet s'est assis à quelques pas de moi, sur une petite butte d'où il observe le soleil levant. Il a retiré son armure, et un rouleau est placé en équilibre sur sa cuisse, mais je n'ai pas l'impression qu'il le lise.

— Dis-moi, Zahru, lance Marcus en calant son arbalète sur ses genoux. Où c'est, chez toi ?

— Atera.

Je suis du regard le mouvement précis de ses doigts sur l'arc de son arme. C'est un objet magnifique, d'un bois rouge sombre incrusté d'or, à la corde retenue par la gueule d'un lion mécanique. Le dos du lion forme le corps de l'arme, ses pattes arrière et sa queue reposent contre l'épaule du tireur.

— Enfin, si j'y retourne un jour.

— Ne te laisse pas abattre par ces deux-là, lance-t-il en désignant la tente du menton. Ils se chamaillent comme un vieux couple, mais on va s'en sortir. J'ai déjà mené des missions de reconnaissance jusqu'au cœur de Wyrim. Je pense pouvoir te renvoyer chez toi en un seul morceau.

Il me fait un clin d'œil et entreprend de nettoyer son arme à l'aide d'un chiffon blanc. Il y a des pierres rectangulaires à l'avant, et ces dernières luisent d'un beau rouge lorsqu'il les effleure. Je me souviens avoir entendu *fara* discuter avec un voyageur des similitudes entre les enchanteurs de Greka et nos *trielles*. Dans les deux cas la magie surgit au mépris des générations, mais les enchanteurs ne peuvent imposer leur volonté qu'aux pierres. Ils sont également limités à des sorts élémentaires, alors que les *trielles* sont capables d'user de presque tous les types de magie. En revanche, à la différence des *trielles*, dont les sorts s'épuisent rapidement, leurs enchantements durent à jamais.

—Elle te plaît ? demande Marcus en soulevant son arbalète.

—Euh… oui. Elle est très belle, dis-je. Mon père voudrait sûrement tout savoir à son sujet.

—Tu pourras lui expliquer qu'elle est faite de bois de fer et d'or, et rehaussée de pierre d'éther. Ça veut dire que ses carreaux trouvent leur cible même par grand vent ou dans l'eau. Si tu arrives à viser, elle arrive à toucher.

—Et tu n'as pas besoin de recharger sa magie ?

—Non. Elle tire son énergie de moi. (Son sourire se fait malicieux.) Comme celle à qui elle doit son nom, en quelque sorte.

J'avais déjà entendu dire que certains soldats donnaient à leur arme le nom d'un être cher.

—Ah bon ? Et qui est-ce ?

—Je l'appelle Adoni, comme ma grand-mère. C'est la femme la plus impitoyable que je connaisse.

Je glousse en l'imaginant à la merci d'une petite vieille toute ridée emmitouflée dans plusieurs capes.

— Ça alors ! J'espère qu'un jour je serai assez mémorable pour que mon petit-fils nomme son arbalète d'après moi.

— Commence par le houspiller pour qu'il épouse son copain, puis chasse un voleur de chevaux à l'aide d'une simple fourche. Tu seras sur la bonne voie.

J'éclate de rire.

— Elle a chassé un voleur à l'aide d'une simple fourche ?

— Et de quelques cailloux bien placés. Ce n'est jamais une bonne idée de s'en prendre à ma grand-mère. (Il sourit, et son regard s'adoucit tandis qu'il nettoie le sable accumulé dans la rigole.) J'imagine que tes grands-parents se tiennent plus tranquilles qu'elle.

— Oh, ils sont morts. (Marcus pâlit, alors je m'empresse d'expliquer.) Non, ce n'est pas grave. Enfin, je préférerais qu'ils soient encore vivants, naturellement, mais ils sont tous décédés quand j'étais toute petite. Je ne les ai pas vraiment connus.

— Ah. N'empêche, je suis quand même désolé.

— Il ne faut pas. Je me suis choisi des grands-parents adoptifs un peu partout dans Atera.

Marcus s'esclaffe.

— Si tu en veux davantage, je peux t'envoyer mon grand-père. Il est de plus en plus irascible, depuis quelque temps, mais il cuisine mieux que le chef du palais.

Je souris en imaginant une cinquième assiette à notre table, avec le grand-père de Marcus ajoutant son grain de sel aux taquineries que Hen et moi répétons souvent à *fara* et *mora* sur ce que « juste amis » veut dire.

— Marché conclu.

Marcus éclate de rire – un rire sonore et bienvenu qui résonne sur le campement et qui tire Melia de la tente. Ses longues tresses balaient ses épaules lorsqu'elle se redresse.

— Qu'est-ce qu'il t'a raconté encore ? demande-t-elle.

— Il va me prêter son grand-père.

Melia jette un drôle de regard à Marcus avant de s'asseoir à côté de moi.

— Les grands-parents de Zahru sont décédés alors qu'elle était toute petite, explique Marcus. Tu crois que tu pourrais te passer d'un des tiens ?

— Ha ! Je suis même prête à t'en donner deux ! lance-t-elle en levant les mains. Mon *stefar* ronfle comme un volcan, et ma *mam* croit que je suis un démon.

J'ouvre de grands yeux.

— Un démon ?

— Elle pense que la magie appartient strictement aux dieux et que, si certains mortels ont des talents magiques, ce n'est pas parce que nous sommes les enfants des dieux, mais parce que nous sommes maudits. (Elle se mord la lèvre inférieure.) Ce sont les croyances des anciens, pas les miennes, naturellement.

Un souvenir me revient soudain : une famille venue de Pem, le royaume montagneux à la frontière sud-ouest d'Orkena, avait fait halte à l'écurie. Ils avaient l'air très mal à l'aise de me voir parler à leurs chameaux. La magie fait partie de ma vie de tous les jours, alors je n'imagine même pas ce que ça ferait de grandir sans. Une part de moi, un peu coupable, se demande si ça signifie que j'aurais pu être n'importe quoi si j'étais née dans le monde de Melia.

Peut-être que j'aurais pu aller à l'école et choisir un avenir autre que celui pour lequel je suis née. Aussitôt je me ressaisis. *Fara* estime que notre magie indique un lien direct avec les dieux, et que nous devons honorer la vie qu'ils ont tracée pour nous.

Quoi qu'il en soit, une vie passée à subir le mépris de gens comme Gallus m'a préparée à une grand-mère du genre de celle de Melia.

— Est-ce qu'elle sait faire de bons gâteaux ?

Melia fronce les sourcils.

— Très bons, oui.

— Et est-ce qu'elle chante des berceuses ?

Elle sourit.

— Elle a une très jolie voix.

— Parfait. Je la prends aussi.

Melia rit à son tour.

— Écoute-moi cette fille ! Avec ses désirs aussi simples et honnêtes ! Je crois que je comprends mieux pourquoi Jet ne pouvait pas t'abandonner à ce triste sort.

Elle désigne mon poignet, et je frotte ma cicatrice, brusquement gênée. Il a suffi de quelques instants avec ces deux-là, en toute sobriété, pour que j'imagine leurs grands-parents à ma table et que je rie avec eux sans le moindre doute qu'ils soient sincères. Hen me dirait sûrement que je ne me méfie pas assez, mais elle me manque, et je suis tellement loin de tout ce que je connais que je ne peux m'empêcher de recréer un peu de normalité : des gens à qui me fier, des amis avec qui plaisanter. Ce n'est peut-être pas une stratégie viable, mais c'est la seule que j'ai trouvée.

Je secoue la main et me rapproche du feu.

— Pourtant tu… (J'hésite un instant, mais il faut vraiment que je sache.) Tu penses quand même que Jet devrait essayer de gagner ?

Melia hoche la tête, mais Marcus aussi.

— Oui, dit-elle. (Ils échangent un regard.) Mais pas de la façon que tu crois. Il y a plusieurs siècles de ça, quand la mestrah Adit a refusé d'organiser une Traversée, c'était révolutionnaire. C'est elle qui a lancé la tradition de transmettre la couronne au premier-né du couple royal, mais elle ne s'est pas arrêtée là. Elle a beaucoup influencé les coutumes d'Orkena. On pense que Jet pourrait suivre son exemple. Prouver qu'il est capable de remporter la compétition, et d'épargner ta vie par un acte de compassion.

— Il s'est déjà montré beaucoup plus clément que je ne l'aurais été, grommelle Marcus.

— Ah, Kasta…, souffle Melia avec un petit claquement de langue. Il est vraiment tombé bien bas.

Un silence pesant s'installe. Marcus se penche sur son arbalète pour tendre la main vers le feu, dont les brindilles s'éteignent aussitôt. Il tâte doucement une pita chaude avant de se redresser.

— C'est presque prêt, déclare-t-il avec un grand sourire.

— Ça fait longtemps que vous connaissez Jet ?

— Quelques années, répond Marcus, dont le sourire se fait tout fier. C'est moi qui lui ai appris tout ce qu'il sait faire de bien avec son épée.

— Ce n'est pas vrai, lance Jet.

— Bon, d'accord, glousse Marcus. Il m'a aussi appris quelques trucs. On s'entraînait ensemble sous la houlette d'une vieille guêpe prénommée Jana qui ferait passer Kasta pour un délicieux personnage.

— Et je ne compte plus le nombre de fois où je les ai rafistolés après ces séances, ajoute Melia en essuyant un peu de poussière sur son armure. Et pourtant, cette journée m'a appris beaucoup de choses sur son compte. Je pensais que ce serait un paisible voyage à destination de Nadessa et que, après ça, je pourrais retourner chez mes parents. (Elle fronce les sourcils.) Mais maintenant mon énergie réclame un nouvel objectif.

— Tu as foi en lui à ce point ? je demande.

— Oui, mais je respecterai ses vœux si, vraiment, son cœur n'y est pas. (Elle soupire.) Je lui ferai savoir ce que je pense, mais je respecterai son choix.

Marcus pousse un grognement approbateur, et du coin de l'œil je remarque que Jet nous observe.

— Tiens, reprend Melia en me tendant une pita chaude. Mange et repose-toi. On ne peut pas se permettre de s'arrêter trop longtemps si on veut garder notre avance.

Elle se lève pour apporter un repas chaud à Jet, mais je l'arrête d'un geste. Avant de pouvoir faire confiance au prince, j'ai besoin de plus de réponses.

— Je vais le faire, si tu veux bien.

Melia hoche la tête. Je pose la deuxième pita en équilibre sur la mienne et me dirige lentement vers l'abord du campement – vers ce garçon impénétrable qui m'a à la fois trahie et sauvée. Ce garçon en qui tout le monde semble avoir une foi immense, mais qui doute de lui-même.

— Le dîner est servi, dis-je en lui tendant une pita pardessus son épaule.

Jet se retourne, l'air surpris de me voir, et me prend la pita des mains tandis que je m'assieds à côté de lui.

— Merci.

Je le trouve très différent sans son armure. Sa tunique d'un beau bleu profond et ses bracelets d'argent ne laissent aucun doute quant à son statut mais, sous leur mince couche de poussière, ils ont l'air un peu délavés, usés, et au premier coup d'œil il ressemble à n'importe quel garçon d'Atera. Le neveu du fermier, qui nous apporte des bottes de foin chaque semaine, ou le fils de l'apothicaire, si timide, qui noue des fleurs sauvages au col des bouteilles de toniques que je lui achète. Quelqu'un d'abordable, de normal.

— Je suis désolé, vraiment, dit-il en déballant un coin de sa pita. Je ne pourrai sans doute pas le répéter assez pour me racheter mais je compte bien essayer.

Je m'autorise un petit sourire.

— Tu as encore du chemin à faire, c'est sûr.

— Je suis désolé. Je suis désolé. Je suis désolé. Je suis désolé. Et là ?

— Ça progresse.

— Je suis dé…

— On va instaurer une nouvelle règle : tu ne peux pas tous les dire d'un coup. Ce serait de la triche.

— Bon, d'accord, souffle-t-il avec un sourire malicieux. Désolé.

Je lui jette un regard en coin, mais un parfum de pain chaud et de viande épicée me chatouille les narines lorsque je déplie ma feuille de palmier, alors je ne relève pas. La première bouchée est si chaude qu'elle me brûle la langue, mais je m'en moque. Je mâche longuement le bœuf parfumé et le chou poivré. Jet tient toujours son repas à deux mains en me regardant d'un air pensif – ou inquiet.

— C'est super bon, dis-je la bouche pleine. Ça vaut bien quelques « désolé ».

Il sourit et finit de déballer sa pita. Je remarque le rouleau qu'il lisait tout à l'heure, à moitié ouvert à ses pieds. Je reconnais sa petite taille et sa base en bois de séquoia.

— C'est Sakira ? je demande en désignant le rouleau.

— Oui. Elle n'est pas franchement ravie, soupire-t-il. Enfin, si. Elle est enchantée d'avoir l'épée, mais elle m'en veut à mort. Littéralement. Elle me dit que si elle ne remporte pas la nouvelle Traversée, elle me fera exécuter.

Je manque d'avaler de travers.

— Tu crois qu'elle oserait ?

Il s'esclaffe.

— Elle aime jouer la provocation. (Il hésite.) Enfin, j'espère.

— Au moins, tu sais qu'elle va bien. Qu'est-ce qu'elle compte faire jusqu'à l'annulation de cette Traversée ?

— Ce qu'elle *devrait* faire, c'est se rendre à la première étape et y attendre les bateaux que mon père enverra pour la raccompagner au palais.

Il mord dans sa pita, et je ne reconnais que trop bien son air dubitatif.

— Mais on sait pertinemment, toi et moi, que ce n'est pas ce qu'elle va faire.

Je me sens très fière de connaître une princesse royale aussi bien.

— Non, en effet, dit Jet. Elle va attendre de recevoir la nouvelle de l'annulation et, pendant ce temps, elle va continuer à « voir du pays. » C'est comme ça qu'elle a appelé votre petite expédition d'hier.

— Tu étais au courant ?

— Oui, mais seulement quand elle m'a écrit pour m'apprendre qu'elle avait mis le feu à une colline et pour me demander de bien vouloir la remettre sur le droit chemin depuis les baraquements du nord. (Il s'essuie la bouche du dos de la main.) Heureusement je peux continuer à me faire du souci pour elle avec chaque heure qui passe, même à des centaines de kilomètres.

Je souris et reprends une bouchée, mais je devine de la tristesse dans son regard. Sakira va lui manquer, avec toutes ses extravagances, autant qu'elle va regretter les mises en garde de son grand frère.

Ce qui réveille une autre question.

— Je ne comprends pas, dis-je en posant mon dîner sur mes genoux. Vous avez l'air tellement proches, Sakira et toi. Qu'est-ce qui s'est passé avec Kasta ? Si l'aîné est censé régner, d'habitude, qu'est-ce qui a déclenché tout ça ?

— Ça, c'est la question en or, dit Jet en cassant un coin de feuille de palmier brûlée. Pour l'essentiel, c'est ma faute, même si Sakira blâme sa mère.

— La reine ? (Je ne m'attendais pas à ça.) Pourquoi voudrait-elle que tu supplantes son fils ?

— Non, ce n'est pas ce qu'elle voulait, mais… (Il pousse un grognement amer.) Tu te rends compte de ce que mon existence représente pour elle ?

Je me sens rougir.

— Oh.

— Disons que la reine n'appréciait déjà pas ma mère avant qu'elle accède au rang de général, et qu'elle s'est mise à la détester cordialement après ma naissance. Elle n'a jamais hésité à le faire savoir, surtout à son fils.

Mon cœur se serre quand j'imagine l'ambiance glaciale dans laquelle Jet a dû grandir.

— Ça devait être horrible.

Il hausse les épaules.

— Je l'évitais, elle et ses amis, autant que possible. Dès le début mon père a déclaré que j'étais un prince, rien de moins, alors la plupart des courtisans me laissaient tranquille. Mais tu imagines ce que Kasta a dû penser de moi une fois qu'il a été en âge de comprendre. (Jet se frotte le menton, le regard perdu au loin.) Quoique, au début, je crois honnêtement qu'il s'en fichait. Par les dieux, j'ai l'impression que c'était il y a mille ans de ça.

— Il était différent à l'époque.

— Très. Peut-être parce qu'il ne pensait pas que je représenterais une menace un jour... (Il réprime une grimace.) Je ne sais pas. Il m'aimait bien, au début. Enfin, je crois. Il m'aidait à faire mes devoirs, et je lui apportais à manger quand je savais qu'il avait passé toute la journée à travailler. (Il me jette un regard en coin.) Il passait son temps à imaginer des inventions – une théorie sur la magie, ou un tonifiant censé apaiser les effets de la magie sur le corps humain. Par exemple, il n'aimait pas le fait que les guérisseurs paient leur talent de leur propre vie. Il disait vouloir rectifier cette injustice. (Jet se frotte le front.) Je le trouvais génial.

— Hm, dis-je en essayant de visualiser ce Kasta curieux et généreux derrière le jeune homme aux yeux voilés d'ombre. Et ensuite… c'est devenu une compétition entre vous ?

Jet se tourne vers moi, le regard tourmenté.

— C'est ça, le truc. On était tellement proches, et j'ignore toujours ce qui s'est passé. Je sais que notre père le poussait sans cesse à se concentrer sur l'art de la guerre et l'économie mais, un jour, en entrant dans les appartements de Kasta, j'ai trouvé son laboratoire complètement détruit. Toutes ses expériences, toutes ses potions… réduites à néant. Et Kasta était assis au milieu du désastre, en larmes. (Jet déglutit.) Je n'arrive pas à imaginer mon père faire une chose pareille, mais ils se disputaient de plus en plus, depuis quelque temps, et Kasta avait peut-être négligé ses autres sujets d'étude. Tout ce que je sais, c'est que, quand j'ai commencé à ramasser les débris, Kasta m'a crié de sortir. Je n'ai pas réagi tout de suite, alors il a jeté son dernier flacon contre le mur à côté de moi.

J'entends l'écho du verre brisé tandis que Jet tourne les yeux vers le soleil levant. La première entaille à la corde qui les liait autrefois, et c'est mon premier suspect qui en est responsable : leur père. Quelle horrible façon de discipliner son fils ! Certes le mestrah voulait que Kasta se concentre sur ses études, et un roi ne peut pas se permettre de faire passer ses passions propres avant l'intérêt du pays, mais ce que Kasta recherchait était précisément dans l'intérêt du pays. Pauvre Kasta ! Perdre tout son travail aux mains de l'homme qui était censé le soutenir.

— À partir de ce jour-là, c'était fini, reprend Jet en soupirant. Il ne voulait plus me voir. Et moi… (Il grimace.) Tout ce que je voulais, c'était retrouver notre complicité d'avant.

Je me suis dit que, si j'étais plus fort, si je m'entraînais d'arrache-pied jusqu'à atteindre son niveau… il serait obligé de passer du temps avec moi.

Soudain je comprends, et un frisson me remonte la nuque tel un minuscule insecte.

— Alors tu t'es donné pour mission de le supplanter en tout.

Jet pousse un long soupir, et je retourne entre mes doigts mon dernier morceau de pita. Les deux frères ont dû passer des années terribles, à espérer gagner l'estime de quelqu'un qui la leur refusait. Cependant, si Kasta est toujours aveuglé par sa peine, Jet semble avoir oublié qu'il a su rouvrir les yeux quand il s'est rendu compte du fossé qui se creusait entre eux. En le voyant comme ça, avec le visage assombri par la honte et son repas à peine entamé, j'ai l'impression d'être face à un petit garçon triste qui a perdu son frère bien trop jeune. Un enfant capable de pardonner à ce frère qui a pourtant essayé de le tuer.

J'ai l'impression que c'est ce garçon, et non le meilleur escrimeur d'Orkena, que le mestrah regardait quand il lui a demandé de prendre les rênes du royaume.

— Jet.

— Je sais. C'était bête et mesquin de ma part, et j'aurais mieux fait de laisser tomber, mais…

— Ce n'est pas ta faute.

Il secoue vivement la tête.

— Si ! Si je ne m'étais pas aussitôt mis sur la défensive… (Il se mord la lèvre, et quand il reprend la parole, c'est dans un murmure.) Je sais bien qu'on ne pourra jamais revenir en arrière, mais j'espérais qu'il finirait par me pardonner un jour.

Sa peine me fait mal jusqu'aux os. Je ne pense pas qu'il me dirait ça s'il avait l'intention d'affronter Kasta dans les grottes de verre, et je commence à lui faire confiance de nouveau – juste un peu.

— Ce qui a changé Kasta s'est produit avant que votre rivalité s'installe, dis-je. Tu le sais pertinemment.

Jet hausse les épaules.

— Tout ce que tu voulais, c'était retrouver ton ami. Kasta refusait de te parler, alors tu as cherché d'autres moyens. Ça n'a pas marché, d'accord, mais uniquement à cause d'autres facteurs que tu ne contrôlais pas, comme ton père.

Je prononce ces derniers mots avec beaucoup trop de mépris envers le dieu qui gouverne notre pays, mais je ne peux pas m'en empêcher. À mon avis, c'est autant à cause de lui que de Kasta si je me retrouve ici.

— Kasta aurait pu se rendre compte que tu avais changé, ou qu'il te faisait du mal, mais il est resté buté. Tu l'avais déjà perdu, poursuis-je en passant les bras autour de mes genoux repliés, le regard vers l'aube. On aimerait tous pouvoir changer la réaction passée de quelqu'un. (Je repense au sourire triste de Gallus.) Ou alors, on aimerait avoir anticipé le problème. Ce n'est pas parce qu'on espérait que les choses tourneraient autrement que c'est notre faute si tout va mal.

C'est ce que m'a dit *fara* quand Gallus m'a quittée, et j'éprouve un pincement au cœur en répétant ses paroles. Il ne va pas tarder à se réveiller. Le soleil va frapper la petite fenêtre de la réserve et atteindre nos lits. En ouvrant les yeux, la première chose que *fara* va voir, c'est que le mien est toujours inoccupé.

Deux jours. Ça fait deux jours que je suis partie. Combien de temps peut-il encore se passer de moi avant qu'il n'arrive quelque chose ?

— Zahru ?

Je sens une grande main chaude sur mon épaule. En tournant la tête, ce n'est ni de la colère ni de la honte que je vois dans les yeux bruns de Jet, mais quelque chose de plus léger et de presque incrédule.

— Je suis sincèrement désolé, répète-t-il.

Je hoche la tête et enfouis mes orteils dans le sable.

— Et je te promets que je vais réparer tout ça.

La conviction dans sa voix me surprend. Je le regarde et, même si mon cœur murmure un avertissement, je m'autorise à lui faire confiance, au moins pour aujourd'hui. Aujourd'hui je veux croire que tout va bien se passer, que je ne risque plus rien, et que ce n'est pas grave si je m'appuie un peu contre la main de Jet parce que, dans quelques jours, ce sera simplement un chapitre de mon histoire.

— Bon, d'accord, dis-je. Je vais quand même insister pour être seule en selle sur mon cheval et pour juger tout ce que tu fais, mais ce sera avec espoir et optimisme plutôt qu'avec une méfiance sourcilleuse.

Il rit doucement.

— On progresse. C'est déjà ça.

Je souris.

— Bonne nuit, Jet.

— Bonne nuit, Zahru.

Je le laisse seul face au soleil levant. Melia et Marcus me sourient quand je passe près d'eux pour gagner la tente, et je trouve la force de remercier Marcus pour le repas avant de me glisser sous la toile, où les épais tapis tissés accueillent mon cerveau fatigué. J'ignore si c'est l'épuisement, le vin, ou les complexités de Jet qui me font mal à la tête, mais elle n'en peut plus. Je crois bien que je pourrais m'allonger sur un lit de pointes en métal et les trouver aussi douces que des plumes. Le sommeil me saute dessus, aussi vif qu'un chat.

Et pourtant, lorsque je m'endors, ce n'est pas le regard chaleureux de Jet qui traverse mes pensées.

C'est l'image de Kasta assis devant des rouleaux, une plume à la main. Il a beau passer des heures à réfléchir et à élaborer des théories, aucun de ses résultats ne lui livre le secret qu'il attend : comment plaire enfin à son père.

Chapitre 15

Je rêve de jardins envahis par des araignées ; de rivières limpides où se mêle du sang ; de belles choses qui dépérissent. J'ai beau nettoyer toutes les toiles d'araignée, ou puiser des jarres d'eau fraîche pour les sauver de la rivière, le jardin pourrit malgré tout. Ma jarre se fissure, et le sang s'y infiltre.

Bientôt – bien trop tôt – quelqu'un me touche doucement l'épaule.

— Zahru, il faut qu'on se remette en route, dit Melia.

— Mmmf.

Je replie les genoux et cale ma tête endolorie plus confortablement sur mon bras.

Melia me secoue l'épaule, plus fort.

— Des brigands nous ont repérés. Ils s'approchent.

— Quoi ? dis-je en ouvrant les yeux.

— Rassemble tes affaires. Vite. (Melia a déjà roulé son tapis et le tient sous son bras, avec sa cape.) Il faut encore qu'on démonte la tente.

Ainsi commence le deuxième jour de la Traversée. Melia ressort, et je pose une main sur mon cœur en me demandant si je referai un jour l'expérience de me réveiller paisiblement au lieu d'être confrontée à une catastrophe imminente. Je resserre mon châle de givre autour de moi en frissonnant puis je roule mon tapis à toute vitesse. Un instant plus tard, je ressors.

La chaleur m'accueille comme un four. Au-dessus de nos têtes, le flambeau de Numet brûle de mille feux dans un ciel sans nuage et prête aux sables du désert une vive couleur rouge orangé. Je plisse les paupières tandis que mes yeux s'habituent à la lumière, puis je me dirige vers les chevaux, rassemblés à l'abri d'une petite dune. Marcus et Jet se tiennent un peu à l'écart. Jet est occupé à regarder dans un télescope. Melia ajuste la sangle du hongre gris. Malgré la poussière qui nous recouvre tous, sa tunique violette et son armure d'argent me paraissent aussi impeccables qu'avant-hier. Je baisse les yeux vers les vestiges pitoyables de ma robe et soupire.

—Je pensais qu'on avait contourné leur campement sans se faire remarquer hier soir, dit Jet en rendant le télescope à Marcus. Est-ce qu'il y en a un autre dont je ne suis pas au courant?

Marcus secoue la tête.

—Je ne sais pas qui c'est, mais ils ne viennent pas du campement de voleurs. Leurs chevaux transportent assez de ravitaillement pour plusieurs jours. (Il range la longue-vue.) Ils nous suivent à la trace.

—C'est nous qu'ils ciblent. (Jet se mord la lèvre mais parvient à esquisser un petit sourire en me voyant.) Dans ce cas, essayons de les semer. Comment te sens-tu, Zahru?

—Je suis un peu moulue, dis-je. Mais ça va.

— Bon. Reste près des chevaux, à l'abri. Ils ne sont que quatre, et j'ai l'impression qu'ils n'ont pas mesuré à quel point on était près – pas encore.

Je hoche la tête et vais rejoindre les chevaux, pendant que les garçons démontent la tente. Les hongres m'accueillent avec de petits hennissements, et Melia me prend mon tapis des mains pour le fixer derrière la selle du cheval de guerre.

— *Pas bien?* me demande la jument blanche en me mordillant l'épaule du bout des lèvres. *Triste? Pourquoi?*

Je m'efforce de calmer mon énergie tout en caressant son nez velouté.

— Je vais bien, lui dis-je.

Je ne peux vraiment pas me permettre de laisser mon angoisse contaminer les chevaux avant même qu'on ait replié la tente.

— Si tu as soif, c'est le moment, dit Melia en me tendant une gourde.

Je l'accepte volontiers et bois longuement avant de lui rendre. Ma tête m'en veut toujours à mort, mais mon estomac se porte beaucoup mieux après un repas et quelques heures de sommeil.

Melia range la gourde dans une sacoche et désigne la jument d'un geste.

— Elle est à toi aujourd'hui. Prends bien soin d'elle.

Mon cœur se réchauffe. Je souris. Jet a tenu sa première promesse.

— Bien sûr.

— En selle, tout le monde, lance Jet en s'approchant avec la tente dans les bras. On est prêts.

Il fourre la toile repliée dans une des sacoches du cheval de guerre, et je me hisse sur le dos de la jument. Sa tristesse m'atteint de plein fouet quand je saisis les rênes, alors je lui caresse l'encolure pour la rassurer. Nos montures n'ont pas eu beaucoup de temps pour se reposer non plus, et ça me fait de la peine d'imaginer combien c'est difficile pour elles.

— *Melia ?* pense la jument en tournant la tête pour me regarder. *Pas Melia ?*

— Oh, dis-je, surprise. Non, pas aujourd'hui.

J'observe la guérisseuse, occupée à faire boire le hongre gris. Si ma jument est triste, ce n'est pas à l'idée du dur labeur qui nous attend, c'est parce que Melia lui manque. Seule une personne réellement gentille et douce peut s'attirer l'affection d'un animal en si peu de temps. Bizarrement c'est ça, plus que tout ce qu'ont pu me dire Jet et son équipe, qui me fait croire que ma confiance est enfin bien placée.

— Allez, Melia, dit Jet, qui s'est placé à l'avant de la longue selle du hongre gris. On s'était mis d'accord.

Il lui tend la main, et Melia saute derrière lui avec un petit sourire en coin.

— Tu as raison, glousse-t-elle en s'installant. C'est beaucoup plus confortable à l'arrière. Et puis, on va pouvoir passer la journée à discuter de toutes les raisons pour lesquelles tu dois rester parmi nous !

Jet fait la grimace. Il a vraiment une drôle d'allure, coincé contre le pommeau, comme ça, et je ne peux m'empêcher de ricaner lorsqu'il me jette un regard implorant.

— N'essaie pas de me mêler à ça, dis-je. Tu me dois encore un bon millier de « désolé ».

— Ah, oui, souffle-t-il avec un sourire forcé. Désolé, vraiment. Et crois-moi, je le serai encore plus à la fin de cette journée.

— Cette crête, là, devrait nous dissimuler pendant un bon kilomètre, déclare Marcus en mettant son cheval au trot. Mais, après ça, les brigands pourront nous voir. Où est-ce qu'on met le cap, *aera* ?

— Ça dépend de Zahru. (Jet attend que je lance ma jument, puis vient se mettre à côté de nous.) Je t'ai promis que tu pourrais choisir l'endroit où on te déposera. Jusqu'ici on a fait route vers l'est et, si on continue dans cette direction, on arrivera au fleuve dans quelques heures. Ce sont les villes les plus proches du trajet de la course, alors les gens sont peut-être aux aguets, dans l'espoir qu'on passe par chez eux. Mais, si on te trouve un bateau, tu seras libre. (Il se retourne sur sa selle pour désigner le désert derrière mon épaule.) Ou alors, on va vers l'ouest. Il y a plusieurs villes le long de la principale voie commerciale, et on y trouve toujours des marchands en partance vers le nord. Ce serait plus long, mais on resterait loin du trajet de la Traversée. C'est comme tu préfères.

Je hoche la tête, même si ma décision est déjà prise. Ce serait plus sûr de partir vers l'ouest, mais je mettrais au moins une semaine à rentrer chez moi, ce qui multiplie les chances que l'état de mon père soit découvert. En bateau, je pourrais y être dans deux jours. Après-demain, je pourrais être à la table de *mora*, en train de broyer du sel pour faire le pain.

Certes, c'est une rêverie très optimiste dans la mesure où, en vrai, je vais sûrement devoir préparer de nombreux repas recroquevillée dans un coin de la carriole qui nous conduira, *fara* et moi, vers une vie d'exil. Il nous faudra des noms d'emprunt, une histoire inventée de toutes pièces. J'ignore comment le mestrah prendra la nouvelle de ma désertion – malheureusement, je suis très remplaçable – mais, même s'il ne lance personne à nos trousses, on ne peut pas courir le risque qu'il ait vent de mon retour chez moi. J'ai l'estomac tout noué à l'idée de quitter Atera, mais au moins, on sera ensemble, *fara* et moi.

— On va vers l'est, dis-je.

Melia fronce les sourcils, et je sais qu'elle pense aux chances que quelqu'un nous reconnaisse, mais Jet hoche la tête.

— Alors cap sur l'est.

Marcus talonne son cheval, qui s'élance aussitôt au galop. Le hongre gris de Jet l'imite, et Melia se retient à la taille du prince. Il ne reste plus que ma jument blanche et moi. Et plus qu'à décider si j'ose les suivre.

— *Melia*, pense la jument en caracolant quand je la retiens.

C'est la véritable épreuve, le moment où Jet va dévoiler ses intentions, et bizarrement j'espère presque qu'il ment, une fois de plus. Ça me permettrait de croire que, quand je serai libre, ce sera sans regret.

Parce que, si c'est vraiment le genre de roi qu'il pourrait être, alors je commence à mieux comprendre Melia.

Les brigands nous suivent pendant toute la matinée.

Marcus a beau nous faire contourner de hauts plateaux ou couvrir des kilomètres pendant lesquels on ne les voit pas, on finit toujours par déboucher sur des plaines, et alors leurs ombres distantes se montrent inévitablement. Ils galopent quand nous galopons et ralentissent quand nous ralentissons. Leur allure tranquille inquiète Marcus bien plus que s'ils nous attaquaient.

Mais ils finissent par sembler perdre du terrain, et toute l'équipe se détend, alors moi aussi. Melia et Marcus sont d'excellente compagnie, ce qui ne gâche rien. Ils parlent de leurs souvenirs du palais : les épiques combats que Jet a remportés ; un diplomate prétentieux que Marcus a su chasser d'un unique rugissement. Toutes ces histoires montrent que Jet serait un souverain parfait, et Melia ne se prive pas de le souligner. Marcus renchérit, chaque fois, jusqu'à ce que Jet intervienne pour détourner la conversation. Et ainsi de suite. Malgré les ombres qui nous suivent, je souris presque tout le temps.

Pourtant je m'efforce de tempérer mon enthousiasme. J'ai décidé que ma meilleure stratégie était un optimisme prudent. Mais, à mesure que les bandits perdent de plus en plus de terrain, et que le paysage de plateaux rocheux cède la place aux minces arbres verts qui ne poussent qu'aux abords des rivières, je ne peux m'empêcher de penser que mon périple dans le désert touche à sa fin. Quand les premières caravanes se dessinent au loin, ma joie est si intense que la jument se met à danser.

— Bon, dit Jet. C'est le moment de décider ce qu'on va faire. Marcus, est-ce qu'ils nous suivent toujours ?

Le soldat baisse son télescope.

— Je crois qu'on les a enfin semés. On a fait pas mal de détours au cours des derniers kilomètres, et je ne les ai pas vus depuis.

— Tant mieux, dit Jet en se redressant. Avec un peu de chance, on sera repartis avant qu'ils n'aient pu retrouver notre trace. Qu'est-ce qui nous guette ?

— Pas grand-chose, heureusement. Elab est une ville de pêcheurs, de taille modeste. (Marcus désigne l'étendue de bâtiments bas.) Mais ça comporte des avantages. Il n'y a pas de haut quartier, alors les gens ne s'attendent sans doute pas à ce qu'une équipe royale fasse halte ici.

— Ils ne risquent pas de faire trop attention à nous, résume Jet d'un air songeur.

— Ils ne s'attendent pas à nous voir, reprend Marcus. Mais si on reste habillés comme ça, on a autant de chances de passer inaperçus qu'un léopard dans une tarte aux prunes.

Melia pince les lèvres. Jet lance un coup d'œil à ma robe à moitié brûlée, mais c'est l'armure du prince et sa tunique d'un bleu profond que Marcus regarde. Si Elab est comparable aux bas quartiers d'Atera, alors leurs beaux vêtements se feront remarquer bien plus sûrement que mes pauvres nippes.

— Un léopard dans une tarte aux prunes, répète Jet.

— Avec un bout de fromage dessus, confirme Marcus.

Jet secoue lentement la tête.

— De toutes tes expressions grekanes, je crois bien que c'est la plus tordue de toutes. Bon, on n'a qu'à se changer… et enfiler nos chemises de nuit à la place ?

Marcus hoche la tête.

— Avec nos capes, ça devrait suffire. Les quais sont à l'est de la ville, et le chemin le plus direct passe par le marché. (Il lève son télescope de nouveau.) Sauf que c'est aussi là qu'il y a le plus de monde, et qu'on risque de te reconnaître.

Je suggère qu'on contourne la ville par le sud. Ça nous fait longer l'auberge, mais elle devrait être presque déserte à cette heure-ci.

— Bon. On y va sans se faire remarquer, on dépose Zahru et on repart.

— Oui, et ne traînez pas. Par contre il vaut mieux que les chevaux restent avec moi. Ils attireraient l'attention aussi sûrement que ton armure.

— Tu ne viens pas avec nous ? demande Jet, l'air déçu.

— Il faut bien que quelqu'un reste ici. Et puis, avec ma taille, je n'ai aucune chance de passer inaperçu. L'avantage, c'est que je pourrai voler à votre secours s'il le faut.

Jet hoche la tête à contrecœur, et je remarque que, s'il a demandé confirmation à Marcus, il n'a pas critiqué ses plans. Ils se chamaillent, certes, mais Jet lui fait entièrement confiance.

— Où est-ce qu'on se retrouve ? demande Melia.

— On va tous continuer jusque-là, dit Marcus en désignant un plateau parsemé de petits buissons, qui est aussi proche de la ville que l'écurie de *fara* l'est d'Atera – juste assez loin pour en être isolé. La route passe de l'autre côté, et vous pourrez y rejoindre les autres voyageurs. Par contre il faudra que vous donniez l'impression d'avoir marché de longues heures.

Je souris.

— Ça tombe bien, on dirait que je suis passée sous une carriole ! Je suis prête !

Marcus s'esclaffe.

— On dirait qu'il t'est arrivé un peu de trop de bricoles, oui. Tu vas devoir emprunter quelques affaires à Melia.

Je voûte les épaules.

— Moi qui croyais avoir au moins cet avantage-là…

— On y est presque, Zahru, souffle Jet.

La promesse que je lis sur son visage réveille des libellules dans mon ventre.

On y est presque.

La route qui mène à Elab m'est terriblement familière.

Bien loin des fiers pavés de la capitale, nous marchons sur de la simple terre battue, maintenue en l'état par la fréquence des voyageurs plus que par les efforts d'ingénieurs dévoués. Une petite écurie marque l'entrée nord de la ville, si modeste que celle de *fara* paraît luxueuse à côté. En guise de bâtiment, il n'y a que trois murs de briques qui servent d'abri à des chameaux et à des bœufs, surmontés d'un toit de feuilles de palmiers qui peine à faire de l'ombre aux pauvres bêtes. Une section dévouée aux animaux de petite taille a été aménagée d'un côté, mais seul un chat y est roulé en boule.

Le souffleur occupé à nettoyer la paille est un garçon qui ne doit pas avoir plus de dix ans. Habillé d'un simple tissu crasseux noué autour de ses hanches, il suit d'un regard envieux une dame richement vêtue montée sur un chameau. Je suis sûre qu'il aimerait pouvoir l'accompagner dans ses périples, voir le désert et toutes les merveilles du palais, et je brûle d'aller le secouer en lui disant de rester chez lui pour le restant de ses jours. C'est bien beau, de rêver d'aventure, jusqu'au jour où on se retrouve dans le rôle d'un sacrifice humain et où on doit se faufiler par les rues d'une petite ville délabrée en compagnie d'un prince déserteur, tout en courant le risque d'être accusé de trahison.

En même temps, j'ai l'impression que ce genre de choses n'arrive qu'à moi. Toutes celles et ceux qui ont assisté aux banquets sont déjà de retour dans leurs foyers respectifs, à raconter des histoires de paons et de colonnes de marbre.

Ici, même les odeurs me rappellent Atera, et ma joie se réveille tandis que Melia, Jet et moi marchons derrière une carriole où tintent des jarres d'épices. Je sens également le fleuve, les eaux fraîches et poissonneuses, ainsi que le fumet entêtant des épices, des hyacinthes et des racines de lotus. Même la puanteur âcre des orties me rappelle toutes les fois où je suis allée puiser de l'eau, et je regarde partout autour de moi, comme en entrant dans le palais. Mais, cette fois, ce que j'observe aussi avidement, ce sont les souvenirs de chez moi, comme si chacun d'entre eux m'assurait que je serai bientôt de retour.

Une main douce se referme sur mon bras.

— Fais attention, on dirait une touriste, chuchote Melia en se penchant vers moi. Les gens qui viennent ici, c'est uniquement pour travailler. Rappelle-toi ce qu'a dit Marcus.

— Je dois donner l'impression de savoir où je vais. Désolée.

La route se sépare en deux. Celle de gauche descend vers un petit marché dont les étals sont ombragés par des toiles tout usées. Nous prenons celle de droite, qui passe devant une rangée de maisons basses. Je savoure leurs silhouettes familières et la rumeur réconfortante des gens qui travaillent ou bavardent à l'intérieur.

— On dirait que le plan de rationnement de mon père fonctionne, déclare Jet en ramenant sa capuche devant ses yeux.

Marcus a estimé qu'il valait mieux que le prince marche derrière nous, histoire que les gens nous remarquent surtout Melia et moi. Pourtant je dois avouer que l'angle mystérieux de sa capuche, ou le fait qu'elle ne dévoile que la ligne dure de sa mâchoire, me paraît dangereusement captivant.

— Les gens ont l'air en bonne santé, et il y a des tonneaux de grain dans chaque foyer.

— Quelle observation astucieuse, *aera*, le taquine Melia. Tu prends note des politiques efficaces ?

— Je n'avais même pas remarqué tout ça jusqu'à ce qu'il ouvre la bouche, dis-je, endossant le rôle de Marcus.

Melia sourit.

— Crois-tu que c'est parce qu'il est doué pour reconnaître ce qu'il faut à son peuple ?

Je hoche la tête.

— Je crois même que c'est ce qui le place au-dessus du lot. Non seulement il remarque tout ça, mais il s'intéresse au résultat final.

— Hé ! lance Jet en me donnant sur l'épaule une petite tape qui résonne dans tout mon bras. Je croyais que tu étais de mon côté.

— Nous sommes tous de ton côté, rétorque Melia.

Je jette un regard en coin à Jet.

— Ma loyauté reste flexible. Ça fait un moment que je n'ai pas entendu le mot « désolé » dans ta bouche.

— Oh, mes dieux, tu as raison ! s'écrie-t-il en serrant le poing d'un air faussement éploré. Désolé. Désolé. Désolé. Désolé…

— À ton avis, il va répéter ça pendant combien de temps si je ne l'arrête pas ? je chuchote à Melia.

— Désolé. Désolé. Désolé. Désolé…

— Il est têtu, tu sais, dit Melia. Il serait capable de continuer pour toujours.

— J'ai l'impression que c'est de famille.

— Oui, confirme Melia. J'ai failli dire que ça concernait surtout les hommes, mais Sakira est pareille.

— Hm.

— Désolé. Désolé…

— Je crois que ça va me manquer, en fait, je reprends. Enfin, je ne vais pas regretter le désert, ou le fait de devoir me méfier d'un certain prince excité de la dague, mais depuis le début il y a chez Jet quelque chose de très confortable – si on exclut notre (gros) malentendu. Je n'arrive pas à me l'expliquer, mais au bout d'à peine une journée ensemble, j'ai l'impression que nous sommes revenus à la case départ, chacun dans son déguisement, à échanger des reparties malicieuses et des sourires. Techniquement, il n'était pas déguisé au banquet, j'étais simplement trop naïve pour le reconnaître. Ce que je veux dire, c'est que je suis à l'aise en sa compagnie. Il m'est facile d'oublier que nous ne sommes pas amis et que les quelques minutes à venir sont les dernières que nous partagerons.

— À moi aussi, il va me manquer, souffle Melia tristement. (Jet débite toujours ses « désolé ».) Je serais restée à Orkena s'il avait accepté le trône, mais j'ignore si Sakira ou Kasta respecterait l'accord que le mestrah a passé avec Amian. Je ne peux pas prendre le risque d'être coincée ici, au cas où ils décident que je dois mes services au pays qui m'a éduquée et non à celui d'où je viens.

Je tourne la tête, surprise.

— Ils auraient le droit ? De t'obliger à rester, je veux dire ?

— C'était même la règle, jusqu'à ce que le père de Jet décrète que c'était injuste. Orkena attire beaucoup plus d'étudiants depuis. Le mestrah est convaincu que toute personne douée de magie est l'enfant des dieux, peu importe son origine.

Je ne comprends plus rien au mestrah. Je le révérais avant notre rencontre mais je ne peux oublier ce qu'il a dit à Kasta dans la salle du trône, pas plus que la façon dont il a monté ses deux fils l'un contre l'autre. Et pourtant, c'est aussi lui, le dieu qui nous a assuré une vie confortable, à *fara* et moi, pendant toutes ces années. C'est aussi lui qui croit que Melia a le droit de retourner auprès de sa famille. Par ailleurs il n'a pas forcé Jet à accepter la couronne alors même qu'il était persuadé que c'était le meilleur candidat. C'est aussi un père qui aime tellement sa fille qu'il craint de la laisser régner.

— Je ne comprends pas, dis-je. Est-ce que le mestrah affiche en public un visage différent de celui qu'il montre à sa famille ? Tu es au courant de ce qu'il a fait à Kasta et Jet, pas vrai ?

Melia fronce les sourcils.

— Qu'est-ce qu'il a fait ?

— Il les a montés l'un contre l'autre. Il les a mis en concurrence pour son amour.

— Non. (Melia secoue la tête.) Il les a mis en concurrence pour le trône ; ce n'est pas pareil. Le problème, c'est que Kasta n'a pas su séparer l'amour de son père de ses enseignements. Le mestrah voulait que les deux frères unissent leurs forces, qu'ils apprennent l'un de l'autre. Je l'ai entendu le dire plus d'une fois.

— Il ne lui est jamais venu à l'esprit qu'il avait peut-être dépassé les bornes ?

Melia jette un coup d'œil par-dessus son épaule et donne une vive tape à Jet.

— *Aya* ! Tais-toi, enfin ! On ne s'entend plus penser. (Elle se retourne vers moi, l'air exaspéré. Je réprime un gloussement.) Même les dieux ne sont pas parfaits, Zahru. Moi, j'estime qu'il ne s'est pas trop mal débrouillé avec cet énergumène, là. Même s'il est parfois agaçant.

— Est-ce un compliment que j'entends ? demande Jet.

— D'accord, mais il s'apprête à partir en exil, dis-je à Melia.

— C'est ce qu'il dit. On va voir…

— Hé, je vous parle ! lance une voix d'homme dans notre dos.

On doit se trouver devant l'auberge, le plus long des bâtiments devant lesquels nous sommes passés, avec beaucoup de petites fenêtres aux rideaux tout élimés. Trois hommes en armure se tiennent devant la porte, le teint bronzé et buriné, les muscles durs. Le plus grand des trois croise ses bras impressionnants.

— Qu'est-ce qu'il y a ? Vous vous croyez trop bien pour venir nous dire bonjour ?

— Oh, mes dieux, c'est à nous qu'il parle, dis-je à Melia.

— Ne t'arrête pas, me souffle-t-elle.

— C'est ici qu'on sert le meilleur hydromel de ce côté du fleuve, insiste l'homme. Allez, quoi, accordez-nous une petite minute. J'ai des histoires à vous donner le tournis.

— Moi, j'ai autre chose qui vous donnera le tournis aussi, ricane un de ses potes.

— Ta gueule, Des. S'il vous plaît, mesdemoiselles…

— Non, merci, lance Melia en me prenant le bras.

— Je suis orageur, poursuit-il en nous emboîtant le pas.

Melia saisit discrètement quelque chose sous sa cape. Le type n'en dit pas plus, comme si son pouvoir devait suffire à nous attirer dans ses bras.

— Vous aimez les arcs-en-ciel ? reprend-il enfin. Ou alors, c'est le coup de foudre que vous attendez…

— Il me semble qu'elle a dit « non, merci », intervient Jet.

— Et moi, il me semble que ça ne te regarde pas, gronde l'homme en tendant le bras vers moi. Allez, *adel.* Juste un petit verre. Et, si vous n'êtes pas charmées après un…

Soudain il se raidit et tourne vivement la tête comme pour écouter quelque chose derrière lui, alors que personne n'a parlé. Puis il grimace et, les mâchoires crispées de douleur, se prend la tête à deux mains.

— Kale ? demande le plus petit des trois en nous jetant un regard en coin.

— Ma tête… ! souffle l'homme en tombant à genoux. Je les entends hurler !

— Jet, tu es sûr que c'est bien prudent ? marmonne Melia.

— Apos ait pitié de moi ! Faites que ça cesse ! gémit le type.

— Qu'est-ce qui se passe ? dis-je.

— Venez, on s'en va, souffle Jet.

Melia m'entraîne par le bras.

L'homme glapit de douleur puis s'écroule dans le sable comme si on l'avait relâché. Il roule des yeux fous dans notre direction avant de se précipiter à quatre pattes vers ses camarades, tout essoufflé.

—*Saxou* ! jure l'un d'eux. C'est eux qui t'ont fait ça ?

—Tu n'aurais pas dû, Jet, gronde Melia tandis qu'on s'éloigne à grands pas. Autant clamer ton arrivée.

—Si tu lui avais balancé de la poudre à moisir, ses amis s'en seraient mêlés. J'ai préféré éviter la confrontation. (Jet pousse un petit grognement.) Et puis, j'ai l'impression que ce ne sont pas les épées les plus affûtées de l'armurerie. Si ça se trouve, ils ne comprendront jamais ce qui leur est arrivé.

—Qu'est-ce que tu as fait ? je demande.

—Oh, juste un petit bruitage, répond Jet. (L'espace d'une seconde la pression de mes oreilles vacille, comme si un fantôme venait de traverser mon crâne.) Avec juste assez d'intensité pour le convaincre.

—Oh, dis-je en frissonnant.

Je comprends mieux pourquoi les dieux estiment que le pouvoir du son est digne d'un roi, surtout si ce n'était réellement qu'un « petit bruitage ».

—N'empêche, ça ne me plaît pas du tout, grommelle Melia. Il faut absolument qu'on fasse sortir Zahru d'ici avant que quelqu'un ne comprenne. Ils seront peut-être prêts à accepter qu'un prince veuille voyager incognito, mais s'ils nous voient mettre Zahru sur un bateau, ils sauront exactement ce que ça implique.

On presse le pas. Heureusement personne d'autre ne se dresse sur notre chemin, à part un pêcheur qui tire une carriole chargée de poisson et qui nous salue poliment. Il y a quelque chose qui me chiffonne dans sa façon de nous regarder, mais c'est peut-être simplement parce que je suis condamnée à la paranoïa maintenant.

— Voilà les quais, dit Jet.

La route s'incurve en descente, et les maisons s'arrêtent là où le sable commence à rejoindre la boue. L'odeur de poisson est aussi lourde que l'humidité de l'air, et le mot « quais » me paraît grandement exagéré. Il n'y a ni planches de bois ni emplacements dédiés aux bateaux. Seuls quelques gros poteaux longent la rive, plantés dans le sol. De petits canots de commerce et de modestes bateaux de pêche y sont amarrés par des cordes. Des passerelles vétustes relient les plus grands d'entre eux à la rive pour permettre aux équipages de charger leurs marchandises.

— Eux, là, dit Melia en désignant trois petits canots. Je vais leur demander où ils vont, et s'ils accepteraient d'embarquer un passager. (Elle jette un coup d'œil à Jet.) Ne fais pas le malin en mon absence.

Jet croise les bras.

— Je ne faisais pas le… (Melia le toise de plus belle, et il se rembrunit.) Il le méritait bien, d'abord.

Melia se dirige vers les canots. Jet tourne le dos au village, et je tripote la manche de ma cape rafraîchissante tout en écoutant le clapotis de l'eau, où des cigognes claquettent doucement. Un crocodile s'éloigne de nous, telle une bûche mortelle glissant entre les roseaux.

— Bon. Ça m'a pris du temps, mais on y est arrivés, souffle Jet avec un sourire triste. Je suis vraiment désolé – mille fois plus que je ne pourrai jamais le dire.

Sa capuche est retombée en arrière, et le reflet du fleuve paillette ses iris de vert. J'essaie de capturer les moindres détails de son visage – ce prince qui ne sera bientôt plus qu'une légende, une rumeur dont les enfants parleront comme d'un fantôme. Ils sauront seulement que c'était un escrimeur hors pair, un prince bâtard, un talent perdu bien trop tôt dans les sables du désert. Ils ne sauront jamais quels sacrifices il a dû endurer. Ils ne se douteront jamais du changement radical qu'il a opéré dans la vie d'une souffleuse menteuse et gourmande, ni des risques qu'il a encourus pour m'aider.

Tout ça suffit enfin pour que je le croie. Ma liberté est toute proche, et malgré tout ce qui s'est passé, Jet a tenu parole. Il a réussi à honorer les derniers vœux de son père, à épargner à son frère une condamnation sévère et à me sauver la vie, tout ça sans que personne ne s'aperçoive de rien. Si j'étais d'humeur taquine, je lui aurais fait remarquer que ça, aussi, prouve qu'il ferait un excellent roi. Je peux au moins lui accorder ce que son frère ne lui a jamais donné.

— Je te pardonne, dis-je en soutenant son regard.

Mon sourire préféré se dessine sur ses lèvres, et mon cœur se serre à l'idée que je ne le verrai plus jamais. Il passe la main sous sa cape et me tend un petit sac de cuir, très lourd.

— Tiens, dit-il. Ça devrait largement suffire à te reconduire à Atera – et à te faciliter un peu la vie une fois que tu seras chez toi. Ne montre jamais tout ça d'un coup. Sors-les un par un.

J'ouvre la bourse… et manque de la faire tomber en apercevant l'éclat de l'or à l'intérieur.

— Par tous les dieux, combien est-ce qu'il y a là-dedans ?

Je ne crois même pas en avoir vu autant d'un coup au palais. Il y a des boucles d'oreilles en saphir, des araignées d'or avec le corps en rubis, et plus de chaînes brillantes et de pierres précieuses que je ne saurais en rêver. Tout ça scintille sous le soleil de midi – une petite fortune entre mes mains. La moitié de ça suffirait à nous acheter une maison, à *fara* et moi.

— C'est aussi, en partie, pour compenser tout ce que tu as enduré, dit Jet en jetant un coup d'œil à Melia, qui s'approche du deuxième canot. Ça ne sera jamais assez, mais je ne sais pas quoi faire d'autre.

— Au contraire, c'est plus qu'assez, dis-je en secouant la tête, éberluée. Il t'en reste, à toi, pas vrai ? Pour financer ta nouvelle vie ?

— Il me reste largement de quoi vivre.

Pourtant, à l'entendre, j'ai l'impression qu'il ne lui reste pas beaucoup plus que ce qu'il vient de me donner. Certes, ce n'est pas négligeable, mais dans la mesure où il ne pourra compter que sur ça à l'avenir, c'est incroyablement généreux.

— Tu ne peux pas me donner tout ça. (Je plonge les doigts dans le petit sac et en libère quelques chaînes d'or.) Il faut que tu en reprennes un peu.

— Ne dis pas de bêtises. C'est pour toi. Je veux que tu le gardes.

— Non, apparemment, ce que tu veux, c'est que j'aie une crise de panique sur le chemin d'Atera en t'imaginant à la rue dans quelque petite ville paumée, tout ça parce qu'il te manquait cinq chaînes d'or pour payer ton loyer ! Tiens.

Il me saisit la main quand je sors les chaînes de la bourse.

— Garde-les. Tu les mérites.

— Non, reprends-les. Je ne connais même pas la vraie valeur de tout ça. Je risque de m'en servir pour acheter du pain ou un truc irresponsable de ce genre.

— Zahru…

— Jet.

Il esquisse un sourire en coin.

— Justement ! Je tiens à ce que tu t'en serves pour acheter quelque chose d'irresponsable, Zahru. Par les dieux, tu t'es incrustée au palais pour manger du chocolat ! Achète tout le chocolat que tu voudras. (Il baisse les yeux sur nos mains, sur mon poignet où ma manche a dévoilé ma cicatrice.) Achète tout ce que tu veux. Je veux que ça reste ton meilleur souvenir de tout ça.

La chaleur de ses doigts réveille quelque chose dans ma poitrine, puis je me souviens que je dois partir, alors je me dégage doucement. *C'est de la gratitude, rien de plus*, me dis-je en attachant la bourse à la ceinture de la tunique brune que m'a prêtée Melia. C'est simplement le sentiment inéluctable que cette histoire touche à sa fin parce que, en d'autres circonstances, je n'aurais même pas eu l'occasion de lui parler du tout. Ce serait stupide de croire que ça signifie autre chose. Je ne dois pas oublier qu'il m'aide uniquement pour soulager sa conscience, c'est tout. En revanche je viens peut-être de me rendre compte que c'est lui, le meilleur souvenir que je garderai de cette histoire.

— Bon, d'accord, dis-je en espérant que la chaleur qui me brûle les joues ne se montre pas sur ma peau. Ça, je dois pouvoir y arriver. Je dois pouvoir dépenser tout ça pour acheter des trucs ridicules.

Il glousse.

— Merci. Je vais... (Il se racle la gorge.) Ça va me manquer, ta faculté d'être à la fois charmante et vexante.

— Moi, ce qui va me manquer, c'est ta faculté de ne jamais vraiment te comporter comme un prince.

— Ah. Ça recommence.

Je cille.

— Qu'est-ce qui recommence ?

— Oh, Zahru. (Il se passe une main sur le visage et, quand il croise enfin mon regard, ses yeux sont tristes.) Tu me donnes envie de rester.

Si je n'étais pas déjà toute rouge, maintenant, c'est fait. Je me creuse la tête pour trouver une repartie intelligente, ou simplement honnête et sage, mais je tarde trop, et très vite j'entends Melia qui revient vers nous. Elle s'arrête à quelques pas de nous et nous observe en arquant un joli sourcil.

— Je vous dérange ?

— Non ! dis-je, trop pressée de dissiper la gêne de Jet – ou la mienne – face à ce qu'elle croit avoir surpris. On parlait simplement de… chocolat. (*Par les dieux, Zahru, tais-toi !*) Je m'emballe vite quand il s'agit de chocolat.

C'est quoi, mon problème ? L'air soupçonneux de Melia se fait inquiet, mais je baisse bien vite les yeux avant d'en dire davantage.

— Bon. Tu as le choix, dit-elle lentement en se retournant pour désigner les canots derrière elle. La faiseuse de charmes se rend à Ziti, puis elle compte s'arrêter à la capitale pour se ravitailler. Personnellement je te déconseille de te montrer à la capitale. (Elle nous montre ensuite une femme vêtue d'une *jole* jaune.) La liseuse d'avenir a l'intention de faire escale dans toutes les villes le long du fleuve mais, pour un certain prix, elle veut bien aller directement à Atera. La potière était venue rendre visite à son neveu, poursuit-elle en désignant une vieille femme en tunique toute simple. Elle habite au nord d'Atera et serait ravie de t'emmener.

Nous y voilà. Le moment est venu de faire mes adieux et de rentrer à la maison. Je pousse un long soupir en observant les trois commerçantes, avec un frisson d'anticipation. Dans deux jours, le quai sous mes pieds sera celui d'Atera. Dans deux jours, je ne me souviendrai même plus de cet instant précis où, dépassée par tous ces possibles, je n'arrivais pas encore à croire que j'étais enfin libre.

— Mais alors je… Je peux y aller ? Comme ça ? dis-je en me tournant vers Jet.

Je ne sais même pas pourquoi je lui demande ça. Je devrais me précipiter vers le fleuve et jeter tous mes beaux bijoux à celle qui me ramènera chez moi au plus vite.

— Oui, souffle Jet avec toujours, dans les yeux, cette étrange tristesse. Et que Numet soit avec toi.

— Que Numet soit avec toi, renchérit Melia. Va vivre la vie qui t'était destinée.

Je déglutis et les salue à mon tour avant de me retourner lentement vers les canots. C'est si facile que je redoute presque un piège. Je me dirige vers la potière, la femme qui était venue voir son neveu, tout en jetant un coup d'œil hésitant à Jet et à Melia par-dessus mon épaule. Ils me regardent comme si j'étais quelque chose de précieux qu'ils ont relâché dans la nature. Je redresse la tête et chasse mes derniers soupçons pour mieux savourer cette nouvelle réalité. Je vais rentrer chez moi. Je rentre à la maison.

— Bonjour, mon enfant, lance la vieille dame en souriant à mon approche. Ton amie m'a dit que tu avais besoin d'un bateau pour Atera ?

— Oui, dis-je en sortant de la bourse une boucle d'oreille en jade. Est-ce que ça suffira ?

Elle écarquille ses yeux marron.

— C'est même trop… Tu es sûre ? Je veux simplement de quoi payer pour nos repas. J'ai déjà le sort qui fera avancer mon canot.

— Oui. J'insiste, pour vous remercier de votre gentillesse.

Elle approche la boucle de son visage pour inspecter les détails de la tête de chat en jade, puis elle me jette un regard curieux. Elle a sûrement remarqué le contraste entre un bijou pareil et mes cheveux pailletés de sable ou la modeste tunique de Melia, mais elle se contente de hausser les épaules et désigne de grosses corbeilles alignées sur la rive.

— D'accord. Aide une pauvre vieille à charger tout ça, et on y va.

Je jette un nouveau coup d'œil par-dessus mon épaule, mais Jet et Melia ne se trouvent plus auprès des maisons. C'est normal. Ils voulaient repartir au plus vite, avant qu'on ne les reconnaisse. Je suis sur le point de soulever une des corbeilles lorsque j'entends un rire tristement familier.

Je me retourne et aperçois des hommes armés qui déboulent entre les dernières maisons et la rive, menés par l'orageur.

Jet et Melia avancent au centre, les mains levées.

Chapitre 16

C'*est un prince,* me dis-je pour me rassurer. *Dès qu'ils vont s'en rendre compte, tout va s'arranger.*

Les hommes s'approchent encore, tout en muscles sous diverses couleurs de peau, et resserrent leur cercle. La liseuse d'avenir leur jette un bref coup d'œil et se dépêche de terminer son chargement. Les bateaux de pêche aussi ont remarqué ce qui se passait et ramènent leur passerelle à bord avant de s'éloigner de la rive.

La vieille dame me dépasse en boitillant, les bras chargés d'une lourde jarre.

— On ferait mieux d'y aller aussi.

— Qui sont ces hommes ? je demande, immobile.

— Des chasseurs de primes. Si tu les laisses tranquilles, ils ne t'embêteront pas.

Ça ne me rassure pas du tout. Je repense au mestrah, quand il a demandé à Kasta ce qu'il ferait si des bandits cherchaient à le capturer pour demander une rançon. Mon cœur se serre encore plus lorsque Jet retire sa capuche et que les hommes se contentent de sourire méchamment. Ils vont seulement discuter. Pas vrai ? L'orageur va sûrement se rappeler ce que Jet lui a fait – ce qu'il pourrait leur faire à tous – et le laisser tranquille.

— Dépêche-toi, ma fille ! souffle la vieille dame.

Je me secoue et soulève la dernière corbeille pour l'emporter vers son canot. L'eau du fleuve me lèche les pieds, fraîche et accueillante. Je pose la corbeille à côté des autres et m'arrête, les mains crispées sur les épais roseaux qui en forment le tour.

Les chasseurs se sont mis dans les oreilles un drôle d'objet métallique. L'un d'eux saute sur Melia.

— Non ! dis-je en le voyant attirer la jeune femme contre lui, un couteau sous sa gorge.

Le métal doit contrer les effets de la magie de Jet. Autrement il ne les aurait jamais laissés approcher de la guérisseuse.

— Vite ! me crie la vieille.

L'homme qui retient Melia pousse un hurlement lorsqu'elle tourne la tête et lui lance quelque chose à la figure. Il la relâche, et Jet tire sa dague. Le cercle se resserre autour de lui…

— Je n'ai pas l'intention de finir en brochette, ma fille, lance la femme. Monte, ou je pars sans toi !

J'agrippe les roseaux, prête à sauter. Mais est-ce que je peux vraiment faire ça ? Est-ce que j'ai le droit ? Si Jet m'avait laissée en compagnie de Sakira, lui et Melia ne seraient pas là. S'ils avaient insisté pour passer par les villes de l'ouest, sans se préoccuper du temps que ça prendrait, ils ne seraient pas là non plus. S'ils ne s'étaient pas sentis obligés de m'escorter jusqu'aux quais pour éviter que ce genre d'embûche ne m'arrive à moi, ils n'en seraient pas là.

Ils savent se débrouiller tout seuls, commente la part logique de mon esprit. *Ç'aurait pu leur arriver n'importe où, avec ou sans toi. Va-t'en !*

Sauf qu'ils n'ont pas l'air de se débrouiller du tout. Les hommes ont rattrapé Melia, et l'un d'entre eux la traîne vers les maisons pendant qu'un deuxième lui ligote les poignets. Jet en tient cinq autres en respect à l'aide de sa dague et de son épée. Sans sa magie, il suffira d'un coup de malchance pour qu'il tombe entre leurs mains aussi.

Mais, si je ne prends pas ce bateau, qui sait combien de temps je devrai attendre ma prochaine chance de m'enfuir ? Ou même si j'en aurai une autre ?

Il risque de mourir, me souffle l'autre partie de mon cerveau. *Melia aussi. Est-ce que ta liberté vaut leurs vies ?*

—Je m'en vais, gamine ! me crie la femme.

—Aidez-les, enfin ! dis-je en retenant le canot. S'il vous plaît, il faut qu'on fasse quelque chose. Vous n'avez pas de sorts de protection ? Ou une épée ?

—J'ai l'air d'une mercenaire, peut-être ? Si tu ne veux pas monter, dégage !

Elle me frappe les mains à l'aide de la rame d'urgence. Je recule, surprise, et elle s'éloigne de la rive en secouant la tête et en marmonnant quelque chose de très peu flatteur.

Tant pis pour mon bateau.

Je n'ai pas le temps de pleurer sur ma longue série de mauvaises décisions. En me retournant j'aperçois Jet entouré de quatre hommes. Le cinquième se roule par terre en tenant son bras ensanglanté. J'ignore où ils ont emmené Melia, et je panique à l'idée de ne pouvoir aider que l'un d'entre eux. Je n'ai toujours pas de plan d'attaque, mais ça, ça ne me perturbe plus – j'ai l'habitude. Je fonce vers le cercle dans l'espoir de créer une diversion et de permettre à Jet de reprendre l'avantage…

Une main se referme sur mon bras et me force à faire volte-face. Je me heurte à un mur de muscles durs – et au sourire de l'orageur. L'étrange appareil qu'il porte aux oreilles paraît presque fluide sous les rayons du soleil.

— Salut, ma belle, lance-t-il. Tu as changé d'avis ? Tu le veux, ce verre ?

— Bah oui, c'est évident que c'est pour ça que je courais vers eux ! je raille, exaspérée. (J'aurais peut-être dû trouver quelque chose de moins risqué à dire, mais franchement…) Où est-ce que tu as appris les manières ?

Il ricane.

— C'est difficile d'apprendre des morts.

Je ne vois pas du tout ce que ça veut dire, et un frisson de dégoût me court sous la peau lorsqu'il fait glisser sa main libre le long de ma hanche.

— Arrête ! dis-je en m'écartant.

Mais il raffermit douloureusement sa poigne.

— Ne t'excite pas. Je veux juste m'assurer que tu ne vas pas me poignarder. (Soudain il remarque le petit sac de cuir.) Tiens, tiens. Qu'est-ce que c'est que ça ?

Il arrache la bourse de ma ceinture et, voyant ce qu'elle renferme, il écarquille les yeux. Il me relâche pour mieux inspecter son trésor, une lueur avide sur le visage.

Jet crie quelque chose, mais l'homme me rattrape avant que j'aie pu m'éloigner.

— Ça fait beaucoup d'or, tout ça, dit-il en remuant le sac. Ton prince sait que tu as ça sur toi ?

Une idée me frappe soudain, sous le coup de la panique.

— Si tu nous épargnes, je te donne le reste.

— Le reste ? (Un hideux sourire se dessine sur ses lèvres, et il approche de son visage un scarabée en rubis.) Je savais bien que tu me plaisais. Une petite maligne comme toi sait toujours se tirer d'affaire.

Tu ne crois pas si bien dire, je pense tandis qu'il m'entraîne vers Jet, que deux de ses compères ont réussi à clouer au sol. Le prince se débat, essoufflé, avec un œil tout gonflé et une vilaine coupure à la joue. Son bras saigne à l'endroit où l'un des chasseurs de primes le tient, et je tressaille de voir le type resserrer sa prise encore plus.

Jet ferme les yeux lorsqu'on s'arrête devant lui.

— Tu étais censée… t'enfuir, halète-t-il.

— Tu vois, si tu nous avais laissés parler, tout à l'heure, on aurait pu éviter tout ça, lance l'orageur. Nous sommes des hommes d'affaires raisonnables. Quelqu'un nous emploie pour qu'on te capture ; tu nous paies pour qu'on te libère… Heureusement ta copine sait comment ça marche.

— Vous allez brûler pour vos peines, gronde Jet. Les gardes-spectres se ficheront pas mal de savoir que vous êtes des « hommes d'affaires ».

Le type s'esclaffe.

— Même la garde rapprochée du mestrah aura du mal à nous trouver maintenant. Tu devrais peut-être nous témoigner un peu plus de respect, *aera*. On ne sait jamais quand on risque de se retrouver brusquement tout en bas de l'échelle.

Il me pousse vers un de ses camarades, qui me rattrape par les bras. Jet tente de se redresser, mais l'homme qui le retient agrippe son bras blessé de plus belle, jusqu'à ce que Jet s'immobilise avec un cri de douleur.

L'orageur s'approche du prince et s'accroupit devant lui pour agiter sous son nez le petit sac de bijoux.

— C'est un bon début, ça. Il t'en reste encore beaucoup ?

Jet croise mon regard avant de reporter son attention sur l'orageur. Une fois qu'on les aura payés, il ne lui restera plus rien pour financer sa nouvelle vie.

— Assez pour que vous n'ayez plus jamais besoin de travailler, dit Jet en posant le menton dans le sable. Et même plus.

— Où ça ?

— Là-bas, derrière le premier plateau. On a des chevaux, aussi.

— Les amis, lance l'orageur en se relevant. C'est plus souvent, qu'on devrait voler des princes. Sans rancune, *aera*. (Il désigne la ruelle où ils ont emmené Melia puis se retourne vers les hommes qui retiennent Jet.) Remettez-le debout. Pas de blague, ou je garde les filles aussi.

— Hé ! je proteste. C'est moi qui ai conclu ce marché !

— Les affaires, c'est les affaires, *adel*. Tu aurais peut-être dû passer plus de temps à défendre ton équipe au lieu d'essayer de t'enfuir avec la moitié du trésor. C'est lui qui détient tout l'or, pas toi.

Brusquement je comprends qu'il me prend pour l'éclaireuse de Jet… et qu'il croit que je voulais abandonner le prince pour un sac de bijoux. Ça signifie qu'ils ignorent que je suis le sacrifice… et qu'ils ne se doutent même pas de la présence de Marcus.

Ce sale type aurait peut-être dû passer plus de temps à étudier sa cible.

— Melia, souffle Jet quand on le remet debout.

— Je vais bien, lance la guérisseuse en se débattant contre la femme aux traits durs qui lui tient les poignets.

Elle est toujours ligotée et elle a une joue tuméfiée mais, à part ça, elle n'a pas l'air blessée. Elle ouvre de grands yeux en m'apercevant.

— Zahru.

— Après toi, cher prince, raille l'orageur en poussant Jet devant lui.

Blessé, les mains liées dans le dos, Jet trébuche, mais un autre type le remet d'aplomb. Leur manque de respect – et de magie – me force à me demander d'où ils viennent. L'orageur n'en est pas un ; il a menti. Je ne l'ai même pas vu soulever la moindre petite brise. Des chasseurs de primes dénués de magie qui accepteraient de capturer l'un des enfants du mestrah, sachant de quoi ils sont capables… Certes, ça a marché, mais ça n'aurait pas dû. Il y a quelque chose qui cloche dans cette histoire.

L'homme qui me retient me ligote les poignets aussi, comme si ça allait changer quoi que ce soit. Cependant je suis étrangement flattée qu'on me prenne au sérieux.

— N'essaie pas de faire la maligne, gronde-t-il tandis qu'on suit les autres à travers le marché.

Les habitants de la ville rentrent la tête dans les épaules ou nous tournent le dos. Comme moi lors du banquet, ils ont peu de chances de reconnaître Jet, ce qui vaut sans doute mieux. C'est un spectacle humiliant pour le fils d'un dieu, et potentiellement ravageur si le peuple savait ce qu'il voit.

J'espère vraiment que Marcus est prêt.

Nous passons devant les étalages clairsemés ; devant une mère et ses deux jeunes enfants, qui filent par une ruelle pour nous échapper. Nous passons devant le souffleur, avec son râteau à fumier. Je compte les hommes qui nous entourent : ils sont huit avec l'orageur. J'ignore complètement si Marcus estimerait que c'est beaucoup ou peu, mais j'espère que c'est peu pour lui.

— On est derrière, là, indique Jet en désignant le flanc du plateau.

— Gardez les filles à l'arrière, lance l'orageur. Mais devant vous, des fois que le prince voudrait nous jouer des tours.

L'homme qui me guide pousse un gros soupir, comme si c'était une requête insurmontable, mais il obéit. Melia étouffe un grognement lorsque la femme la pousse violemment. Nous contournons un épais maquis de ronces et de sauge, et mon cœur bondit dans ma poitrine lorsqu'on aperçoit les chevaux. La ville d'Elab est presque entièrement éclipsée par la colline à présent. Dans un instant, même si quelqu'un s'y sent l'âme d'un héros, plus personne ne nous verra.

— Et dire qu'on le surnomme « l'acier trempé d'Orkena », grommelle l'orageur. La bonne blague ! On aurait pu passer par ici et tout vous prendre pendant que vous étiez en ville. Quel genre d'imbécile laisse ses richesses sans surveillance ?

Pour toute réponse, Jet le regarde… et sourit.

Alors l'orageur pâlit.

Un claquement retentit au-dessus de nos têtes, et l'orageur ouvre des yeux exorbités en saisissant le carreau d'arbalète qui vient de se planter en travers de son cou. Avec un deuxième claquement, une autre flèche cueille au côté la femme qui retenait Melia. Alors que les chasseurs de primes s'affolent dans tous les sens, une troisième frappe le bras de celui qui m'agrippe.

— Gare aux archers ! hurle l'un des types.

Leur employeur n'a pas dû les payer assez, parce qu'ils se foncent dedans dans leur hâte de s'enfuir, tandis que plusieurs carreaux s'abattent dans le sable en manquant des têtes de peu. Melia m'attire contre elle pendant que le dernier des chasseurs se rue près de nous. Une flèche lui mord le mollet en pleine course, et il glapit de douleur avant de forcer l'allure et de disparaître dans un nuage de sable.

Alors il ne reste plus que nous trois – et l'orageur, qui n'ira plus jamais nulle part.

— Oh ! dis-je, prise d'un haut-le-cœur.

Je me détourne du cadavre et me cogne à Melia, dont les yeux verts s'assombrissent comme un ciel d'orage.

— Qu'est-ce qui t'a pris, exactement ? lance-t-elle. Tu devrais déjà être à mi-chemin d'Atera ! Tu n'es pas armée et tu n'as pas le moindre instinct de survie… Tu aurais pu te faire tuer !

Je me sens rougir.

— Je…

— Marcus s'en serait chargé tout seul ! C'est son métier. On a déjà risqué nos vies pour t'escorter dans une ville. Si on t'accompagne jusqu'à la prochaine et que tu ne restes pas là où on te dépose, par les dieux, je te promets de te jeter dans le fleuve moi-même !

Elle lève les deux mains et s'éloigne à grands pas pour rejoindre les chevaux. Je reste plantée là un instant, abasourdie, brûlée par la honte. Je croyais les avoir aidés. Je n'avais pas pensé qu'ils devraient risquer leur vie une fois de plus. Je voulais seulement…

— Ne t'en fais pas, souffle Jet en passant une main dans ses cheveux tout poussiéreux. Quand elle se met dans cet état, c'est parce que quelqu'un à qui elle tient lui a fait une grosse frayeur. (Il sourit.) D'habitude, c'est moi.

Melia grommelle quelque chose et se met à fouiller dans la sacoche de sa jument. Jet baisse les yeux vers le cadavre avant de les relever vers moi.

— Tu es revenue, dit-il.

— Oui.

Je me rapproche des chevaux. Je tiens à mettre autant de distance que possible entre le mort et moi.

— Tu étais sur le bateau qui allait te ramener chez toi mais tu es revenue nous aider.

Je déglutis.

— Je sais. C'était stupide de ma part. Je n'ai pas réfléchi… Enfin, non, ce n'est pas vrai. J'ai beaucoup réfléchi, mais pas à ce que j'allais faire exactement. Je…

— Zahru.

Il pose les mains sur mes bras. Je lève les yeux vers son visage tuméfié, gênée qu'il me réconforte alors que c'est lui qui est en piteux état.

— Merci, reprend-il.

Je cille pour chasser la chaleur qui me brûle la gorge.

— Je ne me le serais jamais pardonné s'ils t'avaient fait du mal, je murmure.

J'aurais peut-être dû m'arrêter à « je n'ai pas réfléchi ». Mais j'ai l'impression qu'on a traversé une vie entière au cours des deux derniers jours et, maintenant, je sais que Jet en ferait autant pour moi. C'est précisément ce qu'il fait, là, tout de suite. Et puis, malgré tous mes efforts pour me convaincre que ce que j'éprouve n'est que de la gratitude bien normale envers quelqu'un qui m'a sauvé la vie, je ne peux m'empêcher de remarquer la douceur de ses mains, ou le sentiment de sécurité que son contact m'inspire. Le monde pourrait exploser autour de nous, on trouverait quand même un moyen de s'en sortir. J'aimerais tellement que la situation soit différente, que Jet ne soit pas un prince. Alors je n'aurais pas sans cesse l'impression que je suis sur le point de perdre quelque chose d'irremplaçable.

— En même temps, je l'avais un peu mérité, dit Jet avec l'ombre d'un sourire. Mais je veux que tu me promettes de ne pas recommencer.

Je m'esclaffe.

— Seulement si toi, tu promets de ne plus aller te fourrer dans des pièges mortels.

Il sourit.

— Je vais faire de mon mieux.

On reste là un instant, lui à me tenir les bras, et moi à me pencher légèrement vers lui au lieu de m'écarter. *Qu'est-ce que je fabrique ?* Rien n'a changé. On va bientôt se remettre en route vers la ville la plus proche, et cette histoire que je ne comprends pas bien sera tout aussi impossible qu'avant.

Jet a dû remarquer la tristesse dans mon regard. Il me serre doucement les épaules.

— On va réessayer, dit-il. Osjerg n'est qu'à une journée de marche vers le sud. C'est une ville plus importante, beaucoup mieux policée. On aura de meilleures chances.

Je devrais peut-être lui dire que ce n'était pas à ça que je pensais mais, en même temps, je dois toujours rentrer chez moi. Et puis, qu'est-ce que ça changerait, de toute façon ?

— Voilà comment on s'y prend pour disperser une foule ! lance Marcus au-dessus de nos têtes.

Jet me relâche. Marcus descend de sa colline d'un pas guilleret avec son arbalète sur l'épaule et, toujours, son grand sourire jovial.

— Ça me fait un peu honte pour toi qu'ils n'aient été que huit, poursuit-il. On va devoir soigner ta réputation. J'étais prêt à en affronter au moins une vingtaine.

Melia lève les yeux au ciel et s'approche de Jet, munie d'un tissu propre et d'une flasque d'eau médicinale.

— Huit, c'était bien suffisant. Si Zahru ne les avait pas embobinés, je ne sais pas où on en serait.

— Hé ! dis-je. Tu viens de me crier dessus pour…

— Toi, je t'en veux toujours de t'être mise en danger pour nous, rétorque-t-elle d'une voix sèche que dément son petit sourire. Mais tu nous as bien aidés, et je t'en suis reconnaissante.

— Ils vous auraient battus ? (Marcus fronce les sourcils en s'agenouillant près du cadavre.) C'étaient des fanatiques de Sakira ?

— Non, répond Jet en tendant le bras pour que Melia nettoie sa plaie. Ils viennent de Nadessa – peut-être. Ou de Pem. Je pense que Wyrim les a recrutés pour me capturer et faire pression sur mon père. (Il jette un coup d'œil à Marcus.) Regarde ce qu'il a aux oreilles.

Je ne suis toujours pas à l'aise face au spectacle de la mort. Je vais me cacher derrière Melia, en tendant juste assez le cou pour voir Marcus soulever l'un des étranges appareils métalliques.

— Non ! souffle Marcus.

— Je crois qu'ils ont enfin réussi, reprend Jet d'un air inquiet. Ma magie n'avait aucun effet sur eux.

Marcus se relève en crispant les mâchoires. Il serre entre ses doigts les bords de l'espèce de petite coupelle, qui s'effrite aussitôt.

— C'est encore très fragile, mais nous devons en informer le mestrah, dit-il. Il faut que nos métallurges se mettent à élaborer un remède sur-le-champ.

Il se penche pour saisir l'autre coupelle et pour récupérer la bourse que m'avait prise notre agresseur. Je me détourne en le voyant refermer la main sur le carreau d'arbalète, mais un chuintement de fruit écrasé parvient à mes oreilles, et je sais déjà que je n'arriverai plus jamais à le nettoyer de ma mémoire.

— Je suis désolé, Zahru, reprend Marcus en rassemblant les autres projectiles, plantés dans le sable ou les buissons. Je n'aime pas tuer mais, parfois, je n'ai pas le choix.

— Tout va bien, dis-je alors que mon estomac proteste.

— C'est la première fois que tu vois un mort ? me demande Melia en essuyant une dernière trace de sang sur le visage de Jet.

— Et avec un peu de chance, la dernière.

— Oui, c'est ce que j'espère toujours, renchérit-elle tristement. (Elle replie son tissu et m'examine.) Tu es blessée ?

— Non.

— Bon, soupire-t-elle. Dans ce cas, allons-y avant qu'ils ne reviennent avec une tête pensante ou des renforts. J'imagine qu'on met le cap sur Osjerg maintenant ?

Jet hoche la tête.

— Oui, mais on va devoir faire un détour. Je pense que les hommes qui nous suivaient ce matin leur servaient d'éclaireurs, et que c'est pour ça qu'ils gardaient leurs distances. Ils ont dû alerter les chasseurs de prime quant à notre situation.

— Par le sang de Rie ! gronde Marcus. Je savais bien qu'on les avait semés beaucoup trop facilement.

— Et tu es certain que ta sœur n'a rien à voir là-dedans ? demande Melia.

— Évidemment.

Melia plisse les yeux.

— Jet…

— Quoi ?

— Vérifie, quand même.

Il soupire et tire le rouleau-relais de sa ceinture. Je suis son regard tandis qu'il parcourt ce qu'il y a d'écrit dessus. Il hoche la tête.

— Elle a décidé de marquer son passage à la première étape malgré tout. Elle est occupée à faire la fête et à parader dans les rues, à payer des verres ou de nouveaux vêtements à ses admirateurs. Ah, et elle espère que je m'ennuie terriblement.

— Est-ce que tu vas lui raconter ce qui s'est passé ? grommelle Marcus.

Jet range le rouleau.

— Peut-être plus tard, une fois que Zahru sera en sécurité. Pour le moment, ce qui m'inquiète surtout, c'est Kasta.

— Il n'est pas encore arrivé à l'étape ? s'étonne Melia.

— Non. Même si Sakira m'en veut toujours, elle l'aurait mentionné.

Tout le monde se tait. Sakira serait arrivée à la première étape hier si elle n'avait pas fait de détours. Kasta aurait eu largement le temps de la rattraper.

— Bon. Moi, je suis prêt, lance Marcus. Zahru ?

— Oui, dis-je en m'empressant de monter sur la jument de Melia.

— Pas de panique, déclare Jet, alors même que Melia et lui se dépêchent de se mettre en selle. Il n'est pas plus fort que nous. On doit se montrer prudents, c'est tout.

— Peut-être, mais il a une métamorphe, dis-je.

— Ça ne nous aide pas, Zahru.

— Pardon.

— Ne t'inquiète pas, souffle Marcus en me tapotant le mollet tandis qu'il détache son cheval de guerre. Cette bonne vieille Adoni ne nous laissera pas tomber.

Il caresse son arbalète, et je ne peux m'empêcher de sourire en imaginant la grand-mère de Marcus affronter une métamorphe – et la chasser à l'aide d'une fourche. Nous remettons les chevaux en route vers le désert, et j'éprouve un pincement au cœur. J'étais si proche de retourner auprès de *fara* et, en même temps, je me suis déjà habituée à cette nouvelle routine. À croire que je fais partie de l'équipe, moi aussi.

Il n'y a pas que Jet qui va me manquer.

Chapitre 17

Une fois que l'adrénaline reflue, et que les chevaux ralentissent au bout d'une dizaine de kilomètres, la chaleur impitoyable du soleil commence à peser sur mes épaules comme une couverture douillette. Marcus reste bien droit, l'œil vif, mais je pique du nez à plusieurs reprises, et Jet glisse presque du hongre gris avant que Melia ait le réflexe de le rattraper. Aucun de nous n'a dormi une nuit entière depuis deux jours. Marcus examine les environs et déclare que la voie est libre, alors nous décidons de nous arrêter quelques heures.

— Ça se voit qu'on n'en peut plus, commente Jet. Melia n'a pas parlé de me forcer à régner de toute la journée.

Melia sourit et lui donne un petit coup de poing dans le bras, mais elle est trop fatiguée pour protester.

On fait halte parmi des buissons au pied d'une petite crête rocheuse, d'où Marcus pourra surveiller le monde tandis que notre tente et nos chevaux resteront camouflés. Melia essaie de le convaincre de dormir un peu, mais il lui assure qu'il peut rester éveillé une semaine entière. Elle n'insiste pas. On se réfugie sous la tente comme un trio de chats mouillés, et je m'endors sitôt allongée.

Je me réveille quand quelqu'un se redresse en sursaut à ma droite.

— Par les dieux ! Il est tard ? lance Jet.

Il n'est qu'une silhouette sombre qui se découpe sur la toile de tente, à peine plus claire. Il fait nuit noire, et les criquets chantent leur réponse.

À ma gauche Melia roule sur le dos en se pinçant l'arête du nez.

— Pas assez tard.

— On aurait déjà dû se remettre en route depuis des heures. Marcus était censé…

Jet sort de la tente d'un bond. Je me retourne en grognant. Je ne suis pas assez reposée pour une nouvelle journée de dangers.

— Il va me tuer, grommelle Melia en se redressant. Comment est-ce qu'il fait pour bouger aussi vite, d'abord ?

— Je ne sais pas, dis-je. Je crois que je me casserais quelque chose si j'essayais.

— Bon, on ferait mieux d'aller voir ce qui se passe, si jamais il était arrivé des bricoles à Marcus. (Elle me tapote le bras avant de se mettre doucement debout.) Si j'avais su dans quoi j'allais me fourrer…

Elle sort en ronchonnant. Je bâille et m'étire, les muscles aussi noueux que du bois. J'ai l'impression d'avoir le dos plein de lames de couteau et les fesses en galettes après deux jours à cheval. Mais je me mets à quatre pattes malgré tout et, même si je jurerais entendre mes pauvres muscles pleurer, je me lève enfin. La voix de Melia me parvient, grave et calme, quoique sévère. Avec un peu de chance, ça veut dire que tout va bien et que je n'ai pas besoin de sauver tout le monde avec mes tactiques douteuses.

La nuit m'accueille de ses doigts froids. Au-dessus de nos têtes les étoiles scintillent, et je me frotte les bras tout en me faufilant entre les buissons pour grimper sur l'escarpement où Marcus s'est installé. Jet et Melia en redescendent déjà.

— Il dort, dit Jet, l'air soulagé. On va lui accorder encore un peu de répit avant de repartir.

— La prochaine fois, attends d'être sorti de la tente pour paniquer, au lieu de nous réveiller, râle Melia. (Elle lui donne un petit coup d'épaule mais m'adresse un clin d'œil.) Je vais me recoucher un peu. Prévenez-moi quand monsieur « une semaine sans dormir » sera réveillé.

Elle passe à côté de moi, et je me retourne pour contempler le désert avec Jet. Le paysage est complètement différent, de nuit. La pâle lanterne de Rie éclaire les dunes comme si elles étaient de glace, reflétant sa lumière argentée dans des éclats de sable. Un ibis pousse un cri non loin, mais le vent s'est tu, et j'ai l'impression que nous sommes pris dans un tableau. L'artiste l'intitulerait « La Dernière Nuit » – la dernière nuit de la souffleuse en compagnie du généreux prince qu'elle est condamnée à ne plus jamais revoir. Enfin, ça a intérêt à être la dernière nuit. Pas l'avant-dernière. Ni la dernière nuit avant qu'elle soit sacrifiée.

— Tu es encore fatiguée ? me demande Jet.

— Je crois que je serai fatiguée pour le restant de mes jours, dis-je. Mais je me sens beaucoup mieux qu'avant.

Il sourit.

— Est-ce que je… Tu veux venir marcher un peu ? Je doute de pouvoir me rendormir.

— D'accord.

Mes nerfs crépitent sous ma peau. C'est la première fois que nous avons l'occasion d'être seuls sans qu'un danger mortel ne nous guette. Il ne faut pas que j'en fasse une montagne. On va juste marcher un peu – et parler un peu. Je me tiens les coudes, à la fois pour ne pas trop sentir la fraîcheur de la nuit et pour me contenir.

— Au fait, dis-je. Je ne t'ai pas remercié d'être venu me chercher. J'avais un peu peur que tu ne me trahisses de nouveau, alors… Merci de ne pas m'avoir trahie.

Son sourire se fait malicieux.

— Ça, c'est parce que tu ne savais pas à quel point je prends les promesses au sérieux. Tu me dois toujours une histoire sur Nadessa.

J'éclate de rire.

— Nadessa ! Tu auras de la chance si je me souviens d'où je viens, après tout ça.

— Est-ce qu'il y a des paons, là-bas ? Est-ce que les plafonds sont de glace ?

— À Atera ?

Il s'esclaffe.

— Mais non. À Nadessa.

— Tu veux vraiment que je te raconte quelque chose au sujet de Nadessa ? Là, maintenant ? Tu y seras dans une semaine !

— Oui, mais je veux me rappeler ce que tu te rappellerais, toi.

Il tourne la tête vers moi, et mon cœur fait un bond de le voir dessiné ainsi sur fond d'étoiles, la gentillesse de son sourire, l'intelligence de son regard. Ce pourrait être le garçon du banquet, drôle et mystérieux. Et pourtant il est devenu tellement plus que ça.

— Bon, d'accord, dis-je en souriant. Peut-être que tu pourras m'écrire pour me dire si mes histoires sont vraies.

— Peut-être que j'aurai envie de t'écrire même si elles sont fausses.

Cette fois, quand je tourne la tête, il a l'air penaud, et j'éclate de rire tellement je nous trouve ridicules, à danser autour de nos émotions, tout en sachant l'un comme l'autre que ça n'aura bientôt plus aucune importance – mais en espérant que si, malgré tout.

— Bon, dis-je.

On arrive de l'autre côté de l'escarpement rocheux, où un petit étang formé par les pluies printanières persiste parmi les roseaux, entouré d'une dizaine de cigognes. Il s'assèche déjà, révélant ses contours d'avant, mais des lucioles scintillent à la surface comme de minuscules flammes, et l'eau est d'un calme parfait, lustré, telle une flaque de verre sertie d'étoiles dans un paysage autrement austère.

Un peu comme mon prince au regard penaud.

— Je n'en connais pas beaucoup, des histoires, dis-je en m'adossant à la paroi rocheuse. Mais celles que j'ai entendues sont fabuleuses.

Je rassemble mes souvenirs de ces voyageurs aux mains gantées et aux vêtements de gaze fine, un tissu si léger qu'il paraissait tissé de lumière.

— Le palais de Nadessa a un jardin tout entier formé de pierres précieuses. Des roses de grenat, des bassins de saphir, des troncs d'arbre en topaze avec des feuilles d'émeraude.

L'un des tout premiers rois a capturé un oiseau-vœu, et c'est ce qu'il lui a demandé, pour en faire cadeau à sa fille. Il paraît qu'en s'y promenant, on gagne une semaine de paix.

— Un jardin de joyaux, répète Jet d'un air songeur en s'adossant aux rochers à côté de moi. Et l'empereur le partage avec ses sujets ? Est-ce pour ça qu'on entend si rarement parler de mécontentement à l'est ?

J'incline la tête sur le côté.

— Je ne sais pas. La voyageuse en question m'a raconté qu'elle y avait volé un rubis, alors je doute qu'elle ait été invitée.

— Ah.

— L'autre histoire parlait de cuisine.

J'ignore si c'est le fait d'y repenser, ou celui de me souvenir qu'on n'a pas mangé depuis des heures, mais je commence à saliver.

— Je devine une certaine tendance chez toi, me taquine Jet.

— Il y a des mets hallucinants à Nadessa. Des boissons toutes crémeuses, avec des feuilles de menthe fraîche ; du riz épicé ; des poires et des melons de lune ; des gâteaux à la figue et à la cannelle…

— Donc, en théorie, si j'avais apporté du chocolat quand je suis venu te secourir, tu m'aurais pardonné sur-le-champ ?

Je me redresse.

— Tu as du chocolat ?

Il éclate de rire.

— Non, mais si ça me permet de rester dans tes bonnes grâces, je promets de t'en acheter tout un étalage à la prochaine ville.

Je l'examine attentivement, comme s'il n'était pas déjà profondément ancré dans mes bonnes grâces.

— Dans ce cas, je crois bien que tu n'as pas le choix.

— Pourquoi ? (Il se penche vers moi avec un petit sourire en coin.) Suis-je en danger de glisser de tes bonnes grâces, une fois de plus ?

Je n'ose même pas le regarder. Il est beaucoup trop près, et je risque de faire quelque chose d'impulsif.

— Non, dis-je en me raclant la gorge. Mais j'ai décidé que c'était la moindre des choses, après m'avoir forcée à passer une journée de plus dans le désert.

Il éclate de rire, incrédule.

— C'est moi qui t'ai forcée ?

— Si seulement tu savais te débrouiller tout seul et t'abstenir d'être aussi populaire parmi les dangereux criminels, je serais déjà tranquillement chez moi, à boire du jus de fruit pendant qu'on me tresserait les cheveux.

— Du jus de fruit ?

— Ben oui. Je me servirais de ton argent pour acheter du vin, mais ce serait pour aller en jeter une coupe à la figure de mon ex, qui croyait que j'allais mourir ici. (Je hausse les épaules.) Alors voilà : du jus de fruit.

Il rit doucement et se rapproche un peu, de sorte que son épaule touche la mienne.

— Tu pourrais t'acheter plus d'une bouteille de vin, tu sais.

Il effleure ma main du bout des doigts, et mes bonnes résolutions volent en éclats. J'ouvre la paume vers le haut, et il y dessine des cercles légers comme des plumes qui embrasent tout mon bras.

— Oui, je pourrais, dis-je en avalant ma salive. Si j'avais quelque chose à fêter.

— Le fait d'être de retour chez toi, par exemple ?

Il entremêle ses doigts aux miens, et mon cœur se serre tant j'aimerais pouvoir suspendre cet instant, tant j'aimerais que cette nuit soit la première d'une longue série, pas la dernière. Je replie les doigts autour des siens en gardant le regard rivé sur le petit étang.

— Ou le fait d'avoir un bon mestrah, je murmure.

C'est osé de ma part, et Jet se raidit aussitôt, mais il ne s'écarte pas. J'ignore d'où me vient l'audace de poursuivre, mais je brûle de savoir si je suis seule à éprouver un changement, ou si lui aussi. Ce n'est peut-être pas forcément la fin. On a peut-être un avenir qui ne se résume pas à une poignée de lettres envoyées à des milliers de kilomètres.

— Jet, dis-je en me tournant vers lui. Qu'est-ce qui t'a fait changer d'avis, au sujet de ton héritage ?

J'estime que c'est plus prudent d'aborder la question ainsi. Je n'ai pas oublié le regard qu'il m'a jeté quand il a déclaré qu'il ne voulait plus jamais redevenir le garçon qu'il était avant.

Jet soupire tout en passant son pouce sur le mien.

— Je ne sais pas si j'ai intérêt à te le dire. Tu avais enfin retrouvé une image positive de mon père.

— Pourquoi ? C'est quelque chose qu'il a fait ?

— Oui et non.

— Dans ce cas, raconte-moi une histoire qui le montre sous un bon jour, puis raconte-moi ce qui t'a changé.

Jet réfléchit un instant, le regard perdu à l'horizon encore sombre, puis il finit par acquiescer.

— D'accord. Alors voilà : avant de tomber malade, mon père adorait peindre. Il disait que tout bon souverain a besoin d'une distraction qu'il garde strictement pour lui. Pendant des années, Sakira et moi, on était convaincus qu'il avait un millier de chefs-d'œuvre dans ses appartements. On lui a dit qu'on voulait en hériter. (Il sourit.) Comme tu dois déjà t'en douter, mon père est un homme très sérieux. Mais, quand on lui a annoncé ça, il a éclaté de rire. Il nous a demandé si on était sûrs de nous, et on lui a répondu que oui, bien sûr. Alors il nous a conduits à son atelier et nous a montré… ses petits bonshommes.

Je m'esclaffe.

— Des petits bonshommes ?

— Oui. Des centaines de petits bonshommes, comme dessinés par un enfant. Mon père est vraiment nul, comme peintre. N'empêche, il nous a autorisés à prendre une toile chacun, mais seulement après nous avoir fait promettre de ne jamais révéler qui en était l'auteur. C'est ce jour-là que j'ai compris qu'il nous faisait passer avant sa fierté personnelle… et qu'on peut aimer faire quelque chose même si on n'est pas doué.

Il sourit de plus belle, et je ris.

— Tu en as parlé à quelqu'un à la première occasion. Pas vrai ?

Jet fait semblant de s'offenser.

— Tu me sous-estimes ! (Ses yeux pétillent.) C'était Sakira, tu t'en doutes bien.

J'éclate de rire.

— Oui, forcément.

— Notre père ne l'a pas mal pris. (Jet hausse les épaules, et son sourire s'efface.) J'ai toujours son tableau dans mes appartements.

Encore un morceau de lui-même qu'il ne reverra pas. Je laisse le silence s'installer entre nous, en me demandant s'il répondra à la deuxième partie de ma question. Brusquement je me dis qu'il vaut peut-être mieux qu'il n'en fasse rien. J'aime beaucoup cette image du mestrah, capable de rire de ses petits bonshommes en compagnie de ses enfants.

— Quant à ce qui m'a fait changer d'avis…

Il fronce les sourcils et laisse sa phrase en suspens, si bien que je finis par lui donner un petit coup d'épaule.

— C'était la même chose. Pas vrai ? Tu as vu ces petits bonshommes et tu t'es dit : « si c'est ça que l'avenir me réserve… »

Jet glousse et me serre doucement la main, mais son rire est presque peiné. Il appuie la tête contre les rochers en fermant les yeux. La lune nimbe d'argent sa peau brune et accentue les ombres de son visage.

— D'abord je veux t'assurer que mon père est un homme bon, dit-il. Du moins la plupart du temps, mais un homme bon ne fait pas forcément un bon roi. Et, parfois, un bon roi n'est pas strictement… bon. (Il me regarde, et j'ignore ce qu'il voit, mais il semble prendre une décision.) Qu'est-ce que tes tuteurs t'ont appris au sujet de la Grande Sécheresse ?

Je pousse un grognement.

— Rien du tout. Les souffleurs n'ont pas de tuteurs, Jet.

Il réprime une grimace.

— Oh, pardon. Désolé. Encore une chose que je… Peu importe. La Grande Sécheresse a eu lieu du temps de nos grands-parents. Elle a duré sept ans, et des milliers d'entre nous ont succombé à la faim et à la soif. Par ailleurs des centaines de personnes sont mortes en se disputant le peu qu'il nous restait. Et puis, un jour… tout s'est arrangé. Ma grand-mère a envoyé des charrettes pleines de nourriture à toutes les villes d'Orkena, en prétendant que les dieux avaient répondu à ses prières.

La peur me serre le cœur quand j'entends le verbe « prétendre ».

— Ce n'était pas vrai ?

Jet garde les yeux tournés vers le désert.

— Ces provisions ne venaient pas des dieux ; elles venaient de pays limitrophes d'Orkena. (Il serre ma main un peu plus fort.) Pem, Wyrim, Eiom. Ma grand-mère y avait envoyé nos armées. Nous avons décimé leurs soldats… mais de nombreux civils sont morts aussi. C'était facile : on avait de la magie ; eux, non. Très vite nos autres voisins sont venus nous proposer des accords commerciaux, soucieux de préserver la paix et d'éviter de terribles conséquences. C'est de là que vient notre réputation. C'est pour ça que tout le monde redoute nos armées. (Il crispe les mâchoires.) Afin de nous sauver, il a fallu que d'autres peuples meurent. Je refuse de devoir faire ce genre de choix, Zahru.

Je déglutis et suis son regard.

— Moi non plus, je n'aimerais pas décider de la vie d'autrui.

— Or une autre décision cruciale nous guette. Les hommes qui nous ont attaqués ? C'est Wyrim qui les envoyait. Je le sais. Il semblerait que les tours de garde qui surveillent cette frontière ne soient pas très fiables, s'ils ont pu envoyer leurs mercenaires. (Il soupire.) Wyrim ne nous a jamais pardonné. Ça fait des années qu'ils essaient de rassembler des alliés, de convaincre nos partenaires commerciaux de couper les ponts avec nous, en répétant que nous avons imposé ces contrats par la force et que ce n'est pas juste. Ils ont consacré leurs ressources à inventer un métal qui neutralise la magie. Jusqu'ici personne ne s'était allié avec eux par peur de nos représailles, mais s'ils ont réussi…

— La guerre va éclater. (Je frissonne en imaginant une armée assombrir l'horizon au nord d'Atera.) Tu ne pourrais pas renégocier ces contrats ? En modifier les termes afin de les rendre plus équitables, et apaiser Wyrim par la même occasion ?

Il secoue la tête.

— C'est bien ça, le problème. Plus j'étudie la politique, plus je me rends compte que rien n'est aussi simple qu'il y paraît. Si nous revenons sur nos accords commerciaux, tous ces pays vont croire que nous craignons Wyrim et risquent de vouloir négocier des termes qui pencheront en leur faveur. Ou alors, on va carrément les perdre. Surtout s'ils sentent que je suis le genre de roi qui a peur de faire la guerre.

Clairement la politique est beaucoup plus compliquée que je ne l'imaginais. Un geste amical devrait être accepté avec gratitude. Ça me paraît complètement injuste que même une solution paisible finisse par déclencher une guerre, et je comprends parfaitement que Jet n'ait pas envie de causer de telles souffrances. À sa place, je préférerais laisser cette responsabilité à quelqu'un de plus âgé et de plus sage.

Puis je pense à qui seraient ces personnes.

Kasta le paranoïaque, qui croit que le monde entier est contre lui et qui n'hésite pas à faire plier la volonté des dieux pour obtenir ce qu'il veut. Il a déjà prouvé qu'il se fiche complètement que d'autres souffrent, pourvu qu'il atteigne son but. Ou Sakira, qui croit que régner, c'est enchaîner les fêtes et les défis futiles en compagnie de beaux jeunes gens, et qui ne prend même pas la Traversée assez au sérieux pour m'empêcher de lui filer entre les doigts.

J'imagine mal Kasta renégocier les contrats ou faire autre chose que déclarer la guerre. Je n'imagine pas non plus Sakira céder du terrain. Elle tient tellement à prouver qu'elle n'a pas peur de verser son sang, comme un homme. Je ne connais pas grand-chose à la guerre mais je sais qu'un métal capable de neutraliser la magie aurait un effet dévastateur sur des soldats qui ont passé leur vie entière à exercer leurs talents magiques avant tout. Et puis, si le palais a besoin de grossir les rangs de son armée, ils risquent d'appeler tous ceux et celles qui peuvent se battre – mes amis, Hen – ainsi que tous ceux et celles qui ont perdu leur utilité… comme mon père.

Si ça se trouve, je vais rentrer chez moi juste à temps pour les voir partir à la guerre – et à jamais.

— Et ce conflit… il est inévitable ? je demande.

Cette vérité me prend à la gorge avec la force d'un python.

— Je dirais que oui. Même si on arrive à renégocier les contrats, Wyrim veut faire couler le sang. Ça fait déjà longtemps qu'ils se vantent de pouvoir surpasser notre magie à l'aide de leur science. Ce serait leur chance de le prouver.

Je le dévisage. Comment peut-il risquer sa vie à plusieurs reprises pour me sauver sans se rendre compte du sort qu'il réserve au reste de son peuple ?

— Donc, au lieu d'affronter cette responsabilité, toi qui comprends et respectes les implications d'une guerre, tu préfères remettre notre avenir entre les mains du garçon qui m'a tailladé le poignet pour y inscrire la marque des dieux, ou entre celles de la fille qu'on a laissée ivre morte dans le sable. C'est bien ça ?

— Je… (Il me jette un regard déçu et pousse un grognement.) Tu ne vas pas t'y mettre aussi.

— Écoute, Jet, j'étais de ton côté jusqu'à ce que tu me parles de cette guerre inévitable. Moi aussi, il y a des aspects de mon métier que je n'aime pas du tout. Ça me fait horreur quand un animal est trop malade ou trop grièvement blessé pour que mes soins changent quoi que ce soit. C'est ce qu'il y a de pire, de se sentir impuissant comme ça. Mais si je démissionne complètement, j'oublie les dizaines de bêtes que j'ai aidées – ou les dizaines que je pourrais sauver à l'avenir.

Il relâche ma main et s'écarte du rocher.

— Ce n'est pas comme si j'abandonnais un palais vide, non plus. Sakira saura charmer nos alliés et les convaincre de nous défendre. Quant à Kasta… il ira beaucoup mieux une fois que je ne serai plus dans les parages. Orkena s'en sortira très bien, comme toujours.

— Peut-être, mais à quel prix ? La vie de mon père ? La mienne ?

— Ça n'ira pas jusque-là.

— Ça, tu n'en sais rien. Mais tu pourrais le savoir, et même avoir une incidence dessus, si tu prenais la situation en main.

Jet croise les bras.

— Je refuse de me disputer avec toi. Ma décision est prise.

— Tu serais un roi juste. Tu ferais le bon choix au sujet de Wyrim.

— Ma décision est prise, je te dis, lance-t-il un peu plus sèchement.

Je croise les bras à mon tour.

— Eh bien, moi, je pense que tu n'y as pas bien réfléchi.

— Et moi, j'ai l'impression que tu oublies pourquoi je ne peux pas rester.

— D'accord. Dis-moi. Qu'est-ce que j'oublie ? Qu'est-ce qui te fait réellement si peur ?

Son regard furieux s'adoucit aussitôt. D'un coup de pied, il envoie un caillou dans l'étang. Puis il baisse les bras.

— J'ai peur de changer.

Je cille.

— De changer ?

— Tu m'as demandé ce que j'avais vu, chez mon père, qui m'avait dissuadé de vouloir régner. Je t'ai dit qu'il avait bon cœur et qu'il ferait tout pour protéger son pays et sa famille. (Il se masse la nuque.) Le problème, c'est qu'il ferait vraiment tout.

La nuit gèle sur ma peau.

— Comme ta grand-mère ?

— Oui, dit-il en pinçant les lèvres. Quand j'ai abordé mon quatorzième été, mon père m'a emmené rendre visite à un prisonnier wyri. (Il se saisit les coudes.) C'était un charpentier. Il avait deux petites filles dont il parlait sans arrêt. Mais c'était aussi le frère d'une femme qui menait des recherches sur le métal anti-magie, et il savait beaucoup de choses.

Sa voix se brise un instant.

— Quand on est repartis, on avait le nom et l'adresse d'une personne, mais cet homme saignait des deux yeux, poursuit-il en fermant les siens. Pourtant c'est le visage de mon père que je revois sans cesse. La concentration sur ses traits tandis qu'il arrachait à cet homme des souvenirs contre son gré. Comme si ses hurlements ne l'affectaient pas le moins du monde. (Il déglutit.) Ces informations nous ont permis de faire reculer les recherches de Wyrim de plusieurs années, mais je ne pourrais jamais faire ça. Regarde ce qui s'est passé quand j'ai dû affronter mon frère. Non, je refuse de retomber là-dedans.

Il a l'air malade, les doigts crispés autour de ses coudes. Tant pis si mon geste met cette dernière journée sous le signe de la gêne. Je m'approche de lui et saisis son visage à deux mains pour le forcer à me regarder. Pour le rassurer, pour lui montrer que je suis là. Pour lui rappeler qu'il est ici aussi, et pas dans cette prison passée.

— Jet ?

Je le sens crisper les mâchoires sous mes paumes.

— Je sais. Ça aussi, ça fait partie de la mission. Je ne peux pas espérer protéger mon peuple si je ne suis pas prêt à faire du mal à ceux qui voudraient nous attaquer.

— Ce n'est pas ce que j'allais dire.

Il m'observe en silence et ses yeux bruns trouvent enfin les miens.

— J'allais dire que tu n'es pas obligé d'aller au-delà de ce que tu veux. Ton père a choisi de torturer ce prisonnier. Je sais bien que tu l'aimes, mais rien ne te force à l'imiter.

Il me sourit comme si j'étais trop naïve.

— C'est ce que le rôle de mestrah implique. C'est comme ça.

— Et ça, c'est une réponse de fainéant.

J'aurais sûrement mieux fait de garder cette réflexion pour moi. Jet cille d'un air choqué, et je m'empresse de le relâcher.

— Tu sais déjà que tu ne veux pas devenir ce genre de personne. Alors fais en sorte que ça n'arrive pas. Fais tout ton possible pour ne pas devenir comme ça.

— C'était aussi l'intention de mon père, au départ. Il n'était vraiment pas du genre à torturer quelqu'un.

— Alors entoure-toi de gens qui savent ce que tu veux ! Et qui n'auront pas peur de te rappeler à l'ordre. Melia, par exemple.

Je hausse un sourcil, et le visage de Jet se fend enfin d'un vrai sourire.

— Le monde évolue, qu'on le veuille ou non, poursuis-je avec un pincement au cœur en pensant à Hen et à toutes ses offres d'emploi – à tous les endroits où elle ira sans moi. Mais il y a une chose que tu contrôleras toujours, c'est qui tu es, toi.

Je ne sais pas si c'est de la surprise que je vois dans les yeux de Jet, mais quelque chose change tandis qu'il me regarde, comme si je venais de lui montrer une porte qu'il n'avait encore jamais remarquée. C'est alors que je m'aperçois qu'on s'est beaucoup rapprochés. Nos mains se touchent presque. Si on entremêlait nos doigts, on ne serait plus qu'à un souffle.

— Tu ne vas pas me traiter de lâche ? demande-t-il tout bas.

Je hausse les épaules.

— Ceux qui disent ça sont des hypocrites. On a tous peur de quelque chose.

Il arque un sourcil et glisse ses mains dans les miennes.

— Et toi ? De quoi as-tu peur ?

Je ris, mais c'est surtout pour étouffer la panique qui me traverse la poitrine. À un moment donné, on a dépassé le stade de la gêne, et je viens seulement de comprendre pourquoi il m'était aussi familier. Ce n'est pas la première fois que de beaux yeux bruns me contemplent avec une telle douceur. Ce n'est pas la première fois que je sens sous mes doigts un tel pouvoir, aussi dangereux que séduisant. Un pouvoir qui m'a attirée si subtilement que je ne me suis rendu compte de rien, jusqu'à ce qu'il décide de rompre.

C'est ainsi que tout a commencé avec Gallus aussi.

— Ce n'est pas comme ça que ça marche, dis-je en détournant le regard.

Il éclate de rire, surpris.

— Ce n'est pas comme ça que *quoi* marche ? De quoi tu parles ?

— Je ne suis qu'un chapitre de ton histoire, tu comprends ? (Je m'écarte de lui, même si ça me blesse comme une coupure.) Je n'ai pas à répondre à tes questions. Tout le monde se fiche de ce que je raconte.

Il fronce les sourcils.

— Je ne suis pas sûr de comprendre de quoi tu parles mais, quoi qu'il en soit, je ne répéterai jamais ta réponse. Ça reste entre nous, et je ne m'en fiche pas du tout. Crois-moi.

— Bon, d'accord. Je… (J'ai l'impression d'avoir commis une erreur irréparable, et ça me fait horreur, mais il me suffit de repenser à ce premier jour sans Gallus pour savoir que je ne suis vraiment pas pressée d'en repasser par là.) J'ai peur de te dire de quoi j'ai peur.

— Ça, c'est de la triche !

— Pas si on considère que, plus que tout, je crains que tu ne découvres de quoi.

Il réfléchit un instant, avec un sourire un peu triste.

— Tu ne veux vraiment pas me dire ? Pourtant tu connais plusieurs de mes craintes maintenant. Rassure-moi, au moins : tu as bien peur de quelque chose. Pas vrai ?

Il fait mine de me reprendre la main, mais je me recule en essayant de ne pas remarquer son regard peiné. Il n'insiste pas. Il attend, les cheveux tout givrés par les rayons de lune tandis que des lucioles dansent dans son dos. Alors, enveloppée de son parfum de cuir chaud et de sauge, je comprends que je ne pourrai plus jamais savourer de nuit étoilée avec lui. Je dois m'empêcher de remarquer combien je suis bien à côté de lui. Je ne dois surtout pas le voir dans le rôle de mon mystérieux sauveteur, de ce garçon destiné à rester à mes côtés envers et contre tout.

Parce qu'il m'est beaucoup trop facile de l'imaginer dans une minute ou un an, lorsqu'il se rappellera qu'il est un prince et que je ne suis rien. Alors il me regardera avec un sourire empreint de pitié, comme Gallus. *« Tu ne croyais quand même pas que c'était sérieux, si ? Tu n'es qu'une fille d'écurie, Zahru. »*

De quoi j'ai peur ?

D'être brisée, humiliée… abandonnée, une fois de plus, par un garçon comme toi.

— Les serpents, dis-je en me raclant la gorge. J'ai une peur bleue des serpents.

Jet hausse un sourcil.

— Tu as peur des serpents ?

— Tu as changé d'avis au sujet de ton règne ?

Il lève les deux mains.

— Les serpents. C'est une peur tout à fait légitime. Viens, on ferait mieux d'aller voir Marcus. Il est temps de se remettre en route.

Je hoche la tête et, l'estomac noué, je remarque qu'il garde une distance respectueuse, soucieux de ne pas dépasser cette limite que je viens de poser. Ça vaut mieux comme ça. On en sera tous les deux reconnaissants finalement et, une fois qu'il aura établi sa nouvelle vie à Nadessa et que, moi, je serai de retour à la maison, on pourra sourire au souvenir des quelques jours qu'on a passés ensemble au lieu de regretter tout le temps dont on a été privés.

Mais, tandis que j'aide Melia à seller les chevaux et que je passe la main sur la robe soyeuse de la jument, je ne peux m'empêcher de revenir sur le début de notre conversation. J'ai soudain l'impression que, en rentrant chez moi, je ne ferais que fuir mes responsabilités – comme si quelque chose de beaucoup plus important que moi était suspendu au-dessus d'un fleuve en crue, et que je restais là, sans rien faire, à regarder les eaux monter.

Chapitre 18

Cette fois nous restons près des routes.

Marcus garde un œil attentif sur tous les voyageurs et toutes les carrioles qui passent au loin, mais il n'y a pas grand monde dehors à cette heure de la nuit, et personne ne s'amuse à sonder l'obscurité où nous avançons. Nous croisons, en tout et pour tout, une vieille femme dont le troupeau de bœufs pâture sur notre chemin. Elle se contente de nous saluer d'un signe de tête, sans un mot. Je m'attarde presque malgré moi pour écouter ses bêtes. Elles pensent à manger, à se reposer, et éprouvent de la gratitude pour les bons soins de leur gardienne – pas comme certaines vaches aigries de ma connaissance.

Alors, malgré la nostalgie que m'inspire ce souvenir, malgré la distance qui me sépare desdites vaches, j'ai l'impression irrépressible que ça va être une bonne journée. La troisième aube de la Traversée approche, ce qui ne laisse que quarante-huit heures avant que la course soit annulée. Nous allons atteindre Osjerg à l'heure où la ville s'éveille et où les bateaux s'apprêtent à lâcher les amarres. Cette fois c'est Marcus qui va m'accompagner. Comme ça, personne ne risquera de reconnaître Jet. Pendant ce temps Melia écrira à *fara* pour lui assurer que je suis en vie et sur le chemin du retour.

Cette fois, ça va marcher. Je vais pouvoir conclure mon récit par : « … et ils vécurent heureux jusqu'à la fin de leurs jours. »

Pourtant, avant de partir, je brûle de parler à Jet une dernière fois au sujet de son héritage. On n'a peut-être pas d'avenir ensemble, mais ça ne veut pas dire qu'il ne peut pas devenir notre souverain. Il lui suffirait de se rendre à la première étape et d'attendre que le mestrah annonce l'annulation de la Traversée. Alors il pourrait reprendre la course en même temps que son frère et sa sœur, et il pourrait même décider d'épargner le prochain sacrifice. Il deviendrait ainsi le roi le plus miséricordieux et le plus progressiste depuis des générations.

Il faut simplement que je trouve un moyen futé de formuler la chose – un moyen de le convaincre qu'il ferait un excellent mestrah avant qu'il ne puisse détourner la conversation.

—Attendez, lance Marcus en tirant sur ses rênes. Je dois aller sauver un cactus.

Il met pied à terre avant même que son cheval s'arrête puis se dirige vers des rochers. C'est exactement le genre de déclaration cryptique que j'attends de la part d'un soldat endurci. Ça signifie sans doute quelque chose comme « je vais reconnaître le terrain » ou « je vais poser un piège », et ma curiosité l'emporte.

—Sauver un cactus ? je demande dans un murmure.

—Il a besoin de se soulager, dit Jet.

—Ah. Je vois.

Je suis extrêmement déçue.

J'attends que Jet ajoute quelque chose, mais il se contente de détacher le rouleau-relais de sa ceinture. Il le lit puis le range et demande à Melia de lui passer une gourde – le tout sans me jeter un coup d'œil. Je me demande si c'est parce que je me suis écartée de lui. J'espère qu'il ne s'imagine pas que c'est sa faute mais, quoi qu'il en soit, je ne veux surtout pas qu'on se dise adieu sur cette triste note. Je croise le regard de Melia, qui a vu que j'observais Jet.

—Est-ce qu'on peut échanger de place ? je lui demande. (Jet redresse brusquement la tête, alors je lui adresse un timide sourire.) Ça ne t'ennuie pas ?

—Oh, euh… (Il s'empresse de reboucher la gourde.) Non, pas du tout.

Melia nous jette un coup d'œil curieux mais saute de selle en un geste fluide qui fait voleter sa tunique violette. Je descends à mon tour et remercie la jument d'un baiser sur le bout du nez. En réponse, elle frotte sa tête contre moi.

—*Melia*, hennit-elle doucement lorsque je rends les rênes à la guérisseuse. *Melia !*

—Oui, tu vas retrouver ta cavalière préférée.

Melia me décoche un sourire malicieux qui illumine ses yeux verts. Elle croit sûrement que nous n'avons pas fait que bavarder hier soir, Jet et moi. J'ai beau savoir que ce n'est pas le cas, je me sens rougir jusqu'aux oreilles. Je me détourne aussitôt, en m'armant de courage pour affronter ce que je vais voir sur le visage de Jet, mais il examine l'horizon, les flambeaux de la ville qui scintillent au loin. Il a l'air fatigué. Sa cape et sa tunique sont couvertes de sable ; les lignes de khôl autour de ses yeux ont presque disparu. Les plumes métalliques de son armure, si étincelantes au palais, sont déjà ternies.

Malgré tout je m'appuie contre le cheval et affiche mon plus beau sourire.

— Tu sais, on dirait presque que tu t'apprêtes à prendre un pays d'assaut, comme ça.

Bon, j'avoue que la subtilité n'est pas mon fort. Jet me lance un regard en coin.

— Je sens que tu vas me faire regretter Melia, grommelle-t-il. Pas vrai ?

— J'ai l'impression que tu manques d'ouverture d'esprit à ce sujet. Tu devrais plutôt voir ça comme l'occasion rêvée de passer un peu de temps avec une délicieuse jeune fille qui ne cherche qu'à souligner tes qualités.

Marcus glousse derrière ses rochers.

— Ça y est ! On l'a convertie !

Jet pousse un grognement, mais son regard brille d'une lueur amusée.

— Bon, d'accord. Mais je passe à l'arrière, cette fois.

Il se recule sur la selle pour que je me hisse devant lui, et je m'installe avec un petit sourire satisfait – jusqu'à ce qu'il revienne se caler derrière moi. Alors je me souviens qu'il n'y aura plus le moindre espace entre nous. Envolé, le sourire victorieux. J'ai peut-être dit à ma tête d'arrêter de penser à lui, mais il semblerait que mon cœur n'ait pas saisi le message. Tandis que Jet ajuste les rênes, je suis terriblement consciente de son torse contre mon dos, de ses bras autour de mes épaules – des bras doux et musclés qui dirigent le cheval d'une main délicate. Je me concentre sur les symboles incrustés dans le pommeau de la selle – représentant la vie et la chance – pour me distraire, mais je sens que ça va mal finir, cette histoire.

— Oh, doucement ! souffle Melia à sa jument lorsque celle-ci se cabre et pivote face au nord.

Le cheval de guerre et notre hongre redressent la tête d'un même mouvement. Ils regardent au-delà des bœufs qui, eux aussi, s'agitent en mugissant.

— Qu'est-ce qui se passe ? demande Marcus en revenant vers nous, l'arbalète au poing.

— *Écoutez*, dit le hongre.

— *C'est silencieux*, hennit le cheval de guerre.

Ils font pivoter leurs oreilles, et j'ai la désagréable impression qu'ils ne parlent pas du calme nocturne. Ils entendent quelque chose qui se déplace mais dont les idées sont muettes. Or, d'après mon expérience, aucun animal ne passe plus de quelques instants sans penser, alors ce qu'ils entendent doit être humain. Ils ne se sont pas alarmés de croiser la vieille femme, donc ça ne peut pas être elle. Quelqu'un a dû nous suivre.

— On ferait mieux de presser l'allure pendant quelque temps, dis-je en me recroquevillant contre Jet.

— Qu'est-ce que tu vois ? me demande Marcus.

— Moi, rien, mais ils entendent quelque chose.

Je désigne les chevaux, qui observent les dunes au nord, les naseaux grands ouverts. Son cheval de guerre racle le sable d'un sabot.

— *Pas naturel,* gronde-t-il. *Hyra. Inconnu.*

Les autres chevaux s'agitent à cette idée. La jument fait un écart de côté avant que Melia arrive à la calmer. L'inquiétude me donne la chair de poule. La voix de la raison me souffle qu'il s'agit simplement de quelqu'un qu'ils ne voient pas bien, mais peut-être que mes émotions sont plus finement alignées sur celles des chevaux après deux jours dans le désert. J'éprouve le même malaise qu'au banquet, quand Kasta me dévisageait.

— Ce sont peut-être des chacals, dit Melia en caressant l'encolure de sa jument. J'en ai vu passer tout à l'heure, qui nous regardaient depuis les buissons.

— Non, ça ne pense pas comme un animal, dis-je.

Marcus jette un regard interloqué à Jet.

— Zahru est souffleuse, explique-t-il en remettant sa capuche.

— Ah, d'accord ! lance Marcus en souriant. Ça répond à pas mal de questions que je me posais.

— On accélère pendant quelques kilomètres ? demande Melia.

— Au moins, oui, répond Marcus en se remettant en selle. Jet, est-ce que tu peux nous rendre inaudibles ?

Jet hoche la tête.

— Je vais rediriger le bruit qu'on fait vers un autre chemin aussi longtemps que possible. Avec un peu de chance, ça suffira à entraîner la chose qui nous suit.

Nous nous remettons en route, d'abord au trot, ce qui me secoue méchamment et réveille ma gêne d'être aussi près de Jet. Puis les chevaux adoptent un galop souple qui risque de m'achever. Je sens le poids de Jet remuer en rythme dans mon dos, ferme et chaud, et je dois me rappeler que j'ai pris une décision, puis imaginer que nos poursuivants sont des cadavres cannibales pour empêcher mon imagination de s'aventurer sur une pente trop glissante.

— Au moins, la nuit est belle, dis-je dans un couinement.

— C'est vrai, souffle Jet d'une voix grave et douce à mon oreille.

Je me racle la gorge et me souviens que j'ai une mission à accomplir.

— Qu'est-ce que tu vas faire, une fois que tu seras à Nadessa ?

— Je ne sais pas, dit-il en rajustant ses rênes. Je vais passer un peu de temps chez Marcus et son copain, et après… on verra. Il y a tellement d'endroits que j'aimerais visiter. Je ne sais même pas par où commencer.

— Justement, il y a une ville pas très loin, au nord, avec un palais magnifique, truffé de bassins intérieurs qui…

— Zahru.

— Je sais, mais c'est plus fort que moi. Tu n'as pas l'impression de gâcher une merveilleuse opportunité ?

Le souffle du vent se tait, de même que le bruit des sabots de notre cheval sur le sable. Nous sommes dans notre petite bulle, mais le cuir de la selle crisse lorsque Jet remue.

— Non, dit-il. J'ai l'impression d'être enfin libre après des années de captivité. Tu n'as jamais voulu autre chose ? Tu n'as jamais rêvé de tout ce que tu pourrais faire si tu n'étais pas souffleuse ?

Et voilà. En deux questions, il m'a coincée. Je mentirais si je prétendais que je connais ma place dans le monde et que mon sort me comble parfaitement. Après tout, si je me retrouve dans cette galère, c'est parce que je voulais autre chose. Que ça me plaise ou non, la démarche de Jet est la même : il cherche à vivre la vie qu'il veut, pas celle qui lui a été attribuée d'office.

— Zahru ? Tu ne dis rien ? Par les dieux, est-il possible que tu n'aies rien à rétorquer ?

— Il m'arrive de réfléchir avant de parler, dis-je sèchement.

Il rit.

— Et puis, ta question n'est pas juste, de toute façon. Je suis souffleuse. Évidemment, que je rêvais d'autre chose. Toi, tu es prince.

— D'accord, mais si quelqu'un t'offrait la possibilité de changer de vie… est-ce que tu saisirais ta chance ?

C'est lui qui a trouvé un moyen futé de mener cette conversation. Je ne peux pas répondre à sa question sans appuyer sa décision – sans admettre que, à sa place, je ferais comme lui.

— Je… ne sais pas. Ce n'est pas pareil. Comment tu as fait pour retourner cette discussion, d'abord ?

Il éclate de rire.

— Dis-moi simplement ce que tu ferais. Je ne te jugerai pas – promis. Je suis sincèrement curieux.

Je soupire.

— Eh bien, avant tout ça… (Je désigne la tunique de Melia et notre cheval.) … je voulais être aventurière. Je voulais voir le monde, trouver des trésors perdus, m'attabler dans des tavernes bondées et raconter toutes mes péripéties. Je voulais être quelqu'un d'intéressant, quoi, dis-je en haussant les épaules.

Il se tait un long moment.

— Tu crois que tu n'es pas intéressante ?

— Je suis souffleuse, Jet. Les gens ne se battent pas pour écouter des histoires de chameaux qui toussent et de chats rancuniers.

— Est-ce pour ça que tu... ?

Il souffle et se détend, comme s'il avait trouvé la réponse à sa question. Je n'aime pas du tout le ton entendu sur lequel il reprend enfin la parole.

— Tu te rends compte que, quand tout ça sera terminé, je ne serai plus prince. J'estime que ça ne devrait rien changer, mais... Toutes les conventions que tu imagines peser sur moi au sujet de... plusieurs choses... Tout ça va disparaître.

Je crois qu'il essaie de me dire que cette histoire – *notre* histoire – n'est peut-être pas impossible. Et, maintenant, je dois lutter pour faire taire la moitié insouciante de mon cerveau.

— Tu veux être aventurière ? Tu veux voir le monde ? (Il se penche par-dessus mon épaule.) Viens avec moi.

Je n'entends plus que sa voix à mon oreille.

— On pourrait aller où on veut, voir tout ce que tu veux. Il vaut sans doute mieux que tu t'en ailles loin d'Orkena pendant quelque temps, au moins jusqu'à ce que le prêtre nomme le prochain sacrifice. Ils ne se donneront même pas la peine de te rechercher s'ils croient que tu as péri avec nous. Et, quand tu rentreras, ce sera avec toutes sortes de péripéties à raconter.

Mon cœur fait un bond.

— Tu es sérieux ?

— Quand auras-tu l'occasion de faire ça, autrement ? C'est parfait. On pourrait filer tout droit vers la frontière avec Nadessa. En une journée on serait déjà loin du trajet de la Traversée.

— Mais...

Son visage est animé d'une excitation joyeuse tandis qu'il imagine où nous pourrions être demain, ou dans une semaine. Mais j'y vois autre chose aussi. De l'espoir – pas seulement pour lui, mais pour moi. C'est une émotion si pure et si vraie, que mon cœur se brise de le regarder. Évidemment, que c'est ce que je veux : les aventures mais, surtout, que quelqu'un ait envie de les vivre avec moi sans se préoccuper du qu'en-dira-t-on.

J'ai tellement envie de dire oui !

Mais, que ça me plaise ou non, je reste souffleuse, avec toutes les responsabilités que ça implique.

— Je… ne peux pas, dis-je.

Toute joie déserte son visage.

— Tu ne peux pas ? Mais pourquoi ?

— C'est mon père. Il a besoin de moi. Je ne peux pas disparaître comme ça.

— De quoi est-ce qu'il a tant besoin ? Ça ne peut pas attendre ton retour ? Tu as vu tout l'or que j'ai apporté. On pourrait lui envoyer des provisions, des vêtements… ou même l'installer dans une nouvelle maison, s'il le faut.

Je secoue la tête.

— Non. C'est de moi, qu'il a besoin… pour l'aider à l'écurie.

Jet réfléchit une seconde.

— Dans ce cas, il n'a qu'à venir avec nous. J'enverrai quelqu'un le chercher.

Mon cœur se serre. C'est une offre plus que généreuse et, je commence à le comprendre, typique de Jet. Il a toujours une solution pour plaire à tout le monde. J'aimerais que ça m'autorise à accepter et à croire que tout s'arrangerait, mais je n'ai qu'à penser à ce que *fara* devrait faire avant de venir nous rejoindre pour savoir que c'est impossible. Mon père devrait trouver quelqu'un pour le remplacer à l'écurie. Ça ne serait pas compliqué si j'étais là pour lui traduire les besoins de chaque animal… mais ça risquerait de le condamner si un autre souffleur venait à se rendre compte qu'il a perdu sa magie et le soupçonnait de fuir le service qu'il doit encore au mestrah.

— Mon père s'occupe de la seule écurie de la ville, dis-je en guise d'explication. C'est… compliqué. Il ne peut pas se permettre de tout quitter, comme ça.

— Ce ne serait qu'une fermeture temporaire, rétorque-t-il non sans un certain agacement. Demande-lui, au moins, avant de prendre une décision.

— Notre métier est important, dis-je plus sèchement que je ne l'aurais voulu. Je n'ai pas besoin de lui demander parce que je connais déjà sa réponse. Nous avons des clients qui comptent sur nous.

— Ce n'est qu'un simple souffleur, objecte Jet. Qu'est-ce que ça change, que ce soit quelqu'un d'autre qui s'occupe des animaux ?

Sur le coup je reste muette. C'est stupide d'attacher autant d'importance à ses mots, surtout que je m'y attendais depuis le début, mais apparemment une part de moi espérait malgré tout que Jet ne voie pas en moi qu'une « simple souffleuse », qu'il m'apprécie pour ce que je fais, pour qui je suis.

Pourtant mes craintes sont confirmées : il ne vaut pas mieux que Gallus. Il aimerait bien se servir de moi tant que nos rêves coïncident, mais je parie que, dès qu'il se souviendra de tout ce qu'il désire, la pauvre petite fille d'écurie naïve sera la première à dégager.

— C'est vrai, n'importe qui pourrait s'occuper des bêtes, dis-je en m'écartant de lui. Mais mon père croit en quelque chose qu'on appelle le « devoir ». Il est le mieux qualifié de la ville pour effectuer son travail et, contrairement à d'autres, il ne se le pardonnerait jamais si les âmes dont il est responsable venaient à souffrir en son absence.

C'est cruel, je sais, mais je m'en veux d'avoir espéré, j'en veux à Jet de m'avoir attirée dans ses filets, et surtout j'en ai marre d'avoir honte de ce que je fais.

Soudain le vent et le sable rugissent à mes oreilles, au moins deux fois plus fort que nécessaire.

Et c'est ainsi que nous passons le reste de la nuit.

Chapitre 19

L'aube saupoudre l'horizon d'argent quand je commence à me sentir coupable.

Pas d'avoir remis Jet à sa place, parce que j'en ai vraiment marre d'être « une simple souffleuse », mais de l'avoir fait en termes aussi durs. *Fara* me répète souvent de témoigner aux animaux autant de patience que je voudrais qu'ils m'en témoignent. J'estime que ce conseil peut s'appliquer à n'importe qui. Quand quelqu'un a peur de quelque chose, il vaut bien mieux lui montrer des moyens de surmonter cette peur que lui crier dessus.

Et puis, peu importe ce que je ressens, Jet a le cœur généreux et l'état d'esprit idéal pour faire un roi admirable. Il a déjà traversé assez d'épreuves comme ça. Il est sans doute aussi fatigué que moi d'entendre toujours la même remarque.

Lorsqu'on remet enfin les chevaux au pas, je suis rongée par les regrets.

— Jet, dis-je en me tournant vers lui.

Il pose un doigt sur ma bouche, ce que je trouve un peu agressif, quand même… Puis je suis son regard et lève les yeux à mon tour. Loin au-dessus de nos têtes, tel un soupçon de cendre sur un fond de velours bleu, plane un oiseau. Le hongre de Jet plaque les oreilles contre son crâne. Les montures de Marcus et de Melia se figent et, alors qu'ils devraient reprendre haleine, ils inspirent par petites bouffées et retiennent leur souffle pour mieux écouter.

— *Que les dieux aient pitié d'eux*, souffle une voix de femme à mon oreille.

J'en ai la chair de poule et, à mon tour, je retiens mon souffle pour mieux écouter. C'était une phrase complexe, or je n'ai encore jamais rencontré d'animal qui en soit capable.

— *Hyra !* hennit la jument.

Elle secoue la tête et tente d'arracher les rênes à Melia. Quand cette dernière la retient, elle se cabre. Le cheval de Marcus s'agite aussi, décrivant des cercles nerveux.

— Qu'est-ce qui leur prend ? demande Melia tandis que la jument piaffe sous elle.

— *Allez !* pense la jument. *Cours ! Fuis !*

— Je ne sais pas. Ils parlent d'une *hyra*.

— C'est un mot ancien, qui veut dire « métamorphe », murmure Jet. (Ma chair de poule redouble, et le prince s'est raidi dans mon dos.) On est encore loin d'Osjerg ?

— Une heure environ, répond Marcus, l'œil rivé à son télescope. On ne peut pas galoper aussi longtemps.

— Apos. (Le hongre de Jet fait un écart, puis deux.) Comment ont-ils fait pour nous rattraper ? J'étais sûr qu'ils avaient suivi ma fausse piste. On ne les a pas vus de toute la nuit.

— Métamorphe ? dis-je en m'étranglant sur ce mot. Comme l'éclaireuse de Kasta ?

C'est pour ça que je l'entends alors que les chevaux en sont incapables, même si j'aurais préféré n'importe quelle autre explication. Je perçois la composante animale de sa magie, mais nos montures n'ont pas cette faculté.

Marcus ne semble pas trouver ce qu'il cherche. Il pousse un grognement agacé et pivote pour couvrir l'horizon tout entier… jusqu'à se retrouver face à la direction que nous prenions.

Il baisse son télescope.

— C'est parce que Kasta n'était pas derrière nous. (Il désigne un cavalier qui déboule au galop de derrière un plateau lointain.) Il nous attend, depuis le début. La métamorphe a dû nous suivre hier soir le temps de voir où on allait, puis elle est retournée lui dire.

— Lance-lui un de tes carreaux sédatifs, histoire de l'endormir, dit Jet en rajustant ses rênes. On va galoper aussi longtemps que les chevaux le peuvent, mais Kasta va finir par nous rattraper, et je ne veux pas me battre avec elle.

Il fait pivoter notre cheval, mais Marcus l'arrête d'un geste.

— Attends. Je l'ai en ligne de mire. Si tu bouges, elle va te suivre, et je risque de la perdre.

Jet hoche la tête et tire son épée dans un grincement métallique. Marcus cale son arbalète sur son bras, et Melia murmure une prière tout en caressant du pouce le charme qu'elle porte autour du bras. La métamorphe descend en piqué puis plane – une fois, puis deux. Elle tient dans ses serres quelque chose qui ressemble horriblement à un chat mort.

— Marcus, souffle Jet.

— Il faut qu'elle s'approche encore un peu... Tyda!

Elle plonge. Marcus tire deux coups et recharge, mais le temps qu'il relève son arbalète, l'oiseau a touché le sol dans une explosion de sable. Les chevaux se cabrent en hurlant. La jument de Melia détale au galop – tout droit vers le cheval de Kasta – et Marcus est trop déstabilisé pour viser proprement. Je manque de glisser de la selle lorsque notre hongre s'emballe à son tour, trop paniqué pour m'écouter.

— Allez! lui crie Jet. File!

Je jette un coup d'œil sous son bras tandis que notre cheval prend de la vitesse. Une ombre étrange se lève de l'endroit où l'oiseau s'est posé. C'est d'abord une silhouette grotesque – un fouillis de jambes trop longues surmonté d'un bec et d'un cou – puis le visage s'étoffe et s'arrondit, les ailes se replient en de puissantes épaules, et les plumes se lissent pour former une fourrure tachetée.

Un léopard.

— Jet, dis-je. Jet, on ne va pas réussir à semer un léopard.

— Je sais. Je réfléchis.

— Si ça se termine mal, sache que je suis désolée. Je ne pensais pas ce que je t'ai dit.

— Zahru...

— Enfin, si, je le pensais, mais je n'aurais pas dû le dire comme ça. J'aurais mieux fait de formuler ça comme une suggestion plutôt que...

— Et je serai ravi d'en discuter, mais plus tard. Là, tout de suite, j'ai besoin de réfléchir – en silence.

La métamorphe gagne du terrain à une telle vitesse que notre fuite paraît futile. Le hongre de Jet est rapide, et nous arrivons bientôt à hauteur de Melia et de Marcus, mais le léopard est déjà sur nous. Marcus se retourne et tire. La bête feinte sur la gauche. Marcus tire de nouveau, et elle pousse un hurlement affreux, à la fois humain et félin, qui me griffe les nerfs. Elle trébuche mais se ressaisit aussitôt, un carreau ensanglanté fiché dans son épaule.

Marcus doit recharger.

Le léopard tourne son regard jaune sur nous et bondit.

Jet donne un coup d'épée, mais la bête passe en dessous. Ses griffes se plantent dans la croupe vulnérable du hongre, dont les pensées explosent de douleur. Il tombe avec un hennissement et nous jette dans le sable. J'atterris sur le dos, presque sur la tête, et me redresse tant bien que mal, le souffle coupé. Jet roule et se relève aussitôt, l'épée au poing. Devant nous Melia tente de faire tourner sa jument, mais cette dernière file tout droit. Marcus finit par sauter de son cheval, qui ne l'écoute plus, pour revenir vers nous, mais il n'est pas tout près.

Étendu dans le sable, le hongre de Jet pousse de petits gémissements. Il saigne.

La métamorphe décrit un cercle autour de nous. Son regard oscille entre la lame de Jet et moi.

La fille, d'abord, pense-t-elle en retroussant les babines sur des crocs acérés. *Il va vouloir la protéger, et alors…*

— Jet ! je crie.

Elle bondit. Jet se fend d'un coup d'épée, comme elle s'y attendait, et elle l'esquive sans mal. Elle plonge sous son bras pour le mordre à la hanche.

— Non !

Je hurle mais je ne peux rien faire d'autre, parce que ma magie ne me sert à rien, naturellement, et que je ne trouve rien à lui jeter – que de pauvres cailloux pas plus gros que mon pouce. Jet pousse un grognement qui m'inquiète et, alors qu'il pourrait facilement frapper le félin, il se contente de rouler sur le dos avec, sur le visage, une expression paisible. A-t-elle touché un organe vital ? Je cherche l'épée du regard, mais Jet la serre toujours dans son poing, et la bête serait sur moi avant que j'aie pu l'atteindre.

Quelque chose scintille dans le sable, à une vingtaine de pas de moi. La dague de Jet. Elle a dû lui échapper lors de notre chute. Je m'élance.

— Attends ! crie Marcus. Zahru !

J'entends des sabots marteler le sol derrière moi. Je ne suis plus qu'à dix pas. Cinq. Marcus pose un genou en terre pour caler son arbalète, mais une flèche siffle au-dessus de ma tête et va se ficher dans son épaule, l'envoyant rouler dans le sable. Un étalon noir s'arrête en glissant devant moi.

Kasta saisit le dos de ma tunique et me hisse en travers de sa selle.

— Hue ! crie-t-il.

Le cheval s'élance. Je me débats pour m'écarter de Kasta, mais il me tient l'épaule d'une poigne de fer, et quelque chose me pique le cou. Sa magie, capable d'aspirer la vie d'autrui, prend possession de mes veines comme une armée de scarabées. Mes muscles ne répondent plus.

— Zahru ! crie Marcus sans desserrer les dents. On te retrouvera !

Kasta s'esclaffe. Le sable vole au-dessous de nous et me frappe les joues. Impuissante, je regarde Marcus tenter de lever son arbalète, en vain. Le léopard s'élance à notre suite en boitant, et l'ombre lointaine de la ville qui aurait dû m'offrir ma liberté recule dans l'obscurité.

Je n'ai plus l'impression que ça va être une bonne journée.

Mon estomac se tord de douleur quand je pense à Jet. Il est peut-être en train de se vider de son sang. Ou alors, il est empoisonné. Melia va faire tout son possible pour le sauver, mais la magie des métamorphes est sournoise et imprévisible. Si ça se trouve, il faudrait des soins bien particuliers. De toutes les fibres de mon âme, j'aimerais pouvoir retirer ce que je lui ai dit. Si c'est tout ce qu'il se rappelle de moi, je ne me le pardonnerai jamais.

Il faut absolument qu'il se remette.

Cela dit, mon sort à moi n'est pas tellement plus prometteur. Au moins, quand j'étais avec Sakira, Kita s'occupait bien de moi. J'avais l'ébauche d'un plan. J'avais le timide espoir de convaincre la princesse. Il me suffisait de trouver un moyen de lui assurer la victoire sans que ça me coûte la vie.

J'avais un peu de temps.

Kasta va se montrer beaucoup plus sourcilleux. Il va peut-être me priver de toute liberté de mouvement tant que je serai en sa possession. J'ai l'écœurante impression que je ne lui échapperai que si son frère ou sa sœur m'arrache à son cadavre.

Et puis, dans la bagarre, j'ai perdu la gemme de protection de ma mère. Pour des raisons qui dépassent l'espoir que j'avais bâti dessus, c'est cette révélation qui me brûle les paupières.

Le guérisseur de Kasta surgit de derrière un plateau sur un hongre alezan et vient nous rejoindre. On aurait peut-être poursuivi notre chemin sans ralentir, mais c'est alors que la métamorphe s'effondre. J'aurais pu prévenir Kasta qu'elle avait besoin d'aide depuis un moment si j'avais pu ouvrir la bouche. La part coupable de mon cœur est presque contente de mon silence. Puisque ma mort semble plus imminente que jamais, je ne tiens vraiment pas à ternir mon âme en aidant cette créature maudite.

— Christos, lance Kasta en désignant le léopard.

Christos, le guérisseur, jette à Kasta un regard dont l'hostilité me surprend. J'imagine qu'il n'a pas envie d'utiliser sa magie pour sauver la métamorphe, lui non plus.

— Si près et, pourtant, si loin, murmure Kasta en écartant ma frange, qui me tombe devant les yeux.

Ses doigts me paraissent sales sur ma peau. Je suis couverte de sable du côté où je suis tombée, et je trouve ça insupportable qu'il me voie dans cet état, aussi crasseuse et mal fagotée que si j'étais à l'écurie. Si seulement il voulait bien me redresser, au moins ! J'ai l'impression d'être un mouton sur l'étal d'un boucher, et c'est sans doute comme ça que Kasta me voit aussi.

— Le cheval ? demande Christos en ouvrant sa sacoche de ses longs doigts pâles et osseux.

Il a l'air épuisé, maintenant que je le vois de plus près. Il a aussi l'air plus âgé que Kasta, d'un an ou peut-être même deux. Je pensais que les guérisseurs étaient fiers de leur âge, surtout quand ils approchaient de la vingtaine, mais Christos ne porte pas la moindre amulette.

— Non, répond Kasta. Le chacal.

Christos cille, comme pour chasser le brouillard, avant de sortir de la sacoche quelque chose de plat et poilu. Je me demande quel est ce langage codé qu'ils emploient lorsque deux longues oreilles se déplient sur le bras de Christos. Prise de nausée, je comprends qu'ils parlent littéralement de peaux d'animaux. Les métamorphes ont besoin de la dépouille d'un animal pour pouvoir en prendre la forme. Kasta a dû emporter plusieurs possibilités.

— Zahru, je te présente Maia, déclare-t-il en faisant pivoter son étalon pour que je voie le léopard. (Le guérisseur s'agenouille à côté d'elle pour examiner le carreau d'arbalète fiché dans son épaule.) Maia était une fille autrefois. (Le guérisseur saisit le carreau et tire dessus. La métamorphe hurle et claque des mâchoires mais repose presque aussitôt la tête dans le sable, à bout de souffle.) À vrai dire, c'est l'une des rares personnes en qui j'aie jamais vu une amie. C'était la fille d'un prêtre. Elle était intelligente, rebelle, puissante. Elle rêvait d'événements qui n'auraient lieu que des années plus tard, pas seulement quelques semaines. Elle était destinée à devenir haute prêtresse.

Le guérisseur pose les deux mains sur la plaie du léopard et murmure quelque chose. La bête crispe les mâchoires et ferme les yeux. Clairement ce n'est pas l'apaisement sans douleur que m'a offert Kita.

— Maia aussi prétendait être mon alliée, poursuit Kasta sur un ton songeur.

Mon sang se glace. Je n'aime pas du tout la tournure que prend cette histoire. Je voudrais fermer les yeux – tout sauf regarder ce monstre qui était autrefois une fille, qui avait une vie, une âme et un avenir avant de rencontrer Kasta.

— Au cas où tu te demanderais si je suis du genre à me laisser berner deux fois de suite.

Le guérisseur se relève et s'éloigne. La métamorphe me regarde. Ses yeux jaune poison ne débordent pas de rancœur ou d'une rage animale, comme je m'y attendais, mais de honte. Elle glisse la tête sous la peau de chacal, et Kasta fait pivoter le cheval avant que je ne sois obligée de voir sa transformation.

Ce n'est qu'à la tombée de la nuit que je retrouve l'usage de mes doigts. J'ai peur que Kasta ne remarque que j'arrive à bouger, et qu'il me paralyse de nouveau, mais j'ignore combien de temps je vais encore pouvoir supporter ce silence. Ici, loin de l'hilarité de l'équipe de Sakira et des taquineries de celle de Jet, personne ne parle. Le guérisseur observe un silence taciturne quand il ne somnole pas sur sa selle. À ma grande déception, Kasta ne se comporte en rien comme les méchants des histoires. Il ne s'est pas encore vanté de sa victoire et ne m'a pas donné le moindre indice qui m'aiderait à le renverser. La métamorphe est un chacal, ce qui règle la question, mais même ses pensées sont rares. De temps en temps elle regarde par-dessus son épaule, à la recherche de Jet, mais à part ça c'est toujours le même refrain qui lui traverse l'esprit. *Plus que quelques jours. Patience…*

Maintenant que je suis à peu près remise de ma panique, je me suis rendue à l'évidence que je ne pourrais pas échapper à Kasta. Et puis, je sais que Jet va faire tout ce qui est en son pouvoir pour me retrouver, mais je ne peux pas compter uniquement là-dessus.

J'ai donc échafaudé un plan potentiellement très hasardeux, qui repose sur une série de « si ». Je ne peux m'empêcher de repenser à ce que m'a dit Jet au sujet de Kasta. Avant que son père fasse pression sur lui, avant qu'il les mette en concurrence pour le trône, Kasta était un garçon timide, fasciné par les sciences, qui cherchait à comprendre le monde et qui aimait enseigner à son frère tout ce qu'il découvrait. Je sais qu'une part de ce qu'il était à l'époque demeure. J'en ai eu un aperçu quand il m'a dit que nous pourrions être égaux, dans la flamme qui animait son regard quand il a avoué pourquoi il m'avait choisie.

Si j'arrive à atteindre cette part de lui, à lui montrer ce qu'il est devenu…

Je me demande si la honte le pousserait à me libérer.

— Est-ce que je pourrais m'asseoir, au moins ? dis-je.

Trop timoré. Kasta ne semble même pas m'avoir entendue.

— Je ne sens plus mon côté gauche.

Il baisse les yeux sur moi mais ne ralentit même pas l'allure. J'inspire lentement, en me rappelant qu'il n'est pas différent de Jet ou de Sakira, ou de n'importe quel être humain. Tout porteur de mort qu'il est, il n'en a pas moins ses espoirs, ses peurs et ses rêves, comme tout le monde. Et, grâce à la soirée que nous avons passée au palais, j'en sais quelque chose.

— Tu sais, si tu croyais réellement que les dieux t'ont autorisé à faire ça, tu me traiterais comme une reine, dis-je. Ou alors, tu testes leur indulgence, pour voir jusqu'où tu peux aller avant qu'ils te punissent ?

Kasta arrête son cheval. Il a l'air aussi propre et impeccable que lors du banquet, avec ses yeux soulignés d'épais traits de khôl noir et sa mâchoire bien rasée. Un nouveau bracelet décore son poignet, orné de plusieurs runes dont l'une m'est curieusement familière : le symbole de la protection. Mon estomac se noue à l'idée que je lui aie inspiré ça. Ses yeux sont aussi bleus et froids que jamais mais, alors qu'ils me regardaient avec indifférence, ils brûlent à présent d'une lueur sombre.

—Assieds-toi, lance-t-il.

On progresse. J'essaie de me redresser, mais mon côté engourdi refuse de coopérer, et j'ai presque entièrement glissé de la selle lorsque Kasta me rattrape par le bras et me remet d'aplomb. Il m'installe avec une précaution exaspérante puis me relâche aussi vivement que si je l'avais frappé.

Je suis assise, comme je l'avais demandé.

Kasta talonne son cheval, et je me raidis en sentant sa présence solide dans mon dos. Il est toujours torse nu, ce que je trouve presque arrogant étant donné les dangers qui jalonnent cette course. Mais, surtout, là où je pensais pouvoir compter sur une cape de brume pour nous séparer, je ne vois autour de son cou qu'un cordon de cuir où des runes luisent de symboles rouges. Il suffirait d'un rien pour que sa magie aspire ma vie, comme on souffle une bougie.

—Tu n'as pas le droit de me tuer avant qu'on soit aux grottes de verre, pas vrai ?

Il me répond d'un grognement, un souffle d'air à mon oreille.

—Je suis certaine que ça fait partie du règlement. Si tu me…

—Ce serait une perte d'énergie de te faire du mal à ce stade, lance-t-il. Tant que tu ne commets pas de bêtise…

—Comme, par exemple, essayer de plaider ma cause ou de me montrer compréhensive. Compris.

—Comme parler pour ne rien dire.

Je déglutis bruyamment face à cette menace. Puis je me rappelle où m'a menée mon silence la dernière fois que j'ai eu affaire à lui.

— Est-ce que je pourrais au moins avoir quelque chose à manger ?

Le guérisseur étouffe un juron. Kasta tire sur les rênes, et l'étalon soupire. Je me décale un peu, pressée de mettre pied à terre, mais le prince pose une main sur mon épaule.

— Ne bouge pas. Christos va s'occuper de toi.

Le guérisseur saute de sa selle et s'approche en se frottant les yeux et en grommelant dans sa barbe. Sans lui, son hongre fait un écart pour mieux surveiller le chacal, les yeux fous.

— *Démon,* pense-t-il. *Recule.*

— *Calme,* répond l'étalon de Kasta. *Elle est contrôlée.*

— *Contrôlée,* hennit le hongre, les oreilles plaquées sur le crâne. *Pas toi qui portes la peau de Tira.*

La dépouille du cheval. Une vague de malaise me picote la nuque. Je me demande depuis quand Kasta l'a, puisque les chevaux connaissent son nom.

— Emporter de la nourriture serait une perte de place, déclare Kasta lorsque le guérisseur me demande de tendre la main. Surtout quand on a une ressource capable de produire les mêmes effets par un simple contact.

Christos serre les mâchoires et jette un regard noir à Kasta, mais il ne dit rien. Les yeux rivés sur sa paume ouverte, je comprends soudain pourquoi il est aussi fatigué. J'en ai la chair de poule.

— Tu le forces à assouvir ta faim ? je demande. C'est lui qui génère l'énergie dont ton corps a besoin ?

— Si tu es fatiguée ou que tu as mal quelque part, il peut t'aider aussi. On ne s'arrête pas pour dormir.

— Mais ça consomme une énorme quantité de magie, tout ça !

Je tourne la tête vers la métamorphe, qui a eu besoin de soins intenses, puis vers les chevaux, qui ont sans doute passé les trois derniers jours à galoper sans relâche, sans repos. C'est cruel. La magie de Christos va épuiser son corps comme s'il avait personnellement couvert tous ces kilomètres. Il devrait avoir besoin de dormir pour récupérer, à moins qu'il n'use de sa propre magie pour se régénérer lui-même, ce qui requiert encore plus d'efforts.

Ce périple va lui coûter des années. Je me souviens de ce qu'a dit Jet au sujet d'une des premières expériences de Kasta, quand il cherchait précisément à éviter ça. Ça me fait mal au cœur de voir les dégâts qu'a causés l'intransigeance du mestrah.

— Ça paraît injuste, je sais, lance Kasta. Mais la raison pour laquelle il dispose d'une magie tellement supérieure à celle de ses pairs l'est encore plus. Rappelle-moi, Christos. Quel âge avait la fillette que tu as laissé mourir ? Sept ans ?

Je tourne la tête vers Christos. Il déglutit mais ne nie rien.

— L'un des pouvoirs les plus impressionnants de ce monde, et il oserait s'en plaindre, poursuit Kasta sur un ton doucereux.

Son âge. Le fait qu'il ne porte pas d'amulettes. Soudain je comprends mieux, et un charbon ardent me brûle le ventre. Je sais que la magie de Christos coûte cher. C'est une chose de l'utiliser aussi rarement que possible ; c'en est une autre de laisser quelqu'un mourir. *Fara* et moi ne pouvions pas nous permettre d'appeler un guérisseur quand ma mère est tombée malade mais, si nous avions pu, et que nous avions placé tous nos espoirs en lui…

Christos attend toujours que je lui donne ma main.

Je frissonne à l'idée fugace qu'il l'a bien mérité. Kasta est sans pitié envers ceux qui lui causent du tort – réel ou imaginaire –, mais j'ai l'impression qu'il ne l'est pas moins envers ceux qui causent du tort à autrui. Je suis censée convaincre Kasta que la vengeance n'est pas une solution viable, pas abonder dans son sens.

— Non. En fait, je n'ai pas très faim, dis-je.

— Comme tu veux, lance Kasta en remettant l'étalon au pas. Dans quelques jours tes actions n'auront plus aucune importance.

Par-dessus mon épaule je vois que le guérisseur m'observe, la main toujours tendue. Puis il secoue la tête et remonte en selle pour nous suivre.

Je tourne et retourne cette révélation dans ma tête.

— Tu sais que tu peux en vouloir à quelqu'un sans forcément le condamner à mort, dis-je.

Kasta ajuste ses rênes.

— Ne sois pas si réductrice. Je l'ai choisi pour un but bien précis, pas pour me venger. Il sera toujours vivant après la Traversée.

— Peut-être, mais il t'en voudra. J'admets que ce qu'il a fait était horrible, mais si tu le laissais se reposer un peu…

— Et risquer mon avenir pour lui ? (Kasta secoue la tête.) Non. Je veux ma couronne.

— Il faut encore que tu arrives jusque-là.

Il s'esclaffe.

— Qui pourrait m'en empêcher ? La guérisseuse de Jet a dû passer au moins une heure à neutraliser le poison des crocs de Maia. Sakira est trop occupée à fanfaronner pour se rendre compte de ce qui se passe. Bientôt ils seront loin derrière nous, l'un comme l'autre.

Je hausse les épaules.

— Oui, enfin... si ton équipe continue de coopérer.

— Ils n'ont pas le choix. Maia est liée à moi, et Christos n'osera pas me trahir tant qu'elle veille à mes côtés.

— Je ne parlais pas d'eux.

Je me sens insultée qu'il lui faille autant de temps pour se rendre compte de qui je parle.

Il éclate de rire.

— Toi ? Qu'est-ce que j'ai à craindre de toi ?

Je m'efforce d'armer ma voix de courage, pour me convaincre autant que lui.

— Il n'y a pas que la magie qui détient du pouvoir.

— Tu as l'intention de m'agacer à mort ? C'est ça ?

— Je disais simplement que ton équipe ne te suit que par la force d'un sort d'attachement. (Je redresse les épaules.) Ils me suivraient, moi, tout aussi facilement, parce que tu ne leur as donné aucune raison de te préférer. Ce sera la même chose une fois que tu seras roi, sauf que tes ennemis seront beaucoup plus dangereux que moi.

Cette fois son silence est très satisfaisant.

— Tu me menaces ? gronde-t-il à mon oreille. Ou tu me donnes des conseils ?

Je serre les dents de le sentir si proche mais je refuse de m'écarter.

— Je te préviens que, dans toutes les histoires que j'ai pu entendre, c'est le roi généreux qui vit un long règne prospère. Les tyrans connaissent toujours une fin brutale et précoce.

— Tyran ! (Il s'esclaffe, mais c'est un son triste.) Tu accordes beaucoup trop de crédit aux mensonges de Jet. J'aime plus Orkena qu'il n'a jamais rien aimé de toute sa vie. Je vais faire tout mon possible pour assurer à ce pays un avenir prospère.

— Alors commence par son peuple. (Je me retourne pour le regarder, une étincelle d'espoir au cœur. Est-ce que ça pourrait marcher ?) Envoie ta métamorphe nous chasser quelque chose. Laisse-nous dormir un peu au lieu d'user la magie de ton guérisseur. Et libère-moi.

— Je ne peux pas.

— Pourquoi ?

— Parce que c'est le seul moyen. (Son regard s'anime, brûlant de conviction.) Ça dépasse cette course. Ça dépasse la vie de Christos… et la tienne. Je suis arrivé jusqu'ici, ce n'est pas pour faire demi-tour maintenant.

— Pourtant tu as déjà prouvé que les dieux faisaient parfois une exception. Si tu me libérais…

— Alors tu exercerais sur moi un pouvoir démesuré. Si je prétendais t'avoir tuée et que quelqu'un te voyait par la suite, bien vivante… Les questions qu'on me poserait…

— Rien ne t'oblige à raconter ça. Montre à tout Orkena que tu m'as épargnée. Sois le premier héritier à faire preuve d'une telle pitié après avoir remporté la Traversée.

— Orkena se moque bien de ma pitié ! (Le cheval s'arrête tant Kasta crispe les mains sur les rênes.) Ce pays veut un roi capable de faire des sacrifices pour le bien de tous. Si la cour s'imaginait que je tiens plus à toi qu'à mes devoirs de souverain… (Il secoue la tête.) Je perds mon temps à essayer de t'expliquer ça. Tu ne comprendras jamais.

— Et moi, je t'assure qu'il y a une autre solution. Tu disais vouloir devenir meilleur. Tu le pensais vraiment ?

Il scrute mon visage, et l'espace d'une seconde une fine ride apparaît entre ses yeux, révélant le prince sous le masque, curieux et ouvert. Il ouvre la bouche… et se mure une fois de plus derrière sa façade rigide, les mâchoires crispées.

Il affecte un sourire rusé, comme s'il venait de déjouer un piège.

— Je comprends pourquoi Jet t'a choisie. Il savait exactement ce que je… (Il lève les yeux vers l'horizon.) Cette conversation a assez duré.

— Pour la millionième fois, Jet et moi ne sommes pas…

Il me saisit la nuque en un pincement douloureux, et le monde bascule. Je suis face à l'immensité argentée du désert sous le ciel étoilé, et une seconde plus tard, tout se met à tourner…

Puis tout devient noir.

Chapitre 20

Le temps passe en minces rubans. Un filet de sable soyeux, le satin du soleil levant. Des yeux froids ourlés de velours. Des mains rudes sur mes épaules, contre ma nuque. Numet monte dans le ciel, et les rubans deviennent dorés, brûlants. Pourtant le froid me colle aux os, et je n'arrive pas à m'en défaire, pas plus que de mes rêves.

Quand je me réveille enfin, quelqu'un ronfle à côté de moi, et j'ai la joue contre le sable. J'aperçois une masse de vêtements gris – le guérisseur endormi. Derrière sa capuche, l'entrée basse d'une grotte s'ouvre sur la mer ocre du désert, où l'ombre des herbes s'allonge. La chaleur fait ondoyer la roche et affronte la fraîcheur que je sens dans mon dos. Ce doit être la fin de l'après-midi. Il fait trop chaud pour que ce soit le matin.

Combien de temps suis-je restée inconsciente ?

L'étalon noir et le hongre alezan broutent les herbes sèches non loin. Je ne vois pas la métamorphe. Je ne vois pas Kasta non plus, d'ailleurs. Je me redresse brusquement, prise de l'espoir que, peut-être, le guérisseur nous ait libérés, lorsqu'une main brutale se referme autour de mon bras.

— Du calme, gronde Kasta, assis de mon autre côté. Ne me fais pas regretter de t'avoir réveillée.

Je me fige, n'osant respirer qu'une fois qu'il relâche son étreinte. Alors je m'assieds lentement, tout en m'écartant de lui. Mais la grotte n'est pas grande, et Christos en occupe un bon tiers.

Je ne vois toujours pas la métamorphe mais, derrière les chevaux, je remarque un arbre squelettique sur lequel est perché un faucon. J'imagine que ce doit être elle, jusqu'à ce que l'oiseau se cale la tête sous une aile en pensant tranquillement : *Repos d'abord, puis chasse.*

Les chevaux sont détendus. Le silence plane sur le désert, à l'exception de quelques cris d'oiseaux et des ronflements de Christos. La métamorphe n'est pas dans les parages.

— Elle est partie en reconnaissance, déclare Kasta.

Il tire sa dague et saisit un gros morceau de bois posé sur le sable. Il a commencé à tailler quelque chose, mais il est encore trop tôt pour deviner quoi. Je me souviens surtout qu'il s'est servi de cette même lame pour m'entailler le poignet. Je serre mes bras autour de moi.

— Est-ce qu'on est près d'un campement de brigands ? dis-je en essayant de ne pas trahir mon espoir.

Il faut vraiment que ça aille mal pour que j'en sois à espérer me faire capturer par des bandits. Mais, franchement, tout ce qui pourrait ralentir Kasta serait bienvenu, à ce stade.

Il dégage un long copeau de bois, concentré sur son œuvre.

— Ou de la première étape ?

Nous en sommes déjà au quatrième jour de la course, et si Kasta n'a vraiment pas encore passé la première étape, il n'a plus beaucoup de temps.

Il ne répond toujours pas. Je ris doucement, un rire amer, et frotte mon talon dans le sable.

— Pourquoi m'as-tu réveillée si c'est pour faire la sourde oreille ?

Kasta suspend son geste, le pouce contre sa lame, et j'ai l'impression que lui-même aimerait connaître la réponse à cette question. Il jette un coup d'œil au guérisseur puis se remet à tailler le bout de bois.

— C'était trop calme.

Il n'en dit pas davantage. Je le regarde un instant, ses gestes précis et mesurés. Je me rends compte qu'il a troqué son *tergus* contre une tunique blanche serrée à la taille par une longueur de corde, une tenue plus digne d'un négociant que d'un prince. Une ample capuche est ramenée sur ses cheveux, et il a effacé les traits de khôl autour de ses yeux. Il est d'une beauté trop frappante pour passer inaperçu, mais c'est la première fois que je le vois aussi simplement vêtu. Puis je m'aperçois que je le dévisage.

Ses yeux de saphir croisent mon regard, et je me détourne aussitôt.

— On est près de la première étape, pas vrai ? dis-je.

Pas de réponse, naturellement.

— Pourquoi veux-tu éviter de te faire remarquer ?

La dague s'immobilise.

— Tu n'arrêtes jamais de poser des questions ?

— C'est toi qui trouvais que c'était trop calme. Est-ce que c'est à cause de Sakira ? Tu as peur qu'elle me reprenne ?

Il tourne la tête vers moi, et je devine à son regard que j'ai touché une corde sensible. Je referme les poings sur ma tunique. Il faut que je le pousse assez pour le faire parler, mais pas au point qu'il me rendorme.

— Personne ne va te reprendre, déclare-t-il avec une conviction qui m'arrache un frisson.

— Alors pourquoi te déguiser comme ça ? Pourquoi ne pas parader, comme elle, et rallier tes fidèles ?

Il regarde vers l'ouverture de la grotte. Maintenant que j'y vois mieux, je distingue la silhouette brumeuse d'une ville au loin.

Kasta reporte son attention sur sa dague. Je commence à croire que rien de ce que je pourrai dire n'arrivera à le faire parler, quand il rouvre la bouche.

— La première étape ne sert pas simplement à jalonner notre avancée. C'est également un test de la faveur du peuple. (Il fait tourner le bout de bois, qui commence à ressembler à un serpent à sonnette.) Un défilé de ma part n'attirerait pas le même genre d'attention.

Les yeux rivés sur la ville, je repense à ce qu'a dit Marcus, quand il a demandé à Jet si nos agresseurs étaient des « fanatiques » dévoués à Sakira. Seule une héritière confiante du soutien de son peuple oserait entrer en fanfare comme elle l'a fait… et seul un prince inquiet chercherait à se cacher.

Soudain je comprends quelque chose : Kasta a peur. Il taille un bout de bois pour s'occuper les mains. Il a envoyé la métamorphe en reconnaissance. Il m'a réveillée. Ses gestes sont sûrs et mesurés, mais je perçois l'énergie nerveuse qui anime ses doigts, les brefs instants d'irritation lorsqu'il hésite du tour à prendre. Rencontrer les fidèles de Sakira alors que personne ne le soutient, lui, peut se révéler aussi dangereux que d'affronter une bande de brigands.

J'ai envie de lui demander s'il a changé d'avis sur l'intérêt d'avoir des alliés, mais je sens que ça me vaudrait une nouvelle piqûre de son pouvoir. Et puis, il est persuadé que Jet a monté le reste du monde contre lui. Je sais que ce n'est pas entièrement vrai, surtout depuis que Jet a cessé toute rivalité. C'est la paranoïa de Kasta qui l'isole plus que tout. Et pourtant, il m'a réveillée. Il laisse son guérisseur dormir. Lui-même, il se repose… Il m'a écoutée !

Il n'aurait pas osé faire ça s'il était vraiment convaincu que je suis contre lui.

Je pousse un soupir de soulagement et m'adosse à la paroi rocheuse.

— Tu crois toujours que je suis de mèche avec ton frère ?

La dague s'immobilise, hésite.

— Tu étais sur son cheval.

— En ma qualité de *sacrifice humain*, au cas où tu l'aurais oublié.

— Peut-être que tu es trop indulgente.

— Peut-être que tu ne l'es pas assez.

Kasta me jette un bref coup d'œil avant de se reconcentrer sur son œuvre.

— À qui un roi choisit de se fier, c'est parfois la différence entre la vie et la mort.

Je trace un trait dans le sable.

— Dit le garçon qui a déclaré à une parfaite inconnue qu'ils étaient égaux.

Un muscle tressaute dans sa mâchoire. La lame passe et repasse sur le bois, mais les entailles se font plus lentes, plus profondes.

— Tu m'as dit que tu espérais enfin trouver une alliée. (J'attends qu'il nie les faits, mais il garde le silence, alors je poursuis.) À quand remonte la dernière fois que tu as laissé quelqu'un t'aider ?

— Je commence à regretter de t'avoir réveillée.

— Parce que tu crois que je te veux du mal ? Ou parce que tu as peur du contraire ?

Il me jette un regard acéré. Ses doigts sont crispés sur le bout de bois comme s'il voulait le reposer, tel un tigre aux griffes sorties, mais il ne bouge pas.

— C'est facile de savoir ce qui te motive, dit-il en se détendant soudain. Tu veux vivre. Tu crois que, si tu joues l'innocente, ma culpabilité finira par me forcer à te libérer.

Mon cœur bondit.

— Parce que tu me relâcherais si tu te rendais compte que tu as fait une erreur ?

La dague s'immobilise. Kasta affiche la même expression que quand je lui ai demandé pourquoi il m'avait réveillée, mais il ne répond pas. Je décide de ne pas insister, du moins pour l'instant. Je ne veux pas pousser le bouchon, et ça ne m'avance pas beaucoup de simplement réclamer ma liberté.

Je tente une nouvelle approche.

— Ta réputation n'est pas aussi mauvaise que tu le crois, tu sais.

Il crispe les mâchoires mais reste concentré sur son œuvre. Il a taillé le petit côté en une pointe incurvée. Ça ressemble à un faucon maintenant, et je me rends compte que ce n'est pas la ville qu'il observe, mais l'oiseau sur sa branche.

— Je suis très sérieuse. Ma meilleure amie a des ragots sur tout le monde, pourtant tout ce qu'elle a pu m'apprendre à ton sujet, c'est que tu ne te montres pas beaucoup. Les gens ne savent pas grand-chose sur toi ; ça ne veut pas dire qu'ils t'attaqueraient s'ils te reconnaissaient.

Il fait voler un copeau de bois.

— Alors, si c'est eux qui t'inquiètent, tu as encore le temps de les faire changer d'avis, je poursuis.

Il repose les deux mains sur ses genoux.

— Pourquoi est-ce que tu me dis ça ?

— Je ne sais pas… Parce que j'ai une conscience ? (*Ce n'est peut-être pas la meilleure stratégie qui soit, Zahru.*) Et parce que j'estime que tu mérites de le savoir.

Une chose est sûre, j'ai toute son attention, mais c'est peut-être plus parce qu'il se demande pourquoi il m'a réveillée que parce qu'il envisage de me libérer. En tout cas, jusqu'ici, il a confirmé tous mes soupçons. J'ai dépassé les bornes, de loin, pourtant il me laisse parler. Ça ne signifie peut-être rien, et je dois rester prudente, mais je ne peux m'empêcher de penser que, s'il supporte mes plaintes, c'est parce qu'il se sent coupable.

Un cri strident attire son regard. Le faucon s'envole de l'arbre tandis qu'un aigle atterrit dans un nuage de sable. Les chevaux hennissent en voyant son corps se cambrer et se tordre. Des bottes noires forment ses serres et, de ses ailes, poussent des doigts revêtus de mitaines et tatoués de symboles blancs qui luisent sur sa peau d'un brun chaud. La métamorphe s'étire et s'étire encore jusqu'à se dresser sur ses jambes, entièrement protégée par une armure aux motifs élaborés, noire et luisante comme la carapace d'un scarabée. Le métal vibre de pouvoir, amplifié par les runes subtiles qui lient la jeune femme à Kasta.

Elle retire la dépouille d'aigle, révélant le capuchon de soie noire qui recouvre sa tête et qui se fond à son masque. Ce dernier laisse à peine voir un long nez fin et des yeux d'un jaune perçant, venimeux.

Ces yeux s'arrêtent sur moi, surpris, avant de se reporter sur Kasta. Il ne daigne pas répondre à leur question muette mais se contente de jeter son œuvre inachevée par terre et de rengainer sa dague.

— Alors ?

Elle détache un rouleau de sa ceinture. La malédiction qui l'accable signifie sans doute qu'elle n'a même pas le droit de s'adresser à un héritier royal. Kasta ouvre le tube et déroule le parchemin.

— Ça ne m'étonne pas d'elle, marmonne-t-il en lisant. Réveille Christos, me dit-il. On s'en va.

Cette fois, Kasta ne m'endort pas.

Il reste aussi raide et silencieux que d'habitude sur la selle, tandis que le guérisseur bâille sur son hongre alezan et que la métamorphe trottine derrière nous dans sa peau de chacal. Pourtant j'ai l'impression que quelque chose a changé. J'avoue que j'espérais une espèce de détente entre nous, un signe que Kasta commençait à se radoucir, mais il est encore plus tendu qu'avant. Il a relevé sa capuche et regarde droit devant lui, les poings serrés sur les rênes.

Nous n'approchons pas de la ville par le chemin le plus direct. Plusieurs routes encombrées par les curieux et leurs montures colorent le désert autour de nous. Tel est l'attrait de Sakira. Je ne peux qu'imaginer les fêtes qu'elle a données depuis son arrivée. Nous sommes encore trop loin pour distinguer les maisons individuelles, pourtant j'entends déjà la musique. C'est parfait pour gagner les cœurs de la foule… mais pas idéal pour rester sur ses gardes au cas où le vent de la course tourne. J'espère que Jet a prévenu Sakira que Kasta m'avait capturée. Non pas que je compte sur elle pour me ramener auprès de Jet, mais au moins je serais en meilleure compagnie avec elle.

Nous faisons un détour par l'ouest, loin des vastes et luxueuses propriétés qui occupent l'essentiel de la ville. Là des rangées de palmiers ont été plantées dans le seul but de dissimuler aux regards des habitants les cabanes qui servent d'entrepôts et dont nous nous approchons. Un petit village de tentes a été établi tout près, une dizaine de carrés de toile délavés et regroupés contre le soleil. Devant l'un d'eux un petit groupe bavarde en regardant la ville. Leurs vêtements élimés et les sentiers poussiéreux entre les habitations me donnent un coup au cœur quand je comprends ce que nous voyons.

Des occultés.

Des peaux de lapins sauvages comblent des trous dans les toitures ; de la boue séchée sert de renfort là où les piquets des tentes penchent d'un côté ou de l'autre. Des roseaux séchés et des planches de bois mort forment des tables de fortune, où sont posés des bols tout ébréchés. Il n'y a pas d'ombre, pas de puits – ils doivent marcher jusqu'au fleuve pour s'approvisionner en eau. J'espère voir un des tonneaux de grain que le mestrah distribue au peuple, puis je me souviens que les occultés n'y ont pas droit. Ils sont censés quitter Orkena dès qu'ils sont en âge de le faire, en un périple symbolisant ce qui les attend dans l'au-delà. En effet ils sont condamnés à errer entre le royaume des mortels et le paradis, puisque la tradition leur interdit d'être enterrés avec les amulettes qui nous garantissent, à nous, de passer de l'autre côté.

Forcément, après tous les dangers que j'ai rencontrés lors de mon voyage – alors que j'étais escortée – je comprends beaucoup mieux pourquoi ils préfèrent ces conditions de vie à une traversée du désert.

Une fille vêtue d'une tunique trop grande pour elle, et à la peau d'ivoire toute rougie par le soleil, fait volte-face à notre approche. Elle ne doit pas avoir beaucoup plus de seize ans. Elle touche le coude de l'homme qui se tient à côté d'elle. Il secoue la tête, refusant ce qu'elle propose, mais elle redresse les épaules et s'avance vers nous.

— Tanda ! crie-t-il. Tanda, arrête !

Mais la jeune fille ne l'écoute pas. Sa démarche est digne d'un soldat. Le vent lui arrache sa capuche, et ses longs cheveux d'un blond presque blanc, très fins, volent derrière elle. Kasta pose la main sur son épée, et mon cœur me saute à la gorge.

Elle s'approche encore, à portée de lame.

— S'il vous plaît, plaide-t-elle, les yeux du même gris que les cernes qui les soulignent. Ils nous interdisent de travailler pendant la Traversée. Déjà qu'on arrivait à peine à se nourrir… Là, on n'a plus rien à manger, et ils nous disent qu'on n'aura le droit de travailler que la semaine prochaine. S'il vous plaît, vous n'auriez pas quelque chose qui puisse nous aider ? Du riz ? Un peu d'or ?

La pitié me noue la gorge. Les prêtres nous diraient sûrement que les occultés méritent leur sort, mais *fara* n'hésiterait pas les aider, parce que ce n'est pas à nous de juger. Je regarde les sacoches de selle en cuir, toutes neuves et complètement inutiles puisque Kasta n'a rien emporté à manger. Il doit bien avoir de l'or sur lui, quand même. Si seulement je pouvais glisser quelques pièces à cette fille…

Kasta regarde droit devant lui, naturellement. Les membres de la famille royale ne sont pas censés accorder la moindre attention aux occultés, puisque ces derniers n'ont pas reçu la faveur des dieux.

Clairement la fille ne le reconnaît pas. Elle tourne la tête vers moi.

— Un soldat a poussé ma mère ce matin, parce qu'elle voulait aller travailler. Elle s'est fait une entaille à la cheville en tombant. Je ne peux même pas acheter un bout de tissu propre pour panser sa plaie. (Sa voix se brise, et elle s'approche encore.) Il faut nous aider. Il y a des vieillards parmi nous, aussi… Une semaine sans manger, ça risque de les tuer.

Je me prépare au pire, mais Kasta relâche son épée, et je suis soulagée qu'il se contente de faire la sourde oreille. Je me force à regarder devant moi, les paupières brûlantes. J'aimerais lancer la sacoche à cette jeune fille. J'aimerais ne pas autant m'inquiéter de ce qui m'arriverait si je le faisais.

La fille s'arrête. On a dépassé la dernière tente, et elle a compris qu'on ne l'aiderait pas.

— C'est ça, faites comme si vous ne nous voyiez pas, gronde-t-elle. Et ce soir, quand vous vous coucherez dans votre lit moelleux, après vous être gavés de gâteau et avoir jeté vos restes aux chiens, vous pourrez remercier les dieux de vous avoir donné juste assez de pouvoir pour cacher votre lâcheté.

Kasta arrête le cheval.

Un malaise me tord le ventre. Elle va payer pour ces paroles. Il va la faire fouetter, ou les forcer à quitter le pays, tous, infligeant des souffrances à sa mère blessée, si elle survit. Mais, alors que je me prépare au pire, Kasta tend la main vers la sacoche.

Je retiens mon souffle tandis que ses doigts en effleurent la fermeture. C'est impossible qu'il s'apprête à lui donner quelque chose, alors que fait-il ? Transporte-t-il quelque chose de pire qu'une épée pour terrifier cette jeune fille ? Je ne peux imaginer ce que ce serait et, quand je me retourne vers lui, je suis frappée par ce que je vois sur son visage. Il a l'air peiné, incertain. Son expression s'efface lorsqu'il croise mon regard, mais ce n'était pas de la colère.

L'instant est passé. Kasta reprend ses rênes et, sans un mot – sans même une réprimande –, on se remet en route.

Pourtant Kasta ne se détend qu'une fois les tentes loin derrière nous.

Chapitre 21

Je ne comprends pas ce qui vient de se passer.

C'était presque rien. Une hésitation ; une fissure dans la façade de pierre de Kasta. Si je n'avais pas partagé sa selle, j'aurais pu croire qu'il allait faire punir la fille. Mais, plus j'y repense, plus je suis persuadée qu'il n'avait pas du tout l'intention de lui faire du mal. Kasta n'est pas du genre à laisser passer une occasion de condamner quelqu'un qui l'offense.

Je crois que… il a failli aider cette fille.

Jet m'a raconté que quelque chose avait changé chez Kasta – quelque chose qu'il ne comprenait pas. Je pensais tout naturellement que c'était la destruction de son laboratoire, mais… et si c'était encore pire ? Et si c'était quelque chose qui concernait les occultés ? Je suis convaincue que c'est pour ça que Kasta était encore plus tendu que d'habitude à l'approche de la ville : il savait que nous allions devoir passer devant les tentes, et il redoutait ce qu'on risquait d'y voir.

Ou peut-être *qui* on risquait d'y voir.

— Kasta, dis-je lorsqu'il arrête l'étalon. Est-ce que tu n'as pas perdu un être cher qui était occulté ?

— Descends, gronde-t-il en m'agrippant le bras.

Bon, on y reviendra. Je me laisse glisser de la selle, perplexe, et me force à chasser de mon esprit cette scène déchirante. Nous sommes au bord du vallon où se dressent les entrepôts – des dizaines de petites structures rondes comme des gâteaux, aux murs de boue séchée et aux toits de paille. Derrière, la ville se dresse en un mur de sable blanc et de tentures aux couleurs vives. On voit passer des visages entre les maisons, des capuches levées pour protéger du soleil. On entend des éclats de rire par-dessus la musique enjouée.

— Tu y vas sans moi ? je demande à Kasta en remarquant qu'il reste en selle.

— Conduis-la à l'intérieur. (Il regarde la métamorphe, toujours sous sa forme de chacal.) On revient.

Il remet son étalon en marche et s'éloigne en compagnie de Christos, qui me jette un regard lourd de sens. Est-ce pour me remercier de ne pas l'avoir utilisé, même si mon estomac commence à gronder méchamment ? Ou pour me suggérer de profiter de cette brève liberté ? Nous sommes dans une grande ville, après tout, aux rues encombrées par la foule.

Il y a de nombreux voyageurs dont les montures ont parcouru tout Orkena. Si je pouvais convaincre quelqu'un de me raccompagner chez moi…

La métamorphe gronde, comme si elle savait exactement à quoi je pense. Elle tourne le museau vers la cabane la plus proche, et alors que je me demande si elle m'empêcherait de m'enfuir, sa fourrure commence à fondre – et à dénuder son crâne.

Je n'attends pas qu'elle ait fini de se transformer. Je file entre les cabanes, le cœur battant, en me demandant jusqu'où aller avant de me cacher dans l'une d'elles. Mais une main tatouée me rattrape, et je me retrouve face à un regard jaune et venimeux qui me signifie clairement que je n'atteindrai pas la foule. Je n'irai plus jamais nulle part sans sa permission.

Je me force à sourire.

— C'était juste une idée.

Pour toute réponse, elle m'entraîne vers la première cabane venue et me pousse à l'intérieur. Une fois que mes yeux s'ajustent à l'obscurité, je m'aperçois avec un pincement au cœur qu'elle contient des sacs de blé.

Rien que dans ce petit espace, il y a de quoi nourrir un village, alors que les occultés meurent de faim à quelques pas de là.

— Par les dieux…, je souffle. La ville ne pourrait même pas leur octroyer un de ces sacs ?

La métamorphe me relâche avec un grognement. *Elle, avec ses questions…*

Je me fige, les doigts sur la tige de blé que je viens de ramasser au sol. C'était une pensée. La métamorphe n'a pas dit ça à voix haute. Je l'ai entendue dans ma tête. Est-ce que je l'aurais imaginé ? Je l'ai déjà entendue penser quand elle était sous une de ses formes animales, naturellement, mais sous sa forme humaine, je ne devrais pas…

Sauf qu'elle n'est pas vraiment humaine.

Je déglutis et me redresse.

— Est-ce qu'il en a pour longtemps ?

Elle s'est adossée au mur, à côté de la porte ouverte. *Pas assez longtemps. Et puis, ça ne changerait rien, de toute façon. Tu es la dernière personne au monde qui saurait me distancer.*

— He ! Je ne demandais pas ça parce que j'espère m'échapper. Je suis curieuse, c'est tout.

Elle tourne vivement la tête vers moi et, les yeux plissés, me détaille de la tête aux pieds.

On dirait qu'elle comprend ce que je pense. Elle est plus douée que je ne croyais pour lire l'attitude des gens.

— Je sais exactement ce que tu penses ! (Je suis très fière de la voir écarquiller les yeux.) Alors autant me parler carrément.

Tu m'entends ? demande-t-elle en décroisant les bras.

— Oui.

Elle se redresse d'un mouvement brusque et sauvage qui me fait sursauter.

Oh, mes dieux ! Pendant tout ce temps, j'aurais pu… (Elle rit doucement en me regardant.) *C'est une souffleuse. Évidemment. Pourquoi n'y avais-je pas pensé ?*

— Pensé à quoi ?

Sa joie m'inquiète légèrement. Si quelqu'un arrivait à lire dans mes pensées, je doute que ça me ferait plaisir.

Tu m'entends, pense-t-elle comme pour le confirmer. *Je n'ai pas eu l'occasion de parler à qui que ce soit depuis…* (Elle réfléchit un instant.) *Quatre ans.*

— Quatre ans ? Les métamorphes n'ont pas le droit de… Est-ce que ça fait partie de la malédiction ?

C'est peut-être grossier, comme question, mais, en même temps, je l'ai vue sauter sur notre cheval et mordre Jet à la hanche, alors j'estime qu'on est quittes.

Une lueur terrible passe dans les yeux de la jeune fille. Elle saisit à deux mains son masque de métal et le retire lentement. Je m'attends à ce qu'il révèle, comme dans les contes des voyageurs, un visage atrocement balafré ou des couteaux en guise de dents, mais elle est tellement normale que j'en suis presque déçue. Elle est jolie, mais ses joues creuses me donnent l'impression qu'elle ne mange pas à sa faim.

Cependant ce n'est pas son visage qu'elle veut me montrer. Elle ouvre la bouche, et un rayon de soleil éclaire ses dents blanches... ainsi que quelque chose de sombre tout au fond de sa gorge. Il me faut un moment pour comprendre ce que je regarde.

Elle n'a plus de langue.

Je souffle lentement, les yeux fermés.

Non, ça ne fait pas partie de la malédiction, pense-t-elle en remettant son masque. *Les métamorphes ont le droit de parler. On est même très doués pour ça. On est capables d'imiter n'importe qui, pourvu qu'on l'ait déjà entendu.* (Elle soupire.) *C'est pour ça que, quand le mestrah a découvert ce que j'avais fait, il s'est empressé de donner cet ordre au chef de sa garde.*

Je me souviens avec un frisson que les métamorphes sont intégrés d'office à l'armée. Soudain je comprends mieux les runes que Kasta porte autour du cou. Tout métamorphe qui se fait capturer doit mettre son terrible pouvoir au service du mestrah, pour le restant de ses jours. Il existe une précaution, cependant : un objet doit être créé afin de museler ce pouvoir et d'assurer la protection du général en charge du métamorphe. Ça fait quatre ans que Maia est soumise à ce collier de runes. La loi impose à Kasta de le porter le temps de la Traversée, notamment pour sa propre sécurité. Je suis soudain très reconnaissante que ce genre d'objet soit illégal à part dans ce contexte précis. Je ne doute pas que

Kasta – et probablement Sakira – m'en aurait fait faire un aussi.

— C'est horrible.

Horrible ? s'esclaffe-t-elle. *Tu ne vas pas me dire que je l'ai mérité ?*

— Est-ce que tu l'avais mérité ?

Elle se mord la joue et suit du regard des brindilles poussées par un souffle de vent.

Pas à l'époque, non.

— Qu'est-ce qui s'est passé ?

Je me rappelle ce que m'a dit Kasta à son sujet : que c'était une prêtresse destinée à un avenir prestigieux. J'imagine déjà toutes sortes d'explications horribles pour que leur amitié se soit terminée ainsi. D'après lui, Maia l'a trahi, mais qu'est-ce qui aurait pu justifier une peine aussi radicale ?

Ses pensées se replient soudain, un subtil changement du silence, comme si je passais d'une vaste salle à un placard exigu.

Je ne m'en souviens pas.

J'ai la nette impression qu'elle ment, mais je peux comprendre qu'elle n'ait pas envie de revenir sur un passé douloureux, alors je n'insiste pas.

Et toi, qu'est-ce que tu as fait ? me demande-t-elle.

— Moi ?

Je le sens, quand les prêtres ont touché quelque chose. Leur magie me rend malade. (Elle désigne ma cicatrice.) *Toi, tu ne me fais rien du tout.*

Je devrais sans doute la remercier pour cette déclaration mais je me contente de frotter la marque avec mon pouce.

— J'ai insulté la soupe de concombre au banquet.

Elle pousse un grognement.

Il devient vraiment susceptible.

—J'ai aussi parlé à Jet sans le faire exprès, alors Kasta s'imagine que nous conspirons contre lui.

Vous, et le royaume tout entier.

—Il doit bien y avoir un moyen de lui faire entendre raison, dis-je en ramenant ma cape de givre sur mon poignet. Il avait commencé à m'écouter, au palais. J'ai l'impression qu'il n'a pas envie d'être comme ça. Si seulement je pouvais lui ouvrir les yeux…

Maia éclate de rire – un son creux et amer.

Je vais t'éviter de perdre ton temps, pense-t-elle en s'adossant au mur. *Il y a quatre ans, je me disais la même chose que toi. J'espérais qu'à force de gentillesse et d'encouragement, je pourrais libérer la lumière qui brille derrière sa noirceur. C'est insupportable, de la voir étouffer comme ça, pas vrai ? Sauf que c'est une illusion. Crois-moi. Tu ne pourras pas la libérer parce qu'elle n'est pas vraiment là. Même si tu commettais un sacrifice innommable…*

Elle serre les poings et souffle lentement. Son regard va se poser sur le mur du fond.

La seule personne que tu dois sauver, c'est toi.

Un chagrin pesant s'installe dans la petite pièce. Ça m'est de plus en plus étrange de considérer Maia comme un monstre. D'un côté, les prêtres racontent que les métamorphes sont des êtres de tentation créés par Apos, dieu de la tromperie. Ils servent à tester notre volonté en nous promettant des pouvoirs incroyables en échange d'un simple meurtre. Même si un métamorphe nous trouve, nous sommes censés prouver notre loyauté envers les dieux, notre pureté, en capturant le monstre sans le tuer. De l'autre côté, Maia n'est pas aussi mauvaise que je l'aurais cru, loin de là. La réputation d'infamie qui entoure les métamorphes tient sans doute au fait que seuls des êtres sans pitié seraient prêts à tuer pour augmenter leurs pouvoirs, mais Maia n'est qu'une jeune fille. Une personne qui a refusé – comme moi – de mourir aux mains de quelqu'un d'autre.

Je sais bien que Kasta nous a déjà présentées, mais ça fait trop longtemps que je n'ai pas pu dire mon nom. Je m'appelle Maia.

—Moi, c'est Zahru.

Des bruits de pas résonnent, tout proches. La métamorphe – pardon : Maia – se raidit, mais ils s'éloignent sans s'arrêter. Lorsqu'elle se détend, je m'assieds sur un sac de grain en jouant avec mon brin de blé.

—Tu ne peux pas me laisser partir, j'imagine ?

Elle fronce les sourcils. Je ne perçois pas les souvenirs auxquels elle fait appel, mais je sens ses réflexions s'intensifier tandis qu'elle se tapote le genou.

Peut-être que si. Je suis soumise à sa volonté tant qu'il porte son collier de runes, et je ne peux pas m'en approcher. Mais si, toi, tu le prenais…

—Ah bon ? Mais comment je peux faire ? (Mon sang s'anime à l'idée qu'elle puisse m'aider.) Il suffirait que je le regarde un peu trop pour que Kasta se doute de quelque chose. Et il n'a pas l'intention de dormir jusqu'à ce qu'on arrive aux grottes.

Sers-toi de ton imagination. (Elle hausse une épaule.) *Tu ne devrais pas avoir trop de mal. Tu sais te montrer persuasive.*

— C'est déjà ce que j'essaie de faire. D'ailleurs j'ai l'impression qu'il commence à céder, mais de là à lui demander ses runes…

Tu n'as pas besoin de te rapprocher de lui émotionnellement parlant, Zahru. (J'ai l'impression qu'elle sourit en coin sous son masque.) *Il porte ces runes autour du cou…*

Il me faut un moment pour comprendre ce qu'elle insinue.

— Tu voudrais que je le séduise ?

Je dis ça beaucoup trop fort dans une cabane où, justement, Kasta doit bientôt revenir. L'idée de m'approcher de lui, et surtout de lui mentir alors que c'est sa pire crainte… Ce jeu me paraît très dangereux.

Il ne sait pas bien quoi penser de toi. Je le sens. Il a envie de te croire, et ça fait très longtemps qu'il ne s'est pas confié à quelqu'un. Tu peux te servir de ça.

— Je… (Je soupire en grimaçant.) Je ne sais pas. Je vais m'occuper du collier, mais donne-moi encore une dernière chance de lui parler. Si ça ne mène à rien, je suivrai tes conseils.

Ce sera peut-être ton unique chance. Si tu ne te décides pas bientôt…

Le fil de ses pensées se rompt, et elle s'écarte du mur si brusquement que j'en écrase mon brin de blé. Elle me jette un regard en coin et crispe les mâchoires.

On doit y aller. Il m'appelle.

Elle me prend par le bras et m'entraîne vers la chaleur aveuglante du dehors. Mes yeux ne s'ajustent pas tout de suite mais, tandis que nous passons devant plusieurs cabanes, je remarque qu'elles sont toutes pleines de sacs. Tout ce grain entreposé, toutes ces réserves pour la ville…

— Sabil ! je jure. Ne savent-ils pas que les occultés meurent de faim à leurs portes ?

Bien sûr que si, me répond Maia. *Orkena se soucie très peu de ceux et celles qui ne sont pas « bénis » des dieux.*

— C'est cruel ! Quelqu'un devrait faire quelque chose. (Je m'écarte pour laisser passer un homme qui porte un gros sac de maïs, mais Maia me pousse presque contre lui.) Est-ce qu'on peut ralentir un peu ? Je ne marche pas aussi vite que toi.

Alors cours, pense Maia en serrant mon bras de plus belle. *Je n'ai pas le choix.*

— Pourquoi ? Il y a un problème ?

Pour toute réponse, elle accélère, et je trottine pour rester à sa hauteur.

— Maia, qu'est-ce qui se passe ?

Elle sursaute d'entendre son nom et me jette un coup d'œil avant de forcer encore l'allure.

Il est en danger.

J'ai honte de l'avouer, mais une part de moi éprouve un bref élan d'espoir à cette nouvelle. Si quelqu'un d'autre neutralise Kasta, je n'aurai pas à le faire. Ou, s'il est blessé, je pourrai peut-être lui prendre le collier sans qu'il puisse résister. C'est horrible de penser ça. Je suis horrible, moi, et je ne pourrai plus jamais regarder *fara* en face. *Fara* est fier de notre travail, du bien qu'on fait dans ce monde en guérissant les animaux. Si je suis déjà devenue aussi cruelle que celui qui me tient captive, je ne mérite pas de rentrer chez moi. Pourtant c'est plus fort que moi. Je voudrais qu'on arrive trop tard.

Je passe un pacte avec moi-même. Je ne vais pas traîner les pieds exprès mais je ne vais pas non plus m'empresser de voler à son secours. Maia me fait passer entre les dernières cabanes, puis sur un pont encombré de monde pour rejoindre les rues du marché. Ici les constructions sont hautes et rutilantes, habitées de visages souriants qui ne pensent même pas aux occultés. Un boulanger ramasse une miche de pain tombée par terre et la lance à deux gros chiens. Je me rappelle ce que nous a dit la fille, et mon estomac se noue.

À gauche d'abord, puis à droite, pense Maia. *L'auberge du Calice de pierre, à l'étage…*

Nous nous faufilons vers le cœur de la ville en esquivant musiciens et bonimenteurs plus ou moins avinés. J'ai vite fait de comprendre, d'après les bribes de conversation que je saisis au passage, pourquoi Kasta a choisi de faire son entrée maintenant. Sakira donne une grosse fête sur le bateau d'un marcheur de rêves, avec boisson à volonté. C'est sans doute cette information que Maia a confiée à Kasta en venant nous retrouver à la grotte. Les gens se dirigent vers les quais ou discutent du moment où ils se rendront à la fête, et personne ne fait vraiment attention à nous malgré la haute stature de Maia et son armure inhabituelle. Un homme va même jusqu'à complimenter son « costume » quand nous passons à côté de lui. Puis, d'une voix pâteuse, il explique à son ami qu'il veut trouver le même déguisement.

Enfin Maia me fait franchir un pas de porte et me pousse dans l'obscurité. Je distingue un comptoir au bois de genévrier lustré, puis des clients assis sur des bancs de brique aménagés directement le long des murs de la taverne. Maia n'a qu'à jeter un coup d'œil à l'aubergiste, qui désigne l'étage d'un doigt tremblant.

— Je n'ai prévenu personne qu'il était ici, dit-il en reculant contre l'évier. Ils ont dû le suivre. Je pensais que c'étaient des gardes…

Quelque chose de lourd heurte le sol au-dessus de nos têtes. Nous traversons la pièce pour emprunter un escalier carrelé qui mène à une vaste salle, où toutes les tables sont empilées d'un côté et où une bande de parchemin indique que cet endroit est fermé. Trois hommes masqués ont plaqué Kasta contre le mur du fond, deux lames brandies face à son épée. Le troisième tient dans sa main une boule de lumière où crépitent des étincelles, comme un morceau de foudre.

Kasta lève les yeux vers nous, et un des hommes se retourne. Il se fige, lame au poing.

— Ivan, souffle-t-il en donnant un coup de coude à son voisin.

— Quoi ? râle Ivan sans détacher son regard du prince.

— On a un problème.

— Le léopard, dit Kasta avant de reporter son attention sur ses agresseurs.

— Espèce d'imbécile, marmonne l'homme à la boule de foudre. On comptait simplement te garder ici quelques jours, tranquillement, histoire d'accorder un peu d'avance à ta sœur. Mais ce serait sûrement plus facile de te tuer, maintenant.

— Et ça ? C'est le sacrifice ? demande Ivan avec un sourire qui me retourne l'estomac. À votre avis, qu'est-ce que Sakira nous donnerait en échange ?

Des fanatiques de Sakira, comme le redoutait Kasta.

Maia détache de sa ceinture une peau marquée de taches brunes.

— Je ne sais pas, répond le premier homme d'une voix étranglée. Je m'inquiète surtout de la métamorphe.

— Alors dépêche-toi de tuer le prince, et on pourra s'occuper d'elle, rétorque Ivan avant de se retourner vers Kasta avec un méchant rictus. Tu aurais mieux fait de coopérer, *aera*.

Il attaque. Kasta pare son coup et se fend en direction de l'autre, qui recule d'un bond en jurant. Le troisième lance sa boule de feu vers la poitrine de Kasta, qui l'intercepte de justesse avec son bracelet de protection. Le métal brille d'un blanc éclatant tandis que l'éclair va s'écraser contre le mur. À côté de moi, Maia se transforme. Les oreilles du léopard se dressent déjà sur son crâne, et la fourrure tachetée descend le long de son dos, jusqu'à la recouvrir entièrement. Elle remue la queue d'un geste rageur, les crocs luisants de salive.

L'orageur rassemble une nouvelle boule de foudre. Maia se rue sur lui, alors il la lance vers elle, mais il a mal visé, et elle l'esquive aisément. L'instant d'après elle le fait basculer, et le cri de l'homme meurt dans sa gorge lorsqu'elle y plante les crocs. Je me retourne vers Kasta en réprimant un haut-le-cœur. Il pare un coup d'un côté, mais Ivan lui inflige une entaille de l'autre. Kasta pousse un grondement tout en donnant un coup d'épée. Le deuxième homme lève sa lame, prêt à en finir, lorsque Maia saute sur son dos.

En combat singulier, Kasta et Ivan sont de force égale, mais c'est le bras dominant du prince qui a été blessé. Il pare un coup après l'autre sans parvenir à riposter, et il manque y laisser sa tête lorsqu'Ivan frappe à deux mains et lui inflige une longue estafilade de sous l'oreille jusqu'au torse. Le collier de runes claque par terre. Kasta le voit d'un œil paniqué et fait volte-face juste à temps pour éviter un nouveau coup, mais il a beau essayer de s'en rapprocher, Ivan le maintient à distance.

Maia redresse la tête, les babines rougies du sang de sa deuxième victime.

— Maia, souffle Kasta.

Ivan se jette sur lui avec une ardeur renouvelée. Il est pressé d'achever Kasta avant que le léopard ne l'achève, lui. Le prince se fatigue à vue d'œil. Il pare un coup un peu tard, et le coude d'Ivan le percute à la mâchoire, l'envoyant se cogner au mur. Avant qu'il ait pu se redresser, Ivan lui arrache son épée et pointe les deux lames sur son cou.

— Maia ! hurle Kasta.

Elle me jette un regard tourmenté avant de se retourner vers le prince, les muscles tendus, indécise. Elle fait un pas hésitant en avant…

Puis elle s'assied.

Chapitre 22

Je suis tombée dans un cauchemar. C'est obligé. Je ne peux pas réellement me trouver là, face à deux morts et un blessé – un garçon qui veut me tuer, et dont la plus grande peur est de n'avoir plus personne à qui se fier. Lui-même est sur le point de mourir, parce qu'une fille qui avait foi en lui jadis, et dont il aimerait croire qu'elle garde un peu de cette loyauté, a fini par baisser les bras. Elle espère, comme moi il y a quelques minutes, que le destin va suivre son cours.

Je croyais que c'était ce que je voulais aussi.

Ça simplifierait tellement les choses ! Si Kasta disparaissait, toute cette histoire serait finie – pour de vrai et pour toujours. Je pourrais retrouver *fara*. Je pourrais sauter dans les bras de Hen. Je ne voyagerais plus jamais de toute ma vie…

Et je repenserais sans cesse à cet instant, où je suis restée plantée là, sans rien faire, alors qu'un prince à qui j'ai fait la leçon sur les vertus de la pitié se fait égorger avec sa propre épée.

— Oh, Apos ! je grommelle en cherchant une arme du regard.

Ivan a remarqué l'hésitation de la métamorphe. Il sourit de toutes ses dents en faisant grincer les deux lames l'une contre l'autre.

— Au final, même un monstre refuse de t'aider, lance-t-il en ricanant. Je rends vraiment service au monde.

Je m'élance. Maia gronde en voyant ce que je fais, mais elle est trop loin pour m'en empêcher. Alors qu'Ivan s'apprête à trancher la gorge de Kasta, j'attrape un tabouret cassé et le lui fracasse sur le crâne.

Ivan trébuche, un peu sonné. Kasta saisit son visage à deux mains, et je m'étrangle presque lorsque les hurlements commencent, aussi tranchants que des lames dans ma tête. Kasta arrache toutes les années qu'il restait à Ivan et les ajoute à sa propre vie. Je me force à bouger tandis que les cris se font de plus en plus forts. Le collier cassé n'est qu'à quelques pas de moi, mais alors que je m'en approche, les cris cessent, et Ivan s'écroule. Au moment où je referme les doigts sur la première rune, Kasta me saisit le poignet et me tire le bras.

Il ramasse le collier d'une main tremblante et reporte son regard furieux sur Maia.

Le léopard gronde avant de filer dans l'escalier.

Kasta ne l'arrête pas. Il me toise avec, dans les yeux, la même flamme sans fond, comme si c'était moi qui venais de le trahir.

Fini les bavardages.

Kasta me tire par le poignet dans les rues de la ville, assez bas pour que les passants croient qu'on se tient la main. Sa cape de brume blanche dissimule son visage et se gonfle contre son bras. La buée qui s'en échappe brouille la ville comme un mirage. J'ai ramené ma capuche sur mes cheveux, moi aussi, mais j'ai l'impression que je vais mourir de chaud. Ou alors, je l'espère. La peur me consume les veines, si brûlante que le jour en paraît frais, par contraste.

La poigne de Kasta se détend puis se resserre tour à tour, comme s'il n'arrivait pas à décider quel sort j'ai mérité.

Je ne cesse de revoir ses mains sur le visage d'Ivan.

— Un collier, pour la demoiselle ? lance un commerçant du marché. Le grenat renferme un message de votre bien-aimé ! Monsieur, vous n'avez qu'à murmurer sur la pierre pour qu'elle garde vos paroles. Monsieur ? Monsieur !

S'il nous court après, je vais me mettre à pleurer. J'ai vu assez de violence pour le restant de mes jours. Heureusement Kasta m'entraîne dans une ruelle, et le marchand trouve un autre couple à harceler.

Bientôt j'aperçois les petits entrepôts. Nous suivons un groupe de nobles qui traversent le pont, d'assez près pour donner l'impression que nous sommes avec eux, puis nous nous faufilons entre les cabanes une fois de l'autre côté. Au lieu de marcher au milieu du chemin, comme le faisait Maia, Kasta longe les murs en regardant régulièrement par-dessus son épaule.

Nous tournons à un coin…

Kasta s'immobilise.

— Non ! gronde-t-il.

Il me serre le poignet encore plus fort en surveillant les environs, et s'arrête face aux bouquets de palmiers. Puis il tourne les talons et repart vers la cité en me traînant derrière lui.

— Tu ne peux pas rappeler Maia ? dis-je si doucement qu'il ne risque pas de m'entendre.

Je ne suis pas sûre de vouloir qu'il m'entende, en fait.

— Ce sont les chevaux, lance-t-il d'une voix qui crépite de colère. Il les a pris.

— Qui ça ?

— Christos.

Il crache ce nom comme une malédiction.

Nous sommes de nouveau sur le pont, exposés aux regards, mais Kasta ne semble plus se soucier d'être reconnu.

— Nous sommes passés devant ces hommes sur le chemin de la taverne, explique-t-il. Ils parlaient de leur préférence pour ma sœur… et du fait qu'ils étaient prêts à tuer pour elle. (Il crispe les mâchoires.) J'étais trop occupé à chercher le parchemin sur lequel nous devons inscrire notre passage. Le temps que je le trouve, Christos avait disparu. Je pensais qu'il avait déserté, sans plus. (Il se décale sur la gauche pour laisser passer une carriole où s'entrechoquent des potions.) Puis ces hommes sont montés à l'étage de la taverne.

De nouveau on s'engage dans les rues de la ville. J'ai envie d'objecter que c'est dangereux, surtout si le guérisseur est toujours là, à recruter davantage d'hommes, mais l'absence des chevaux indique sans doute qu'il est parti depuis longtemps.

— Tu m'avais prévenu, poursuit Kasta avec un sourire amer. Je ne t'ai pas écoutée.

Je déglutis. J'ai bien peur de déjà connaître la réponse à ma question, puisque je suis toujours là, mais je la pose malgré tout.

— Mais tu ne vas pas modifier tes plans pour autant ?

Il ne répond pas. Une des runes du collier dépasse d'une bourse à sa ceinture, et je calcule mes chances d'arriver à appeler Maia avant qu'il ne s'en rende compte. Mais, soudain, il m'entraîne dans une ruelle et m'arrête derrière une carriole abandonnée. Il me saisit les deux poignets, si proche que je vois mon reflet dans ses iris brûlants.

— Pourquoi est-ce que tu m'as sauvé ?

J'ai des fourmis dans les doigts tellement il serre fort. Je crispe les mâchoires et, sans savoir si c'est mon exaspération ou ma conviction que rien de ce que je dis ne fera la moindre différence, je rive un regard glacial au sien. Le prince n'est plus aussi parfait que ce matin. Il a de la terre sur une joue et un hématome à l'endroit où le coude d'Ivan l'a percuté.

— Relâche-moi, et je te le dirai.

Il s'esclaffe.

— Évidemment. (Il esquisse un sourire cruel, mais ses épaules se voûtent légèrement.) Tu croyais que, si tu me sauvais, je t'aiderais à t'évader.

— Je te demande juste de lâcher mes poignets, dis-je sèchement.

Une ride sceptique se dessine entre les sourcils de Kasta, et il baisse les yeux vers ses mains.

— Tu risquerais de t'enfuir.

— Tu me rattraperais sans mal.

— Tu appellerais à l'aide.

Je cille, parce que ça ne m'était même pas venu à l'esprit. Je n'aurais aucun mal à attirer l'attention d'au moins un fidèle de Sakira… mais je pense aux chasseurs de primes, puis à Ivan et ses hommes. Je secoue la tête.

— Et je me retrouverais aux mains de ta sœur, dis-je. Ça ne m'aiderait pas beaucoup.

Il pousse un grondement agacé.

— Alors c'est vraiment pour sauver ta peau que tu m'as secouru.

— Oh, non ! dis-je avec un rire amer. Si j'avais voulu me sauver, je t'aurais laissé mourir. Maia m'aurait fait sortir de cette ville avant que la nouvelle se répande, et tout ce cirque serait terminé. Je serais déjà en train de rentrer chez moi, pour aller retrouver les gens que j'aime et qui me manquent. Au lieu de ça, je suis là, à essayer de convaincre le prince le plus paranoïaque du monde qu'il y a peut-être une personne dans sa vie qui essaie de faire ce qu'il faut, pour changer ! Moi aussi, je me demande pourquoi je t'ai aidé, tiens !

Je m'écarte de lui, prête à ce qu'il me retienne violemment pour me punir de lui parler comme ça, mais il me relâche aussitôt, si vite que je dois me rattraper à la carriole. *File !* me crie chacun de mes muscles. Mais je commence à avoir l'habitude de ne pas écouter mon instinct de survie. Et puis, je ne veux pas retomber entre les mains de Sakira. Kasta va devoir ralentir maintenant qu'il est à pied, sans guérisseur. Ça augmente mes chances que Jet nous retrouve.

Par Rie, Kasta est forcément affecté par ce que je viens de faire pour lui. *Fara* dit toujours que les bonnes actions sont comme des étincelles ; quand l'une d'elles fait mouche, elle embrase tout ce qui la touche. Je refuse de croire que le prince soit trop abîmé pour ne pas en ressentir la chaleur.

Il regarde ses mains vides avant de relever les yeux vers moi, comme s'il ne comprenait pas ce qui l'a forcé à me relâcher.

— Je t'ai sauvé parce que, malgré tout ce que tu as fait, tu ne méritais pas de mourir comme ça.

Il serre les poings avant de demander dans un murmure :

— Comme ça ?

— Seul contre trois, désarmé… (Je me masse les paumes.) Seuls les tyrans méritent ce genre de mort.

Il esquisse un faible sourire.

— Pourtant tu m'as traité de tyran.

— Non, je t'ai dit que tu risquais d'en devenir un. (Je baisse les bras et tourne les yeux vers la rue ensoleillée où les passants rient et plaisantent, stupéfaite de voir que rien de tout ça ne les affecte.) Mais un tyran ne souffrirait pas de voir des enfants malheureux. Toi, tu es exaspérant, et ce serait chouette que tu arrêtes de traiter le monde entier comme ton pire ennemi, mais tu n'es pas encore perdu.

Kasta évalue la distance entre moi et la rue, et il finit par baisser les bras à son tour. Des commerçants interpellent des clients potentiels, des familles déambulent en riant. Deux petites filles passent à côté de nous en courant et manquent de se cogner à Kasta, mais il ne me quitte pas des yeux.

Une fois de plus j'ai l'impression qu'il voudrait dire quelque chose mais qu'il se ravise au dernier moment.

Une ombre s'étire derrière moi. Des pas font crisser le sable, et Maia s'engage dans la ruelle sous sa forme humaine, un regard sauvage dans ses yeux jaunes. Dans une main elle tient une peau d'un brun fauve et, dans l'autre, une selle. Les runes de son armure luisent, comme chauffées à blanc. Elle résiste de toutes ses forces, de toute sa magie, contre les ordres de Kasta, mais elle ne peut pas lutter.

Et c'est à cause de moi.

La chaleur du prince effleure mon épaule, et sa voix gronde à mon oreille.

—Je n'en suis pas aussi sûr.

Maia soulève la peau de cheval qu'elle porte et en place la tête sur la sienne. La robe alezane s'élance le long de ses bras et de ses jambes, et elle crispe les mâchoires lorsque ses os commencent à se briser et à s'épaissir. Je ferme les yeux pour ne plus voir les contorsions de son pauvre corps. Kasta pose une main sur mon épaule.

Mais, cette fois, il ne serre pas.

Chapitre 23

Nous fuyons la ville d'un galop gracieux, irréel. La foulée de Maia est presque trop fluide, comme si elle était en partie serpent. Sa robe cuivrée miroite sous le soleil. Kasta est penché sur moi comme un buisson épineux, la capuche devant les yeux, les muscles tendus. Les malheureux qui ne s'écartent pas de notre passage en sont chassés par de puissantes épaules et de longues dents.

La colère de Maia bouillonne comme un fleuve furieux.

Comme si les dieux l'avaient sentie, un orage se prépare à l'horizon. Il est encore loin – une légère trace noire à l'endroit où le sable rencontre le ciel –, mais je reconnais le genre de nuages que *fara* observerait en faisant claquer sa langue, comme s'il s'adressait à eux dans une langue inconnue. Parfois les nuages l'écoutaient et passaient loin au nord. Parfois ils grossissaient. Alors, avant que le vent se lève, *fara* et moi nous dépêchions de fermer l'écurie et de la recouvrir à l'aide de sorts de protection, de ceux qui coûtent deux mois de labeur. Ce n'était pas la pluie, que nous redoutions. L'écurie était construite le long d'une pente, de façon à essuyer sans dégâts les orages qui frappaient chaque année, et que *fara* appelait de ses vœux. Ces nuages-ci n'apportent pas d'eau.

— Pitié, dis-moi qu'on a une tente, je souffle tandis que Maia laisse derrière elle les dernières boutiques.

— On en a une maintenant, répond Kasta.

Une tente que Maia a volée, sans doute.

— Et des sorts ?

— On a quelques potions.

Je me retourne.

— On va se lancer dans le désert sans le moindre sort sur nous ?

Kasta reste imperturbable, le regard rivé à l'horizon.

— J'étais un peu pressé par le temps, alors non, on n'a pas de sorts.

— Il faut qu'on s'arrête. (Je me redresse sur la selle, comme si Maia avait le pouvoir de m'écouter, moi, plutôt que Kasta.) Il faut qu'on passe la nuit en ville.

— Pas question.

— Tu vois ces nuages, là-bas ? Ce n'est pas de la pluie. C'est une tempête de sable. Si on passe la nuit dehors alors que…

— Je sais ce que c'est qu'une tempête de sable.

— Vraiment ? Parce que j'ai l'impression que ton père avait raison quand il disait que tu n'écoutes jamais les conseils.

Kasta crispe les mâchoires.

— Si on passe la nuit dans cette ville, je risque d'être mort au matin. Qu'est-ce que tu voudrais que je fasse ?

Je suis tellement surprise qu'il me pose une vraie question que je ne trouve pas de réponse.

—Je… Euh…

—Nos ancêtres se contentaient de tentes bien avant d'avoir des sorts. La nôtre devrait suffire. Les tempêtes ne durent jamais très longtemps.

—Et si c'est Alette qui l'a appelée de ses prières ?

Il réfléchit.

—Sakira n'a aucun intérêt à te tuer, dit-il enfin. Les dieux leur accorderaient peut-être de quoi nous ralentir, mais pas plus.

—Corrige-moi si je me trompe mais… Si notre tente part en morceaux, on n'a pas de solution de rechange.

J'en ai marre que seul le silence accueille ce genre de question vitale. Je m'entête.

—Cela dit, si tu as changé d'avis et qu'on ne se dirige pas vers les grottes de verre, on pourrait tout simplement contourner la tempête. Alette concentre sûrement ses prières sur le trajet de la deuxième étape.

Kasta ouvre la bouche pour répondre… puis la referme.

Il réfléchit.

—C'est vrai, dit-il.

—« C'est vrai », j'ai raison, ou « c'est vrai », nous ne nous dirigeons pas vers les grottes de verre ?

—La Traversée n'est pas encore terminée, Zahru.

—Peut-être, mais tu peux en changer l'issue. Conduis-moi en lieu sûr, puis gagne la course et annonce au mestrah que tu as choisi de m'épargner.

Nouveau silence.

—Ta tactique n'a pas fonctionné, Kasta. (Son regard s'arrête enfin sur moi.) Essaie la mienne.

Il ne dit toujours rien mais pose une main sur l'encolure de Maia.

Elle tourne la tête et change de direction.

Nous galopons jusqu'à ce que Numet range sa lanterne derrière l'horizon et que les étoiles se déploient au-dessus de nos têtes. Nous évitons soigneusement les routes. Les lumières de plusieurs feux de camp et de quelques caravanes scintillent au loin, mais il est évident que Kasta ne veut pas risquer de rencontrer d'autres fanatiques de Sakira. J'espère seulement qu'il ne va pas faire un détour tel que je vais en perdre tous mes repères.

Maia ne ralentit pas l'allure. Sa magie maudite de métamorphe ne fatigue pas son corps, et ses facultés ne s'épuisent pas à l'usage. Sa seule limite sera son endurance, mais sous cette forme, elle dispose d'un cœur et de poumons nettement plus puissants que ce dont elle a l'habitude, alors elle devrait pouvoir filer pendant des heures. À moins qu'elle n'ait décidé de courir jusqu'à en mourir. J'écoute ses pensées par-dessus le tonnerre de ses sabots et du vent, dans l'espoir d'y entendre un semblant de pardon ou de compréhension. Mais elle sait ce que je fais et, chaque fois que son esprit vagabonde vers Kasta ou la ville, elle le ramène vers le désert. Je n'ai pas entendu grand-chose d'autre que : *Jamais libre, trop tard, traître. Fille insensée. Et maintenant ?*

Je ferme les yeux sous le coup de ses accusations. Si seulement je pouvais lui envoyer mes pensées aussi facilement que je reçois les siennes… Je ne peux pas changer ce qui s'est passé à la taverne mais j'ai toujours l'intention de me saisir du collier de runes. On va devoir faire halte maintenant que le guérisseur est parti. Je pourrai chiper le collier à Kasta pendant qu'il dort. Ou j'arriverai peut-être à le convaincre de le briser. Si je n'ai toujours pas sa confiance après lui avoir sauvé la vie, alors c'est sans espoir.

Je vais arranger tout ça.

Patience, Maia.

J'ai les jambes engourdies et l'estomac qui crie famine quand je décide que ça suffit. Kasta doit bien se rendre compte qu'on a fait tout le chemin qu'on pouvait. Je me redresse contre lui.

— On ferait bien de s'arrêter pour la nuit.

Je m'attends à ce qu'il proteste et j'ai déjà un argument tout près, mais Kasta se redresse à son tour. Maia ralentit et s'arrête, haletante, avant de détourner la tête. Derrière moi, Kasta descend. Je fais mine de mettre pied à terre, mais il se tourne comme pour m'aider, alors je me fige, osant à peine respirer. Puis je me souviens que je suis assise sur cette pauvre Maia et je saute à terre sans plus attendre.

Nous montons la tente en silence. Kasta me surprend une fois de plus en venant m'aider au lieu de faire travailler Maia. Au lieu de ça il lui jette la peau de chacal, et dès qu'elle est changée elle se roule en boule et s'endort. Kasta a beau s'affairer à côté de moi, son esprit est très loin. Il me jette à peine quelques brefs coups d'œil et ne fait pas du tout attention à Maia. La première fois qu'il croise franchement mon regard, c'est quand il soulève un pan de la tente pour m'y faire entrer.

Je m'allonge sur la peau de cheval – c'est horrible de s'en servir comme d'un tapis, mais ça vaut toujours mieux que le sable –, et mon corps réclame une heure de repos, un peu de calme. Mais j'ai une dette envers Maia. Envers moi-même.

Je ne dormirai que quand j'aurai ce fichu collier.

Je soupire tout en m'avançant vers le fond de la tente. Comment est-ce que je vais m'y prendre ? Une ampoule de potion lumière est suspendue aux tiges qui soutiennent la toile, telle une minuscule étoile. Je m'assieds près de la tête du cheval et retire ma cape pour en faire un oreiller. Heureusement la tunique de Melia, avec son lin renforcé, n'est pas trop abîmée. Moi, en revanche… J'ai les bras tachés d'ocre là où le sable a collé à la sueur du cheval, et je ne dois pas sentir meilleur. Je m'esclaffe presque d'imaginer ce qui se passerait si je suivais le conseil de Maia. J'ai déjà de la chance que Kasta me regarde sans avoir l'air trop dégoûté, alors de là à ce qu'il me désire…

À vrai dire, ça me rassurerait qu'il ait l'air dégoûté. Ça prouverait qu'il est encore capable d'émotion. Son expression n'a pas changé depuis des heures. Il est assis à l'autre bout de la tente, près de mes pieds, le regard perdu au loin tandis qu'il retire sa cape. Une barbe naissante noircit sa mâchoire, et il a l'air tellement épuisé que j'ai l'impression d'avoir un aperçu de ce à quoi il ressemblera une fois devenu vieillard. Sa peau brune est poudrée de sable, et sa tunique est aussi crasseuse que la mienne.

Il ne s'allonge pas. Il me couve d'un regard qui me rappelle à quel point nous sommes seuls. Je me frotte le bras pour en faire tomber un peu de sable.

— On devrait faire entrer Maia, dis-je.

— Non.

Il plie sa cape de givre et la pose à côté de lui, aussi délicatement que si c'était un bol de verre.

— La tempête…

— … se dirige vers le sud, dit-il. Elle ne risque pas de nous affecter.

Il regarde ses mains, puis le sang séché sur son torse et sur son biceps. L'entaille à son bras n'est pas belle à voir. Elle a continué à saigner pendant qu'on chevauchait, et j'y vois un filet rouge vif. Kasta retire sa tunique et retrouve son allure de prince, torse nu avec son *tergus*. Puis il sort de sa ceinture une petite fiole qui aigrit l'air lorsqu'il l'ouvre. Il en verse un peu sur un coin de sa tunique et l'applique contre sa blessure en serrant les dents.

J'hésite à lui offrir mon aide, mais il émane de lui le même calme étonnant, presque surnaturel, qu'après notre entretien avec le mestrah, alors il est sans doute plus sage de le laisser tranquille.

— Tu me rappelles Maia, dit-il en désignant d'un geste le chacal endormi dehors. Avant.

Ce n'est peut-être pas le même calme du tout. Il parle d'une voix douce. Triste.

Brisée.

— Elle n'était pas aussi attentionnée que toi mais elle suivait les règles. Même si le résultat ne lui plaisait pas, elle avait foi. Je pouvais toujours compter là-dessus. J'ai sous-estimé… (Il soupire.) J'ai sous-estimé combien ça l'avait changée.

« Ça », c'est-à-dire le fait d'être condamnée à une vie de démon. Je le dévisage un instant, interdite. Comment a-t-il pu croire que ça ne la changerait pas ?

— Tu devais bien te douter qu'elle ne te pardonnerait peut-être jamais, dis-je. Le sort auquel tu l'as vouée n'est pas franchement enviable.

Il croise mon regard.

— Le sort auquel *je* l'ai vouée ?

— Oui. Tu y fais allusion depuis le début et tu n'arrêtes pas de me menacer de la même chose. Tu as vraiment perdu beaucoup de sang, on dirait.

Le prince secoue la tête.

— Je ne lui ai rien fait du tout.

— Alors qu'est-ce qui s'est passé ? Elle s'est réveillée un matin d'une humeur de démon et, puisqu'elle ne peut pas parler, tu racontes que c'est ta faute pour faire peur aux jeunes filles bavardes ?

— Elle avait le choix. (La potion lumière se reflète dans ses yeux lorsqu'il reporte son attention sur sa blessure.) Elle a fait le mauvais.

— Il n'y avait pas de bon choix. Elle était condamnée à tuer un monstre ou à se laisser tuer par lui.

— Ce n'est pas ce qui s'est passé. (Il crispe les doigts sur sa tunique.) Elle n'était pas censée venir.

Il n'en dit pas plus, alors j'essaie de comprendre ce que ça implique. Elle n'était pas censée se mettre en danger… mais lui, si ?

— Ne me dis pas que la chasse au métamorphe est une sorte de rite de passage royal.

— Oh, non. Ça nous est interdit, à nous aussi. (Il déglutit, sans relever les yeux de sa blessure.) C'est pour ça que je n'en ai parlé qu'à Maia.

Un frisson me glace les veines quand je devine ce qu'il veut dire. Ce n'était pas un terrible accident. Il cherchait un métamorphe. Que lui était-il arrivé pour qu'il se lance à la recherche d'une telle créature ? Aussitôt je repense à son laboratoire saccagé, à toutes ses formules perdues. Voulait-il prouver à son père qu'il avait fait erreur ? Pensait-il pouvoir découvrir de nouveaux secrets en étudiant la magie d'un métamorphe ?

— Attends… je ne comprends pas. Tu voulais le capturer vivant, mais Maia a décidé de s'approprier son pouvoir ?

— Non.

— Mais alors… (Je pousse un soupir exaspéré.) Je n'y comprends vraiment rien. Elle ne l'aurait pas tué s'il ne s'était pas passé quelque chose d'horrible. Qu'est-ce qui vous est arrivé ?

Un muscle tressaute dans sa mâchoire. Il serre le poing sur sa tunique, et des ombres glissent sur son visage comme pour en chasser la lumière.

— C'est une histoire que je refuse de raconter.

C'est plus fort que moi. Ma colère explose, et j'ai beau détester la violence, j'ai presque envie de le pousser.

— Tu te moques de moi ? Après tout ce que je t'ai dit, alors que je t'ai sauvé la vie, tu ne me fais toujours pas confiance ? Par les dieux, mais qu'est-ce qu'il te faut ? Que je me jette entre toi et la prochaine épée ? Ou est-ce que je dois me montrer plus patiente ? Il suffit peut-être que j'attende le moment où tu décideras de me planter une dague dans le cœur !

Il cille, et malgré ma rage, je savoure son expression choquée.

— Tu n'en as pas marre, d'être malheureux ? Tu ne peux pas continuer comme ça, Kasta, que tu deviennes roi ou pas. Tu n'as vraiment plus confiance en personne depuis ce jour-là ?

Il me regarde longuement, l'air tourmenté, et je soupire en me frottant les yeux. J'ignore pourquoi j'espérais pouvoir percer son armure. Maia m'avait pourtant prévenue que c'était futile, et maintenant je vais devoir attendre qu'il s'endorme, ce qui me fait presque autant horreur que l'idée de devoir le séduire. J'étais si près du but ! J'aurais vraiment voulu que les choses se terminent mieux, mais je ne peux pas passer des semaines à attendre qu'il change d'avis.

Il imbibe un nouveau coin de sa tunique.

— Quel âge avais-tu quand ta magie s'est déclarée ? demande-t-il à voix basse.

J'arrange ma cape-oreiller avant de m'allonger dessus.

— C'est quoi, le rapport ?

— Tu veux que je te raconte, oui ou non ? rétorque-t-il sèchement.

Je lui jette un coup d'œil incrédule.

— J'avais six ans.

— Pareil que Jet. Sakira avait cinq ans. (Sa voix s'est radoucie mais demeure ourlée de quelque chose d'inquiétant, comme les rides à la surface de l'eau qui annoncent un crocodile.) Très vite ils ont commencé à s'entraîner ensemble. Sakira transformait des fruits en oiseaux, et Jet les dotait de parole. Je les observais depuis mes fenêtres. Si Sakira me voyait, elle ordonnait à ses oiseaux de m'attaquer.

Je m'attends à ce qu'il se crispe, mais il poursuit comme si cette anecdote n'avait rien d'étrange.

— Avec les années, et alors que mes pouvoirs à moi ne s'étaient toujours pas manifestés, ils ont commencé à me voler ma nourriture et à me traiter comme si j'étais un serviteur. C'était pour me préparer à ma future vie dans les rues, qu'ils disaient.

Il replie la tunique tachée de sang, qui laisse des traces rouges sur ses doigts. Je crois que je commence à comprendre, et une tristesse nouvelle se loge dans mon cœur.

— À l'époque je croyais encore que mon père m'aimait. Je voulais qu'il me rassure, qu'il me promette de ne jamais me renier de cette façon. Tu sais ce qu'il m'a dit ?

Il parle sur un ton monotone, comme si rien de tout ça ne l'affectait. Je me demande combien de fois il s'est rappelé ces événements – combien de fois il faut revivre une expérience douloureuse pour ne plus rien éprouver du tout.

— Qu'il ne supporterait pas de te perdre, et qu'il modifierait les lois ? je demande dans un murmure.

Kasta pousse un grognement.

— Il m'a dit que mes pouvoirs se déclareraient – ou non. Que les dieux manifesteraient leur faveur… (Il déglutit.) … ou qu'il m'enverrait à l'orphelinat avec tous les enfants de onze ans qui demeuraient sans magie.

Toutes les émotions qu'il refoule se ruent sur moi à la place et assaillent mon cœur de mille piqûres, comme autant de scorpions. Je sais que les familles anciennes – les nobles – accordent une importance démesurée à la magie, mais leurs lignées en sont tellement saturées qu'il est au moins aussi rare d'avoir un enfant dénué de magie que d'avoir un enfant aveugle. Je n'avais jamais réfléchi à ce qui leur arrivait, à ces enfants. J'imaginais, naïvement, qu'ils allaient s'établir hors des frontières d'Orkena une fois qu'ils en avaient l'âge.

— Pitié, dis-moi que tu n'as pas… Tu t'es lancé à la recherche de ce métamorphe pour lui prendre son pouvoir ? Sachant à quoi ça te condamnait ?

Il hausse les épaules.

— Ça ne me condamnait à rien du tout tant que personne ne le savait. Je ne me serais pas servi de ses pouvoirs les plus typiques. J'avais seulement besoin de sa force et de son endurance, et les prêtres m'auraient pris pour un manipulateur.

— Mais la malédiction…

— Les dieux m'avaient déjà abandonné. (Il pose son regard brûlant sur moi.) Tu as vu comment vivent les occultés. J'aurais été réduit à ça, dans cette vie et pour l'éternité. Tu crois vraiment que j'avais quelque chose à perdre ?

Mon cœur se serre brusquement. La punition de Maia. Sa trahison…

Je ferme les yeux.

— Maia a essayé de t'en empêcher. C'est ça ?

— Oui.

— Elle savait que le seul moyen, c'était de tuer le métamorphe, elle.

Elle s'est attiré la malédiction à la place de Kasta parce que, étant prêtresse, elle savait que l'ambition du prince risquait de dépraver bien plus que sa vie de mortel. Kasta, quant à lui, considère qu'elle lui a dérobé sa dernière chance d'obtenir de la magie. Elle l'a condamné à une vie d'exil, en quelque sorte.

Je ne peux réprimer une grimace.

— Tu as été raconter aux prêtres ce qu'elle avait fait.

— Non.

Je m'étrangle de surprise.

— Non ?

— Je voulais le faire. (Il ferme les yeux. Un filet de sang frais s'échappe de sous le tissu.) J'ai failli, d'ailleurs, mais finalement… je n'ai pas pu. C'est Maia qui a avoué.

— Alors quand tu parlais de ta responsabilité…

— J'aurais pu la défendre. (Une douleur ancienne colore sa voix, sans pourtant atteindre ses yeux. Encore quelque chose qu'il ne sent plus.) J'aurais pu avouer, moi.

Le silence qui s'installe alors est horrible. Je l'imagine dans la salle du trône ce jour-là, au côté du mestrah, tandis que deux prêtres s'emparent de Maia. Leur avenir à tous les deux dépend de ce qu'il dira. Mais il n'y a pas de bonne solution. S'il admet avoir cherché à tuer un métamorphe, elle sera peut-être libérée, mais il sera aussitôt banni comme l'occulté qu'il est.

Je me masse doucement les tempes.

— D'accord. Je comprends pourquoi tu y as vu une trahison à l'époque mais… Est-ce que tu te rends compte, maintenant, qu'elle cherchait simplement à te protéger ? Elle t'a empêché de commettre une erreur irréversible. Elle pensait préserver ton âme ! Comment peux-tu lui en vouloir pour ça ? Surtout que ta magie s'est déclarée peu de temps après, non ?

Kasta me dévisage avec un mélange de tourment et d'amusement. Le silence se prolonge tellement que je me demande s'il va se murer derrière son masque, une fois de plus. Puis il pousse un profond soupir, comme s'il venait de prendre une décision. Il repose la tunique à côté de lui, toujours très soigneux, et sort quelque chose de la poche suspendue à sa ceinture. Quand il ouvre la main, trois petites ampoules terminées d'une pique s'entrechoquent dans sa paume.

— Je ne sais pas ce que c'est, dis-je.

— Ce sont des dards de scorpions, explique Kasta en m'observant. Du venin.

Un sombre pressentiment éclôt dans ma poitrine. Maia a indiqué qu'il s'était écoulé quatre ans. Kasta avait donc treize ans.

— Celui-ci peut rendre quelqu'un malade le temps d'une journée. (Il touche un dard vert vif.) Celui-ci peut endormir quelqu'un pendant plusieurs heures. (C'est le dard ambré.) Quant à celui-là… (Il fait rouler la petite boule blanche entre ses doigts en prenant bien soin de ne pas en toucher la pointe.) Il peut tuer un homme en dix secondes.

La piqûre que j'ai ressentie à la nuque. Les hurlements de l'homme dans la taverne. La vraie raison pour laquelle il a failli aider la jeune fille blonde.

— Ta magie ne s'est jamais manifestée, je murmure.

Soudain je comprends tout. Sa volonté presque fiévreuse de croire qu'une simple souffleuse – quelqu'un d'à peine moins faible qu'une occultée – pourrait faire une éclaireuse valable. Sa jalousie envers Jet, le ployeur de son, dépassait de loin leur rivalité pour l'attention de leur père. Sa peur de toujours finir second pour une raison qu'il ne contrôle pas.

Son désir de leur prouver, à tous, qu'il valait quelque chose.

Son laboratoire saccagé. Ses recherches sur la magie. Jet m'a dit qu'il n'arrivait pas à imaginer son père faire une chose pareille, mais peut-être que ce n'était pas le mestrah. Peut-être que c'est Kasta lui-même qui a détruit le fruit de ses propres expériences, face à la triste évidence que l'objet de cette passion… ne lui appartiendrait jamais.

J'entends le dernier flacon s'écraser contre le mur à côté de la tête de Jet, et mon cœur se brise en même temps.

— Mais comment est-ce possible ? dis-je. Les prêtres ont dû te tester. Tu as bien dû leur apporter la preuve de tes pouvoirs. Non ?

— J'ai averti l'évaluateur qu'il ne pouvait pas tirer d'échantillon de ma magie parce que ça risquait de le tuer. Après, il m'a suffi de faire diversion au bon moment. Tant qu'ils observaient ma cible, ils ne regardaient pas mes mains.

— Mais… (Je ne peux m'empêcher de sourire.) C'est génial.

— Génial ? (Il ricane.) Tu ne veux pas plutôt dire affreux ? Écœurant ? Sacrilège ?

— Non, dis-je, un peu surprise par ma propre sincérité. Certes j'aurais préféré que tu choisisses un talent qui ne fait de mal à personne, mais tu as compensé ce qui te faisait défaut en apprenant autre chose. Ton pouvoir est l'un des plus redoutés d'Orkena, et tu l'as façonné toi-même. (Je sonde son regard, et une nouvelle idée me vient.) Rends-toi compte ! C'est exactement ce que ton père voulait, depuis le début. Voilà qui tu es quand tu te libères de ton amertume : astucieux, plein de ressources.

Il secoue la tête.

— Ça ne suffit pas. Pour le mestrah, ça ne suffit jamais.

— Arrête de t'en faire pour un homme qui était prêt à t'abandonner, Kasta !

Je me rassieds et me penche vers lui. Pour la première fois j'ai l'impression de vraiment le comprendre. J'ai l'impression que le valeureux prince est tout près de la surface, comme le verso d'une carte qui n'attend que d'être retournée.

— Regarde vers l'avenir. Imagine tout ce que tu pourrais changer ! Un roi dénué de magie. Tu pourrais refondre notre système tout entier. Tu pourrais redonner leur dignité aux occultés, et accorder à tout le monde la chance de se construire une belle vie, basée sur l'honnête labeur plutôt que sur un don de naissance. Plus personne n'aurait à craindre de se voir banni du royaume.

Je me rends bien compte que je m'emporte mais je ne peux m'empêcher de sourire à cette possibilité. Ce serait l'heureuse conclusion d'un bien triste début, comme dans toutes les meilleures histoires.

— Tu pourrais épargner à d'autres le sort qui a été le tien.

— Ils ne l'accepteraient jamais. (Les ombres regagnent du terrain. Il repose le tissu sur sa blessure, qui recommence à saigner.) S'ils apprenaient que je n'ai pas de pouvoir…

— Mais tu en as, du pouvoir ! Tu as inventé ta propre magie, tu as survécu à l'attaque de trois assassins dans une taverne et, si tu commençais à traiter les gens comme tu traitais Maia autrefois, tu te rendrais vite compte que d'autres seraient prêts à se sacrifier pour toi. Il te suffirait de nous éloigner de ce destin fait de malédictions qui rongent l'âme et de sacrifices humains. Oh, par les dieux, donne-moi ça ! (Je lui prends la tunique des mains et en mouille un coin encore propre.) Tu ne fais qu'empirer le saignement.

Les yeux qui me contemplent sont ceux d'un inconnu. Ils sont plus clairs, curieux, pleins de questions plutôt que de haine, d'espoir plutôt que de colère.

— Tu penses que je pourrais faire un bon roi.

Je nettoie le sang séché par petites touches légères mais précises, jusqu'à ce qu'il ne reste plus que la longue ligne de la plaie.

— Oui, dis-je.

Idéalement il faudrait le recoudre, mais je n'ai ni fil, ni aiguilles. Un simple pansement fera l'affaire. Je cherche du regard un tissu propre et aperçois une sacoche juste derrière le prince. Quand je me penche pour l'attraper, il me saisit le poignet – doucement, cette fois.

Son geste m'arrête en équilibre à quelques centimètres de son visage, et presque en travers de ses genoux.

— J'ai besoin de tissu pour ton pansement, dis-je.

Il m'apparaît brusquement que j'ai peut-être un peu trop bien réussi ma mission.

Kasta promène son pouce le long de ma paume.

— Je ne comprenais pas pourquoi les dieux me tourmentaient en t'envoyant, toi, alors que j'avais déjà traversé tellement d'épreuves. Mais j'avais raison, dès le début. Tu es la réponse à tout.

Je déglutis.

— Tu veux dire que tu as changé d'avis ?

Il m'embrasse. Un baiser d'une douceur impossible, qui envoie une onde de choc tout le long de mon corps, qui engourdit à la fois mes doigts et mon cerveau. Je me recule aussitôt, stupéfaite de l'avoir laissé faire mais, surtout, de sentir mes veines vibrer comme ça. *Tu es sous le choc, c'est tout.* Je commençais vraiment à croire qu'il était irrécupérable et, maintenant, j'éprouve un terrible malaise. Parce que, malgré moi, je viens de réaliser la stratégie de Maia.

Une des runes du collier dépasse de la poche à sa ceinture, et je rassemble mon courage. C'est vraiment le genre de chose que je préférerais éviter de faire, mais je ne peux pas laisser filer une nouvelle chance de m'échapper.

Alors je passe les bras autour du cou de Kasta et je pose mes lèvres sur les siennes.

Le premier baiser est facile. Je peux faire comme si ça ne comptait pas : des lèvres qui s'effleurent d'un geste doux, presque cordial. Le deuxième, c'est plus difficile. Kasta s'enhardit, passe les mains sous mes cheveux, sur ma nuque, pour m'attirer plus près. Et pourtant ses mouvements restent d'un calme prudent, ralentis par cette incertitude exaspérante qui lui ressemble tellement peu que je me demande presque si je suis perdue dans un rêve bizarre.

Puis il me fait ouvrir les lèvres des siennes, et je commence à perdre pied.

Il ne m'embrasse pas comme si ça ne comptait pas, lui. Il m'embrasse comme il me regardait quand il voulait que je sois son éclaireuse. Il m'embrasse comme si j'étais tout ce qu'il a toujours voulu, et même plus. Et, alors que s'éveille dans mon ventre la même chaleur qu'au palais, je suis prise de panique à l'idée que je ne fais plus semblant. Il glisse ses mains le long de mon dos, cale ses pouces au creux de mes hanches. Lui qui se fiche complètement que je ne sois qu'une simple souffleuse. Lui qui sait ce que ça fait d'être jugé pour ce qu'on n'a pas. Lui qui craint ce que lui infligerait le monde à cause de ce qu'il n'a pas.

Il plie les bras pour m'attirer plus près.

Je me retrouve sur ses genoux.

Ses caresses sont à la fois foudre et tonnerre, pierre et vent. Elles allument des étincelles dans mon dos tandis qu'il me serre contre lui et que sa bouche se fait exigeante. *Plus près. Plus fort.* Je me noie, une fois de plus, à la merci du désir qui anime ce baiser. J'ai la tête qui tourne, entraînée par ce courant qui s'accélère, qui me rend maladroite tandis que j'essaie de trouver le collier de runes.

Kasta pose les mains sur mes genoux. J'étouffe un cri lorsqu'il les fait remonter sous ma tunique et, quand il m'embrasse dans le cou, j'abandonne ma mission pour saisir ses poignets. Ce n'est plus un jeu. Ce qu'il y a entre nous dépasse ce que je veux bien admettre, même si j'ignore encore ce que c'est. C'est peut-être l'épuisement. C'est peut-être l'attrait de voir combien il en a envie. Je ne veux pas m'attarder sur la troisième possibilité mais, si c'est réellement ce qu'il éprouve pour moi, alors j'ai peut-être un moyen de m'en sortir sans faire de mal à personne.

— Kasta, dis-je dans un souffle.

Les muscles de ses bras se tendent sous mes mains, mais il se recule.

— Oui ?

J'oublie presque ma question. Ses yeux sont fascinants à la lumière, argentés au milieu, bleu saphir tout autour. Ils n'ont plus rien du regard froid et dur auquel j'étais habituée. Ça, c'est qui il est vraiment quand il se sent en sécurité, quand il laisse filer sa colère et sa peur, et qu'il se libère, lui.

Je déglutis.

— Tu comptes toujours me tuer ?

Son expression reste la même. Le seul indice qu'il m'a entendue, ce sont les ombres qui s'insinuent dans son regard telles des traînées d'huile noire.

— Dis-moi que non.

Mes doigts tremblent lorsque je relâche ses poignets. Il ne peut quand même pas dire oui ! Après tout ce que j'ai fait, alors qu'il m'a confié son secret… après *ça* !

— Tu sais tout ce que j'ai traversé pour parvenir jusqu'ici, dit-il.

— Ce n'est pas une réponse.

— Je ne peux pas y arriver sans toi.

Un violent dégoût s'empare de ma poitrine, affreux et collant. J'ai envie de frapper Kasta. J'ai envie de hurler, de lui demander pourquoi rien de ce que j'ai fait n'a changé quoi que ce soit. Je lui ai accordé le bénéfice du doute, j'ai essayé de l'aider…

— La magie contenue dans le couteau de Sabil représente ma dernière chance, dit-il comme si c'était une réponse valable. C'est mon dernier espoir.

— Tu n'as rien écouté de ce que j'ai dit ! Tout ce que tu veux, c'est ta magie… Qu'est-ce que tu croyais ? Que j'allais sourire bien gentiment et me laisser poignarder si on… ? (Je me tire sur les cheveux.) C'est quoi, ton problème ?

— Il y a peut-être un moyen d'accomplir le sacrifice sans te tuer. L'interprète préside à la deuxième étape. Iel devrait en savoir davantage. C'est un expert en science de la magie, iel détient des siècles de connaissance… On trouvera peut-être un moyen. (Il me caresse doucement l'épaule pour m'attirer plus près.) Donne-moi un peu de temps. Je ne comprends pas encore ce qui m'arrive.

— Oh, par les dieux ! Ça s'appelle des sentiments, Kasta. Maia avait raison. Je ne peux plus rien pour toi. Tu seras toujours le même égoïste cruel qui a peur de…

Il plisse les yeux.

— Maia ?

— J'ai essayé. (Ma voix se brise lorsque je saisis le poison que j'ai volé dans sa pochette. Mes doigts tremblent si fort que je manque de le lâcher.) Je ne voulais pas te faire de mal. J'espère que tu t'en souviendras.

Je plante le dard de couleur ambre dans son dos et appuie sur la partie renflée. Kasta a tout juste le temps de me repousser avant que le venin l'endorme, effaçant l'expression choquée de son regard et l'incrédulité de son visage. Il s'écroule sur la peau de cheval, aussi détendu que s'il rêvait.

Le garçon qui a peur de ne jamais être à la hauteur et qui, à cause de ça, s'empêche de l'être.

Je ramène mes genoux contre mon torse et me cache le visage dedans pour crier, furieuse de m'être laissée attirer, furieuse de ce gâchis. Je rassemble quelques affaires à grands gestes rageurs : la moitié des potions, deux morceaux de viande séchée dans des feuilles de palmier, et la poche de poison. Je commence à lui retirer son bracelet de protection, dont une seule des runes a été utilisée, mais ça reviendrait à le condamner, alors je le lui laisse… en le maudissant. Quelle arrogance de ma part, d'avoir cru que je pourrais changer quelque chose – que je pourrais le sauver par ma gentillesse et ma foi, comme dans les histoires !

Dire que j'ai osé croire qu'il pourrait vaincre sa peur grâce à moi…

Malgré tout, en ravalant mes sanglots, je prends le temps de faire un pansement à sa stupide blessure et je lui cale la tête sur sa cape repliée. Je lui laisse la potion lumière mais je prends la peau de cheval et sors de la tente en courant presque. En rencontrant l'air frais de la nuit, j'ai l'impression de percer la surface de l'eau d'un puits.

Maia relève la tête avec son grand sourire de chacal.

Je jette le collier de runes à ses pieds.

Chapitre 24

Au bout de quelques kilomètres, alors que la tente de Kasta n'est plus qu'une faible lueur qui disparaît entre les dunes, mon corps décide qu'il en a assez de la fatigue et du stress sur un estomac vide, et je demande à Maia de s'arrêter pour que je puisse descendre vomir. Ma colère s'est émoussée avec la distance, me laissant une impression de vide affreux. J'avais réussi à le toucher. J'avais percé l'armure qu'il portait en permanence, et je me demande presque si j'ai bien entendu sa réponse à ma question, parce qu'elle n'avait pas de sens. Qu'est-ce que j'aurais pu dire de plus ? Qu'est-ce que j'aurais bien pu faire ?

Tu penses que je pourrais faire un bon roi.

Ce n'était pas une question. Il le croyait. Et pourtant…

Ça n'a pas suffi, de même que rien ne suffit jamais au mestrah.

Je comprends d'où Kasta tient ça.

Au moins, Maia m'a pardonné. Elle ne l'a pas dit explicitement, mais je le devine à ses pensées. Elles ne sont plus embrouillées et brumeuses, mais vives et légères. Son allure aussi, d'ailleurs. Les oreilles pointées, elle va de l'avant, entièrement tournée vers l'avenir. Elle a insisté pour rester en jument – je lui ai dit que ce n'était pas nécessaire et qu'on pouvait marcher, mais elle tient à mettre autant de distance que possible entre Kasta et nous. Quand elle n'est pas occupée à calculer jusqu'où on peut aller avant de se reposer, elle se demande pourquoi j'éprouve la moindre tristesse. J'ai sauvé sa vie et la mienne. J'ai amené l'un des pouvoirs les plus méfiants et les plus impitoyables d'Orkena à m'avouer son plus noir secret, et je l'ai endormi à l'aide de son propre poison.

Tout ça, ce sont des victoires, d'après elle.

Je n'aimais pas l'idée de me promener avec des dards de venin mortel, alors j'ai gardé deux des ampoules somnifères, en cas d'urgence, et j'ai enterré le reste dans le sable quand on s'est arrêtées. Le collier de runes se trouve toujours dans la sacoche. À la prochaine ville, on échangera les pierres contre des vêtements propres et un moyen de transport. Je vais rentrer chez moi. Maia ne m'a pas dit ce qu'elle comptait faire, mais j'imagine qu'elle a envie de commencer une vie nouvelle, qui n'appartiendra qu'à elle.

Zahru aux lèvres de soie, pense-t-elle. Depuis un moment elle s'amuse à m'inventer des titres qui évoqueraient mon héroïsme.

Je pousse un grognement.

— Pitié, arrête avant que je m'étouffe avec du sable.

Pourtant tu dois bien admettre que c'est malin. Ça marche à la fois pour…

— Oui, ça va. J'ai compris. (Je crispe le poing sur sa crinière sans le vouloir et je dois me forcer à me détendre.) J'aimerais vraiment mieux qu'on n'en parle plus jamais.

J'ai déjà décidé que, quand je raconterai mes aventures, je n'entrerai pas dans les détails de cet épisode précis. Je ne tiens vraiment pas à ce que Hen reprenne le flambeau de Maia et se charge de me trouver le nom d'héroïne parfait, ou que mes voisins s'imaginent que je suis une espèce de succube menteuse. Je dirai qu'on a monté la tente et que j'ai assommé Kasta avec un bâton avant de lui prendre le collier et de m'enfuir.

Loin. Très loin.

Zahru ? (Maia s'arrête et tourne la tête vers moi. J'aperçois mon reflet, tout triste, dans son œil jaune, éclairé par les étoiles.) *Tu n'aurais rien pu faire de plus.*

Je me voûte légèrement.

—Je n'aurais pas dû lui parler. J'aurais mieux fait d'attendre qu'il s'endorme et de lui prendre le collier, tout simplement.

Elle m'observe un instant, et je me prépare à ce qu'elle me rappelle qu'elle m'avait prévenue, mais son regard s'adoucit.

Si ça peut te consoler, moi aussi j'espérais que tu arriverais à le convaincre. En ta présence, il… Je commençais à reconnaître mon ami d'autrefois. J'aurais aimé que tu aies raison. (Elle retourne la tête vers l'est.) *Mais ce qui est fait, est fait. Nous devons aller de l'avant.*

Je soupire et me tiens à sa crinière lorsqu'elle s'élance au trot. Elle a raison, je le sais. Il n'y avait pas d'autre issue. Si je n'avais pas essayé de parler à Kasta, je n'aurais pas appris l'existence des poisons et je l'aurais peut-être réveillé en essayant de lui prendre le collier. Pire, j'aurais pu le croire quand il disait vouloir demander l'opinion de l'interprète, alors même qu'il parlait de « peut-être » essayer d'épargner ma vie. Je frémis au souvenir de ses lèvres dans mon cou, et à la réaction traîtresse de mon cœur quand il a révélé le sien.

Tu es toute crispée, pense Maia.

— Pardon, je grommelle.

Tiens, tiens. (Elle repasse au pas et fait pivoter ses oreilles.) *Les nuages se déplacent.*

Je plisse les yeux. À l'horizon une trace noire s'avance devant les étoiles.

— Et ce n'est pas normal ?

Elle tourne la tête. Sa crinière est argentée sous les rayons de lune.

Ça le serait s'il y avait du vent.

Mon estomac se noue lorsque je me rends compte que l'air est aussi immobile que dans une tombe. Les nuages noirs ne sont plus sur le côté mais en face de nous, à l'est. Maia suit le parfum du fleuve le plus proche, alors je sais qu'on n'a pas dévié.

— C'est Alette, dis-je.

La tempête cherche à nous ramener vers elles.

— Est-ce qu'il y a des campements dans les parages ?

Maia pousse un long soupir. Elle doit être épuisée, malgré toute son excitation de se savoir enfin libre. Je ne peux pas lui demander de faire la course contre la tempête, surtout pas avec mon poids sur le dos.

Les peaux de bête, pense-t-elle. *On peut s'en servir pour se protéger du sable. Elles sont plus solides que de la toile.*

— Mais ça risque de les abîmer.

Elle tourne la tête pour me regarder.

Tu as une meilleure idée ?

Non. Je mets pied à terre et retire la selle aussi doucement que possible, puis je m'éloigne un peu le temps que Maia reprenne forme humaine. Nous n'avons rien pour ancrer les peaux au sol, alors nous nous enroulons dans celle de la jument, Maia se couvre la tête du léopard et je m'abrite sous le chacal. J'observe le visage masqué de Maia tandis que le vent forcit et je me rends compte que, à un moment donné, j'ai décidé de lui faire confiance.

C'est étrange. J'ai échappé à un monstre aux allures de garçon, pour me retrouver en compagnie d'une fille aux allures de monstre.

Quoi ? dit-elle en voyant que je la regarde.

— Je ne pense pas que tu sois damnée.

Elle rit doucement.

Dis ça aux dieux le jour de ma mort.

— Non, vraiment. Pourquoi le serais-tu ? Tu as évité à ton meilleur ami de commettre une erreur colossale. C'est un acte admirable de générosité. Qu'est-ce que les dieux pourraient bien trouver à y redire ? Ça reviendrait à te punir pour avoir été trop gentille. Or une telle chose est impossible.

Elle me dévisage encore un instant avant de reporter son attention sur le désert.

Il t'a tout raconté.

— Tu n'as aucune raison d'avoir honte. Pourquoi as-tu prétendu que tu ne t'en souvenais pas ?

Hm. (Elle crispe ses doigts tatoués sur la peau de léopard.) *Par habitude, sans doute.* (Elle ferme les yeux.) *Je n'ai même pas pu le dire au mestrah, alors que les prêtres chauffaient déjà la lame qui allait me trancher la langue. Il m'a demandé, sans que Kasta soit présent, ce qui avait motivé mon geste. Il m'a demandé si Kasta était impliqué. Si je lui avais tout avoué, il m'aurait pardonné. Il m'aurait libérée.* (Elle rit d'un rire amer.) *Je n'ai rien dit. Cocasse, n'est-ce pas ?*

— Dans ce cas, tu es réellement innocente. Les vrais monstres ne cherchent pas à protéger leur prochain.

Contrairement aux monstres qui ne lèvent pas le petit doigt quand leur prochain est sur le point de se faire décapiter.

Je hausse les épaules.

— Je viens d'endormir Kasta avec son propre poison et de l'abandonner au milieu du désert. Si on se fait pincer, on pourra se tenir compagnie.

Elle éclate de rire, ce qui plisse ses yeux derrière son masque.

Oh, ça m'avait manqué !

— Quoi donc ?

Elle hausse les épaules et ne répond pas tout de suite.

D'avoir une amie.

Je lui souris, amusée de la paire qu'on fait : la créature la plus dangereuse du monde, et une fille qui parle aux chameaux.

— On forme une belle équipe, je trouve.

Oui ! Sakira ne sait pas ce qui l'attend.

Sakira. Je plisse les yeux face aux tourbillons de sable qui surmontent les dunes, mais la tempête a tout brouillé. Je sors un morceau de viande séchée de la sacoche et en propose la moitié à Maia.

Merci, mais je ne peux pas manger ça.

— Ne me dis pas que tu es végétarienne.

Elle se décale légèrement.

Pas tout à fait.

— Tu ne peux pas manger de viande ?

Si. (Elle hésite.) *Mais pas des animaux.*

— Attends, là… Quoi ?

Elle me plaque sur la bouche une paume couverte de sable et détourne la tête, comme si elle avait entendu quelque chose. La tempête se rapproche. Le sable siffle contre les peaux de bête et nous pousse par rafales. J'ai l'impression que des doigts se tendent vers nous dans le noir.

— Tu viens de me dire que tu dois manger de la chair humaine pour survivre ? C'est bien ça ?

Apos ! pense Maia, ce qui ne répond pas à ma question. *Il faut qu'on file.*

— Parce que c'est important, comme question, quand même…

J'entends des sabots. (Elle commence déjà à ramener la peau de cheval devant son visage.) *Elles devaient être plus près que je ne pensais. J'étais tellement concentrée sur la tempête que…*

— Attends ! (Je la rattrape par le bras, mais ses os remuent sous mes doigts, alors je la relâche en frissonnant.) Tu dois être épuisée. Je ne peux pas te demander une chose pareille.

Tu as raison. Le léopard, c'est mieux.

— Ce n'est pas ce que…

Je ne peux pas l'en empêcher. Elle a déjà changé de peau, et de longs crocs acérés jaillissent de sa mâchoire tandis qu'elle rétrécit. Sa fourrure luit sous la lune comme des pièces d'or.

— Pitié, par les dieux, ne les mange pas.

Elle glousse.

Ne t'inquiète pas. Je me suis nourrie avant le départ de la Traversée. (Elle s'ébroue et se met à décrire des cercles devant moi tout en fouettant l'air de sa queue.) *Et puis, j'ai encore quelques jours devant moi avant d'avoir faim au point de manger tout ce qui bouge.*

— Yah ! lance une voix de femme derrière les tourbillons de sable.

Mon cœur se serre lorsque trois chevaux déboulent, menés par Sakira sur sa jument couleur de blé. Seul un petit vallon nous sépare d'elles.

J'ai comme l'impression que Sakira va me surveiller de près, cette fois. Et si Maia se met en travers de leur chemin…

— Sauve-toi, Maia ! je hurle par-dessus le vent. Ce n'est pas toi, qu'elles cherchent. Si elles te font le moindre mal, je…

Qu'est-ce qu'elles vont me faire ? Me tuer ? pense-t-elle avec un sourire plein de crocs. *Tu es mignonne, à vouloir me protéger. Allez, reste derrière moi, Zahru aux lèvres de soie.*

Les chevaux franchissent la dernière dune. Au même moment le vent forcit et me fouette le visage. Le sable jaillit devant la jument comme de l'écume devant un bateau et passe au-dessus d'elles comme si elles avançaient sous une cloche de verre. D'ici on dirait que le désert est en train de se replier sur nous. Maia pousse un cri sauvage, auquel les chevaux répondent par des hennissements terrifiés. Leur protection vole en éclats. La jument se cabre au moment où les dieux relâchent le vent. Le sable retombe, mais le cheval de Kita s'emballe et file dans la nuit. Alette a toutes les peines du monde à maîtriser sa monture, qui rue et se cabre mais refuse de faire un pas de plus.

Des pensées paniquées me parviennent.

Fuyons! Hyra! *Fuyons!*

— Kasta ne doit pas être loin! lance Sakira, dont la jument fait des écarts. Trouve-le!

— Mais, Sakira…

— Ne t'en fais pas pour moi.

Alette repart d'où elle est venue. Sakira tire son épée à la longue lame incurvée et saute de sa selle. Elle n'est qu'une silhouette menue découpée sur le ciel nocturne, mais les rayons de lune soulignent les muscles de ses bras et la détermination farouche qui brille dans ses yeux bleus.

Maia pousse un grognement étrange qui ressemble à un éclat de rire.

— Moi aussi, je serais confiante, si je ne savais pas ce que j'ai à la main, lance Sakira avec un petit sourire.

Je me souviens, un peu tard, que Jet a fait cadeau de son épée à Sakira. Elle fouette l'air de l'Illesa, et un arc de lumière en jaillit pour aller frapper Maia à l'épaule et l'envoyer rouler dans le sable. Je pousse un cri, mais Maia se relève aussitôt en grondant, et Sakira lui décoche deux frappes successives. Maia esquive, me laissant face à la princesse. Sakira se précipite vers moi. Je m'écarte en même temps que Maia bondit. Sakira fouette l'air en direction du léopard, qui recule en montrant les crocs. La princesse se retourne vers moi, les yeux écarquillés.

— Qu'est-ce que tu fais? demande-t-elle. Tu ne veux quand même pas rester avec Kasta? Viens!

— Je… Kasta ne représente plus vraiment une menace.

— Quoi?

Soudain elle comprend, bouche bée, et plonge juste à temps pour éviter les crocs de Maia, qui se referment sur du vide avec un claquement.

— Attends ! Ne lui fais pas mal !

Je veux dire à Sakira de ne pas blesser Maia, mais c'est le léopard qui s'arrête et me regarde. Sakira lance un nouveau jet de lumière, qui cueille Maia près de l'oreille. Le léopard gronde et vacille avant de s'effondrer dans le sable.

— Non ! dis-je, la terreur au ventre, en me précipitant vers elle.

Pourquoi est-ce que je suis intervenue ? Pourquoi est-ce que je m'entête à vouloir aider des gens qui se débrouillent bien mieux sans moi ?

— Ne la touche pas ! crie Sakira.

Mais j'ai déjà posé la tête de Maia sur mes genoux et je cherche en vain une blessure à panser, une coupure à nettoyer – un moyen de me rendre utile, pour changer.

— Qu'est-ce que tu as fait ?

— Comment ça, qu'est-ce que j'ai fait ? Je t'ai sauvée des griffes d'un démon cannibale. Pourquoi tu la touches ?

— Ce n'est pas un démon ! C'est une fille, qui s'appelle Maia. Qu'est-ce que tu lui as fait ?

— Elle est assommée, c'est tout. (Sakira rengaine son épée en me regardant comme si je câlinais un python.) Oh, par les dieux ! Détends-toi, enfin. C'est un truc de souffleur, ou quoi ?

— C'est un truc de personne décente. Elle va dormir longtemps ?

— Suffisamment longtemps.

Sakira porte deux doigts à ses lèvres et siffle. Alette et Kita commencent à revenir vers nous, telles deux ombres minuscules parmi les vastes dunes. Sakira tire son pinceau de scribe et le fait tourner entre ses doigts.

— Je suis désolée, Zahru. J'aurais préféré ne pas devoir en arriver là.

Son regard m'inquiète soudain.

— En arriver où ?

Elle s'élance et appuie ma tête contre celle de Maia pendant que son pinceau me lèche l'épaule. J'étouffe un cri et me débats, mais elle a déjà reculé, un sourire satisfait aux lèvres. Je tords le cou pour voir la marque qu'elle m'a infligée. Ça ressemble méchamment au symbole de l'obéissance, que je connais uniquement parce que *fara* a un bout de tissu où il est dessiné, près des portes de l'écurie. Ma peau absorbe l'encre avant que j'aie pu l'effacer.

— Maintenant passe-lui ça, lance Sakira en jetant une chaîne à mes pieds.

Je la soulève pour mieux la voir aux rayons de la lune, l'estomac noué.

— Qu'est-ce que c'est ?

— Ça va la réveiller.

Je n'aime pas du tout l'expression de Sakira mais je suis incapable de lui désobéir. Mes doigts se mettent en mouvement et, sans ma permission, passent la chaîne autour du cou de Maia. Les maillons s'animent d'une lueur rouge, et le métal se met à fumer au contact de sa fourrure.

Encore un collier. Encore une chaîne. Je caresse la joue du léopard, désolée qu'on en soit là alors que notre liberté était toute proche.

— C'est bien, Zahru, souffle Sakira.

—Je vais trouver un moyen de le lui retirer, dis-je. Tes sorts ne durent pas très longtemps.

—Oooh. (Sakira sourit.) Tu as du répondant, maintenant. Ça me plaît. C'est l'influence de Kasta?

Je me mords la joue, parce qu'il est hors de question que je lui parle de ses frères. Puis je me rends compte que Jet ne doit pas être au mieux de sa forme, si c'est Sakira qui m'a retrouvée en premier. Mon cœur se serre une fois de plus. J'espère vraiment qu'il va bien et que le poison des crocs de Maia ne lui inflige pas de supplices surnaturels. J'aimerais tellement pouvoir l'aider! Si seulement je n'avais pas…

Je ravale ces pensées. Je dois d'abord survivre à Sakira. Ensuite je pourrai me torturer en imaginant ce que j'aurais dû faire.

—Tu es bien contente d'utiliser l'épée de Jet, dis-je en désignant l'Illesa. Mais tu ne daignes même pas respecter sa volonté de me relâcher?

—Je t'ai déjà expliqué que mon obéissance aux dieux passait en premier. Si tu n'es pas destinée au sacrifice, alors tu seras libérée.

—Et ça ne t'est pas venu à l'idée que tu pourrais faire quelque chose dans ce sens?

Sakira décrit un moulinet avec son pinceau avant de le ranger.

—Je pourrais, si je croyais que telle est la volonté des dieux. Mais la victoire est beaucoup trop proche pour que je croie une chose pareille.

Ça m'agace toujours autant qu'elle puisse croire que les dieux veulent ma mort.

— Est-ce qu'il t'a écrit, au moins ? La dernière fois que je l'ai vu, il n'était pas… (Je déglutis.) Il n'allait pas bien.

Elle m'adresse un sourire en coin, chargé de pitié.

— Il s'en est remis. Il a eu quelques ennuis face à mes fans à la première étape, mais je leur ai dit qu'il ne représentait aucun danger, alors ils ont fini par le relâcher. À part ça, je ne sais pas. On ne se dit plus vraiment où on est.

Je pousse un soupir de soulagement. L'attaque de Maia les a simplement ralentis. Puis il me vient à l'idée que Sakira a peut-être demandé à ses fans de retarder Jet exprès. Je suis sur le point de lui poser la question lorsque Maia grogne. Brusquement sa tête part en arrière, me donnant un coup dans le ventre. Le souffle coupé, je tente de la rattraper, mais elle est secouée de spasmes et pousse son horrible cri à moitié humain. Elle tente d'arracher le collier avec ses crocs, sans pouvoir l'atteindre. Alors son dos s'allonge et ses jambes se tordent ; sa fourrure se détache de ses membres, reprenant son aspect de peau…

— Tu as dit que ça la réveillerait ! je hurle.

— Oui. D'ailleurs, tu vois : elle est réveillée.

— Qu'est-ce que ça lui fait d'autre ?

Maia crie de nouveau – un son humain, cette fois. Quand je me retourne, elle a un genou en terre et contemple ses mains. La peau de léopard lui couvre toujours la tête, coincée par le collier. Ses yeux jaunes se posent sur Sakira.

Le métal doit la priver de toute magie, parce que je n'entends plus ses pensées.

Elle tourne les yeux sur moi.

— Je suis désolée, Maia ! Je n'avais pas le choix. Elle…

— Non, non, non. Interdiction de parler, lance Sakira.

J'essaie de terminer ma phrase, d'expliquer à Maia que Sakira m'a marquée d'un sort, mais je ne peux pas davantage produire le moindre son que me faire pousser des plumes pour voler. J'espère qu'elle comprend, à mon regard, que je n'ai pas abandonné la partie. On va retenter notre chance, et on va se libérer, toutes les deux.

Maia se contente de m'observer tandis que je monte à l'avant de la selle de Sakira. Elle serre les poings sur sa chaîne.

Chapitre 25

Le désert se déroule devant nous comme un tapis obscur.

Les campements se font de plus en plus rares, puis disparaissent entièrement, et même le chant des criquets et les pensées éparses d'animaux lointains finissent par se taire. Ce changement de décor ne semble pas perturber Sakira. Elle me pose des questions pour savoir comment Jet s'y est pris pour me capturer, puis comment Kasta a fait, et enfin – horreur – comment j'ai réussi à m'enfuir. Heureusement son sort d'obéissance ne m'oblige pas à entrer dans les moindres détails. J'arrive à lui avouer que j'ai empoisonné Kasta sans devoir lui expliquer pourquoi il avait du poison sur lui ou comment j'ai fait pour m'approcher assez. Elle n'insiste pas. Au début, je mets ça sur le compte de mon talent pour ne pas éveiller les soupçons. Puis, quand elle commence à peser contre moi et que son souffle régulier remplace ses questions, je comprends que c'est parce qu'elle est trop épuisée.

L'équipe décide de s'arrêter pour la nuit.

Maia reste devant la tente. Elle nous a suivies à une distance respectueuse, même si Sakira aurait préféré la laisser là où elle était. Cependant la princesse refuse de souiller son pinceau sur la peau de Maia et elle ignore si ses sorts fonctionneraient sur une métamorphe, alors Maia nous a suivies. Il ne me reste plus qu'à trouver un moyen de lui retirer son collier. Sakira va sûrement déboucher des flasques de vin. Je passerai à l'action une fois qu'elle sera saoule. Je m'emparerai du sort ou des clés capables d'ouvrir la chaîne, et on s'en ira, Maia et moi.

Pour le moment, dors, me dis-je. *Tu ne peux rien faire de plus ce soir.*

Alette suspend ses amulettes de prêtresse à l'arche de la tente. Si Maia s'approche trop, ça la rendra malade.

Puis, avant de s'endormir, Sakira peint un nouveau sort d'obéissance sur mon bras et m'interdit de quitter la tente si elle n'est pas déjà sortie.

Quelque chose de doux me caresse la joue.

On n'a pas assez dormi. Ce n'est pas possible. J'ai les jambes en plomb d'avoir passé une nouvelle journée à cheval, j'ai aussi mal à la tête que quand j'ai bu trop de vin, et la dernière fois que je me suis fait réveiller par quelque chose de doux, c'était parce que Hen avait lâché une bande de poules volées dans ma chambre. J'espère que ce n'est ni un scorpion ni une tarentule, que je sens, et je me retourne en me calant plus confortablement sur ma cape.

— Zahru, chuchote une voix de fille.

— Hmpf.

— On doit y aller.

C'est Kita. Elle est assise à côté de moi et écarte ma frange d'un geste très doux, un gentil sourire aux lèvres.

Je me demande si c'est comme ça qu'elle réveille ses enfants et j'ai soudain très envie de lui faire un câlin, ne serait-ce que pour puiser du réconfort au contact d'une maman, mais je me contente de lui rendre son sourire.

— J'ai mal partout.

— Tu veux que j'arrange ça ? me demande-t-elle.

Je secoue la tête.

— Non, ça va aller. (Je m'assieds en bâillant.) J'ai l'impression qu'on venait à peine de se coucher.

— C'était il y a quelques heures, mais je vois ce que tu veux dire.

Alette et Sakira sont déjà sorties de la tente, et leurs ombres passent sur la toile tandis qu'elles harnachent les chevaux. Elles n'ont pas de flasque à la main – pas encore – mais je suis sûre que Sakira va vouloir célébrer le fait de m'avoir récupérée. Surtout si je l'encourage. Tout en secouant le sable de ma cape, je me console à l'idée qu'il ne me reste plus que quelques heures à passer en leur compagnie.

Et c'est ainsi que commence le cinquième jour de la Traversée. Je ravale mon inquiétude pour *fara* et passe la cape de brume sur mes épaules.

— Tiens, ton petit déjeuner, dit Kita en m'offrant le quart d'une miche de pain et toute une pomme séchée.

D'habitude ça nous suffirait, à *fara* et moi. Je tends la main d'un geste lent, en me rappelant que je dois trouver les réserves de nourriture avant de m'enfuir avec Maia.

— Est-ce que ça va ? me demande Kita.

— Oh, euh… oui. Pardon.

Je prends quelques lamelles de pomme séchée et romps le pain en deux, mais Kita secoue la tête.

— Garde tout. Sakira veut qu'on reprenne des forces. Et puis, on n'est pas loin de la seconde étape. On pourra s'y ravitailler.

Je la remercie d'un geste et tente de manger poliment, mais je n'ai rien avalé du tout tant que j'étais avec Kasta, et ça me paraît plus délicieux que du gâteau au miel. Je dévore chaque bouchée un peu plus vite. Kita m'observe par-dessus sa propre pomme, qu'elle grignote très lentement.

— Zahru ? dit-elle enfin.

— Mmm ?

— Ta compagne est partie.

Je m'immobilise, une tranche de pomme en suspens.

— Quoi ?

— La métamorphe. Sakira m'a dit que le collier commençait à céder, alors elle l'a marquée d'un sort d'obéissance et l'a envoyée loin.

Je lâche mon petit déjeuner et me lève.

— Dans le désert ? Sans eau ni magie ?

Kita tente de me rattraper.

— Je suis désolée. Je ne savais pas que ça te fâcherait. Zahru, attends !

Mais je suis déjà sortie de la tente, et l'air froid du matin tourbillonne autour de moi comme un cours d'eau. L'aube se répand à l'horizon comme un jaune d'œuf. Sakira examine une carte sur un parchemin. Elle a l'air aussi fraîche et propre que si cinq ou six servantes venaient de l'apprêter. On ne dirait pas qu'elle vient d'envoyer quelqu'un à une lente mort dans le sable. Sa nouvelle coiffure dévoile sa nuque pâle ; la jupe qui épouse ses hanches n'est plus rouge mais bleue ; de la poudre de perle scintille sur ses paupières, qui se relèvent à mon approche. Elle sourit.

—Zahru. Tu as l'air reposée.

—Comment as-tu pu faire une chose pareille à Maia ?

Son sourire se fane. Elle se retourne vers sa carte.

—Sans les runes qui la contrôlent, elle représente un danger pour tous. Tu devrais me remercier. Tôt ou tard, elle aurait fini par te croquer.

—Ce n'est pas vrai. Elle m'a aidée à m'échapper. Sans elle, je n'aurais jamais su comment…

—… la libérer ? (Sakira me jette un regard dégoulinant de pitié et roule son parchemin.) Elle se servait de toi. Tu ne crois quand même pas que tu avais fait amie-amie avec cette chose !

Je ferme la bouche et ravale la chaleur qui me monte à la gorge. Ça ne vaut même pas la peine de discuter de ce détail.

—Tu l'as envoyée à sa mort.

—C'est un monstre.

—Quelqu'un qui envoie une personne mourir de faim dans le désert, ça aussi, c'est un monstre.

Sakira pince les lèvres.

—Une personne ? Tu sais de quoi elle se nourrit, pas vrai ?

—Oui ! Mais elle ne m'aurait pas mangée. Elle aurait…

Je n'ai pas vraiment réfléchi à ce qu'elle aurait fait, mais la triste réalité, c'est qu'il n'y a qu'une seule façon possible de conclure cette phrase : elle aurait mangé quelqu'un d'autre. Ça ne m'aide pas beaucoup.

—J'aurais pu lui demander ce qu'elle comptait faire.

Sakira incline la tête sur le côté, et son regard s'adoucit.

—Je sais ce qui te chagrine.

— Ton manque d'humanité ?

— Tu espérais qu'elle t'aiderait à t'échapper, une fois de plus.

Je me retourne face à la tente, furieuse qu'elle ne comprenne rien, mais aussi pour qu'elle ne voie pas à quel point elle a raison.

— Zahru, le moment venu, je te promets que ce sera absolument sans douleur. Kita ralentira ton esprit jusqu'à ce que tu t'endormes. Tu ne te rendras compte de rien.

Et là, c'est la goutte d'eau. J'en ai marre d'être un sacrifice jetable ; marre que des princes parlent de ma mort comme si ce n'était qu'un détail parmi leur liste de choses à faire.

— Ça ne risque pas de donner l'impression que tu es faible ? dis-je en faisant volte-face. Et si quelqu'un se rendait compte que tu essayais d'être charitable ? Tu devrais plutôt faire traîner ma mort aussi longtemps que possible, histoire de prouver à ton père que tu es réellement horrible, et que ça fait de toi la reine idéale.

— Houla, d'où est-ce que… ?

— Parce qu'il n'y a que ça qui compte, pas vrai ? Prouver que tu es froide et sans cœur. Prouver jusqu'où tu irais pour ce pays dont tu te fiches complètement, tant que tu peux continuer à faire la fête et clouer le bec à ton père. Si tu tenais un petit peu à moi, tu ne chercherais pas un moyen de me tuer sans douleur, tu chercherais un moyen de ne pas me tuer du tout ! Par les dieux, mais vous êtes tous malades, dans cette famille !

— Je… (Une étincelle authentique passe sur son visage, mais sa pitié insupportable reprend aussitôt le dessus.) Je ne me fiche pas de ce pays. Le sacrifice n'a rien à voir avec ça.

— Ah bon ? Parce que même ton frère, celui qui m'a entaillé le poignet, m'a dit qu'il était peut-être possible de terminer la course sans me tuer. Alors qu'est-ce que tu veux, vraiment ?

Sakira me toise, et sa pitié s'effrite complètement. Mais le regard froid qui la remplace me rappelle tellement Kasta que je recule d'un pas. Elle court vers sa jument et tire de la sacoche une petite bourse de tissu bleu saphir.

— Tu te demandes ce que je veux vraiment ? dit-elle en me la tendant. Tiens.

Je prends la bourse, tous mes nerfs à l'affût. Elle renferme plusieurs pièces, comme des cailloux, et sent la fumée. Je desserre les cordons, m'attendant presque à ce que quelque chose me saute à la figure... et mon cœur se retourne lorsque je découvre les vestiges brûlés d'une marionnette en bois.

— Peut-être que mon attitude chaleureuse et accueillante t'a induite en erreur, gronde Sakira. Tu crois peut-être que je ne fais pas attention à ce qui se passe autour de moi, mais je vais t'accorder le bénéfice du doute. Tu n'as pas grandi à la cour, alors il y a beaucoup de choses qui t'échappent. (Elle repart vers la jument pour aller chercher la carte.) Je veux que mes citoyens se sentent en sécurité chez eux, et je veux savoir que je suis capable de leur assurer ça.

Une pierre me pèse dans le ventre lorsque je retourne le jouet entre mes mains. L'enfant à qui il appartenait devait beaucoup l'aimer. Le visage en est tout usé, même là où les flammes ne l'ont pas abîmé.

— Mais il y a une chose que la magie ne peut pas régler.

Sakira déroule la carte. Les contours dentelés de notre pays brillent devant moi : les plaines d'Amian et les montagnes de Pem à l'ouest, Nadessa et l'océan à l'est. Greka couronne le nord, avec ses nombreux lacs d'où partent les rivières et les fleuves qui coulent vers le sud et qui traversent Orkena avant d'arriver aux îles des royaumes de Wyrim et d'Eiom. Une ligne rouge trace le parcours de Sakira du palais jusqu'aux grottes de verre. Mais, à l'ouest de ce trajet, au-delà du crâne symbolisant la zone particulièrement inhospitalière qu'on appelle les landes arides, cinq X s'alignent en un sourire irrégulier. Ils longent tous la frontière entre Orkena et les montagnes du sud – les plus proches des îles de Wyrim.

— Ça, c'est un petit village de chasseurs, dit Sakira en désignant la première marque. Ici, il y a une prestigieuse école pour toutes les magies supérieures, ajoute-t-elle en passant à la suivante. Ça, c'est une ville qui taille le bois ; là, c'était autrefois un centre marchand important ; et ici… (Sa voix se brise lorsqu'elle pose le doigt sur le plus gros des X.) … c'était Quadra. C'était une ville minière.

J'ai la gorge nouée.

— C'était ?

— Tous ces pays, là, sont officiellement nos alliés, dit-elle en montrant tous nos voisins sauf Wyrim. Même Wyrim est censé rester neutre, à vrai dire, mais c'est en train de changer. Chacun de ces endroits a été le théâtre de tactiques commerciales agressives au cours des dix dernières années. Et ça ne vient pas que des marchands wyri, mais aussi des Eiomiens et des Pem. Des désaccords sur les prix mènent à des bagarres. Des gens disparaissent. Les soldats de mon père gardent ces villes jour et nuit, maintenant. Sauf celle-ci, dit-elle en tapotant le gros X.

Elle jette un coup d'œil à la marionnette, et mon cœur se serre.

— Quadra était habitée presque entièrement par des minéralistes, Zahru. Des minéralistes et leurs familles, qui récoltaient le sablefeu qui éclaire nos maisons. Mais ils étaient trop près de la frontière avec Pem, et trop peu nombreux pour figurer sur les cartes, alors Wyrim a lancé une rumeur selon laquelle Orkena creusait la terre pour en extraire un nouveau minerai mortellement dangereux. Des mercenaires de Pem et d'Amian ont décidé de s'en occuper. Ils n'ont même pas cherché à confirmer cette rumeur. Ils ont bombardé tout le village en pleine nuit. (Elle serre les dents.) C'est tout ce qu'il reste.

Les paupières brûlantes, je baisse les yeux vers le jouet. Les minéralistes savent détecter pierres et métaux précieux dans le sol, même à travers des couches de roche, mais ils n'ont pas le pouvoir de les extraire, contrairement aux remueurs de terre. Ils ont donc un statut mineur, comme nous autres souffleurs. Ce jouet aurait pu être le mien. J'aurais pu grandir dans un lieu comme Quadra, à rêver que des bateaux m'emmènent loin et à réclamer des histoires aux voyageurs, jusqu'à ce que tout se termine dans un brasier de peur et de douleur.

— Mon père a chargé ses gardes-spectres de traquer tous les responsables et de rappeler au monde ce qu'impliquerait une guerre contre nous. Il n'y a pas eu d'autre agression depuis, mais c'est précisément la source de tous nos problèmes. (Ses yeux bleus s'arrêtent sur moi, brillants et déterminés.) Nos ennemis nous craignent parce qu'ils nous croient surhumains. Il faut qu'ils nous voient comme des êtres normaux – comme des amis.

Soudain je comprends qu'elle ne cherche pas qu'à s'amuser. Certes elle adore faire la fête et relever des défis, mais elle reste tournée vers l'avenir. Elle tient à mettre tout le monde à l'aise, comme elle l'a fait avec moi, pas seulement pour gagner la confiance de ses sujets, mais pour prouver à nos voisins que nous sommes capables d'éprouver des passions, de la joie, de la tristesse, et même de commettre des erreurs, comme le reste du monde. Elle veut empêcher la guerre en désamorçant la peur qui l'alimente.

— Mais ils doivent aussi comprendre que nous avons nos limites, poursuit Sakira en roulant le parchemin. Si la paix ne fonctionne pas, alors ce sera la guerre. Je ne compte pas rester sans rien faire alors qu'une horreur pareille s'abat sur mes citoyens. (Elle me reprend le jouet des mains et le range soigneusement.) Je suis désolée, Zahru. C'est pour ça que j'ai besoin du pouvoir contenu dans le couteau de Sabil.

Je ne sais pas quoi répondre. Les filles terminent de préparer les chevaux, et je reste muette, à les regarder, tandis que l'odeur de la fumée me brûle les narines et que le fantôme de la marionnette pèse toujours au creux de ma paume.

La chaleur est étouffante.

J'avais peut-être l'esprit ailleurs quand Sakira m'a montré la carte, mais j'ai remarqué que son itinéraire traversait un coin des landes arides. Ça ne fait aucun doute que nous y sommes entrées. Il n'y a même plus de petits rochers. Je ne vois que des kilomètres de dunes à la douceur trompeuse, qui renvoient l'énergie de Numet comme un immense miroir. Le sable siffle et tourbillonne entre les jambes des chevaux. Nous avançons au pas, sans les presser, mais sans nous arrêter non plus.

Mais alors que je commence à croire que Sakira est en fait une reine déterminée et responsable, à qui je n'ai aucune chance d'échapper, elle déclare que tous ces souvenirs déprimants lui ont donné faim et déballe un petit festin. Il y a des pitas avec de la purée de lentilles, des lamelles de porc séché, et même une sorte de fruit confit qu'Alette a acheté avant de quitter la première étape. Pourtant je sais bien que nos ressources ne sont pas infinies. Sakira sort même les flasques, comme je l'espérais, mais à présent qu'il n'est plus question de libérer Maia, je refuse poliment. Ça me rappelle que, une fois de plus, mon plan de sauvetage a échoué. Et puis, si je croisais Jet, il m'en voudrait de chevaucher saoule, une fois de plus.

Jet. L'inquiétude me tord le ventre. J'espère que, s'il ne nous a pas rattrapées, c'est uniquement parce qu'ils ont eu besoin de se reposer, pas parce qu'il a du mal à se remettre de ses blessures. Je ferme les yeux et me force à souffler lentement. Marcus et Melia s'occupent bien de lui. J'aurai l'occasion de le revoir, et de lui présenter mes excuses.

Cette fois, mon plan reposera sur la seule personne à qui je puisse encore me fier : moi-même.

Je n'ai aucune chance de battre Sakira par la magie ou la force brute, et le sort d'obéissance va me poser un problème, mais nous devons faire halte à la deuxième étape avant d'atteindre les grottes. Or, ça, Jet le sait aussi. Je peux lui laisser des indices. Quand nous arriverons devant l'interprète, je testerai les limites du sort d'obéissance. Si Sakira ne précise pas combien de temps je dois rester près d'elle, alors j'aurai peut-être une chance de m'éclipser pendant qu'elle parle au représentant. Ou alors, je pourrai faire comprendre à l'interprète que je ne suis pas le vrai sacrifice et que j'ai besoin d'aide. Si ça ne marche pas, j'essaierai de lui prendre l'Illesa et d'assommer tout le monde. Et si Jet n'est toujours pas arrivé après tout ça…

Alors je tenterai ma chance toute seule. Même un campement au milieu des landes arides voit passer des voyageurs et des caravanes.

Il est plus que temps que je rentre chez moi.

Sakira a déjà organisé son couronnement et sélectionné la moitié de ses ministres lorsque Numet se cache derrière l'horizon. Elle rafraîchit régulièrement le sort d'obéissance, et j'affecte un silence solennel, comme si je m'étais résignée. J'ignore si Sakira y croit. Elle prétend que ses frères la sous-estiment mais, à présent que sa victoire paraît certaine, elle ne fait plus attention à moi. Tout ce qui l'intéresse, ce sont les gâteaux, les robes de soie et les beaux jeunes hommes. Quand elle ne me regarde pas, je ne peux m'empêcher de sourire à l'ironie de tout ça.

Nous passons une nouvelle nuit – trop courte – sous la tente, et je rêve de garçons aux yeux d'argent et aux mains en couteaux. Le sixième jour de la Traversée commence, et se déroule comme le précédent. Les dunes glissent telles des ombres, le sable chuchote au gré des rares brises et se dérobe sous les sabots des chevaux. Numet parcourt le ciel. Les étoiles scintillent. Les sorts qui remplissaient les gourdes s'assèchent, et nos réserves s'amenuisent.

Mais alors que je commence à craindre de mourir avant d'avoir pu mettre mon plan à exécution, nous nous réveillons au matin du septième jour face à un bouquet de palmiers qui oscillent au loin, entouré de petites baraques carrées. C'est la deuxième étape. Même les chevaux se réjouissent de voir un peu de civilisation. Ils redressent la tête et piaffent d'impatience.

Ombre, pensent-ils. *Manger. Repos.*

Sans prendre le temps de se préoccuper de son apparence, Sakira me hisse sur la selle et laisse la jument s'élancer.

J'ai vu beaucoup de mirages en forme de bâtiments au cours des deux derniers jours, plus quelques-uns qui ressemblaient à des caravanes ou à des cavaliers. Je suis soulagée de constater que, plus on s'approche, plus les boutiques grossissent et paraissent solides. C'est une ville modeste, peut-être même plus petite qu'Atera, et je cherche du regard une écurie – quelque chose de familier à quoi me raccrocher. Il y a beaucoup moins d'activité qu'à Atera. Il n'y a pas de voyageurs autour du puits, et personne ne s'approche de nous, la main en visière, pour voir qui nous sommes. En même temps, par cette chaleur, j'imagine que tous ceux qui le peuvent restent à l'intérieur.

— Je n'arrive pas à le croire. On va rencontrer l'interprète ! dit Alette tandis que nous ralentissons en passant à côté du puits. L'interprète, quoi ! Qui a conseillé chaque équipe depuis la première Traversée. Comment est-ce que ton père l'a trouvé, d'ailleurs ?

— On ne trouve pas l'interprète. L'interprète trouve ceux qu'iel veut, déclare Sakira d'un air mystérieux. Bon, en fait, quand mon *fara* a annoncé la Traversée, iel s'est porté volontaire.

— Je ne comprends pas, dis-je. L'interprète est-il un homme ou une femme ?

— L'interprète n'est ni homme, ni femme. Iel est plus que ça, explique Alette.

— Ah, d'accord…

— Tu aurais fini par le rencontrer, tu sais, dit Sakira à son amie. Iel assiste au couronnement de tous les mestrahs.

Alette s'agite sur sa selle.

— Tu crois que je pourrai lui poser une question ?

— Je ne sais pas, répond Sakira en se déplaçant dans mon dos. Iel est surtout là pour nous conseiller – mes frères et moi, je veux dire. Peut-être, si on a le temps. Pourquoi ? Qu'est-ce que tu veux demander ?

— Je… Juste un truc que j'aimerais savoir. Étant donné qu'iel est âgé de milliers d'années…

— Je t'ai déjà dit que tu te faisais du souci pour rien. Ça arrive à tous les prêtres que certaines de leurs prières restent sans réponse.

— Je sais, mais les dieux n'ont exaucé que celles qui touchaient à la Traversée. Sinon, ils ne m'écoutent pas. La dernière fois qu'ils ont fait la sourde oreille à un prêtre, comme ça, il est mort quelques mois plus tard.

— Oui, enfin, il était super vieux et il parlait aux statues.

— Il n'était pas si vieux que ça, et il…

Je n'entends pas le reste de sa phrase. Un froid qui n'a rien à voir avec ma cape de givre s'empare de moi tandis que j'observe les bâtiments silencieux, la rue déserte et le puits décrépit où un seau pend tristement à une broche cassée. Il lui manque plusieurs petites lattes, et il se cogne contre les tiges métalliques avec un son creux et rythmique.

— Sakira…, souffle Alette.

Un nuage de sable tourbillonne dans la rue ensevelie. La maison la plus proche, d'un blanc immaculé quand je la voyais de loin, est en fait le rez-de-chaussée d'un bâtiment plus grand, dont le toit et l'étage se sont érodés. Des palmiers se balancent par-dessus des clôtures cassées, des jarres brisées. L'écho entêtant d'un carillon oublié depuis longtemps envoie des frissons dans mon dos.

— Je doute qu'on trouve des ravitaillements ici, dis-je.

Ou des gens, d'ailleurs.

La seconde étape est une ville fantôme.

Chapitre 26

Je ne comprends pas. C'était le meilleur de tous mes plans. C'était réaliste, ça prenait en considération toutes sortes de variables, et ça ne comptait sur personne en particulier. Enfin, si : ça comptait sur le fait qu'il y aurait quelqu'un dans cette ville. Je ne sais pas ce que je vais faire si personne n'habite ici. Il n'y a ni eau, ni nourriture, et aucun moyen de rentrer chez moi.

Ce n'est pas normal. Après tout ce que j'ai traversé, tout ce que j'ai appris…

— On est au bon endroit ? demande Kita.

— Évidemment. (Sakira saute de selle, et j'entends ses sandales heurter le sable.) On a suivi la constellation de la vipère méridionale. C'est le dernier village avant les grottes de verre.

— À ton avis, il y avait des gens qui vivaient ici, avant ? renchérit Alette en mettant pied à terre. À l'époque des premières Traversées, je veux dire.

Sakira ne répond pas. Sa belle confiance s'est envolée. Elle ramène sa capuche givrée sur sa tête avant de s'engager entre les constructions aux murs de briques tout effrités.

Elle vient peut-être de se rendre compte, comme moi, que rien ne se passe jamais comme prévu ; que nous avons mangé nos dernières rations hier soir ; et que tout l'alcool, tous les sorts et tous les tours de bravoure du monde ne serviront à rien si elle nous a menées au mauvais endroit.

— Sakira…, commence Kita.

— Je sais, rétorque la princesse en jetant un coup d'œil par-dessus son épaule. Il y a forcément quelqu'un ici, puisqu'on est censés marquer notre passage.

Elle s'avance dans les rues encombrées de sable en regardant de gauche à droite, sans prendre la peine de me donner d'ordre. Alette s'empresse de lui emboîter le pas.

Je reste seule avec Kita et les chevaux.

Je pourrais m'enfuir sur la jument. Kita me laisserait sans doute filer. Même si elle me suivait, qu'est-ce qu'elle pourrait faire ? Elle ne sait pas se battre, elle ne porte pas d'épée magique, et la jument est plus rapide que les deux hongres. Elle serait forcée de faire demi-tour avant de perdre l'étape de vue. Je pourrais prendre la boussole. Sakira vient de révéler quelle constellation on suivait. Il me suffirait d'emprunter le chemin inverse.

Sauf que je n'ai rien à manger.

Et puis, si je m'en vais, j'ai peur que toute volonté ne déserte Sakira. Elle risque de lancer son équipe dans le désert à mes trousses, sans boussole, avec seulement deux chevaux. Elle va compter sur les prières d'Alette, qui ne fonctionnent pas à tous les coups… et je n'imagine même pas la suite. Elle deviendra peut-être aussi bornée que Kasta. Et alors, qui se verra obligée de sacrifier des années de sa vie pour les sauver toutes les trois ? Ce sera la douce Kita, qui m'a laissée filer.

Elle fera ainsi deux orphelins à Juvel, qui se rendront sur sa tombe à chaque nouvelle lune, en se demandant si c'est à cause d'eux que leur mère est morte si jeune.

—*Adel*? souffle Kita.

Je pousse un soupir.

—J'aimerais que tu sois une grosse méchante, Kita.

Elle cille.

—Je te demande pardon?

—Tu peux, oui. (Je passe la jambe par-dessus la selle et me laisse glisser au sol. Puis je m'élance après Sakira sans un regard à la guérisseuse.) Tu me compliques la vie, tu sais.

—Je... Mais... (Elle me court après, et sa tunique claque au vent.) Est-ce que j'ai fait quelque chose de mal?

—Non, justement.

Elle hésite.

—Je ne suis pas sûre de te comprendre.

—Moi non plus, en fait, dis-je.

Un nouveau coup de vent nous frappe de plein fouet, comme pour nous dire de repartir, et je dois retenir ma capuche à deux mains. La chaleur se glisse sous ma cape comme des doigts brûlants, ou comme l'haleine d'une bête monstrueuse.

—C'est horrible, par ici.

—Oui, c'est un drôle d'endroit pour une étape, dit Kita. Ça fait sans doute partie du test. On nous a fourni les coordonnées, sans autre indication de ce à quoi on devait s'attendre. La première étape favorisait les héritiers aimés du peuple, avec toute cette foule qui nous a aidées en retardant Jet. Celle-ci privilégie sans doute l'astuce.

L'astuce, l'une des qualités de Kasta. J'en suis presque au stade où j'arrive à penser à lui sans avoir mal au ventre, alors je ravale ma douleur et j'essaie d'imaginer comment il verrait cet endroit. Il ne serait pas découragé de le trouver désert. Il se servirait de ça pour déterminer ce qui cloche.

— Il n'y a rien du tout ici, déclare Sakira en sortant de derrière un mur éboulé. Comment est-ce possible ?

— Tu as inspecté tous les bâtiments ? demande Kita.

— À part ces quelques boutiques, il n'y a qu'une poignée de maisons.

Elle crispe le poing sur son pinceau de scribe, si fort que le bois commence à plier. Les soies dégouttent d'encre noire. J'ai l'impression qu'elle a essayé plus d'un sort révélateur, et qu'elle a gaspillé son encre.

— Ça fait longtemps que personne n'a mis les pieds ici, poursuit-elle. Il n'y a ni traces de pas, ni empreintes de roues ou de sabots. Ça n'a aucun sens.

Kita hésite avant de prendre la parole d'une voix douce.

— *Aera*, tu es sûre que... ?

— Oui, c'est l'étape, Kita ! s'agace Sakira. Je ne suis pas stupide. Je sais me servir d'une boussole, quand même. C'est bien ici.

Son regard lance des étincelles lorsqu'elle nous dépasse sans un mot de plus. Kita soupire et lui emboîte le pas, me laissant seule avec le sable et le soleil.

Et avec le fantôme de Kasta, penché sur les ruines de la rue, à inspecter les bâtiments muets. Je me demande ce qu'il chercherait. Pas une issue, ni un rouleau sur lequel marquer son passage. Il ne se préoccuperait pas non plus de trouver du ravitaillement. La première chose qu'il comptait faire en arrivant ici, c'était...

L'interprète ! Il chercherait une personne – un être magique et très sage, qui n'aimerait sûrement pas rester là, exposé au vent et à la chaleur.

Où est-ce qu'une personne irait se réfugier, par ici ? Quand les animaux cherchent à s'abriter…

Mon cœur se secoue. *Les animaux !* On a fait beaucoup de bruit, à piétiner parmi les ruines, mais même dans les landes arides, il doit y en avoir quelque part. Un lézard, peut-être, ou une famille de souris, qui vit à l'abri des murs et se nourrit des herbes sèches. On ne les a peut-être pas vus, mais ils nous remarquent toujours.

Ils ont certainement noté l'arrivée de l'interprète.

— Cherche le symbole de Valen, dit Sakira en venant me fourrer un parchemin entre les mains, puis elle me serre l'épaule. Quand tu l'auras trouvé, reviens vers moi.

Je lui jette un regard furieux et maudis sa magie. Mais peut-être que le soleil qui me tape sur le crâne m'a rendue encore plus têtue, parce que je demeure convaincue de pouvoir lui échapper. Si je suis la première à trouver l'entrée du repaire de l'interprète, j'arriverai peut-être à m'éloigner suffisamment pour que revenir vers Sakira me soit impossible. Peut-être que, pour une fois, ma magie va se révéler plus utile que la sienne.

Je défroisse le parchemin.

Je ne sais pas lire mais je reconnais le visage anguleux de Valen et je retrace les anneaux du serpent à sonnette qui l'accompagne. Le dieu du destin et de la fortune. Évidemment. Je roule le parchemin et retiens mon souffle pour mieux tendre l'oreille. Seul le bruissement du sable et les bougonnements de Sakira me parviennent. Mais je reste immobile et, une fois que Sakira s'éloigne et que le vent retombe, je l'entends.

Manger ? Manger. Manger, manger, manger.

C'est une petite voix fluette, rapide et curieuse. Un petit rongeur, sans doute – ou un serpent. Sans faire de bruit je m'approche de la maison effondrée à ma gauche.

Je l'entends de nouveau, à peine un murmure par-dessus le vent.

Manger, manger. Pas de danger ? Manger !

Je jette un coup d'œil à l'intérieur des ruines. Il n'y a plus de toit, mais les murs de brique devaient autrefois accueillir de nombreuses personnes. Si j'en juge par les étagères creusées à un bout, c'était peut-être une taverne. Dans un coin des graminées profitent de l'ombre pour pousser, et une souris s'y promène, reniflant les petites graines qui pendent au bout des tiges.

Elle m'aperçoit et file se cacher dans le mur.

— Attends ! dis-je dans un souffle.

Sa peur se fait sentir dans l'air, alors je tente de la rassurer.

— Je ne te veux pas de mal. Je cherche quelque chose. Tu l'as peut-être vu.

Silence. La petite bête a trop peur pour réfléchir. J'inspire longuement pour refouler tout soupçon d'impatience, puis je refais une tentative, sur un ton joyeux, cette fois.

— Je cherche un secret.

La peur reflue. Les souris aiment bien les secrets. Du moins, celles qui ont élu domicile chez *fara* adorent se vanter de tout le butin qu'elles ont caché. De la curiosité crépite dans l'air comme de petites lucioles. J'arrache une des petites perles cousues au col de la tunique de Maia.

— On fait un échange ? Un secret contre un autre.

Tout doucement je vais déposer la perle au pied des graminées. Puis je recule presque jusqu'à la porte et j'attends.

Un museau pointu se montre par un trou dans le mur, suivi d'une petite tête.

Secret ? pense-t-elle. *Secret ?*

— On échange, j'insiste.

Elle hésite encore un instant, puis fonce vers la perle, qu'elle saisit dans sa gueule avant de retourner dans son trou.

Joli ! À moi, joli.

À quelque distance de là, Sakira pousse un juron. J'imagine que ses sorts ont échoué à trouver le symbole. J'entends Alette la consoler. Kita doit être ailleurs, à mener ses propres recherches, mais je ne la vois nulle part.

Je ne dois pas trop m'attarder. Normalement je n'aime pas bousculer les animaux, mais c'est un risque que je dois prendre. J'insiste.

— Je cherche un serpent.

La peur fend l'air comme un coup de tonnerre. J'arrache une nouvelle perle, que je tends à la souris.

— Un serpent secret. Pas un vrai. Il ressemble à ça.

Tout doucement, je déroule le parchemin pour dévoiler le symbole de Valen. Puis je pose la deuxième perle près des touffes d'herbe, avec le parchemin derrière.

— Est-ce que tu l'as vu ?

Je vois des moustaches qui remuent. La souris ressort la tête, juste assez pour voir le dessin.

Vu, pense-t-elle. *Oui.*

— Où ça ? dis-je en m'efforçant de museler mon impatience.

La souris me regarde puis disparaît de nouveau.

Plus.

Je… ne comprends pas ce qu'elle raconte. Elle a vu plus d'un symbole ? Plus d'un serpent ?

— Plus de quoi ?

Joli.

Oh, par les dieux. Elle veut une autre perle.

— Bon, d'accord, mais c'est du vol. (J'arrache une troisième perle, que je pose à côté de la deuxième.) Maintenant dis-moi. Où est le serpent ?

La souris couine de joie, file vers les deux perles et les remporte dans son trou, où elle reste tapie. Elle pense à ses copines, qui vont être jalouses de ses trésors. Je commence à croire que je me suis fait embobiner par un rongeur lorsqu'elle ressort la tête en pensant : *Dessous.*

— Dessous ? Sous nos pieds ? Mais où ?

Elle incline la tête sur le côté, comme si elle cherchait ses mots.

Eau, pierres, dessous.

— De l'eau ? Mais il n'y a pas…

Je fais volte-face, le cœur battant. *Eau, pierres, dessous.*

Le puits.

— Merci, dis-je avant de ressortir sous le soleil.

Je passerai peut-être cet épisode aussi sous silence quand je raconterai mon histoire. Non seulement je me suis fait arnaquer par une souris, mais j'ai dû répéter mes instructions à la jument un nombre incalculable de fois, à tel point que ça en devient humiliant. Je sais bien que les chevaux se lassent vite des longues explications, mais je ne lui demande rien de très compliqué : *reste à côté du puits sans bouger et, si je tire sur la corde attachée à la selle, défais le nœud.* Pourtant elle détourne toujours la tête avant que j'arrive au bout, tout ça parce qu'elle se demande si les hongres ont plus d'herbe qu'elle. Pour clarifier les choses : ils en ont tous exactement la même quantité.

Tant pis. Je n'ai plus le temps. Sakira, Alette et Kita se rapprochent. Je dois disparaître.

Je teste la solidité du nœud une dernière fois et j'enjambe le rebord du puits pour descendre à l'intérieur. J'espère que la souris a bien compris ce que je voulais et que ce n'est pas un vrai serpent qui m'attend en bas. J'ai jeté une petite brique, alors je sais qu'il y a un fond et qu'il est sec. En revanche, mes yeux ne se sont pas encore accoutumés à l'obscurité, alors je descends à l'aveuglette, tout doucement, en priant pour que la jument se tienne tranquille et pour que le nœud tienne le coup.

L'air change peu à peu. De brûlant et étouffant, il devient chaud et sec, puis frais et humide. Enfin je distingue le fond sableux du puits, et mon cœur s'emballe. Je lâche la corde à un mètre du sol et j'atterris souplement. Le sable est froid sous mes pieds, et le puits est juste assez large pour que j'en touche les bords en tendant les deux bras. Ça fait déjà longtemps qu'il est à sec. La boue séchée entre les briques en efface les aspérités, de sorte qu'elles se fondent les unes aux autres.

— Valen, je murmure en scrutant la paroi.

Les nerfs à vif, je décris un cercle, puis un autre, mais rien ne m'apparaît. Même pas une série de taches amusantes. Aurais-je mal interprété les pensées de la souris ? Je plisse les paupières et passe les doigts sur les pierres, mais je ne sens qu'une surface lisse et froide. S'il y a un passage secret, il est bien caché.

Soudain j'entends un cri lointain.

— Zahru !

C'est Sakira, qui a remarqué mon absence ou s'apprête à le faire. Je tourne sur moi-même en maudissant ma malchance, et mes yeux s'arrêtent sur la corde. Si je tire dessus, la jument va défaire le nœud, et Sakira ne saura jamais où je suis passée. Ça me laisserait plus de temps pour trouver le symbole… mais aucun moyen de ressortir si je ne suis pas au bon endroit. Sakira n'a pas d'autre corde.

C'est alors que je l'aperçois. Il est à peine visible à cause de la boue séchée, mais vers la base des briques, à hauteur de ma cheville, sont dessinés les anneaux d'un serpent à sonnette endormi.

Le symbole de Valen.

— Zahru ? Montre-t…

Je me plaque les mains sur les oreilles et fredonne pour bloquer l'ordre de Sakira. Je ne sais pas si ça va marcher mais, au bout de quelques secondes, je ne me sens pas obligée de lui répondre ou de me mettre à grimper. Alors je réprime un fou rire et me dépêche de déchirer des morceaux de ma tunique tout usée. Sans cesser de fredonner, je me fourre le tissu dans les oreilles et retrouve le symbole.

C'est le moment ou jamais.

Je tends la main en avant – mais mon esprit me tire en arrière. *« Quand tu l'auras trouvé, reviens vers moi. »* Je pousse un grognement exaspéré de voir mes doigts trembler à quelques centimètres de leur cible, incapables d'appuyer sur le symbole. Je n'en reviens pas que, si près du but, ce soit mon propre corps qui me trahisse. Je refais une tentative, puis une autre. Ça ne sert à rien. Mes doigts s'obstinent à attraper la corde chaque fois que j'essaie de les remuer.

Mes mains brûlent de grimper. Elles veulent la corde parce que c'est le chemin le plus court. Le symbole est là, tout proche ! Si j'étais un peu plus forte, je pourrais sûrement...

Je regarde la corde dans ma main, puis lève les yeux vers le bord du puits.

La corde est le chemin le plus court.

Ou pas.

La jument va défaire le nœud si je tire dessus. Je donne un coup sec, et mes bras m'obligent à remonter, tandis que mes pieds se posent sur le mur de brique, l'un après l'autre. Je me mords la joue. Un pas, puis deux... et enfin je sens la corde trembler à l'autre bout. C'est la jument qui se décale pour me détacher.

— Oui !

Je retombe dans le sable, suivie de la corde qui dégringole sur mes jambes. Et, alors que les cris de Sakira percent mes bouchons de tissu, j'appuie sur le symbole de Valen.

Chapitre 27

Le sol tremble. Le serpent se met à luire, et la terre se décale sur le côté, m'entraînant vers le mur tandis qu'une ouverture circulaire se profile… au-dessus du vide.

J'aurais peut-être dû me douter qu'il se passerait quelque chose de ce genre si j'activais un symbole ancestral.

Je me dépêche de me relever et de me plaquer contre la paroi, en donnant des coups de talon au serpent et en implorant le sol de se tenir tranquille, mais le grincement de la pierre ressemble à un ricanement, et je n'ai bientôt presque plus de place. Autant me rendre à l'évidence : je vais tomber vers les abysses. Il ne me reste plus qu'à prier pour atterrir sur quelque chose de mou.

Le sol disparaît sous mes pieds.

Je tombe. L'air est soudain si froid qu'il aspire ma chaleur et me coupe le souffle. Le vent me fouette les oreilles. Je serre les bras contre moi, haletante.

Plouf. L'eau glaciale s'engouffre dans ma bouche, dans mon nez, et m'arrache les bouts de tissu qui me bouchaient les oreilles. Je me débats de toutes mes forces pour trouver la surface, mais les tourbillons m'emportent, et il n'y a pas la moindre lumière pour me guider. L'eau me brûle la gorge et les poumons, et je dois lutter contre l'envie d'inspirer – le risque de me noyer. Soudain je bascule par-dessus une sorte de muret et j'atterris, brutalement, sur…

Des coussins tout trempés.

L'eau tombe en cascade sur moi et coule par la grille sur laquelle reposent les coussins. Je roule sur le côté et m'en éloigne en rampant et en toussant.

Je suis libre.

Je suis aussi dans un tombeau – celui d'une personne importante, on dirait. Le sol immaculé reflète la lumière des torches, les carreaux en sont ornés de diverses bénédictions peintes d'or ou d'argent. Des fresques chatoyantes représentent les mestrahs d'antan, des princes dans le désert, ainsi qu'une victime sacrificielle qui se vide de son sang face à une princesse. Des prières luisent doucement autour des nombreuses colonnes. Tout au bout, sous la voûte, un immense portrait montre la déesse Numet chevauchant la jument blanche sur laquelle elle parcourt le ciel chaque jour. Plusieurs statues des serviteurs ailés de Rie tiennent des brasiers allumés.

Derrière une forêt de vases, de sculptures de verre et d'autres tributs fabuleux, j'aperçois un trône aux pieds en forme de pattes de lion. La personne qui y est assise porte une tunique de soie rouge avec une ceinture dorée. Pas un soupçon de barbe n'ombre ses joues bronzées ; ses paupières scintillent d'une poudre écarlate autour d'épais traits de khôl. Mais au lieu de cheveux perlés de gemmes précieuses, je vois une coiffe cérémonielle sur un crâne chauve – un carré de tissu rouge orné de têtes de mort dorées.

— Ça alors, déclare une voix de ténor chaleureuse. Tu n'es pas du tout celle que j'attendais.

— Êtes-vous l'interprète ? dis-je, comme si ça ne m'affectait pas plus que ça de m'être fait avaler par le vide puis recracher par une cascade.

Cette Traversée aura au moins aiguisé mes facultés d'adaptation.

— C'est ainsi que certains m'appellent, dit-iel en haussant une épaule. D'autres me qualifient de curiosité, de monstre, de menteur. (Iel sourit.) Je prends tout ça comme des compliments.

Iel n'a pas l'air âgé de plusieurs milliers d'années, mais j'imagine que le don d'immortalité garantit également une apparence juvénile.

— « Menteur », c'est un compliment ?

— Ça signifie que j'ai dit à quelqu'un quelque chose qui l'effraie. Je sais que c'est toujours la vérité, alors pourquoi m'en offenser ? J'aime faire réfléchir les gens. J'aime aussi leur faire peur. (Iel se penche en avant, les coudes sur les genoux.) Veux-tu savoir de quoi tu as peur ?

— Oh, ça, je le sais déjà, dis-je en me relevant. (Je suis trempée, et le tombeau me paraît glacial.) Et puis, comment le sauriez-vous ? Je croyais que seul le mestrah savait lire dans les esprits.

— Quand on vit aussi longtemps que moi, on a le temps de récolter quelques trucs au passage. (Iel m'adresse un sourire malicieux, comme s'il n'était pas plus impressionnant de maîtriser le pouvoir d'un dieu qu'un tour de cartes amusant.) Tu devrais réfléchir à ma proposition. Je doute que ma réponse soit celle à laquelle tu t'attends.

— Dans ce cas je tiens d'autant moins à savoir. Ça me donnerait une peur de plus, et je passerais mon temps à me demander si elle était déjà là avant ou si c'est à cause de vous. Et puis, franchement, j'en ai marre d'avoir peur. (Je me frotte les bras en frissonnant. J'ai la chair de poule.) Vous n'auriez pas une serviette ?

L'interprète éclate de rire – un rire sonore, surpris – et secoue la tête.

— Je pourrais répondre à toutes tes questions, mais c'est ça, ta priorité ?

Je claque des dents.

— S'il vous plaît ?

Iel hausse les épaules et se faufile avec une grâce fluide entre les richesses qui jonchent le sol. Puis iel tire de sa ceinture un pinceau de scribe et me fait signe de tendre le bras. Iel me prend la main pour y dessiner un symbole à l'encre rouge, et le sort luit doucement tandis que ma peau l'absorbe.

— Vous êtes *trielle*, en plus ! Y a-t-il quelque chose que vous ne savez pas faire ?

— J'espère bien que non. J'ai eu deux mille ans pour étudier le fonctionnement du monde.

— Mais alors vous devriez être au palais. Vous devriez être mestrah.

Iel glousse.

— Et passer des générations à faire face aux mêmes querelles pour des questions de territoire, de magie, ou de savoir qui a insulté qui ? J'ai mieux à faire.

— Ah bon ?

Je me rends compte aussitôt que c'est un peu grossier, comme question, mais que reste-t-il vraiment à quelqu'un qui a déjà tout vu et tout fait ?

—Oh, oui ! J'ai une famille très nombreuse, comme tu t'en doutes. Ça me prend presque une année de rendre visite à tout le monde. Mes extrême-arrière-petits-enfants et leurs petits-enfants, ainsi que mes enfants plus récents et leur propre progéniture… La famille est ce qu'on a de plus important, tu sais.

—Oui, je sais, dis-je, le cœur lourd, en pensant aux bras de *fara* et au sourire futé de Hen.

—Alors tu es plus sage que d'autres. (Iel joint les deux mains et m'observe.) Bon. Tu as deux mille ans de connaissances à ta disposition et un demi-sablier pour en faire ce que tu veux. (Iel désigne du menton le trône, où un sablier empli de petites émeraudes est en effet à moitié vide.) Tu n'as quand même pas fait tout ce chemin pour me demander une serviette ?

—Oh. Mais… j'ai le droit ? Je ne suis pas… Je ne fais pas partie d'une équipe.

—Je sais qui tu es. Et tu fais partie de quelque chose. Tu n'as pas encore découvert quoi, c'est tout.

Voilà qui me redonne espoir. Si l'interprète estime qu'il me reste suffisamment d'avenir pour découvrir où est ma place, alors je ne devrais pas mourir à la fin de cette Traversée.

—Je peux vous demander n'importe quoi ?

—Bien sûr.

—Et vous lisez dans mes pensées ?

—Jusqu'à un certain point.

— Alors vous savez que je ne suis pas le vrai sacrifice. Ce ne sont pas les prêtres qui m'ont marquée, dis-je en levant le poignet.

Iel hoche la tête. Mon cœur bat un peu plus fort.

— Est-ce que vous pouvez me renvoyer chez moi ?

Iel esquisse un sourire lent et triste, qui flétrit mon espoir avant même qu'iel parle.

— J'ai bien peur que ce soit contraire au règlement. Les prêtres t'ont nommée sacrifice, alors tu l'es devenue. Mais cette Traversée s'est révélée très inhabituelle. Ce ne serait pas surprenant que son résultat le soit aussi.

La déception m'écrase comme un poids. Il est peut-être temps pour moi d'accepter mon destin. J'ai eu plusieurs occasions de m'enfuir, mais elles ont toutes échoué. C'est la troisième fois que je me libère d'un héritier meurtrier, et la troisième fois que je me heurte à une impasse. *Qu'est-ce que tu espérais, Zahru ?* souffle Gallus dans mon esprit avec une petite moue chagrine. *Tu n'es qu'une fille d'écurie.*

— Zahru. (L'interprète pose les mains sur mes épaules, et je croise son regard violet.) Il y a encore deux questions très importantes que tu dois me poser.

Je serre les dents. Maintenant que je sais qu'ils ne peuvent pas m'aider, je n'ai qu'une envie, c'est de repartir.

— Je n'en ai qu'une.

— Si tu insistes.

— Est-ce que ce sera sans douleur ?

Iel fronce les sourcils comme si iel ne s'était pas attendu à ça.

— De quitter ces lieux ?

— Non.

Je n'ai pas besoin de préciser que je parle de ma mort. Le visage de l'interprète s'adoucit, et iel secoue la tête.

— Je ne vois pas l'avenir. C'est mon seul défaut, si on veut. Mais ça n'a aucune importance, parce que ce n'est pas la bonne question.

— Je ne veux rien savoir d'autre. Ça ne m'aiderait pas, de toute façon.

— Zahru.

— Je ne peux pas continuer comme ça. Je croyais que, si je trouvais Jet, je serais en sécurité. Mais je me trompais. Puis j'ai cru que, si je me débrouillais toute seule, je serais sauvée, mais Sakira m'a rattrapée. Alors je me suis servie de tout ce que j'avais appris, y compris de ma magie, et j'ai trouvé le symbole de Valen dans le puits. J'ai cru que, cette fois, c'était la bonne, mais…

— Zahru…

— Mais ça n'en finit pas ! Qu'est-ce que j'ai fait pour mériter ça ? Qu'est-ce que j'ai fait de tellement impardonnable ? J'aide mon père. Je soigne les animaux, non pas parce que c'est mon métier mais parce que je ne supporte pas de les voir souffrir. J'ai essayé d'aider Kasta… J'ai essayé d'aider Jet et Sakira, parce que je veux être quelqu'un de bien. Mais ça ne change rien. (Je me suis mise à trembler, alors je m'agrippe les coudes pour me retenir.) Les gens s'en fichent, de savoir si on est quelqu'un de bien. Tout ce qui compte pour eux, c'est ce qu'on peut leur offrir. Sauf que moi, je ne suis rien, je n'ai aucune influence, et ce que j'ai à offrir ne suffira jamais !

Je me plaque les deux mains sur la bouche en entendant les mots de Kasta en sortir, et je ravale la chaleur qui me monte à la gorge. Si je dois déballer tout ça à quelqu'un que je ne connais même pas, je veux au moins éviter de pleurer. L'interprète me serre doucement les épaules. Je me demande si iel a l'habitude de voir des sacrifiés s'apitoyer sur leur sort. Je me demande si ceux et celles qui m'ont précédée avaient la même impression – d'avoir toujours fait de leur mieux pour obéir aux règles et aider leur prochain, pour montrer aux dieux qu'ils avaient eu tort de ne pas leur octroyer de puissante magie, qu'ils valaient quand même quelque chose, et finalement…

Finalement, ça ne changeait rien.

L'interprète me laisse reprendre mon souffle.

— Sais-tu pourquoi il est important d'affronter nos peurs ?

Je secoue la tête.

— Parce que c'est le seul moyen de les transformer.

Les larmes me brûlent les paupières, et l'interprète a l'air tout brouillé, mais je me mords la joue pour me forcer à le regarder.

— Tu crois que tu as été choisie parce que tu n'as rien à offrir. (Iel marque une pause.) Est-ce qu'il t'est venu à l'idée que, peut-être, tu as été choisie parce que ce que tu as à offrir est différent ?

Je ne sais pas quoi répondre.

— Tu crois que tes actions ne comptent pas ? Que la gentillesse n'a pas de pouvoir ?

— Pas ici, dis-je.

— Surtout ici, au contraire. (Iel relâche mes épaules.) Ceux qui semblent y être le plus imperméables sont ceux qui en ont le plus besoin.

Je renifle et m'essuie les joues avec les paumes.

— Sauf que ça ne marche pas.

Iel sourit.

— Pardonne-moi cette comparaison, mais… la gentillesse, c'est comme un poison. Elle n'agit pas toujours tout de suite. (Iel croise les mains.) Ton pouvoir est de ceux qui accompagnent quelqu'un à vie. Les flammes magiques émerveillent, les épées magiques tranchent. Mais, sur leur lit de mort, ce n'est pas de ça dont les gens se souviennent. Et, crois-moi, j'en ai vu, des lits de mort.

J'observe l'interprète avec une estime nouvelle, tout en réfléchissant à ses paroles. Je ne pense pas qu'iel dirait ça par pure flatterie. Iel a bien mieux à faire, et iel a des gens beaucoup plus puissants à flatter, comme les héritiers, mais iel s'est donné la peine de m'aider, en me montrant toute la différence que de simples mots peuvent faire.

— C'était vraiment très mal choisi, comme comparaison, dis-je. (L'interprète sourit, et je m'essuie les yeux de nouveau en m'efforçant de croire ses paroles.) Mais merci. Je suis désolée de vous avoir ennuyé avec ça.

— Tu n'es pas la première. Bon, tu vas me poser ta deuxième question, oui ou non ?

Je cille. Ce serait tellement plus simple si iel me disait ce que je dois demander… Puis brusquement je revois le regard éperdu de Kasta.

— Y a-t-il un moyen d'obtenir la magie du couteau de Sabil sans tuer qui que ce soit ?

L'interprète soupire. Ce n'était peut-être pas la bonne question.

— Le couteau exige du sang. Il faut un sacrifice immense pour réveiller une telle magie.

— Pourtant vous avez toutes sortes de magies.

— Et j'ai fait beaucoup de sacrifices… (Iel serre les mâchoires.) … dont quelques-uns que je ne referais pas. Mais ça, c'est la nature particulière de mon pouvoir.

Je me voûte malgré moi. C'était mon dernier espoir. Si Sakira avait pu s'octroyer la magie du couteau sans me tuer, elle aurait peut-être envisagé de m'épargner. J'aurais dû passer le restant de mes jours en exil, mais au moins elle aurait obtenu la part cruciale de sa victoire. Elle aurait peut-être même prétendu m'avoir ramenée à la vie avec ses nouveaux pouvoirs. Ce serait bien le genre de Sakira.

— Oh, lance l'interprète avec un petit sourire surpris. Tu ne demandais pas ça pour toi !

Je hausse les épaules.

— Tu sais quoi ? Je t'aime bien, Zahru, alors je vais t'accorder une question supplémentaire. Réfléchis bien, cette fois. Je n'ai pas le droit de te renvoyer chez toi, mais qu'est-ce que tu pourrais me demander de presque aussi bien, qui resterait dans les règles de la Traversée ?

Je pousse un soupir tremblant, en retournant ces mots dans ma tête. Iel ne peut pas me renvoyer chez moi mais… iel peut m'envoyer ailleurs ?

— Est-ce que vous pouvez m'envoyer rejoindre une autre équipe ? (L'espoir me fouette le sang comme la foudre.) Est-ce que vous pouvez m'envoyer auprès de Jet ?

L'interprète sourit.

— Ah ! Enfin la bonne question ! Adieu, jeune souffleuse. N'oublie pas ce que je t'ai dit. Souviens-toi où réside ton vrai pouvoir.

— Mon vrai pouvoir ? Mais je ne…

Toutes les torches s'éteignent. L'or et les couleurs chatoyantes se dissolvent dans un noir d'encre. Soudain je me trouve sous un ciel étoilé, parmi des dunes sombres qui ondulent à l'infini, telle une mer immobile. Je ne vois plus la ville fantôme. Je tourne sur moi-même, paniquée à l'idée que l'interprète se soit trompé et m'ait envoyée au milieu de nulle part, lorsque j'entends des sabots. Je me fige, osant à peine espérer.

Un cheval gris au cavalier coiffé d'une capuche franchit une dune toute proche, suivi de deux autres bêtes, dont l'une est deux fois plus large que les autres. Le cavalier de tête arrête sa monture si brusquement qu'elle se cabre presque. Ses compagnons l'imitent. Il saute de selle et retire sa capuche, révélant un halo de cheveux très courts et une expression si troublée, si pleine d'espoir, que je sanglote de soulagement.

— Zahru ? dit Jet.

Chapitre 28

— Jet !

Il court vers moi, et nous tombons dans les bras l'un de l'autre, les siens serrés dans mon dos, les miens autour de son cou. J'ai peur de trop penser, au cas où il disparaîtrait. Mais il est bien réel, tout chaud, et nous nous accrochons l'un à l'autre. J'essaie de ne pas pleurer, et il s'excuse en continu.

— Je suis désolé. Je suis vraiment désolé. J'aurais dû faire plus attention. J'aurais dû me méfier de Kasta. On t'a cherchée, tu sais. (Jet s'écarte un peu pour me regarder, une lueur peinée dans ses beaux yeux.) On a payé des mercenaires qui prétendaient savoir où vous étiez, mais ils nous ont menti, et… j'ai cru qu'on n'allait jamais réussir à vous rattraper. Je suis désolé. Je ne te le dirai jamais assez.

— Je suis là, maintenant, dis-je en posant les mains sur ses épaules. Tout va bien. Je suis là.

— Comment est-ce possible, d'ailleurs ? demande-t-il en enroulant une mèche de mes cheveux autour de son doigt. Tu es bien réelle ? Je ne rêve pas ?

— C'est l'interprète. Iel ne pouvait pas m'autoriser à rentrer chez moi mais iel a bien voulu m'envoyer auprès d'une autre équipe, alors… (Je hausse une épaule en souriant.) Me voilà.

— Numet, merci, souffle Jet en me serrant contre lui. Je n'oublierai pas cette seconde chance.

Je m'accroche à lui aussi longtemps que je l'ose, le cœur gonflé de gratitude. Je n'ai peut-être pas le pouvoir de me sortir de là toute seule, mais les dieux m'aident. Ils m'ont guidée vers les bonnes personnes – celles qui estiment que je mérite d'être sauvée.

Et puis, peut-être sans le savoir, l'interprète m'a permis d'affronter une autre de mes peurs. Certes il a fallu des chasseurs de prime, une légère insolation et un contact beaucoup trop poussé avec le mauvais prince, mais je me rends compte à présent que j'avais mal jugé Jet. Il s'est fait agresser, empoisonner, et presque capturer. S'il croyait réellement que je ne suis qu'une « simple souffleuse », il ne passerait pas son temps à risquer sa vie pour la mienne. Il ne comprend peut-être pas mon métier mais, jusqu'à ce qu'il me parle de la guerre imminente, j'ignorais tout de ses responsabilités à lui.

Il cherchait simplement un moyen de m'affranchir de mon quotidien.

À partir de maintenant, je n'aurai plus peur de ce que l'avenir nous réserve. Je ne vais pas m'inquiéter de comment ça pourrait finir, parce que ça m'empêcherait de profiter pleinement de ça, maintenant. J'ai la chance d'avoir trouvé quelqu'un de généreux, de merveilleux, quelqu'un qui a presque renoncé au monde pour moi et qui me fait passer en premier, quoi qu'il arrive. C'est comme ça que les meilleures histoires sont censées se dérouler. C'est comme ça qu'elles sont censées finir.

Melia s'approche de nous sur sa jument, toujours aussi magnifique.

— Je suis très heureuse de te voir, Zahru, dit-elle.

Marcus pousse un petit grognement, et malgré les nuages qui voilent la lune, je crois le voir essuyer une larme.

— Ne fais pas attention à lui, reprend Melia. Ça lui a fait un choc, qu'on te perde.

— Oui, bah… (Marcus se racle la gorge.) Je suis le soldat le plus décoré de la capitale. Quand on me confie une personne, je devrais être capable de la protéger, quand même.

— Merci d'être venus me chercher. Une fois de plus, dis-je en les regardant tour à tour avant de m'arrêter sur Jet.

— D'accord, mais n'oublie pas ce que je te ferai si tu risques ta vie pour nous, gronde Melia avec un sourire malicieux.

— On va changer de plan, déclare Jet en m'entraînant vers son cheval. Cette fois on te raccompagne jusque chez toi, et si quelqu'un nous dénonce, je tiendrai tête à mon père.

Mon cœur se serre, et je me tourne vers Marcus et Melia.

— Mais… vous serez accusés de trahison. (Ils hochent la tête.) Non, je ne peux pas vous laisser faire ça. Ne changeons rien : on va trouver la ville la plus proche sans se faire remarquer, et je vais rentrer chez moi toute seule.

— Il ne s'agit pas seulement de toi, Zahru, intervient Melia. Même si on s'inquiète aussi pour ta sécurité.

Elle regarde Jet, qui soupire.

— J'ai eu le temps de réfléchir à ce que tu m'as dit – à ce que vous n'avez pas arrêté de me répéter, tous les trois. (Marcus lui jette un coup d'œil surpris, ce qui arrache à Jet un sourire penaud.) Vous aviez raison. On est tous nés pour quelque chose – pour mettre nos pouvoirs au service d'un devoir précis. Le mien me faisait peur, mais les tâches importantes sont souvent intimidantes. (Il me prend les deux mains et les serre doucement.) Et si ça me permet de sauver ne serait-ce qu'une personne comme toi, alors ça en vaut la peine.

Je reste bouche bée.

— Tu vas essayer de gagner ?

J'ignore ce qu'il voit sur mon visage, mais ça le fait sourire.

— Quand la Traversée recommencera, oui.

J'éclate de rire.

— Jet !

C'est plus fort que moi. Je me jette à son cou et le serre de toutes mes forces, si fière de lui que j'en ai les larmes aux yeux. Il est déjà en train de devenir l'homme qu'il veut être, au lieu de ce qu'il imaginait être le mestrah idéal. Il aura toutes les qualités de son père – et tellement plus.

— Quelle heureuse nouvelle ! Tu vas faire un roi formidable, et tu sauras comment agir si la guerre s'impose. Tu viens de le prouver.

Le sourire que mes paroles lui inspirent est à la fois timide et sincère, et si mon fichu cerveau n'était pas déjà occupé à se trouver de nouvelles inquiétudes, je l'embrasserais.

— Mais tu n'auras peut-être pas l'avantage, je poursuis. Et puis, c'est évident que Wyrim fera une nouvelle tentative pour te capturer, et ils seront mieux préparés, cette fois. Sans compter que tu devrais refaire tout ce chemin…

Je survole du regard les landes arides qui s'étendent à l'infini, puis j'observe la sueur qui sèche déjà sur les chevaux.

— Ne t'en fais pas pour nous, dit Jet. On sait à quoi s'attendre maintenant. Tout ce qui compte, c'est que tu rentres chez toi.

C'est ce que j'aurais dû vouloir entendre par-dessus tout. C'est exactement ce que j'ai demandé à l'interprète… ce que j'espérais quand iel m'a envoyée auprès de Jet. *Fara* doit se faire un sang d'encre. *Mora* et Hen se sont peut-être déjà fait arrêter pour avoir volé à mon secours, et je meurs d'envie de retrouver notre écurie, de passer mon temps au calme parmi les animaux, à savourer notre routine douillette et prévisible.

C'est toujours ce que je veux, d'ailleurs. J'ai envie de dire à Jet que oui, allons-y, avant qu'il ne nous arrive autre chose. N'ai-je pas traversé suffisamment d'épreuves comme ça ?

Mais je repense aux chasseurs de prime, avec leur étrange métal ; à la marionnette calcinée de Quadra ; à la guerre tapie à nos frontières telle une lionne affamée, prête à bondir sur le nouveau mestrah. Elle ne ferait qu'une bouchée des milliers de soldats que Sakira ou Kasta lui enverraient dans le seul but de démontrer leur trempe et de prouver qu'ils n'ont pas peur.

Face à Jet et à la détermination farouche de son regard je me souviens que, parfois, ce qu'on veut n'est pas aussi important que ce qu'on doit faire. Melia a raison : il ne s'agit pas que de moi. Il ne s'agit plus d'aider Jet à voir qui il pourrait devenir, ou à retrouver le confort de mon foyer. Il s'agit de s'assurer qu'Orkena ne tombe pas entre des mains dangereuses. Il s'agit du sort de milliers de citoyens, des gens comme Kita et Maia, comme Hen et mon père.

— Je ne veux pas rentrer chez moi, dis-je.

Jet me regarde avec la même expression que la première fois que je lui ai dit qu'il ferait un excellent roi.

— Quoi ?

— Même si la Traversée redémarre à zéro, beaucoup trop de choses tiennent du hasard. Nous sommes presque aux grottes de verre. Je suis avec vous. Allons terminer cette histoire.

— Zahru…, commence Marcus.

— Vous avez bien dit qu'il y avait un moyen de gagner sans me tuer. Pas vrai ?

Melia regarde Marcus.

— Oui, mais…

— Alors on y va. C'est votre meilleure chance. (Je me tourne vers Jet.) Je veux que tu gagnes, alors n'essaie même pas de me dissuader. Tu sais très bien que ça ne marcherait pas, de toute façon.

Jet glousse, mais son sourire s'efface vite.

— C'est un immense honneur d'avoir ton soutien, Zahru, mais je ne peux pas te laisser prendre un tel risque pour moi. Certes je peux renoncer au sacrifice mais j'ignore ce qui se passera alors, surtout si Kasta ou Sakira sont présents. C'est beaucoup trop dangereux.

— Je m'en fiche.

— Pas moi. Je suis ton prince, alors je…

Je n'en peux plus. Je l'embrasse, les doigts repliés autour des bords de sa capuche, tandis que ses mains se posent au creux de mon dos. Je lui laisse juste le temps de me serrer contre lui avant de me reculer, même si c'est un supplice – comme prendre seulement une minuscule bouchée de gâteau. Je suis sûre que Melia et Marcus apprécient ma retenue, et puis, j'ai une discussion à remporter.

— Emmène-moi aux grottes de verre… *aera*, dis-je avec un sourire, encore tout près de son visage.

Jet déglutit, et son regard glisse sur mes lèvres avant de croiser le mien.

— Je suis presque sûr que c'est de la triche.

— Je suis la fille qui s'est incrustée au banquet du palais, je te rappelle.

— Je crois qu'on devrait échanger encore quelques… arguments.

Marcus se racle la gorge. Nous tournons la tête d'un même mouvement. Melia et lui nous observent d'un air à la fois amusé et légèrement gêné.

— J'estime que c'est Zahru qui l'emporte, déclare Marcus. Je tiens à préciser que, moi aussi, je préférerais qu'elle rentre chez elle, mais… (Il lève une main pour m'empêcher de protester.) … nous avons choisi cette épreuve, et tu n'en mérites pas moins. (Il s'interrompt pour maîtriser son cheval, qui danse sous lui.) Cela dit, si on veut gagner, on ferait bien de se remettre en route. Nous n'avons plus qu'une journée pour arriver à la seconde étape.

— Tu es sûre ? me demande Jet. Je sais que ç'a été plus qu'horrible pour toi, et que ta famille doit être terriblement inquiète.

— Jet. (Je pose les mains sur ses épaules.) C'est plus important que tout ça. Tu es plus important, toi.

Il sourit et, avec un soupir, referme ses bras autour de moi. Je cache mon visage dans son cou pour mieux m'imprégner de son parfum de cuir et de sauge, si apaisant, et de la force de ses bras. Nous n'aurons pas la chance de parcourir le monde ensemble – pas même pour quelques semaines. Après la Traversée, je ne reverrai plus jamais Jet. Il sera mestrah, et je redeviendrai une simple fille d'Atera. Pourtant, malgré la douleur lancinante qui me traverse, je sais que c'est la meilleure chose à faire.

Et je compte bien profiter du temps qu'on va passer ensemble.

Je me demande si Jet pense la même chose parce que, quand je relève la tête, son regard est triste.

— Tu es quelqu'un de merveilleux, Zahru. Tu me donnes envie de croire que les dieux existent, après tout.

Je baisse les yeux et pose les mains sur son torse. J'ai confié à l'interprète mon impression que les deux m'avaient abandonnée et, maintenant, j'ai un peu honte. Cependant je décide de ne pas mentionner ça à Jet. Je me suis résignée à l'idée de le perdre mais je ne tiens pas à rendre la chose encore plus difficile.

J'esquisse un sourire.

— Viens. Allons gagner ta couronne.

Je dis à l'équipe tout ce que je sais sur les progrès de Kasta et de Sakira, et Melia suggère qu'on ne fasse plus la moindre halte jusqu'aux grottes de verre. Elle se chargera d'apaiser la fatigue, la faim et la soif des chevaux – ainsi que les nôtres. Ça va lui demander beaucoup de magie, mais elle insiste. Pour l'emporter, nous devons arriver aux grottes avant les autres équipes.

Il reste un contretemps, cependant : Jet doit consulter l'interprète.

Ils n'étaient pas loin de l'étape quand nos chemins se sont retrouvés. (Ce qui m'inquiète un peu, c'est qu'il s'est écoulé plus d'un après-midi pendant ma brève conversation avec l'interprète, mais Jet m'explique que le temps se comporte étrangement en sa présence.) La lune a tout juste parcouru la longueur de ma main lorsque les bâtisses blanches se profilent à l'horizon comme des nuages bas. Nous ralentissons l'allure, à l'affût du moindre indice qui trahirait la présence de Sakira, mais rien ne bouge parmi les ombres. Les chevaux ne sont plus près du puits. Marcus et Melia partent en éclaireurs pour inspecter les ruines pendant que Jet et moi restons en retrait. Enfin Marcus agite sa sacoche pour signaler que la voie est libre.

Jet talonne notre hongre, dont les sabots martèlent le sable à un rythme confortable.

Nous n'avons pas reparlé de l'instant que nous venons de partager. Nous n'avons pas besoin de savoir que nous sommes arrivés à la même conclusion. Jet s'est détendu dans mon dos, et je m'appuie contre lui avec une aisance nouvelle. Je savoure sa chaleur, les vibrations de son rire quand je leur raconte que j'ai failli me faire arnaquer par une souris. Au moins je saurai quoi rechercher à l'avenir : pas la flamme d'une bougie vite consumée, mais la tranquille beauté de moments ordinaires. Ça m'est tellement facile d'imaginer un quotidien avec Jet, à plaisanter pour le voir sourire, et à voir mon reflet dans ces yeux qui ne regardent que moi.

— Est-ce que l'interprète t'a forcée à résoudre des énigmes, ou quelque chose de ce genre ? demande Jet en se crispant pour la première fois depuis nos retrouvailles.

—Non, mais tu ferais bien de réfléchir aux questions que tu veux lui poser. Tu ne disposes pas de beaucoup de temps.

Il rajuste ses rênes.

—Je ne sais pas quoi demander.

Je referme mes mains sur les siennes.

—Ce n'est pas grave. Je ne savais pas non plus, mais l'interprète a quand même deviné ce que je voulais.

Jet entremêle ses doigts aux miens tandis que nous approchons du puits. Melia n'aime pas l'idée de laisser les chevaux tout seuls, et j'ai l'impression que je ne suis pas censée revoir l'interprète de sitôt, alors je propose de les surveiller. Aussitôt Marcus décide de rester avec moi. Ce plan fait grommeler Melia, qui préférerait que l'équipe ne se sépare pas, mais il y a dans les yeux de Marcus un feu nouveau, que Jet n'ose pas contrarier.

—Que Numet guide vos pas, je leur souhaite tandis que Jet s'engage dans le puits à la suite de Melia.

—Tâchez d'être là quand je reviendrai.

—C'est promis, lui assure Marcus.

Jet descend lentement. L'ampoule de potion lumière qu'il porte autour du cou projette un anneau doré sur la pierre, et nous le suivons du regard jusqu'à ce que l'obscurité l'absorbe. On n'entend plus que le frottement de leurs sandales sur la paroi. Un choc sourd nous indique que Melia a atterri, suivi d'un deuxième pour Jet. Alors que le silence commence à m'inquiéter, une voix nous parvient.

—On a trouvé le symbole! crie Jet.

—*Ammon*! jure Melia. Ça brille.

Nouveau silence, puis la voix de Jet retentit.

— C'est normal, que le sol remue ?

— Oui ! je leur crie. Vous allez tomber dans l'eau.

— Forcément, râle Melia. J'ai horreur de l'eau.

— Bonne chance !

Pas de réponse. Le puits est aussi muet que les ruines qui nous entourent. Je tends l'oreille dans l'espoir d'entendre quelque chose – le grincement de la trappe, ou la cascade – mais il doit y avoir un enchantement. Marcus soupire et se retourne vers le désert, l'arbalète au bras. Je le crois capable d'affronter une armée entière quand je le vois scruter le sable comme ça.

Son grand sourire me manque.

Un peu inquiète de le voir aussi tendu, je m'approche des chevaux et puise du réconfort dans leur compagnie tranquille. Le hongre de Jet me réclame de l'eau, alors je sors leur gourde de la sacoche. Le cheval en saisit l'embout et renverse la tête en arrière pour activer le sort et boire.

Brave humaine, pense-t-il.

Je souris en caressant son encolure argentée.

La nuit s'étire autour de nous. J'ai envie de poser des questions à Marcus – sur sa famille, les raisons qui l'ont poussé à rejoindre l'armée d'Orkena, le fonctionnement de sa magie – mais je ne veux pas le distraire de sa mission. Alors je passe ces quelques heures à m'occuper des chevaux. Je les abreuve, je verse dans le sable une étrange potion qui y fait pousser de l'herbe et je masse leurs muscles fatigués. Ce seraient presque des corvées si j'étais à la maison, mais ici je me sens comblée, brièvement transportée jusqu'au confort de l'écurie, enveloppée par la douce odeur du foin et de la poussière.

Je lève les yeux vers l'horizon et j'imagine *fara* parlant doucement à ses bêtes. *Je serai bientôt de retour*, je lui promets, convaincue que, si je les pense assez fort, mes paroles le trouveront.

L'aube se lève sur le huitième jour quand des voix interrompent le petit déjeuner d'agneau séché et de pois chiches que je partage avec Marcus. Elles viennent du centre des ruines, et Marcus a l'arbalète au poing lorsque Jet et Melia reviennent vers nous en courant.

— On est partis longtemps ? demande Jet.

— Quelques heures, répond Marcus en baissant son arme. Numet vient de se lever.

— On doit y aller, sans tarder.

— Qu'est-ce qui se passe ? dis-je en remballant le petit déjeuner. Que vous a dit l'interprète ?

— Plus que je ne saurais répéter, mais ce n'est pas ça, le problème. (Il me montre son rouleau-relais.) Celui de Sakira est cassé. Mon encre ne s'imprègne plus.

Mon cœur se serre.

— Tu crois qu'elle l'a détruit parce qu'elle t'en veut ?

— Non. Je ne lui ai pas dit que j'étais de nouveau dans la course – ou que tu étais avec nous, d'ailleurs. Je pensais lui demander pardon plus tard.

Il se dirige vers le hongre gris, et je me dépêche de le suivre. Je range les victuailles dans la sacoche et je me hisse sur la selle. Jet s'installe derrière moi.

— Dans son dernier message elle me disait que l'interprète lui avait livré d'intéressantes informations, et qu'elle m'écrirait une fois qu'elle aurait remporté la course. Si son rouleau a été détruit, c'est par quelqu'un d'autre.

Ce rouleau, Sakira le gardait fixé à sa cuisse, alors le danger a dû passer tout près pour l'abîmer. Je grimace à cette idée mais je suis également surprise par ce que Jet a révélé d'autre.

— Elle va essayer de gagner sans moi ?

Peut-être que j'ai réussi à la convaincre, elle aussi.

— Je ne sais pas. Elle ne m'a pas dit qu'elle t'avait perdue. Elle se méfie, maintenant, ce que je comprends. (Il sourit et tourne le cheval vers le sud.) Quoi qu'il en soit, il faut qu'on la retrouve au plus vite.

Il lance le cheval au galop, et nous laissons derrière nous les bâtiments fantômes, où le vent gémit tristement, pour filer vers les dunes brûlantes.

Direction : les grottes de verre.

Mon angoisse s'intensifie en même temps que la chaleur du jour. Je tiens les bords de ma cape de givre contre moi en essayant de ne pas trop penser à ce qui a pu arriver à Sakira. Je suis bien contente de ne plus être à sa merci, mais ça ne m'amuse pas de l'imaginer perdue ou blessée dans le désert – pas plus que d'imaginer ce qui nous arriverait, à nous, si on rencontrait le même danger.

— Qu'est-ce que tu as demandé à l'interprète ? dis-je pour me changer les idées.

Je dois crier pour me faire entendre par-dessus le sifflement du vent.

Jet ne répond pas tout de suite, mais très vite le bruit du vent et des sabots disparaît, nous laissant dans notre petite bulle.

— Si je commettais une erreur en essayant de gagner, avoue-t-il. Et s'il existait un moyen de sauver mon père.

Mon cœur se serre. Le ton de sa voix me donne la réponse, mais je pose la question quand même.

— Alors ?

Jet soupire.

— Iel m'a dit que, si je tenais à ma vie, je commettais une erreur monumentale… mais pas si je tenais à toutes les autres vies, achève-t-il plus doucement.

Ce n'est pas ce que je demandais, mais j'hésite à insister.

— Il n'y a pas de magie au monde capable de sauver mon père, ajoute-t-il.

Je me voûte un peu. Jet a crispé les mains sur les rênes, alors je pose les miennes dessus. Il soupire, et je sens son torse se détendre un peu dans mon dos. Quelle que soit l'issue de la Traversée, ses problèmes ne font que commencer.

— Je suis désolée, dis-je en entremêlant nos doigts. (C'est déjà bien assez dur de voir mon père perdre sa magie. Je n'imagine même pas ce que ça serait si sa vie était en danger.) Au moins tu vas lui offrir une excellente raison d'être heureux.

— Hein ?

Je souris.

— Il sera tellement fier de toi !

Jet pousse un grognement, mais j'aperçois un sourire du coin de l'œil.

— Oui, pourvu que j'arrive à me souvenir de tout ce que j'ai essayé d'oublier au sujet de la politique.

— *Aera*, appelle Melia. (Elle a amené sa jument à notre hauteur et percé notre bulle.) Je ne vois rien.

Jet se redresse, et le bruit du vent me fouette les oreilles. Il se retourne pour observer les dunes.

— C'est impossible qu'on l'ait manquée, dit-il. Est-ce que les grottes sont encore loin ?

Melia tend le bras vers l'horizon. Au-dessus de la bande d'air brûlant qui miroite au soleil, telles des hyènes faisant le gros dos, se dressent des montagnes assez hautes pour faire de l'ombre à la cité royale. Elles paraissent sombres, d'un gris cendreux qui contraste avec les ocres du désert, et m'évoquent davantage l'entrée de l'au-delà que le paradis vert et luxuriant que décrivent tous les voyageurs qui reviennent des montagnes. Mon corps semble avoir compris que cet endroit était néfaste, parce que mon pouls s'accélère, et j'ai la chair de poule partout.

— Elle doit toujours être devant nous, dit Jet. Restons sur nos gardes.

Ils hochent la tête, Marcus avec son arbalète posée sur ses genoux, Melia très droite, l'œil perçant. On galope le reste du chemin, s'arrêtant uniquement pour que Melia abreuve les chevaux, mais le seul indice que quelqu'un est passé par là, c'est des empreintes de sabots qui s'effacent déjà… et mon pressentiment qu'il s'est produit quelque chose d'affreux.

Chapitre 29

Nous atteignons les montagnes au crépuscule. Nous n'avons toujours rien vu de Sakira, à part les empreintes de ses chevaux.

Mon mauvais pressentiment s'alourdit.

De même que ma déception. Les voyageurs qui parlent des montagnes évoquent toujours des arbres immenses où foisonnent les chants d'oiseaux, de l'herbe si fine et si drue qu'elle recouvre la terre comme un tapis, des moutons à la toison si longue qu'elle touche le sol et aux cornes en spirales. Rien de vert ne pousse par ici. Il n'y a pas d'oiseaux qui volettent de branche en branche, pas de fleurs qui colorent les ombres des montagnes. Il n'y a ni arbres, ni buissons. La terre noire scintille à la lumière du jour mourant et chuchote quand la brise se lève, comme une vague argentée qui remonte la pente – comme un frisson.

— C'est de la cendre ? demande Jet.

Marcus saute de sa selle, et ses pieds s'enfoncent dans le sol meuble lorsqu'il se penche pour en saisir une pincée.

— Oui, répond-il en la frottant entre ses doigts.

Sa peau pâle est soudain tachée, comme par de l'encre.

Forcément, l'endroit sombre et déprimant où d'innocents occultés ont trouvé la mort est un tapis de cendres.

—Au moins on sait qu'elle est arrivée jusqu'ici, reprend Jet en remettant le cheval au pas.

Les empreintes de Sakira partent vers la gauche après un rocher de la taille d'une écurie et s'engagent le long d'un sentier taillé dans la roche, tellement étroit que les chevaux s'agitent, pressés d'en sortir. Enfin nous débouchons dans une clairière qui était sans doute vaste et circulaire autrefois mais qui a été réduite à la superficie d'une petite maison. La cendre coule en fines rigoles le long de murs presque ensevelis et s'avance vers le centre comme autant de griffes tendues. La jument de Sakira se tient au pied d'une énorme paire de sandales taillées dans la pierre. Elle lève la tête à notre approche, mais son compagnon, l'un des deux hongres, ne semble même pas nous remarquer.

Quatre statues gigantesques les dominent, taillées dans la roche noire, surmontées des couronnes travaillées que portent les mestrahs. Je compte deux femmes… et peut-être deux hommes, mais les silhouettes de droite ont le visage trop usé pour que j'en sois sûre. Elles encadrent un passage qui leur arrive aux genoux, assez large pour un cheval. La lumière du crépuscule peine à s'y infiltrer. C'est un rectangle noir, aussi muet et menaçant que les profondeurs d'un fleuve.

—Il manque un des chevaux, dit Jet en arrêtant notre hongre.

Il met pied à terre et reste à côté de moi tandis que je descends.

— Il est peut-être parti de son plein gré, suggère Melia. (Elle saute de sa selle, et ses amulettes de guérisseuse se balancent à son bras.) Peut-être que le rouleau a été écrasé par accident. Peut-être que tout le monde va bien.

— Je ne sais pas, dis-je en allant vers la jument. (L'apathie du hongre m'inquiète.) Il n'aurait pas quitté son troupeau comme ça. Soit ils seraient tous partis, soit il se serait forcé à rester.

Le hongre ne bouge toujours pas quand je m'approche de lui. Il a la tête basse, les yeux fermés. Ses pensées sont vides, mais je n'ai pas l'impression qu'il dorme. Sa robe est maculée de sueur séchée, et leurs crinières à tous les deux sont poussiéreuses et emmêlées. On les a fait galoper sans relâche, et sans s'occuper d'eux. Je me demande s'il est arrivé quelque chose à Kita, et mon cœur se serre quand je pose une main sur l'épaule du hongre.

Ses muscles tressaillent, mais il ne bouge pas.

— Que s'est-il passé ? je demande à la jument.

Soif, pense-t-elle. *Boire. Eau.*

Sa sacoche est intacte. J'ignore ce qui a attaqué Sakira, mais c'était suffisamment terrifiant pour qu'elle se précipite vers les grottes en abandonnant ses chevaux. Je sors une des gourdes et la présente d'abord à la jument, que je laisse boire à sa soif, mais pas plus, pour éviter que son estomac ne se torde. Puis je passe au hongre. Il cille lentement et remue les lèvres pour attraper l'embout de la gourde, mais il n'a pas la force de lever la tête pour activer le sort. Même quand je l'aide, il ne prend que de petites gorgées.

— Où est votre compagnon ? je leur demande.

La jument frappe la cendre de son sabot. Elle tourne son regard noir dans la direction d'où on est venus, les oreilles plaquées sur le crâne.

Parti, dit-elle.

Mon estomac se noue.

— Et vos cavalières ?

Pars pas, pense-t-elle. *Sinon je meurs ici ! Je meurs !*

— Doucement ! Tout va bien, dis-je en reculant. On ne va pas partir. Promis. Melia, est-ce que tu peux les aider ?

— Je vais faire de mon mieux, dit la guérisseuse en prenant les rênes de la jument.

Cette dernière se braque et redresse brusquement la tête, donnant un coup de pied derrière elle, mais Melia lève une main, patiente, et la jument finit par s'immobiliser, la tête haute, les narines grandes ouvertes. Alors Melia s'approche doucement et pose une main sur la joue de la pauvre bête. La jument frissonne et se calme.

— Restez avec Zahru, dit Jet, la main sur le pommeau de sa dague. Je vais voir ce qui se passe.

— Jet…, dis-je.

— *Aera*, proteste Marcus.

Mais Jet ne nous laisse pas finir.

— Seuls les héritiers sont censés entrer dans les grottes… et le sacrifice, naturellement. (Il se tourne vers Marcus.) Les empreintes qui menaient ici appartenaient à ces deux chevaux, ce qui signifie que Kasta n'est pas encore arrivé. Allez vous cacher et attendez-moi.

— Sakira n'y est pas allée seule, elle, grommelle Marcus. Sinon ses coéquipières seraient restées ici. Moi, j'ai l'impression que c'est un piège. Elle veut t'embrouiller avec des indices contradictoires, pour que tu fonces sans réfléchir.

— Sakira ne me ferait pas ça, rétorque Jet, sans avoir l'air très convaincu. Elle n'a aucune raison de me faire du mal, surtout si je n'ai pas Zahru.

— Il n'empêche que ce n'est pas prudent d'y aller seul. (Je croise les bras.) Puisque j'ai le droit d'entrer, autant que je t'accompagne. Je pourrai au moins revenir chercher des renforts en cas de besoin.

— Zahru, je t'en prie. Si c'est effectivement un piège, et qu'elle t'attaque avant que j'aie pu lui parler…

— Alors je me défendrai. Je suis pleine de ressources, tu sais. Notamment deux doses de poison somnifère.

Jet a l'air désolé.

— Je ne dis pas le contraire, mais on ne sait pas si elle a toujours l'intention de te tuer. Tu n'auras peut-être même pas le temps de réagir.

— Tu insinues que je me suis fait blesser, capturer, empoisonner, à moitié noyer et traîner dans tout le désert – tout ça pour t'attendre dehors pendant que tu vas te fourrer dans un piège mortel ?

— Je ne vais pas me fourrer dans un piège mortel, grommelle-t-il.

— Ça, tu n'en sais rien. Kasta serait mort à l'heure qu'il est si je n'étais pas intervenue. (Je grimace.) En même temps, il est peut-être mort à l'heure qu'il est parce que je suis intervenue.

Jet cille, et je me rends compte que je ne lui ai pas raconté l'épisode de la taverne – et que mon « échappée belle pendant que Kasta dormait » était en fait beaucoup, beaucoup plus compliquée que ça.

—Enfin, bref, dis-je à la hâte. L'important, c'est que personne ne me prend pour une menace, et c'est ce qui fait de moi l'arme idéale. Et puis deux paires d'yeux et d'oreilles valent mieux qu'une.

Jet adresse un regard implorant à Marcus, qui lève les deux mains.

—Je suis d'accord avec elle. Si tu veux respecter le règlement de la Traversée, soit. Mais sache que les éclaireurs aussi ont une règle : on fait passer la vie de notre héritier avant tout. On va rester ici et compter jusqu'à cent, Melia et moi. Après, je dis que j'ai entendu appeler à l'aide, et on débarque.

—Bon, d'accord, gronde Jet en crispant les mâchoires. Mais que les choses soient claires : cette idée ne me plaît pas du tout, et s'il arrive malheur à Zahru, ce sera votre faute, pas la mienne.

—Ce sera la mienne, surtout, puisque c'était ma décision. (Je m'approche de l'immense entrée en m'armant de courage.) Je ne vais pas changer d'avis, Jet.

Il me jette un regard désemparé, entre admiration et inquiétude, avant de me tendre à contrecœur un cordon orné d'une ampoule de potion lumière. Je la passe autour de mon cou. La minuscule étoile brille, argentée, dans ma main.

Marcus s'approche de Jet en retirant son épée et son fourreau pour les donner au prince. Des flammes s'élèvent de la poignée lorsque Jet s'en saisit, mais je devine à son regard qu'il regrette l'Illesa.

—Sois prudent, souffle Marcus.

—Faites bien attention, renchérit Melia en lui passant au cou son propre collier lumineux. Et sachez que nous sommes là pour vous. (Elle sourit, une main sur son bras.) Que Numet soit avec vous.

—Que Numet soit avec vous, répète Marcus.

—Et avec vous, répond Jet avant de se tourner vers moi, l'air soucieux.

Moi-même je mentirais si je disais que je me sens super confiante. Même s'il s'avère que Sakira n'est pas blessée, j'ignore quelle facette de sa personnalité va nous accueillir dans ces grottes. J'ai envie de croire que ce sera celle qui a choisi Alette plutôt qu'un cheval légendaire, mais je repense aussi au regard désolé de l'interprète quand iel m'a assuré que le couteau de Sabil ne peut créer de magie sans prendre de vie. J'imagine que Sakira lui a posé cette question, après m'avoir perdue. Elle sait à présent qu'il n'y a pas d'autre moyen.

Et puis, la dernière personne qu'elle s'attend à trouver en travers de son chemin est son allié de toujours. Jet n'agit pas seulement contre son propre instinct. Il s'apprête à trahir sa sœur, et l'amour qu'ils partageaient risque de voler en éclats.

Pourtant, quand je croise le regard de Jet, ses doutes et ses incertitudes se durcissent en quelque chose d'autre, et je sais que nous faisons le bon choix.

Il tire l'épée de Marcus et me prend la main.

—Quoi qu'il arrive, Zahru, je suis reconnaissant de t'avoir rencontrée. Je ne me voyais pas clairement, avant, et je… (Il étreint doucement mes doigts en jetant un coup d'œil vers l'obscurité.) Si je ne survis pas, sache que je ne regrette rien.

—Si tu ne survis pas? (Mon sang se glace tandis que nous entrons. Le noir d'encre s'épaissit encore à mesure que nous avançons. La lumière de nos potions éclaire des fresques défraîchies – des carrioles, des archers, des nobles s'inclinant devant de nouveaux mestrahs.) Que t'a dit l'interprète, exactement ?

— Ne faisons pas de bruit. Sakira est peut-être tout près.

— Jet, je chuchote. Sur une échelle d'un à dix, combien est-ce que je dois m'inquiéter pour toi ?

— Zéro, et chut.

Je n'apprécie pas qu'on me dise « chut », surtout qu'il vient de me faire le genre de déclaration sincère que les héros déclament toujours avant la catastrophe, mais je ne veux pas non plus être la raison de notre défaite. Mes sandales avancent sans bruit sur le sol de pierre frais. Bizarrement ses pas sont tout aussi silencieux. Quand je comprends pourquoi, je le pince.

— Aïe ! Qu'est-ce qu'il y a ?

— Tu contrôles les sons ! dis-je. Je pourrais hurler sans que personne ne nous entende.

— Oui, mais si je parle, ça m'empêche de me concentrer sur le piège qui nous attend. Pas vrai ?

— Peut-être, mais tu pourrais nous isoler le temps de répondre à ma question !

Je ne me suis peut-être pas bien fait comprendre quand je lui ai dit qu'il était plus important pour moi que de rentrer auprès de mon père et d'éviter tout risque d'être sacrifiée. J'aurais dû ajouter que sa faculté de survivre à tout ça était encore plus primordiale. Mais alors que j'ouvre la bouche pour le préciser, il lève la main, médusé. Je suis son regard en plissant les yeux. Une lueur spectrale grossit devant nous, à l'endroit où le tunnel s'incurve, et illumine un immense bas-relief de Rie emportant des âmes sur son chariot.

En dessous gît une vraie personne, allongée, inerte.

— Sakira ? dit Jet en se précipitant vers elle.

Dans sa panique il oublie de masquer nos bruits, et nos pas retentissent entre les parois de pierre. La terreur m'écrase de tous côtés. Je ne veux pas voir qui c'est. Je ne veux pas porter le souvenir de Sakira morte à mes pieds, de ses yeux étincelants devenus aveugles et mornes, de ses mains agiles reposant, flasques, à ses côtés. Mais, très vite, je m'aperçois que la personne étendue là est trop grande pour être Sakira. Je m'étrangle presque en voyant Jet s'agenouiller devant la *jole* de lin taché d'une guérisseuse. Je reconnais le visage de Kita.

Elle a les yeux fermés. Jet pose deux doigts sur son cou… et soupire.

— Elle est vivante, mais quelqu'un d'autre est blessé, dit-il en étudiant les traces de sang qui maculent le devant de sa *jole*.

Le tissu n'est pas déchiré, donc ce sang n'est pas celui de Kita. Par ailleurs, à part un peu de poussière et de sable, ses bras et ses jambes sont propres.

— Je crois qu'on l'a endormie, reprend Jet. On devrait…

Son regard s'arrête sur quelque chose derrière moi. L'air a changé. L'humidité a été chassée par une atmosphère de vide, et je sais qu'en me retournant, ce n'est pas un autre tunnel que je verrai.

Les grottes de verre s'ouvrent devant nous, tel un immense sablier éclaté sur la terre. Les cendres en grimpent les parois lisses, en éclaboussent le verre noir, si bien que les statues des dieux paraissent s'y noyer, alors même que leurs têtes touchent presque la voûte. Leurs visages et leurs corps ont été décimés. Les architectes de ces grottes avaient dû les décorer d'or et de pierres précieuses, car de grossiers outils ont taillé dans le verre pour arracher de gros morceaux autour du cou des dieux, sur leur visage, avec un manque de respect qui me retourne l'estomac. Je m'attendais à trouver dans les grottes de verre la même atmosphère sacrée que dans un tombeau – où, même quand je me promène parmi les morts, je vois les offrandes laissées là par les vivants qui les aimaient, et je sais qu'ils sont paisibles, satisfaits. Or, ici, rien n'est paisible ni satisfait. Je me sens mal à l'aise, épiée, comme si les ombres se mouvaient aux franges de mon champ de vision, nerveuses et affamées.

Les seules choses qui demeurent intactes sont une immense lucarne rectangulaire au milieu de la voûte, qui s'ouvre sur les étoiles, et l'autel situé juste en dessous, dont la surface est devenue brumeuse avec les siècles.

— Non ! je souffle.

Jet redresse la tête et, très lentement, se remet debout.

Assis à la base de l'autel, Kasta nous observe, un scorpion blanc luisant dans le creux de la main.

Chapitre 30

— Tu n'es pas réel, dis-je. Tu n'es pas vraiment là.

L'expression de Kasta ne change pas. Il se lève d'un geste lent et souple, pour ne pas brusquer la créature mortelle nichée au creux de sa main. La lueur des étoiles souligne les traces de sang qui tachent son torse. Une croûte de sable recouvre sa peau et le tissu de son *tergus*. Je me maudis de lui avoir laissé son bracelet de protection. Celui-ci luit à son poignet, chargé de magie, prêt à le défendre.

Ses yeux sont deux puits de noirceur, plus brûlants que des flammes.

Jet se raidit à mon côté.

— Où est Sakira ?

Un sourire incurve la bouche de Kasta.

— Je ne sais pas.

— Tu as ses chevaux et sa guérisseuse. Où est-elle ?

Kasta s'approche de nous d'un pas tranquille. L'Illesa brille à sa ceinture.

— Vivante, peut-être. Le désert est bien vaste quand on n'a ni boussole, ni compagnie, ni chevaux.

Son regard enfiévré se pose sur moi, et je me recroqueville contre Jet en regrettant un million de fois ne pas l'avoir attendu dehors. Je savais que ma décision d'abandonner Kasta au milieu du désert reviendrait me hanter, mais c'est encore pire que ce que j'imaginais. Le garçon au regard clair et curieux est mort, et l'être qui se tient devant nous est ce qui a surgi de ses os, une ombre menaçante avec, sur sa poitrine, le sang de quelqu'un d'autre et, dans ses veines, une rage incandescente.

— Et Alette ? je demande, l'estomac noué par un terrible pressentiment.

Kasta avait perdu son guérisseur, alors il a capturé Kita, mais en ce qui concerne l'amie de Sakira, capable de prier pour qu'il échoue…

Kasta ne daigne pas répondre.

— Tu es la pire erreur que j'aie jamais commise. (Il s'immobilise lorsque le scorpion s'agite dans sa main.) Je savais que tu lui étais dévouée, à lui. Et pourtant, tu étais tellement convaincante ! J'y ai beaucoup repensé, après ton départ. Tu as transformé quelque chose de tellement innocent, de tellement… inoffensif, en une arme capable de détruire tous les murs que j'avais bâtis. Je ne t'en voulais même pas. C'était un coup de génie. Tu m'as montré que j'avais encore une faiblesse, et maintenant…

— Je ne faisais pas semblant, je bredouille.

Autant parler aux statues.

— La gentillesse n'est pas aussi rapide que l'épée, mais elle est deux fois plus efficace. Le marchand qui m'a trouvé s'est laissé duper facilement. Je n'ai eu qu'à l'écouter, porter ses sacs, l'aider à charger son chameau, à monter sa tente…

Je l'ai réveillé sans le faire exprès alors que j'allais lui trancher la gorge. (Kasta fronce les sourcils.) Il a cru que je l'alertais parce que des brigands approchaient.

Il reporte son regard sur moi, et j'étouffe un cri horrifié. Je ne sens plus mon corps. Tout ça, c'est ma faute. Tout ce que j'ai fait pour Kasta, tout ce que je lui ai dit, il croit que c'était pour me sauver. Et maintenant un homme est mort à cause de ça, et Alette…

— Tu l'as tué, intervient Jet. C'était aussi facile que ça ?

Kasta déglutit. Les muscles de sa mâchoire tressautent, et malgré le calme de sa voix, je remarque que ses doigts tremblent. Enfin, il détourne les yeux.

— Je devais prouver que j'en étais capable.

Capable de tuer – de me tuer, moi, le moment venu. Maia m'a dit qu'il avait franchi le point de non-retour le jour où il s'était lancé sur les traces du métamorphe, mais elle se trompait.

C'est aujourd'hui qu'il va le franchir.

— Et Sakira ? demande Jet.

Kasta reporte son regard sur moi.

— Je savais qu'en évitant la deuxième étape j'avais une chance d'intercepter l'équipe de tête avant qu'elle n'atteigne les grottes. (Il soulève le scorpion en le tenant par la queue. L'animal s'agite sans pouvoir se cambrer assez pour lui piquer la main.) Sauf que tu n'étais pas là, Zahru. Il m'a fallu me montrer très convaincant pour arracher une confession à Sakira. (Il détache le dard du scorpion et jette le reste de la créature.) C'est alors que j'ai tout compris. L'interprète lui avait dit que tu arriverais aux grottes de verre de ton plein gré, aux côtés de Jet. Or, ça, je le savais depuis le début.

— Parce qu'il m'a choisie, moi. Parce que rien de tout ça ne compte pour lui, dis-je d'une voix un peu trop venimeuse en désignant l'autel.

— Je t'ai confié tout ce que j'avais de plus secret. (Un éclat bleu passe dans ses yeux. Une douleur lancinante me prend à la gorge et menace de m'étouffer.) Au moins, tu me facilites la tâche.

— Ça suffit, intervient Jet. Arrête de mêler Zahru à tout ça. Tu es un meurtrier, un vil criminel. Tu mérites le cachot, pas le trône. Déclare forfait.

— Non.

— Je ne te ménagerai pas cette fois, Kasta, dit Jet en levant son épée. Tu ne peux pas gagner, même si tu prends sa vie. Tu as contourné une étape. Les prêtres te disqualifieront.

— Ah, mon frère, souffle Kasta en rangeant le dard de scorpion pour tirer lentement l'Illesa de sa ceinture. Si Sakira et toi disparaissez, les prêtres n'auront pas le choix.

Il fouette l'air de son épée. Jet me plaque au sol tandis qu'un arc de feu jaillit de la lame et passe au-dessus de nos têtes en crépitant, puis il me pousse sur le côté lorsque Kasta frappe le sol entre nous deux. Jet se relève, mais Kasta le suit d'un pas lent. Les lames hurlent l'une contre l'autre tandis que Jet pare une nouvelle attaque, et je me remets à genoux en regardant tout autour de moi. J'ai une horrible impression de déjà-vu, sauf que, cette fois, je n'ai pas de rune de protection, pas de tabouret à portée de main. *Réfléchis, Zahru. Réfléchis.*

Jet lance un juron. Un trait de lumière fouette la cendre, dont un nuage retombe sur moi et sur la moitié de la pièce. Le sol tremble. Je fonce vers la sortie pour aller chercher

Marcus, mais Jet crie mon nom, et je me retourne juste à temps pour esquiver un nouvel arc de feu, dont la magie file au-dessus de ma tête pour aller s'écraser dans le tunnel. Elle renverse les brasiers placés le long des parois. Des flammes rugissent devant moi, en travers du chemin, de plus en plus hautes – beaucoup trop hautes et trop brûlantes pour être normales. L'horreur me vrille l'estomac lorsque je remarque la poudre incendiaire qui scintille en travers du tunnel, soigneusement cachée sous le sable. *Non !* Kasta a pensé à tout. Sans un sort d'eau pour contrer ça, personne ne ressortira d'ici.

— Marcus ! (J'ai beau hurler, ma voix ne peut lutter contre le vacarme des flammes. Je m'en approche, mais le mur de feu me repousse.) Marc…

Une explosion tonitruante pulvérise la paroi de verre tout près de moi. Des éclats me pleuvent dessus tandis que des fissures blanches courent vers la voûte. Je fais volte-face, interdite. Je n'ai pas vu de lumière avant ce coup-là. Jet me lance un regard paniqué avant de bloquer une nouvelle attaque de Kasta. Il a dû vouloir user de son pouvoir contre Kasta, qui s'est servi de son bracelet pour m'en faire la cible. L'avertissement est clair : Jet ne peut même pas recourir à la magie.

Par les dieux, si j'avais un peu de pouvoir, je pourrais fissurer les murs et faire tomber la voûte sur nous, ou changer leurs épées en paille. Je pourrais faire quelque chose pour donner l'avantage à Jet. Je ne serais pas obligée d'attendre là, pendant que ma vie tient au fil de leurs épées, sachant que, si ce n'est pas le bon prince qui gagne, je serai morte dans quelques minutes. Je ne sers à rien, sauf peut-être à empirer encore les choses, comme quand j'ai déconcentré Maia face à Sakira.

J'ai peur de bouger.

Puis je me rends compte que Jet a changé de stratégie. Il a cessé d'attaquer. Il esquive un coup de Kasta, qui s'en trouve déséquilibré, et le touche au côté. Kasta pousse un cri surpris en voyant son sang jaillir sur le sable. Prise d'une brusque nausée, je comprends soudain ce que voulait dire Jet quand il parlait de ne pas ménager son frère. S'il l'emporte, je serai sauvée, mais il aura quand même du sang sur les mains. Il aura sacrifié quelqu'un qu'il voulait protéger, quelqu'un pour qui il a menti… quelqu'un qu'il aimait.

Kasta se redresse et lance une nouvelle attaque, mais il tire sur sa blessure, et le coup n'atteint pas sa cible. Jet écarte sa lame et lui donne un coup de pied là où le sang coule le plus fort. Kasta tousse, une main crispée sur son côté.

— Déclare forfait, dit Jet.

Kasta serre les dents. Il pare la frappe de Jet et lance un nouvel arc de feu, mais Jet esquive et lui entaille le bras. Kasta se rétablit avec un grognement, mais il faiblit, incapable de bloquer l'attaque suivante. Jet lui entaille la jambe.

Jet a le dessus, mais il suffirait d'un coup d'Illesa pour l'assommer. Kasta n'a besoin que d'une seule chance. Je redoute le moment où Jet va hésiter ne serait-ce qu'une fraction de seconde.

Je ne veux pas voir ça.

Je me retourne, une main plaquée sur les yeux. Je pense à autre chose – à Hen, occupée à tisser des robes de roseaux ; à *fara* attablé devant sa tasse de thé ; au fleuve à Atera, de nuit, aussi plein d'étoiles que le ciel. Je me vois tenir la main de Jet…

Le hurlement de Kasta fracasse ma rêverie. C'est un cri de guerre, un cri de mort. Les lames s'entrechoquent, et un éclair aveuglant percute un monceau de cendres qui me frappe le dos. Le monde tremble, et puis se tait. C'est un silence horrible, affreux, beaucoup trop silencieux. Je me retourne aussi lentement que je l'ose, en priant pour que Jet ait eu pitié et pour qu'il ait fait vite.

Mais ce n'est pas Jet qui reprend son souffle, appuyé sur son épée comme si c'était une canne.

Kasta a eu sa chance. Son frère est allongé sur un tas de cendres à l'autre bout de la grotte, les yeux fermés, son épée sanglante à la main. Avec la tête renversée en arrière, face à la voûte, il a presque l'air paisible. Kasta se redresse, lentement.

Il boitille vers Jet, une main crispée à son côté, en traînant son épée derrière lui.

Oh, mes dieux…

— Arrête, dis-je.

Mais c'est un son faiblard que Kasta ne paraît pas entendre. Il sait qu'il a gagné. Il sait que plus personne ne peut lui faire de mal. Jet ne le battra plus jamais à quoi que ce soit. Jet ne sautera plus de mon balcon, ne posera plus de questions sur Nadessa. Il ne me fera plus croire que je vaux bien une traversée du désert, ne me regardera plus comme il l'a fait hier en disant que, grâce à moi, il recommence à croire aux dieux…

— Arrête ! je hurle.

Kasta ne s'arrête pas. C'est tellement injuste que je doive assister à ça, qu'aucune des décisions que j'ai prises n'ait pu amener une fin plus heureuse. Kasta est à dix pas de Jet. Huit. Il est blessé. Peut-être que si je le plaquais au sol, que j'utilisais un des venins somnifères avant qu'il n'ait pu réagir…

Quelque chose brille au centre de la grotte.

Brusquement je me rends compte que je n'avais rien compris.

J'ai passé tout ce temps à supplier les dieux de me sauver la vie, à moi. Je croyais que chacune de mes tentatives ratées signifiait que je ne valais rien, que j'étais destinée à mourir, que j'avais atterri là parce que mon pouvoir était trop faible. Je croyais que je n'étais pas assez bien – ni pour quelqu'un d'autre, ni pour moi. Surtout pas pour moi.

Mais la magie n'est pas la seule forme de pouvoir.

Depuis le début, ce n'est pas moi, qui ai besoin qu'on vienne me sauver.

« Sais-tu pourquoi il est important d'affronter nos peurs ? »

Je suis là pour sauver les autres, parce que j'ai à offrir quelque chose de différent. C'est beaucoup plus puissant que le pouvoir de détruire ces grottes ou de dompter les rivières. Je peux être souffleuse et convaincre un prince fugitif de prendre sa place sur le trône. Je peux être une fille toute simple d'une petite ville toute simple et, pourtant, trouver le moyen de faire céder le prince le plus impitoyable d'Orkena sans avoir besoin d'une épée. Je n'ai pas besoin de plus de magie parce que je prends le temps d'écouter. Je prends le temps de m'intéresser. J'ai des gens pour qui je serais prête à mourir, et qui seraient prêts à mourir pour moi. Et ça…

C'est plus fort que n'importe quelle magie.

Je cours vers l'autel. J'y trouve deux petites broches en or, sur lesquelles repose un couteau magnifique, terrible, au fil rouillé de sang séché. La balance de Sabil en forme la garde.

Je jette un coup d'œil par-dessus mon épaule. Kasta se tient au-dessus du corps de Jet, l'Illesa levée.

Je brandis le couteau et me retourne.

Puis je pose la lame sur mon bras.

— Kasta ! (Cette fois je ne le supplie pas. C'est un ordre.) Si tu n'arrêtes pas, je vais m'entailler le poignet, et tu n'obtiendras jamais ta magie.

L'Illesa frémit. Kasta se retourne, daignant enfin m'écouter. Le scepticisme brouille les ombres qui habitent son visage. Il ne frappe pas son frère mais ne baisse pas non plus son arme.

— Tu mens, lance-t-il enfin. Tu as peur de mourir.

— C'est vrai, mais je vais mourir de toute façon, dis-je en serrant la poignée de toutes mes forces. À toi de décider. Soit tu assassines ton frère pour te venger, soit tu remportes ta magie.

J'espère ne pas l'avoir mal jugé. Je prie pour que sa haine de Jet n'ait pas le dessus. Les muscles de son bras se tendent. Il baisse les yeux sur le visage paisible de son frère, et un grondement exaspéré s'échappe de ses lèvres tandis qu'il baisse sa lame et se détourne, le côté dégouttant de sang.

— Tu te rends compte que, dès que tu seras morte, je le tuerai quand même.

— Non, tu n'en feras rien, parce que tu vas me donner ta parole. Tu ne lui feras plus jamais de mal – physique ou autre –, pas plus qu'à Melia ou à Marcus. Et, au cas où tu envisagerais de me faire une fausse promesse, permets-moi de te rappeler où nous sommes. Si j'étais toi, j'éviterais de provoquer les dieux plus que tu ne l'as déjà fait.

Son regard se pose sur les statues défigurées dans mon dos. Il hésite, se demandant peut-être si je suis réellement sérieuse, mais ses yeux reviennent sur le couteau.

— D'accord. C'est promis.

— Qu'est-ce qui est promis ?

— Je promets de ne plus jamais leur faire de mal, si tu me donnes ce couteau. Est-ce que ça te va ?

Je frissonne et me mords la joue.

— Oui, mais laisse l'épée où tu es.

— Non.

— Tu n'as pas le choix.

Je serre les dents et appuie sur le couteau jusqu'à ce qu'une fine ligne de sang apparaisse sur ma peau.

— D'accord ! D'accord. Arrête.

C'est la première fois que je vois Kasta paniquer. C'est très étrange, comme une honnêteté subite sur son visage. Son arme heurte le sol. De sa main libre il appuie sur la plaie à son côté.

Il s'avance vers moi.

C'est alors que je me rends compte que je ne reviendrai pas de ça. Je ne pourrai pas dire au revoir à *fara*. Je ne raconterai jamais cette histoire à Hen. Peu importe que j'aie mémorisé tous les beaux vêtements et tous les mets délicats que j'ai vus. La peur me tire dans tous les sens et me supplie de m'enfuir, ou d'user du couteau contre *lui*. Mais je refuse de perdre mon calme. Si je romps notre accord, c'est Jet qui en subira les conséquences. Il faut que ça cesse. Je dois faire face à la raison de ma présence, et je dois dire ce qui doit être dit.

Kasta s'immobilise juste hors de ma portée. Il a envisagé, aussi, que je pourrais le poignarder, et il sonde mon visage comme pour y chercher le mensonge.

Je maintiens la lame contre ma peau.

— En me tuant…, dis-je en ravalant ma peur. Tu t'engages à honorer ma mémoire en devenant le roi que je voulais te voir devenir. Tu aideras les occultés. Tu ne feras plus jamais de mal à personne – pas à dessein – et tu n'utiliseras plus jamais la gentillesse pour en faire une arme. Tu chercheras à voir la bonté de chacun, comme j'ai essayé de le faire. Tu ne te serviras pas de tes souffrances pour en infliger à autrui, mais pour leur en éviter. Est-ce que tu acceptes ?

Il se raidit, comme s'il attendait que je frappe – comme si, de nous deux, c'était moi, la menace.

— Est-ce que tu acceptes ? je hurle.

Son regard vacille entre le couteau et mes yeux.

— J'accepte.

Mes doigts tremblent si fort que je manque de me couper profondément. Je ravale mes sanglots en même temps que ma peur, et j'essaie de retrouver la force que j'éprouvais il y a un instant. Ça ne me facilite rien. Je veux protéger Hen et *fara*. Je veux que Kasta pense à ce moment quand la guerre se déclarera. Je veux qu'il accorde à Orkena la pitié qu'il n'a pas su me montrer. Mais ça ne veut pas dire que je suis prête à mourir. Je ne veux pas avoir mal. Je ne veux pas que son visage soit le dernier que je verrai.

J'écarte mon bras du couteau.

Et j'en tends la poignée à Kasta.

Un espoir brut, terrible, se lit sur son visage. Les ombres reculent, lissant les courbes de ses joues, adoucissant son regard, jusqu'à révéler le garçon qui se tient devant moi – un garçon terrifié, qui n'arrive pas à croire que ce moment soit arrivé.

Il me prend le couteau des mains aussi délicatement que s'il était fait de verre.

Puis il me dévisage.

Je soutiens son regard en serrant les poings. J'essaie de ne pas trembler, de ne pas frémir. Je tente d'être aussi forte que *fara* le voudrait. Kasta s'approche encore. Il pose une main ensanglantée sur mon épaule, et la pointe du couteau contre mon cœur. Il attend toujours la surprise. Il croit que je vais l'empoisonner ou le poignarder avec une lame cachée, que je vais révéler ma véritable intention. Moi-même je pense aux venins somnifères cachés dans ma tunique, mais je ne peux pas me le permettre. L'enjeu dépasse ma personne.

Il fléchit le bras comme pour enfoncer le couteau…

Puis il hésite.

Je pousse un cri exaspéré, prise du fol espoir qu'il ait changé d'avis, que tout ça ait enfin suffi. Ma tête bourdonne si fort que j'en vois le son devant mes yeux – des petits points noirs et blancs qui dansent dans mon champ de vision et brouillent le monde derrière eux.

Les yeux de Kasta luisent d'un bleu argenté, incertains.

— Tu peux toujours me choisir, moi, dis-je en m'adressant à cette lueur. (Je n'y mets pas le même sens qu'avant, sous la tente, mais s'il renonçait à ça pour moi, s'il me faisait enfin confiance…) Est-ce que l'opinion de ton père compte vraiment si je suis là, à tes côtés ? Laisse-moi t'aider. Tu m'aurais, moi, quoi qu'il arrive. (Je frissonne et m'efforce de garder le contrôle de ma voix.) Tu ne serais pas seul.

Il relâche sa prise, juste un peu. Je ne sais pas combien de temps je vais encore supporter ça, combien de temps je vais tenir avant de m'effondrer complètement, mais je ne peux pas perdre mon sang-froid maintenant – pas alors qu'il m'écoute, et que le couteau s'éloigne lentement, tout doucement.

Kasta frémit. Les ombres avancent et reculent sur son visage, indécises.

— Choisis-moi, je chuchote.

Il crispe les mâchoires. La lame tremble. J'observe l'indécision qui agite ses traits et j'attends. Il y réfléchit. J'ai peut-être encore une chance de survivre. J'aurai enfin changé quelque chose…

Le couteau ne tremble plus.

Mais c'est le regret dans son regard, la peine, qui m'effraie plus que sa colère.

— Je suis désolé, dit-il. J'aimerais tellement.

Il serre la main sur mon épaule et plante la lame dans mon cœur.

Chapitre 31

Au début je ne sens rien. La pression de la garde contre ma poitrine, ma peau qui tire un peu. Mon énergie crépite autour de mon cœur comme des nuages qui se rassemblent.

Puis elle explose dans tout mon corps.

Ma force m'échappe en un seul souffle, mes jambes cèdent, mon torse hurle tandis que je me noie dans le feu qui l'embrase. Les grottes brillent plus intensément que le soleil, puis repassent brusquement au noir. Kasta me serre contre lui, chaud et mouillé, une main très douce sur ma nuque. Il murmure quelque chose en me berçant comme si j'étais ce qu'il a de plus précieux, ce qu'il a perdu de plus précieux.

Puis il arrache le couteau.

Je hurle la douleur brûlante qui me perce la poitrine et qui anéantit mes muscles, me jetant par terre. Du moins, j'essaie, mais le son qui m'échappe n'est qu'un gargouillis surpris. Le sang coule autour de moi en une flaque qui s'étend trop vite. Le rouge se mêle au noir des cendres. Il y en a tellement… J'essaie de l'arrêter, de poser ma main sur la blessure, mais mon corps ne m'écoute plus. Les grottes se brouillent et basculent. Mes yeux ont envie de se fermer, alors je les laisse faire. Ma peur reflue au fil des minutes qui passent, et ça devient presque agréable de reposer là, sans lutter.

La douleur cesse. Tout ce qu'il en reste, c'est la chaleur, mais tempérée et réconfortante. De la lumière refait surface derrière mes paupières. La lanterne du chariot de Rie, j'espère, venu m'emmener au paradis. Les âmes qu'il a déjà récoltées bavardent et semblent se disputer. On m'a dit que les fantômes dont le corps n'était pas enterré se montraient souvent acariâtres, mais je trouve ça mesquin de déjà commencer à se plaindre, surtout que le chariot de Rie doit être encore plus impressionnant que le navire de verre qui m'a conduite au palais. J'essaie de courir au-devant des voix, de les prévenir que je suis là, mais ma tête est maintenue en place. Les voix se rapprochent.

— Je le vois bien, que ça fait beaucoup de sang ! lance une femme.

— Elle essaie de bouger, dit un homme. C'est bon signe, pas vrai ? Ce n'est pas bon signe ?

— Les corps convulsent parfois, répond-elle. Mais je ne l'ai pas encore perdue.

— Dépêche-toi, Melia. Il faut qu'on se dépêche.

— Je sais.

Melia ? Je m'étrangle en essayant de prononcer son nom, et aussitôt la lumière s'éteint. Melia est penchée sur moi. Les deux mains sur mon cœur, elle pèse de tout son poids sur ma blessure, les doigts trempés de sang. Marcus fait les cent pas derrière elle. J'essaie de sourire.

La douleur revient comme un coup de tonnerre.

J'étouffe un cri lorsqu'elle me traverse, tel un deuxième couteau. Melia appelle Marcus pour qu'il me tienne tranquille, mais elle rit et sanglote, s'essuie la joue sur le bras et murmure quelque chose dans sa langue maternelle. La douleur s'adoucit, puis s'efface.

Je suis allongée par terre, maintenue par Marcus, tandis que Melia pleure dans ses mains. Je suis vivante.

Je m'assieds lentement, malgré mon corps qui proteste, et j'attire Melia dans mes bras.

— Merci, dis-je tandis qu'elle renifle et jure, le visage caché dans les mains. Je ne sais même pas comment te remercier. Je… Qu'est-ce qui s'est passé ?

— Espèce de casse-cou, bougonne-t-elle, épuisée, en s'appuyant contre moi. (Puis elle baisse les mains et me serre à son tour.) Tu as de la chance qu'il n'y ait pas de fleuve dans les parages.

L'ombre de Marcus tombe sur nous. Il porte sur son épaule le corps inconscient de Jet.

— Il respire, mais je n'arrive pas à le réveiller.

— Je vais m'occuper de lui dehors, dit Melia avant de se retourner vers moi. Tu crois que tu peux courir ?

Elle m'aide à me relever, et à part un élancement agaçant au niveau des côtes, je me sens plutôt bien.

— Oui, mais qu'est-ce que… ?

— Non ! hurle Kasta.

Je fais volte-face, ce qui me vaut une pointe de douleur, et aperçois deux silhouettes à un coin de la grotte. Kasta est dos à la paroi, face à une fille entièrement recouverte d'une armure noire, le visage caché sous un masque. La lame incurvée de l'Illesa sourit à son côté droit. De sa main gauche elle brandit la dague sacrificielle, dont mon sang s'écoule toujours.

— Maia !

Melia m'entraîne vers la sortie. La métamorphe me jette un bref coup d'œil, et je suis infiniment soulagée de savoir qu'elle a survécu et qu'elle est venue me chercher. Ce n'est pas exactement comme ça que j'imaginais nos retrouvailles, mais ça me redonne l'espoir que notre amitié n'est pas finie.

File, Zahru aux lèvres de soie, pense-t-elle. *Laisse les monstres se débrouiller entre eux.*

Mon cœur s'engourdit.

— Elle va le tuer.

— Sans doute, dit Melia. Et nous aussi, si on s'attarde.

Elle se trompe, mais je la suis sans rien dire.

On se met à courir, par-dessus les braises du feu et sous le bas-relief de Rie. On passe devant les sacrifices qui saignent sur les fresques. On laisse derrière nous le cri choqué de Kasta – un hurlement horrible et triste, qui me blesse malgré ma colère – pour déboucher dans la nuit fraîche. Là je m'écroule dans les cendres, épuisée, et j'observe les étoiles en remerciant l'ensemble des dieux de m'avoir rendu la vie, d'avoir vu en moi quelqu'un qui méritait d'être sauvée.

— Mais qu'est-ce que… ?

Jet s'est réveillé. En un clin d'œil il est à mon côté et me redresse pour m'examiner, cherchant la blessure d'où tout ce sang s'est échappé.

— Où es-tu touchée ? dit-il. Melia, qu'est-ce qu'il s'est passé ? Elle est guérie ?

C'est plus fort que moi. J'éclate de rire.

L'expression choquée de Jet se fait presque grincheuse quand Melia lui raconte que Marcus et elle se sont précipités vers les grottes, alertés par le vacarme, mais qu'ils se sont retrouvés face à un mur de flammes. Melia est retournée chercher des sorts d'eau dans sa sacoche. Alors qu'elle revenait, Maia l'a dépassée, sous sa forme de faucon, et a plongé à travers les flammes. Elle a dû arriver au moment où Kasta me poignardait. Le temps que Marcus et Melia parviennent à étouffer le feu, elle avait repris forme humaine et tenait Kasta en respect.

Pendant que Melia me guérissait, Marcus a fait sortir Kita, qui a pris la jument couleur de blé pour contourner la montagne et gagner l'autre côté, où les représentants du palais attendent d'accueillir les héritiers. Marcus explique qu'une bonne partie de l'armée sera là aussi, prête à nous escorter sur le chemin du retour. Une troupe de soldats pourra donc se lancer à la recherche de Sakira.

— Tu as donné le couteau à mon frère ?! s'écrie Jet en me tenant par les épaules. Tu ne m'avais pas promis de ne plus risquer ta vie comme ça ?

— Si, mais c'était à la condition que tu arrêtes de faire des bêtises. Sérieusement, c'est la troisième fois que je te sauve.

Il glousse.

— J'ai peut-être peur que tu t'enfuies avec quelqu'un de plus intéressant, sinon. (Son rire est grave et un peu triste.) Oh, par les dieux. Je te dois encore plus d'excuses maintenant. Pas vrai ?

— Oh, tu me dois plus que des excuses. Je veux un chargement hebdomadaire de chocolat, mon cheval à moi, des baumes pour l'écurie de *fara*, un chaton, un emploi pour ma meilleure amie… Je te ferai une liste.

Jet s'esclaffe. Il pose ses mains dans les miennes et les caresse du pouce, léger comme une plume.

— Tant mieux, parce que, justement, je voulais te demander si…

Marcus se racle la gorge. Melia nous observe en haussant un sourcil, et Jet semble se rappeler où nous sommes. Il éclate de rire, un regard chaleureux dans ses beaux yeux bruns.

— Tu préfères peut-être qu'on en reparle quand on ne sera pas couverts de sang ? demande-t-il.

Je ris à mon tour.

— Si possible, oui.

— Bon. (Il se remet debout et m'aide à me relever.) Alors sortons-nous de ce désert.

Chapitre 32

Je craignais que le trajet du retour implique une deuxième semaine à traverser le désert en sens inverse, mais les empreintes de la jument nous mènent de l'autre côté des montagnes de cendre, à un campement temporaire où trois carrosses de verre nous attendent. Là on nous donne des vêtements propres, les soins d'un des guérisseurs du palais, et autant de fruits, de poissons et de brioches au miel qu'on veut. Mais le luxe qui me met les larmes aux yeux – au point que Marcus, inquiet, dégaine son arbalète –, c'est le bain. J'y passe des heures, à flotter dans l'eau chaude parfumée au jasmin, à savourer la sensation d'apesanteur et de propreté. Je me lave de toutes les erreurs que j'ai commises dans le désert, ainsi que de tous mes regrets. Une *jole* dorée, toute douce, m'attend quand j'en sors enfin, et j'ai l'impression d'être une nouvelle personne.

Mais notre joie d'avoir survécu à Kasta est flétrie par les nouvelles des soldats qui recherchent Sakira. Jet fait les cent pas aux abords du campement, en guettant leur retour, mais au bout de plusieurs heures, leur rouleau-relais indique toujours la même chose : pas de trace de la princesse.

Kita s'est évertuée à décrire l'endroit où Kasta les a attaquées, mais les landes arides sont traîtresses. Il n'y a pas de villes, pas de points de repère.

Le capitaine doit beaucoup insister pour convaincre Jet qu'il ne peut rien faire de plus et que nous devons repartir avant d'être en danger nous-mêmes. Le capitaine promet d'appeler des renforts, et peu de temps après je m'assieds sur un coussin rouge, dans le plus luxueux des trois carrosses. Marcus et Melia sont installés en face de moi, et à mon côté se trouve notre futur roi. Il a l'air très mal à l'aise chaque fois qu'un serviteur l'appelle *dōmmel* – être divin.

— C'est un peu excessif, quand même, grommelle-t-il. Ils ne pourraient pas m'appeler par mon nom, tout simplement ?

— Ah, le lourd fardeau que doit porter un futur dieu, raille Melia en inspectant ses ongles soigneusement polis.

Les garçons ont bien meilleure allure dans leur armure neuve. Quant à Melia, même si je sais qu'elle était aussi éprouvée que nous à la fin, elle n'a pas vraiment changé. La différence majeure, c'est qu'elle n'est plus couverte de mon sang.

— Rien n'est encore confirmé, dit Jet. C'est Kasta qui a accompli le sacrifice, pas moi.

— Oui, enfin, je suis toujours là, et il a manqué la seconde étape, dis-je.

— Et puis, les soldats qui ont inspecté les grottes ne l'ont pas retrouvé, ajoute Marcus. S'il était encore vivant, tu sais très bien qu'il serait ici.

Jet se mord la joue. J'éprouve le même pincement au cœur que quand j'ai vu Maia et que j'ai compris ses intentions.

J'imagine que Jet ressent la même chose. On a essayé, chacun à sa façon. Et, chacun à sa façon, on a échoué.

— J'aimerais seulement pouvoir faire quelque chose pour Sakira, souffle Jet.

Les coudes sur les genoux, il se prend la tête à deux mains. Je passe un bras autour de son dos pour lui offrir un peu de réconfort. J'espère que la princesse a trouvé les ressources de se sortir de là, même sans son équipe. On ne s'est pas rencontrées dans des circonstances idéales, certes, mais je ne lui souhaite pas une fin pareille.

— Peut-être que l'interprète lui a révélé quelque chose qu'on ignore, dis-je. Peut-être qu'iel l'a aidée.

Melia hoche la tête.

— Elle est *trielle*. Même si Kasta a brisé son pinceau et versé son encre dans le sable, je suis sûre qu'elle trouvera un moyen. Elle attire la magie comme l'océan attire les fleuves.

Jet nous adresse un petit sourire, plus pour nous remercier que parce qu'on l'a convaincu.

— Et puis, tu seras capable d'en faire beaucoup plus depuis le palais, dis-je en posant le menton sur son épaule. Ça peut être ta première mission : retrouver Sakira.

Il se redresse et se tourne vers moi. Tandis qu'il m'observe, sa tristesse s'efface.

— À vrai dire, j'ai déjà décidé quelle serait ma première mission.

Jet aurait pu se rendre directement au palais. Il faut une journée de plus pour arriver à Atera, et entre son père malade, sa sœur disparue, et la capitale qui n'attend que d'accueillir son futur mestrah en triomphe, ça aurait été logique qu'il s'y arrête. Même moi, ça ne m'aurait pas déplu de poser les pieds sur la terre ferme après de longues journées passées sur l'énorme bateau de verre qui nous a promenés en fanfare par toutes les villes du sud. Mais nous devons glisser devant le palais en pleine nuit, pendant que les foules de curieux dorment, parce que quand je me réveille au matin du quatrième jour, c'est pour voir l'aube se lever sur les toits de chaume d'une humble ville.

— Oh ! dis-je en sortant de ma cabine pour m'approcher du bastingage.

Mon cœur s'envole quand je vois l'écurie de *fara* au sommet de la colline. J'aimerais tellement apercevoir mon père occupé à ses tâches matinales ! Je cours vers la proue du bateau, où Jet est déjà accoudé.

Je m'installe à côté de lui, épaule contre épaule.

— Merci, dis-je. Je pensais ne jamais revoir tout ça.

Il tourne la tête vers moi, et ça me fait presque mal de le regarder. Il porte une tunique d'un bleu vif et, sur la tête, une couronne formée des soleils de Numet. Sa peau d'un brun chaud est fraîchement huilée. Il n'a jamais autant ressemblé à son père. Et, alors que cette pensée m'emplit de fierté, elle me rappelle aussi que nous avons chacun un devoir à accomplir. Quels que soient nos sentiments l'un pour l'autre, il va devenir roi. Je ne regrette rien de ce qu'on a traversé.

Mais j'aimerais ne pas devoir le perdre.

— C'est la moindre des choses, après tout ce que tu as fait pour moi. (Il essaie de sourire mais n'y arrive pas.) J'aurais quand même préféré t'épargner ce périple.

— Moi aussi. À partir de maintenant, je ne sors plus de chez moi.

— Plus du tout ?

Il demande ça sur un ton joueur, mais son regard reste sérieux. Lui aussi sait que le moment approche. Je me promets de chérir tous nos souvenirs, même les plus insignifiants. Je n'oublierai jamais ce qu'il a sacrifié pour moi alors qu'il n'avait rien à y gagner, simplement parce que son cœur lui dictait que je méritais mieux que ça. Il m'a aidée à comprendre que je pouvais être une souffleuse et, en même temps, une fille qui mérite qu'on meure pour elle.

Pourtant même cette fille-là sait reconnaître ses limites. J'ai vécu la plus folle de toutes les histoires et, même si je suis contente d'avoir eu cette chance – enfin, contente dans l'ensemble – ça me suffit pour toute une vie. Maintenant je veux profiter de ce que j'ai ici : un honnête labeur ; un endroit où dormir en sécurité ; de quoi manger et boire quand j'en ai besoin ; *fara* et sa sagesse ; *mora* et son caractère affirmé ; Hen, quand elle repassera à la maison entre deux missions prestigieuses. C'est la vie qui m'attend.

Et ça me suffit largement.

Je hausse une épaule.

— À ce stade je refuserais de voyager même si on m'offrait du chocolat.

— Voilà qui est très sérieux. Même pas de la crème au chocolat ?

Je secoue la tête.

— Même pas avec des framboises ?

Toujours pas.

— Et si je te promettais un gâteau qui fond quand on mord dedans, avec un délicieux coulis de fraise qui…

— Même pas si ce gâteau faisait la taille du palais.

Au moment où je dis ça, mon traître de ventre gargouille.

Jet glousse, et une profonde tristesse se pose sur mes os. Son sourire s'efface lorsqu'il me regarde, mais ses yeux pétillent de malice.

— Même pas pour un couronnement ?

— Surtout pas !

Il éclate de rire, surpris.

— Je parle de mon couronnement, à moi, Zahru.

Je suis sur le point de répondre que, après tout ce que j'ai traversé, ça a intérêt à être le sien, de couronnement, mais son expression me fait taire. Il ne me regarde pas comme s'il me disait au revoir. Il me regarde comme dans le désert, près de l'étang sous les étoiles – comme si j'étais la réponse à une centaine de questions ; comme si ma réponse avait le pouvoir de le conforter ou de le briser.

— Je pensais simplement que… (Il pose sa main sur la mienne, les yeux dorés par mon reflet.) Disons que, comme première impression, je m'y suis vraiment mal pris. Tu t'es fait capturer, poignarder… On n'a encore partagé aucune activité où on n'était pas couverts de poussière ou de sang. Alors tu pourrais peut-être m'accorder une seconde chance ?

Mon cœur s'emballe.

— Mais est-ce que… ? Enfin, on a le droit ? Je sais que ton père n'approuverait pas. Je ne suis…

— … qu'une simple fille d'écurie, je sais. (Il me caresse le dos de la main, un sourire aux lèvres. Elles sont tout près des miennes, d'ailleurs.) Tu es aussi la femme la plus courageuse, la plus farouche et la plus incroyable que je connaisse. Ce serait un honneur que tu assistes à mon couronnement.

La joie éclate dans mon cœur. Certes, ça veut dire que je devrai quitter Atera, une fois de plus, mais je repense à ce que m'a fait comprendre l'interprète. Il n'y a jamais deux aventures pareilles, et Jet n'est pas Gallus. L'une peut laisser de vilaines coupures, mais la suivante peut se révéler merveilleusement belle. Or, celle-ci, je ne veux pas passer à côté.

— Bien sûr, dis-je dans un murmure. Oui.

— Merci, dit-il en serrant doucement ma main. Il y a bien quelques formalités, mais la cérémonie devrait avoir lieu d'ici une ou deux lunes. Je viendrai te chercher.

— Je t'attendrai avec impatience.

Son sourire se fait charmeur, et il a l'air sur le point d'ajouter quelque chose quand son regard s'arrête derrière moi. Il se raidit. L'odeur âcre de la fumée me parvient avant que je me retourne.

Trop heureuse de revoir ma maison, je n'ai même pas pris le temps de regarder la ville. Contrairement aux autres cités que nous avons traversées, ici il n'y a personne sur la rive pour nous saluer. Personne ne pêche dans les canots dispersés sur le fleuve, à moitié coulés. Et personne ne descend du marché, où les bâtiments ne sont plus que des coques calcinées.

— Non ! je souffle.

La terreur m'étreint les côtes lorsque je trouve les hauts quartiers, où une maison effondrée s'appuie sur la carcasse brisée du joyeux repaire de *mora*.

— Hen ! Mora !

Je me hisse sur le bastingage sans me soucier qu'on soit trop haut, mais Jet me rattrape par la taille.

— Regarde le fleuve, Zahru ! Oh, par les dieux…

Mon cœur se fige. Il n'y a pas que des canots brisés qui flottent dans les eaux. Des corps se cognent à la coque de notre bateau, et des crocodiles se dispersent, dérangés par notre passage. L'horreur me donne la chair de poule quand je comprends dans quoi j'ai failli plonger.

— Halte ! ordonne quelqu'un. Demi-tour ! Alertez les gardes !

Aussitôt le nombre de soldats double le long du bastingage. Le bateau s'arrête brusquement et pivote pour repartir en sens inverse. On ne s'arrête pas.

— *Dōmmel*, déclare le capitaine en s'approchant, le bras décoré de multiples amulettes. Je sais que vous ne vouliez pas dévoiler votre destination afin de ne pas être dérangé, mais je vous demande la permission expresse de contacter le mestrah.

— Oui, dit Jet. Sur-le-champ.

— Mais on va quand même s'arrêter. Pas vrai ? dis-je en me tenant à la rambarde. Notre écurie était intacte. Il y a peut-être encore des gens !

— La menace n'est peut-être pas encore passée, réplique le capitaine. Je suis désolé. Ce ne serait pas prudent de laisser quiconque mettre pied à terre.

— Mais mon père… ! (Je me tourne vers Jet.) On ne peut pas s'en aller comme ça ! Il faut qu'on aille voir !

— Arrêtez le bateau, dit Jet.

— *Dōmmel…*

— Le mestrah est-il au courant ? demande Jet.

Le capitaine consulte son rouleau-relais. Nous le regardons pendant d'interminables secondes. J'essaie de ne pas imaginer ma famille en train de flotter dans le fleuve, et Jet observe, bouche bée, les ruines fumantes de ma ville. Melia et Marcus viennent nous rejoindre en se frottant les yeux, mais le triste spectacle d'Atera les réveille en sursaut.

— Non…, dit Marcus.

— Par la pitié des dieux, marmonne Melia en frottant du pouce son amulette de guérisseuse.

— Le mestrah dit qu'ils ont reçu la nouvelle il y a une heure de ça, déclare le capitaine en me regardant d'un air triste. Il imagine que Wyrim voulait coordonner l'attaque avec votre retour.

Jet se pince l'arête du nez.

— Dites-moi qu'il y a des survivants, je vous en prie, dis-je.

— Oui, m'assure le capitaine. Ce quartier est le plus touché. La majorité de la population a pu s'enfuir par le fleuve. Les deux tiers des habitants ont été évacués vers Kystlin et Apolis.

Les deux tiers. Je ferme les yeux en priant pour que ma famille en fasse partie – et pour ceux dont la famille a péri.

— Il faut qu'on les trouve, Jet ! je murmure tandis qu'il me serre dans ses bras. S'il te plaît, dis-moi que ce n'est pas comme ça que ça se termine.

Il me serre un peu plus fort, sans quitter la rive du regard.

— Ce n'est pas fini, Zahru, promet-il d'une voix qui vibre de colère. Ce n'est pas fini.

Épilogue

Maia

Avant que mes parents me renient, ma mère s'asseyait près de moi chaque soir, à la lueur de la lampe, pour me lire les histoires des dieux. J'étais destinée à devenir haute prêtresse, alors je me devais de les comprendre. Pourtant, même si elle me répétait que ces séances étaient à but éducatif, elle ne me repoussait jamais quand je me glissais sous son bras ou que je la suppliais de me lire encore un rouleau. Parfois elle posait même son menton sur mes cheveux, m'enveloppant de son doux parfum d'eau de rose. Ma mère était avant tout une servante des dieux, et ça aurait été un grave manquement à ses devoirs que de me cajoler. Pendant les heures du jour, je l'appelais *adel* et je gardais les yeux soigneusement rivés sur ses mains graciles, sur ses épaules ombrées de gaze fine, soucieuse d'imiter les gestes fluides avec lesquels elle brûlait de l'encens pour Rachella ou s'agenouillait devant la déesse pour lui offrir du pain et du vin. Pour ceux qui nous voyaient au temple, j'étais son apprentie, rien de plus.

Elle avait peut-être vu mon destin en rêve quand je n'étais encore qu'une enfant. C'est peut-être pour ça qu'elle me contemplait toujours avec un visage triste et qu'elle me poussait vers les dieux chaque fois que je recherchais le confort de ses bras. Comme ça, le jour où je trahirais tout ce que j'étais censée devenir, elle ne me regretterait pas.

C'est à cause de nos parents distants que nous nous sommes trouvés, Kasta et moi. Nous avions huit ans. Je cueillais des chrysanthèmes dans les jardins du palais pour honorer Sabil, le dieu de la magie, alors que Kasta pestait contre lui et le couvrait d'insultes. Sa colère m'a fascinée. Je voyais soudain plus d'émotion que ma mère n'en avait jamais exprimé, et ce n'était pas la seule dont Kasta était capable. Il ressentait tout avec une grande intensité – joie, curiosité, chagrin, souci. Alors, quand j'étais avec lui, j'avais l'impression d'habiter un rêve, où tout était plus vif, plus saillant. Lui, il voyait en moi son ancre, la pierre qui contenait son feu. Je le serrais contre moi quand il était triste, et il me fabriquait des cadeaux : de petites sculptures de bois représentant des dieux ou des oiseaux, si réalistes qu'ils auraient presque pu prendre vie dans ma main. C'était là qu'il était le plus calme, quand il maniait le couteau. Au début je pensais que c'était à cause de son frère et de sa sœur, mais je me suis vite rendu compte que Jet et Sakira ne lui feraient jamais de mal. Alors j'ai compris qu'il affûtait sa lame pour autre chose – une ombre qu'il pressentait sans la voir, une ombre qui se nourrissait de sa peur.

Quand arriva son onzième anniversaire, et que nul pouvoir magique ne se manifesta, Kasta et cette ombre commencèrent à échanger de place.

Il était hors de question que je le perde. Il était devenu pour moi ce que ma mère ne serait jamais – une oreille attentive, une épaule sur laquelle pleurer, un moyen de comprendre mes émotions avec une finesse qui m'aurait échappée sinon. Je promis de faire tout mon possible pour le sauver de cette noirceur.

Quand j'ai échoué, j'ai juré de tout faire pour la détruire, cette noirceur.

Alors je comprends parfaitement le calme qui descend sur son visage tandis que je me tiens devant lui, une épée dans la main gauche et une dague dans la droite, parmi les dieux enterrés, tout fissurés autour de nous. C'est un lieu parfait pour mourir : au milieu des ruines de ce qui aurait dû être ma vie, seuls tous les deux après tant d'années turbulentes, le début et la fin de tout.

Il ne cherche pas à s'enfuir. Maintenant que la magie est hors de sa portée, il préfère que je lui tranche la gorge plutôt que d'affronter un jour de plus ce monde qui se refuse à lui, un monde qui ne ploiera jamais sous la volonté de ses mains. J'ai vécu quatre ans en démon et, pourtant, j'ai trouvé de la joie au cœur de ma malédiction, dans la liberté que m'offrait la vitesse de mes pattes. Lui ne voit même plus la lumière au milieu de toute sa noirceur.

Alors je fais ce que j'aurais dû faire ce jour-là, le jour où j'ai sacrifié mon âme pour la sienne.

Je vais m'écarter de son chemin.

Je lâche l'épée. Je plaque Kasta contre la paroi et j'approche ma dague de son cou. Un grognement lui échappe, mais ses yeux ne trahissent rien. Ils sont dénués de la peur que je devrais y voir, de cet impérieux désir de vivre qui rend les humains si humains.

Il croit que je lui offre le répit de la mort.

Il se trompe.

La mort ne saurait le punir pour ce qu'il est devenu. Si je le tue, il entrera au paradis en prince, révéré et idolâtré. Et moi, je resterai ici, blâmée, traquée. Je serai expédiée aux Champs de Feu comme une assassine, une bête. Non. Il est temps que le monde et les dieux sachent qui, de nous deux, est le monstre.

Il trouvera peut-être ça cocasse, que les métamorphes demeurent en marge de la société.

Tiens. La voilà, la magie que tu voulais tant. Puisse-t-elle te mener à ta perte.

Je saisis sa main et la cale sous la mienne, autour du manche de la dague.

Et je le force à plonger la lame dans mon cœur.

Remerciements

Avant tout je voudrais remercier Dieu, non seulement pour m'avoir donné la possibilité de réaliser mon rêve le plus fou mais aussi pour avoir mis sur mon chemin les âmes les plus formidables qui soient, sans qui ce livre n'existerait pas :

Mon mari, qui travaille tôt pour que je puisse travailler tard, et qui m'a aidée à démêler toutes sortes de problèmes dans l'intrigue. Il tient d'ailleurs à faire savoir que c'est lui, le cerveau derrière mes livres, et en bonne partenaire, je veux bien le laisser croire ça.

Ma fille, qui a rejoint notre famille et a ouvert mon cœur de la façon la plus merveilleuse qui soit, qui a ajouté une profondeur nouvelle à ma vie et à mon écriture. Pour toi j'ai envie d'être meilleure.

Mes parents, qui m'ont toujours dit que je pouvais faire tout ce que je voulais, si je le voulais, et qui n'hésitent jamais à fourguer mes livres à des inconnus en leur montrant des photos de moi et en leur racontant ma vie.

Mes seconds parents, Rob et Kathy, dont l'enthousiasme pour mon travail et l'aide pour élever notre fille me permettent de trouver le temps dont j'ai besoin pour écrire. Mes frères et sœurs, Brent, Ty, Gentry et Bailey, sur qui je peux toujours compter.

Nicolette, Lauren, Danielle et Sarah, mes sources d'inspiration pour les amitiés de ce livre. Vous ajoutez tellement de joie de vivre à ma vie !

Mes partenaires critiques Lori Goldstein, Bailey Knaub, Chelsea Bobulski et Tatum Flynn, autant d'écrivains talentueux qui sont également des lecteurs hors pair et des alliés infatigables. Je ne saurais exprimer combien votre temps et vos encouragements m'ont été précieux. Julie C. Dao, qui a su me ramener sur terre quand je cédais à la panique et qui continue de m'impressionner par sa résilience et par la qualité de ses œuvres.

Mon agent, Brianne Johnson, qui a toujours eu foi en moi, même quand je n'en avais plus la force. Merci pour ton soutien et tes conseils avisés. Allie Levick, dont les remarques pertinentes et l'intelligence joyeuse ont fait des révisions de ce livre un véritable plaisir.

Toute l'équipe éditoriale de Razorbill : Marissa Grossman, Chris Hernandez et Alex Sanchez, qui se sont emparés du fouillis d'idées que j'avais en tête et qui en ont créé tout un monde. Cher lecteur, chère lectrice, si tu as apprécié cette histoire, c'est entièrement grâce à leurs fabuleuses suggestions, à leurs encouragements et à leur patience. Casey McIntyre, qui m'a donné l'impression d'avoir intégré une famille plus qu'une maison d'édition. Krista Ahlberg, qui a apporté les touches finales à ce roman, et grâce à qui on pourrait croire que j'y connais quelque chose en maths ou en navigation.

Theresa Evangelista, dont la couverture pour ce roman est tout simplement magnifique.

Enfin, pour couronner le tout : un immense merci au reste de l'équipe de Penguin Random House et de Razorbill, pour avoir consacré autant de temps et d'énergie à *Le plus doux des poisons*, pour m'avoir accordé une chance et pour m'avoir permis de partager mes mots avec le reste du monde.

Glossaire

Adel: terme formel, peut s'adresser à tout membre de la famille royale

Aera: Votre Altesse, terme formel utilisé pour s'adresser à un prince ou une princesse

Dōmmel: Votre Divine Altesse, formule de politesse pour s'adresser à l'héritier ou héritière de la couronne

Fara: papa, terme affectueux

Jole: longue robe drapée que porte la noblesse d'Atera, souvent rehaussée de pierres précieuses ou de broderies

Kar-a: « mon cœur », terme affectueux

Le/la mestrah : chef suprême d'Orkena, à la fois politique et religieux

Mora: maman, terme affectueux

Stefar/Mamor (Stef/Mam) : grand-père, grand-mère (papi/mamie)

Tergus: kilt d'apparat, qui se porte en général avec une ceinture colorée

Trielle: classe supérieure de magiciens capables de manipuler divers pouvoirs à l'aide de sorts écrits au pinceau

Valeed/Vala: père/mère, termes formels

Découvrez la suite des aventures
de Zahru dans :

Achevé d'imprimer en avril 2022
Par CPI Brodard & Taupin à La Flèche
N° d'impression : 3048318
Dépôt légal : novembre 2021
Imprimé en France
36231444-2